弔堂
京極夏彦

文庫版

書《しょ》楼《ろう》弔《とむらい》堂《どう》　破《は》暁《ぎょう》

京極夏彦

集英社文庫

文庫版

書楼弔堂《しょろうとむらいどう》 破曉《はぎょう》

◉目次

本文・口絵デザイン　坂野公一（welle design）

文庫版

書楼弔堂
破曉

書楼弔堂
破暁

探書壱
臨《りん》終《じゅう》

葉桜は夏の季語だそうだ。

道の両岸の桜樹の繁り具合は真《まこと》に旺盛である。青青《あおあお》と誇らしく繁り、もう葉桜と呼べるような状態《ありさま》ではないのだが、まだ世間は暑くはない。

夏までにはまだ間がある。過ごし易《やす》いと云えば聞こえは良いが、天候が不順なだけなので、気が晴れることは殆《ほと》んどないのである。

鈍鈍《のろのろ》と漫《そぞ》ろ歩きで幅広い坂を下ると、手遊屋《てあそびや》が一軒ある。

何度通っても唐突な感を覚える。

景色に馴染《なじ》んでいない。それでも客は来るようで、店先にはいつでも親子連れが一組二組はいるのである。

今日も、七歳《ななつ》か八歳《やっつ》くらいの学帽を被った洟垂《はなた》れ小僧が、加藤清正《かとうきよまさ》の仮面《おめん》が欲しい欲しいと駄駄《だだ》を捏《こ》ねている。母親は金太郎《きんたろう》の方が良いと云っているようである。売り手の親爺《おやじ》は、鉄砲だか洋剣《さーべる》だか上等の玩具を売り付けようと、あれやこれやと売り文句を投げ掛けているが、親は聞く耳を持たぬようである。

店主は児童《こども》の顔色を窺って、洋剣を提げるなら清正の方が断然似合いまする、残念乍《なが》ら鉞《まさかり》はございませんしなあと、妙な口上を述べている。

合わぬと云うなら何方にも合わぬ。

洋剣を提げた清正公の方が余程滑稽《こっけい》な絵面《えづら》である。そんなもので虎退治など出来るものかと思う。虎退治なら片鎌槍《かたかまやり》だ。そもそも清正だろうが金時《きんとき》だろうが面は面、値は変わらぬのだろうし、この親は何故に清正を嫌うものか。いっそ、ひょっとこの面にでもしろと、通り過ぎ乍《なが》ら思う。

手遊屋を遣《や》り過ごし、暫《しば》く進むと横径《よこみち》がある。

越して来てから三月《みつき》、この大路《みち》は能《よ》く通るが、横径に這入《はい》ったことはないから、先に何があるのかは知らない。

大したものはないのだろう。所詮《しょせん》は僻処《いなか》の有様《けしき》である。

息が切れたので径の入り口で立ち止まり、その先に顔を向けると、何処《どこ》かで見掛けたような人影がせっせと近付いて来るのが見えた。

袢纏《はんてん》を着込み、ハンチングを被り、背負子《しょいこ》のようなものを担いでいる。

ハテ誰だったかと目を凝らせば、四谷《よつや》の書舗《ほんや》の丁稚《でっち》小僧である。

名前は慥《たし》か為三《ためぞう》とか云ったと思う。こちらに気付かず通り過ぎようとするので、為さん為三と声を掛けてみた。

案の定振り向いた。

印半纏には交差した斧の絵印が付いている。斧塚《おのづか》書店の商標なのである。見覚えがある。

為三は首だけ振り返った恰好《かっこう》のまま、目深に被っていたハンチングを右手の人差指で一寸《ちょいと》押し上げて、眼を円《まる》くし、おやまあ旦那《だんな》さんと云った。

「こんな処《ところ》で何をしていらっしゃる」

「何をしていらっしゃるじゃあない。僕はこの先に住まっているのだ」

そうでしたかいと丁稚は驚き、身体《からだ》を返して向き直った。

「でも、高遠《たかとお》の旦那さんは、紀尾井町《きおいちょう》だか一ツ木《ひとつぎ》だか、あっちの方のお屋敷にお住まいだったのじゃなかったですか。以前に掛け売りのご集金に伺った覚えがございますけれど、手前の覚え違いでございましょうかな」

「いや、三月前に越したばかりさ。なァに、疾《やまい》の療養だ」

おやまァご病気でしたかいお見舞い申し上げますと為三は大袈裟に云った。

「大層なものじゃあない。微熱が続いて咳も出る。もしや癆痎《ろうがい》かと怪しんで、医者に相談する前に閑居を探して移ってしまったんだ。家族に伝染《うつ》しちゃア大ごとだと思ったのさ。だから屋敷はそのままある。母も妹も、妻子も彼処《あそこ》に住んでいる」

為三はおやおやそりゃいけないと云って、手で口を覆った。

「そう心配することはないよ。感染《うつ》りゃあしないから。なァに、蓋を開ければ只《ただ》の風邪《かぜ》だったのだ。風邪を押して引っ越しなどしてしまったものだから、却《かえ》ってこじらせてしまってね。治るのに半月もかかったが、それでも風邪だからな。治った。今はもう何処も悪くない。悪くはないが、独り暮らしも悪くない。折角借りたのだし、暫く住んでみようと思ってね」

「はあ。お仕事は」

「半年ばかり休暇を貰った」

ひゃあ、と為三は声を上げる。

「そいつはいいご身分だ。流石《さすが》にお大尽《だいじん》は違いますねえ。豪儀《ごうぎ》だ豪儀だ。あやかりたいですな」

「そんな良い身過ぎじゃないよ」

多分、仕事に戻ることは出来ないのである。

辞めると云えば角が立つ。だから休むと云っただけだ。向こうも無駄飯喰《ぐ》らいがいなくなれば楽にもなるだろうから、止《と》めることはなかろうと思ったのだが、思惑通り止められることも、咎《とが》められることすらなかった。

経営が苦しいのだ。

勤め先は将軍煙草《しょうぐんたばこ》商会と云う。

大層な名前だが、煙草の製造販売業としては後発の、小さな会社《みせ》である。

休む間禄は要らぬと云った。

元の主筋《しゅうすじ》の嫡子《ちゃくし》として特別扱いを受け、それなりの給金を貰っている身であったから、少しは資金繰りの足しになるかとも考えたのだが、それでもその程度では焼け石に水、半年保《も》つとは思えない。

所詮士族の商売《あきない》は付け焼き刃、上手《うま》く行く訳もないのだ。

「父上様の縁故で採用して貰ったがどうにも肌に合わない。そもそも、天狗《てんぐ》の赤と村井《むらい》の白に挟まれて、まるで源平の合戦に交じり込んだ漁民の体《てい》だ。あんなえげつない宣伝など思い付かぬし、思い付いたって出来やしないのさ。うちの煙草なんざ、サッパリ売れないのだ」

これからは宣伝ですかねえと丁稚は解ったような口を利く。

「将軍印煙草は旨《うま》いですがな」

「まあ、岩谷《いわや》天狗は薩摩《さつま》、サンライスの村井は本拠が京都だ。それに引き換え、僕の雇い主は駿河《するが》の出だ。弊社《うち》の将軍と云うのは、あれは権現《ごんげん》様のことだからね。所詮官軍には敵《かな》わないさ」

お江戸は遠くなりにけりですなあと為三は更に解ったような口を利いたが、この小僧は未《ま》だ十七八なのだから、御一新《ごいっしん》前のことは知らない筈《はず》だ。

「まあ、これを機会に身の振り方を熟慮しようと思っているのさ。幸い、親父様の遺してくれた財産があるので、半年喰い繋ぐくらいの余裕はあるのだ」

それが豪儀だって云うんですと為三は云う。正にその通りだろうとは思う。

「手前どもなんかは喰うや喰わずで。両の手の爪全部に火ィ燈《とも》して、働き詰めです。親方ァ怖いしね」

「それよりお前さんはどうなんだ。その怖い親方に叱られて逃げて来たのかね。それとも、こんな人気《ひとけ》のない処にお得意様でもいるのかね。狸《たぬき》くらいしか棲《す》んでいないのじゃないか」

だから越して来たのだ。

帝都の内とは云うものの、それも名ばかり、雑木林と荒れ地ばかりの鄙《いなか》である。人家がないと云う訳ではないけれど、凡《およ》そ書物を買い求める類《るい》の人間が暮らす場所とは思えない。

為三は丸顔をくしゃくしゃにして、セリマンでござんすよと云った。

「そりゃあ何だい」

「いやですよ旦那。本探しですわ」

「本は店にあるだろう。何を探すのだ」

旦那等《ら》が注文するじゃあないですかいと丁稚は困り顔で云った。

「そりゃあするけれども」

「うちは、元元本草系の版元ですわ。江戸の頃からそうだったんで、今だって刷ってるのはほれ、植物やら農業やらの本じゃないですかい」

「まあそうだな」

「でも、旦那もそうですが、何でも彼《か》でも注文するじゃあないですか。うちが出してる本の他にも、あれは如何《どう》したこれを呉《く》れと、ご注文になるでしょう。他の版元の本だって買うじゃないですか。うちは洋書は扱ってないですが、洋書の注文もあるんですわ」

それはそうである。

「云われるまでそんなことは考えてもみなかったがな、そりゃあ慥《たし》かにそうだ。全体どうしていたんだ」

「版元さんに仕入れに行きますのです。まあ、医学の本なら南江堂《なんこうどう》さん、漢書なら松山《まつやま》堂《どう》さんと、それぞれお得意分野がござんしょうよ。そう云うところに話をつけて在庫があれば分けて貰いますんで。彼方此方《あちこち》廻《まわ》って、取り次ぎますんで」

「ほう。そう云う横の繋がりがあるのだなあ。考えてみれば当たり前のことだね。そう云えば、組合も出来たのだろう」

何年か前に書籍販売組合のようなものが出来たんだと云う話を、斧塚の主人に聞いた覚えがある。

「へえ。丁稚の手前にゃ難しいことは判りませんが、そう云う取り次ぎ仕事が新聞みたいな仕組みになりゃあ、まあ楽になるんでしょうけどねえ。今はね、まだ手前達丁稚が取り次いでおりますからね。注文されたら草履《ぞうり》磨《す》り減らして東京中駆け廻って集めますんで。それがまあ、セリマンで」

どう云う意味なんだと問うと、それは存じませんと丁稚は答えた。

「まあ、大変です。辻馬車も人力も使えませんからね。俥代《くるまだい》なんざ一銭も貰えませんや」

足が頼りだと丁稚は足踏みをする。

「また、最近の本は重いですからねえ。それに、時に横浜だのまで行くんですわ。横浜は歩いちゃあ行けませんけど、それだって、汽車賃は本の値段に乗せられませんからねえ。損です」

「上乗せすればいいじゃないか。手間賃という奴だ」

「いやいや、あっちで十銭、こっちで十銭五厘《りん》じゃあ如何《どう》にもいけないでしょう。新聞だの手習いだのは、全国何処でも同じ値段で売ってるじゃあないですか。本だけそうはいかないってのはねえ。お客にしてみりゃ間尺に合わないって話で」

「そうだがなあ。まあ、だから組合も出来たんだろうし、変わるだろこれから色色変わる。

　文明開化とやらも、開くのだか化けるのだかは知らないが、もう開化してから二昔をずっと越し、子供の頃に見ていたような風景は既に何処にもない。いつの間にか異国のような景観ばかりになっている。

「偉い人が考えてくれているのだ。お前さん方が草履を減らすような商売《あきない》の仕方はやがてなくなるだろうよ」

　そうですかねえと為三は桜を見上げた。

「でもねえ旦那、絵草紙やら赤本やら合巻《ごうかん》やら、潰れちまった本屋の本やらね、昔の本だって欲しがるご仁《じん》はたんといますからねえ。そう云う場合は、やっぱり手前等が走り廻ることになるんで。取り次ごうにも何処に取り次いだもんだか判りやしないですからねえ」

「あ、そうか」

　書籍は、大根だの人参だのと違って、幾らでも作れるものではない。版がなくなれば刷れぬし、版元が潰れても刷れぬ。数に限りもあるだろうし、必ず手に入るとは限らないものだ。

「まあそうだな。考えてみれば古本と新本は――別か」

　本は本だと思っていた。

　へい、別で、と丁稚は答えた。

「別になっちまったんだと、親方は云いますがね。版元と小売りの商売《あきない》もまた別だそうですし」

「なる程なあ」

豆腐屋のように、作って売って、作って売ってと云う訳にもいかないのか。

「はあ。刷って集めて、卸して配って、それで売ると、まあそう云う分業の仕組みになるんでしょうな、いずれ」

「それは新しく刷る本の話だね。古い書物はそうはいかないのか。なる程なあ」

道端で小僧に色色教わっている。

そう思うと少し愉快だった。

「で、何だ。お前さんは狸の書いた葉っぱの本でも取り次ぎに来たのかね」

そう云うと、でへへ、と為三は品のない声を上げて苦笑いをした。

「何だ、本当にそうなのか」

「いや、狸かもしれませんがね、知りませんか旦那。その先の」

為三は径の先を指差した。

「本屋」

「ほんやだと。こんな場所に書舗《ほんや》があるのかい。何を刷ってる本屋だね」

「いや、版元じゃあなく本屋です」

「それは何だ、刷っちゃいないということか」

「へえ。本屋と云っても、まあ、何とも変な本屋でしてね、色色と面倒臭い品のご注文があった時は、お世話になることにしてまして」

「面倒臭いと云うのは」

為三は背負子を下ろした。

「まあ、こう云う」

丁稚は背負子に括《くく》られた風呂敷包みを示した。

「何処も扱ってないような本で」

「風呂敷越しじゃ判らんよ」

「へえ。独逸《どいつ》の何とか云う団体の出した小冊子だとか、越後《えちご》の好事家《こうずか》が江戸の頃に書いた備忘録の写本だとか、聞いたことのないようなお経の本だとか」

「ほう――」

そんなものが置いてあるのかと尋《き》くとありましたねえと丁稚は答えた。

「当たり前には取り次げないような本でござんすよ。最近じゃ珍本奇本、稀覯本《きこうぼん》とか云うようですけどもね、そう云う値の張るようなもんじゃあない、屑《くず》みたいなもんもちゃんとある。ですからさっきの話で云うと、古本と云うことになるんですかね。古本屋ですかね」

「古本屋なあ」

顔を向けたが、桜の樹しか見えない。

「ま、手前等《ら》みたいな書舗《ほんや》の丁稚には有り難い話ですわ。注文受けても、ないもんはない。でも其処《そこ》にゃあ」

「大概あるか」

「ありますなあ。ご亭主は偏屈そうですが怒られることもないですし」

「そうか。本屋があるのかね」

この径の先に。

何もないと思い込んでいた。

「失礼ですが、旦那さんは本の虫みたいなお方ですから、当然知っていなさるかと思いましたがね」

「知るものか。最初の一月《ひとつき》はずっと床に伏していたのだ。近所の百姓家の嬶《かかあ》におさんどんを頼んで、ずっと寝ていた。床を上げてからも暫くは医者通いだ。まあ杞憂《きゆう》だったのはだが、何ともないと診断されるまでは心配だろうよ。だから普通に暮らし始めたのはつい この間でね、散歩なんかは今月になってからさ」

医院へ通うためこの大路は幾度も通ったのだが、それにしたって看板のひとつもないのだから知りようもない。

「いや、この細道は、ずっと行くてえと畑がありましてな、それでドン突きはお寺ですよ。門前には花屋だの餅屋《もちや》だのがありますが、途中に店なんざそうない。だから、見栄《みば》えは悪いが、参道なんでしょうなあ。その参道の途中に、ぽつんとね」

「あるのかね」

「へえ。三階建ての、燈台《とうだい》みたいな変梃《へんてこ》な建物ですよ」

「三階なのか」

妙な本屋もあったものである。

「上の方に昇ったことなんざありませんからね、一体如何《どう》なってるのか判りませんけどもね」

「そこはその、気難しい感じかね」

「さあねえ。垣根《かきね》が高いてぇ気はしますが、別に取って喰う訳じゃありません」

「お前さんみたいな商売人ばかりかい」

そんなこたぁないでしょうやと丁稚は云う。

「まあ銀座《ぎんざ》辺りの唐物屋《からものや》なんかよりはずっと入り易いでしょうな。小難しい本もありますけどね、最近の雑誌なんかもあるし、普通の客もそこそこ来ているでしょうな」

「そうかい」

それなら行ってみずばなるまい。

行くんですかと丁稚が問うた。

まあ行くさと答えると、オヤしまったなどと云う。

「何がしまっただ」

「旦那さん、うちの店においでにならなくなっちまうでしょうや」

「まあ、近いしなあ」

おいら叱られちまいますと為三は口を尖らせた。

「旦那さんお得意だから」

「いや、お前さんがご主人に云わなけりゃ知れることじゃあない。僕からわざわざご注進に及ぶこともないさ。まあ、仮令《たとえ》ご主人に知れたとしたって、お前さんに聞いたたァ云わないから案ずるこたァないよ。それにね、四谷に出た時は必ず寄せて貰うから、ご主人に宜《よろ》しく伝えておくれ」

へい毎度ありと為三はハンチングを取って頭を下げ、被り直してからよいしょとばかりに背負子を担いだ。

これから歩いて四谷まで帰るのか。

それなら日も暮れてしまうだろう。

荷も重いのだろうし、何だか可哀想な気もする。

結構しんどい渡世《とせい》ではある。

立ち話で随分と時間を取らせてしまったし、これで親方に文句でも云われたりしたら夢見が悪い。

そう思ったので、再度呼び止めて僅かばかり駄賃をあげた。

為三は甚《いた》く喜び、何度も礼を云って、跳ねるようにして手遊屋の前を過ぎて去った。

姿がすっかり見えなくなるまでその背中を眺めて、もう一度径の先に視軸を投じてみた。

寺も何も見えはしない。横道は細い上に曲がっているのだ。

行ってみようと、そう思った。

どうせ暇なのだ。

その点に関しては高等遊民とでも呼びたくなる程に優雅なのである。

まあ高等でも遊民でもなくて、どちらかと云うと人間は下等の部類であるし、ただ仕事に溢《あぶ》れているだけの身でしかないのだが、それだけに時間だけは売る程にあるのである。

径に踏み込む。

山萩《やまはぎ》が咲いていた。随分と早咲きである。

上だの遠くだのばかり見ていたから、足許《あしもと》は見ていなかったのだ。

綺麗なものである。

半町も進まぬうちに景観はすっかり田舎《いなか》びてしまった。

これで古びた道祖神《さえのかみ》でもあれば、もう遠山里《とおやまざと》の相である。

右方《みぎかた》の木木が途切れて畑が広がる。畑の向こうには百姓家がある。江戸の情緒なんぞは微塵《みじん》もないが、文明だの近代だのの欠片《かけら》もない。何の畑か知らないが、そんなに土地が肥えているとも思えなかった。

畑がまた樹木に隠れて見えなくなる。

納屋だか小屋だかがぽつぽつと木陰に見え隠れしている。

突如赤いものが目に飛び込んで来たので一瞬ぎょっとしたのだが、ちゃんと見れば夾竹桃《きょうちくとう》である。今日は能く能《よ》く花を見掛ける日だと思い、見蕩《みと》れつつ足を運び、おやと思って左手を見れば、建物がある。

遣り過ごすところだった。

立ち止まって眺めるに、慥《たし》かに奇妙な建物である。

櫓《やぐら》と云うか何と云うか、為三も云っていたが、最近では見掛けなくなった街燈台《まちとうだい》に似ている。ただ、燈台よりもっと大きい。

本屋はこれに違いあるまい。他にそれらしい建物は見当たらないし、そもそも三階建てなど然《そ》う然《そ》うあるものではない。

しかし到底、本屋には見えない。それ以前に、店舗とは思えない。

板戸はきっちりと閉じられており、軒には簾《すだれ》が下がっている。

その簾には半紙が一枚貼られている。

近寄れば一文字、
弔――。

と、墨痕《ぼっこん》鮮やかに記されていた。

これではまるで、新仏《にいぼとけ》を出したばかりの家である。尤《もっと》もその場合は弔ではなく忌であるべきで、つまりは不幸があった訳ではないのだろう。ならば、果たして何のつもりでこんなものを掲げているのか。

まるで見当がつかない。呆れると云うより解らない。

またしても為三の云っていた通りである。垣根が高いことは間違いない。高過ぎて裡《なか》がどのようになっているのか想像も出来ぬ。果たして店主がどんな人物であるか、そこのところは計り知れぬ訳だけれども、一見客《いちげんきゃく》を拒んでいることだけは確実である。

扠如何《さていかが》したものかと躊躇《ちゅうちょ》する。

気軽に冷やかして帰れるような雰囲気でないことだけは確実だろう。入店しなければ覗いてみることも叶《かな》わず、入店した以上は覗くだけでは済まされまい。否、済まされないことはないのだろうが、如何《どう》にも気が引けてしまう。

いやはや厭《いや》な店もあったものである。

ならこのまま帰れば良さそうなものなのだが、そう云う気分にもなれぬ。妙に気を引く佇《たたず》まいである。弔の一字が気になって仕様がない。

達筆であろう。

凝眸《ぎょうぼう》していると、板戸が開いた。

隙間から色の白い、瓜実顔《うりざねがお》の小童《こわらわ》が顔を覗かせた。

「おや、お客さんでござんしょうか」

小童はそう云った。

「ああ、まあ、そんなところだ」

「何かお探しのご本でも」

「いや、そう云う訳ではないのだが、本が好きなものでね。何、家が近いのだ。こんな傍《そば》に書舗《ほんや》があるとは思っていなかったものだから、覗いてみようかと思ってね」

童《こども》相手にもしどろもどろである。

「はあ、お探しの本がお決まりでないようでしたら、当店《うち》はお勧め致しません」

「ほう。それは何故かね」

お迷いになるだけでござんす、と小童は云った。多分、この店の丁稚なのだろう。

為三はそこそこ擦れていて、下卑たところもあるのだけれど、この小僧はどうも種類が違う。

顔立ちが綺麗な所為《せい》かもしれぬが丁稚には見えない。

坊主頭で前掛けをしているから、まあ丁稚に間違いはないのだろうが、何処となく祭礼で見掛ける神社の稚児《ちご》のような物腰である。

「迷うと云うのは余計に好《よ》いじゃないか」

「そうですか」

「そうだ。何ごとも、目的に一直線と云うのは味気ないものさ。彼方《あちら》に振れ此方《こちら》に揺れて、時に横道に逸《そ》れ、思いも寄らぬ処に出る。そうしたことから知見が広がる。何かと発見もあるものだよ。まあ昨今は合理だの利便だのと盛んに云うが、僕は余り気を引かれないのだよ。世に無駄はないさ」

「あら」

美童は小さな口を円《まる》く開けた。

何だと問うと、申し訳ありません等《など》と云う。何を謝るかと尋けば、

「いえ、手前の主人も同じことを申しますので。世に無駄はない、世を無駄にする者がいるだけだと――」

小童はそう答えた。

「ほう」

出任せの能書きを垂れただけだったのだが、そう悪くもなかったらしい。

「そんなことを仰《おっしゃ》るかい」

「へい。主人の座右の銘でござんす」

「なる程なあ、で、時に小僧さん、この」

弔と云うのは何だろうと、問うた。

「はあそれは招牌《かんばん》でござります」

「看板だと」

「木片《いた》ではありませんので、正しくは看板ではござりませぬが、その、屋号でございます」

「商号なのかい。とむらい、と書いてあるように思うのだがね」

他に読み方はあるまい。

縦から見ても横から見ても弔の一文字である。

小僧は細い眉を歪《ゆが》ませた。

「はあ、手前共の店は――書楼弔堂《しょろうとむらいどう》と申しますもので」

「とむらいどう」

これはまた、奇態な名を付けたものである。

商家は縁起を担ぐが相場。

開化の世でも合理の徒でも、其処《そこ》のところは変わりあるまい。

それなのに、選《よ》りにも選《よ》って弔とは、如何《いかが》なものだろう。曲がりなりにも縁起の良い名ではなかろう。商売をする気があるとは思えない。

恐ろしげな名だねと云うと、そうでござんしょうかと小童は小首を傾《かし》げた。

益々興味が涌《わ》いた。

これで覗かずに帰ってしまったのでは延延と後悔が続く気がする。覗いて落胆する分には構うまい。酒宴《さけ》の肴《さかな》くらいにはなろうと云うものである。

「どうだね、その、迷う程に品揃えが良いと云う弔堂さんの店内に入れては貰えまいかね。それとも、探書《たんしょ》がない客は立ち入り出来ぬ約款《きまり》かね」

小童はもう一度口を開け、ああ、と声を発した。

「これは如何《いか》にも、失礼致しました。何方様《どなた》でもお入れしない等と云うことはございませんのです」

さあどうぞと小僧は後ろに身を引き、入り口を開けた。

裡《なか》は昏《くら》かった。

窓がないのだ。

一定の間隔で蠟燭《ろうそく》が燈《とも》されている。

煤《すす》の色も透けているし、燈火《ともしび》も確《しっか》りしている。

昨今出回り始めたパラフィン蠟燭ではなく、上等の和蠟燭なのだろう。

明かりばかりが朦《もう》と見えている。何処となく万燈会《まんどうえ》染みている。店の奥行きが解らない。何処か遠くまで、ずっと続いているかのようである。

その錯誤も僅かばかりのうちに収まった。

間口に較《くら》べ相当に奥行きはあるのだけれど、勿論《もちろん》無限ではない。一番奥にはちゃんと帳場のようなものが設《しつら》えられていた。

左右の壁面は凡《すべ》て棚で、題簽《だいせん》の貼られた本が堆《うずたか》く積まれている。棚の前には平台があり、そこにも夥《おびただ》しい数の本が積まれている。和書ばかりでもない。洋書もあるようだ。積まずに棚差しされているものも無数にある。洋装本ではなく帙《ちつ》に入れた和本なのかもしれぬ。

目が慣れぬので、書名まではまだ読み取れぬ。

燭台を確認し、下を見る。

どうやら、土間のようである。

よたよたと、揺蕩《たゆと》うように進む。

徐徐に周囲《あたり》の輪郭が明確になって来る。

目が慣れて来たと云うのもあるのだけれど、それだけではないのだ。

蠟燭以外の光源がある。どうやら、真ん中が吹き抜けになっているようである。

吹き抜けの真下まで歩を進めて見上げると、うんと高くに白い光が見えた。天窓か何かがあるのだ。

二階も、三階も、書架なのだろうか。

上も本かいと問うと、上も本ですと云う小僧の声が背後から聞こえた。

「上の本も覧《み》られるのかね」

「ご覧になるのは構いませんが、お迷いになるだけです」

「いや、まあそうなのだが、品揃えを覧たいと云うのはあるだろう」

品は揃っておりますと小僧は云った。

「そうなんだろうなあ」

日本橋《にほんばし》の丸善《まるぜん》などは相当に大きい。一体何冊の書物を取り扱っているものか、考えたこともない。それに較べれば、この店の敷地は遥かに狭い。比べ物にならない程に小さいのだが、本の数は此方の方が多いような気になる。

否《いや》、多いだろう。

ここには本しかないのだ。

視軸をゆるゆると下ろす。

帳場の上から錦絵のようなものが下がっている。

其処《そこ》だけ、子供の頃に見掛けた絵草紙屋のような風情である。

「錦絵もあるのかね」

「役者絵芝居絵、春画に瓦版、雑誌も新聞もございまする」

「新聞と云うのは、その所謂《いわゆる》新聞か」

「へえ」

そんなものが売り物になるのか。一日一日、日日新しく刷るから新聞なのではないのか。古い刷り物などに価値があるとは思えない。

売れるかいと尋くと欲しがる方がいらっしゃれば売れますと云われた。

「それはそうなのだろうが、その欲しがる人が居るのかいと云う話さね。新聞などと云うものは、読み切り読み捨てじゃあないか。先月やら去年やらの事件の報を今更読んだとて、如何《どう》にもならぬぞ」

「読み切れぬ方も、読み捨てられぬ方もいらっしゃいますので」

「居るかい」

「へい。それに、如何にもならぬと仰《おお》せでございまするが、それを云うなら他のものも一緒でございます。どのご本も、どの刷り物も、読み返したところで如何にもなるものではございますすまい」

「まあなあ」

すると。

「この店は、本屋と云うよりも文庫と云うか、経蔵《きょうぞう》と云うか、そう云うものに近いのかな」

書舗の丁稚が重宝する訳である。

「旧幕時代にも、学問に熱心な藩には書物を集めた文庫があっただろう。西洋には開板《かいはん》された版本《はんぽん》を全部お国に納本するという制度があるのだそうじゃないか。本邦にも、ほら、書籍館《しょじゃくかん》とか云うのがある筈だ。それに近いのじゃあないのかね」

振り向くと小僧はまた小首を傾げて困ったような顔をしていた。

蠟燭の火燈《ほあかり》に映えて、顔色がちろちろと変わる。

「そうした処は、売ってはくれないのではござんせんか」

「まあ売りはしないだろうさ。覧られるだけだろう。頼めば貸してはくれるかもしれぬけれども」

うちは売りますと小僧は云う。

「本屋ですから」

「まあ――そうなんだろうがなあ」

売るのと貸すのは違うかいと問うと、背後から違いましょうと云う声が聞こえた。

慌てて振り返ると、脚が見えた。

帳場の横に階段があり、その中程に誰か立っているのであった。

「お客様でしたか。撓《しほる》、お客様が見えたのなら、ちゃんと呼ばなくてはいけないじゃないか」

「申し訳ございません」

「いやいや、ご亭主。これは僕がいけないのだ。物珍しくて彼《あ》れ此《こ》れ尋ねていたものだからね」

　脚は段を下り、やがて顔が見えた。

　微暗《うすぐら》いので能《よ》く見えない。

　貌《かお》は瞭然《はっきり》としないが、身に付けているのは無地無染の白い着物である。白装束と云えば白装束なのだが、どちらかと云うと袈裟《けさ》を脱いだ僧侶のような印象である。

「何かお探し物でも」

「いや、そうではなくてね。ただ僕は本が好きなのだよ」

「ほう」

　それはそれはと愛想良く云って、亭主は帳場に収まり、小僧に向けほら椅子なりお茶なりご用意なさいと云った。小僧は慌てて隅の方から丸椅子のようなものを運んで来て帳場の前に置くと、どうぞと云った。

「いや、構われると気が引ける」

「お時間がおありなら、どうぞご緩寛《ゆっく》りしてください」

云われるままに座ると、扠《さて》どのような学問をなさいますかと問われた。

意外に若い。少なくとも老人《としより》と呼んでいいような年齢ではないようだった。

齢下《とした》とは思えないのだが、齢上《としうえ》だとして、どの程度上なのか、一向に推し量れない。

「学問はしていません」

「学ぶために読む訳ではないと」

「まあ、勉学の徒ではないのです。思想もなければ主義もない。至って卑俗な凡夫ですよ。ただ、まあ好きなのです」

「何が――でしょうか」

「いや」

本ですと答えた。

「読むのがお好きなのですか。本がお好きなのですか」

「いや――どうですかね」

同じではないのか。

「勿論読むのは好きですがね。本ですからね。余り難しいのは閉口するが、大抵は字が並んでいれば読みます。尤《もっと》も、横文字はまるで読めませんよ。異国の言葉は馴染まないのです。髷《まげ》を落して二十と一年、今以《も》って頭《おつむ》の中身は開国していない」

亭主は莞爾《にこにこ》と笑った。

「ははあ。しかし、読むだけならば、借りて読んでも一緒でしょう」

「まあそうですな。ただ、貸本屋は最近何処も潰れてしまったでしょう。皆赤本売りなんかになってしまって、もう、それも見掛けないですよ。それに、貸本屋の扱う本はどちらかと云うと下世話《げせわ》なものが多かったでしょう。下世話が悪いとは云いませんが、仏書漢籍、そうしたものは扱っておらぬから、若い頃から余り好きではなかった。凡夫の身で偉そうなことを云うのも烏滸《おこ》がましい気がしますがね。それでも曲亭馬琴《きょくていばきん》なんかはかなり読みましたが、数が多いですから」

どれも最後まで読み通してはいないのだ。

なる程と云い乍《なが》ら、主《あるじ》は笑顔のまま頷《うなず》き、

「すると仏書漢籍がお好みですかな」

と尋《き》いてきた。

嫌いな訳ではないのだが、好みかと問われると戸惑うよりない。

「いやいや、そこで首肯《うなず》いてしまうと仏家《ぶっけ》の方に叱られます。如何《いかん》せん中身が鎖国で洋ものはサッパリですが、論語なんかは散散《さんざ》読まされましたから、まだそちらの方が馴染むと云うだけです。儒書は時に説教臭くて敵いませんが、本草博物の類《たぐい》は面白く読みます」

「するとお武家様ですか」

「武家の出と云うか、武士の子ではありますが、十歳《とお》ばかりで瓦解《がかい》しましたから、侍と云う自覚はありませんよ。元服するかせぬかで髷を落し、二本差しの重みも知らぬうちに四民平等です。気が付けば武士でなくなってからの方が長く生きています」

もう三十五である。

「まあ、先程申しました通り、何かを学んでいる訳ではなくて、僕の場合は道楽の延長なのですよ。最近では詩歌や小説も読みますし、翻訳ものも読む。この間坪内逍遙《つぼうちしょうよう》を初めて読みました。ま、臀《しり》の据わりが悪い不思議な感じでしたが、面白かった」

「うちは、ご覧の通りの本屋です」

なる程なる程と主は云った。

「はあ」

「本の中身を売っているのではなく、本を売っております」

「それはまあ、そうでしょう」

「知見が欲しいのであれば、借りて読もうが立ち読みをしようが同じことです。一読理解しさえすれば、それで済みます。でも、本はいんふぉるめーしょんではないのですよ」

本は墓のようなものですと主は云った。

「墓——ですか」

「ええ。そうですね。墓でございます」

「解りませんなあ。本が墓ならこちらは墓場ですか」

そう心得ておりますと主は云う。

そう云われてみれば、墓場に見えぬこともない。

「人は死にます。物は壊れます。時は移ろい、凡ては滅ぶ。乾坤《けんこん》悉《ことごと》く移り変わり、万物は普《あまね》く常ならぬが世の習い。しかしそれは、現世《うつしよ》でのこと」

主は帳場の手燭を翳《かざ》す。

主の影が背後に広がる。

「この錦絵は——西南《せいなん》の役《えき》を描いたものです」

そのようだった。観《み》たことがある。

「私は勿論、戦《いくさ》に行ってはおりません。この絵を描いた絵師も、彫師《ほりし》も摺師《すりし》も——多分行っていない筈です。これは想像だ」

「そうなのですか」

「ええ。でも、此処《ここ》に描かれている戦争《いくさ》は実際にあったのです。この通りかどうかは判りませんが、こうだった、とこの絵は云うのです。この絵しか知らぬ私は、西郷吉之助《さいごうきちのすけ》はこんな容貌であったのかと思うよりない」

「まあそうですが、誇張や嘘もあるのではないですか」

「ええ。誇張と嘘だらけでしょうね。何と云っても錦絵ですから。ところで——これは今、博文館《はくぶんかん》さんが準備している本の草稿です。題を『西南戦史《せいなんせんし》』と云い、十二編からなる大部となる予定だそうです。西南の役のことが事細かに記されることでしょう。作者は川崎紫山《かわさきしざん》と云う人で、この人は民権派で知られる東京曙新聞《とうきょうあけぼのしんぶん》の記者で、他紙から主筆に迎えたいと声が掛かるようなお人ですから、きちんと取材をして書かれているようでございます。こちらは如何《どう》でしょう」

「如何と云われましても——まあ資料としては、そちらの方が信用出来るものになるのではないですかな」

資料としてはそうですねと主は云った。

「いんふぉるめーしょんとしては、慥《たし》かにこちらの方が価値が高いでしょう。でもお客様。これを読んだところで、私は西南の役には加われないのです」

「はあ」

「もう、十五年も前に済んでしまったことですからね。今更西郷にも政府にも加勢は出来ません。これを読んで想像するしかないのです。私にとって西南の役は」

主は手燭を台に置き、人差指で自《おの》が顳顬《こめかみ》を突《つつ》いた。

「この中にしかない。それは本物の西南の役ではないのです。謂《い》わば、西南の役の幽霊のようなものです」

「えぇ。幽霊と申しますものは神経の作用で、亡くなった人が恰《あたか》も其処に居るように見えるもの——なのでございましょう」

「まあ、そう云います」

「見えたところで、死んだ人がそこに居る訳ではないのでしょう。同じことです。微に入り細を穿《うが》ち、知れば知る程、西南の役の幽霊はこの頭蓋の中で輪郭を明瞭にすることでございましょう。しかしそれは実物ではないのです」

「慥《たし》かに、それはそうです」

「私と云う言葉は、私そのものではありません。あなたと云う言葉も、あなたそのものではない。言葉は現世に対応してあるけれども、現世そのものではない。机と云う言葉とこの机は」

　何の関係もないですと主は云った。

　ぱん、と机を叩く。

「文字も同様です。不立文字《ふりゅうもんじ》の教えを引くまでもなく、文字などは記号に過ぎないのです。漢字も仮名も、この錦絵と同じです」

「元は絵、と云うことですかな」

　今も絵ですと主は云う。

「具象ではないと云うだけで、平面に描かれた模様なのですから、絵です。ただ、音韻に対応し、意味が載せられている。それだけですな。我我はそれを組み合わせ、言葉として諒解《りょうかい》しているというだけのこと」

「うむ」

今まで一度も考えてみたことがなかったが、云われるまでもなくその通りであろう。

「言葉として諒解される絵を、更に組み合わせ、文と云う呪文とし、それを書き連ねて束ねたものが――本なのです」

沢山ありますと主は店を見回す。あり過ぎる程である。

「言葉は普く呪文。文字が記された紙は呪符。凡ての本は、移ろい行く過去を封じ込めた、呪物でございます」

「呪物ですか」

時に――と亭主は顔を向ける。

「お客様は、お墓参りには行かれましょうかな」

「はあ、信心はどうにも苦手で、至って罰当《ばちあ》たりな気性なものですからね、仏事法要も怠《おこた》りがち、墓参もまめには致しませんが、盆や祥月命日には菩提寺《ぼだいじ》に参り、手の一つも合わせますが」

「参られる時は何を思われますか」

「はあ。まあ無心です。亡くなった父や祖父母を想《おも》うこともありますが」

「その方方よりも遡《さかのぼ》ったご先祖様のことは如何《いかが》ですか」

「それは想いようがありません。知らないのですから。まあ、先祖の武勇伝めいた話は幼い時分に多少は聞きましたから、そうしたことは覚えていますが、顔《かんばせ》も声も何も知りません」

「同じことですよ」

　主はまたにこりと笑った。

「何がですか」

「墓に向かわれたあなた様は、お父上や、お祖父《じい》様お祖母《ばあ》様のお姿を思い浮かべることが出来ましょう。故人をご存じだからでございます。しかし、故人を知らぬ人には、何も思い浮かべることが出来ますまい」

「それと何が同じだと」

　これですと、主は本を掲げた。

　洋書のようだった。

「あなた様は外国語が不得手と仰せでしたから、多分この本はお読みになれないでしょう。努力して語学を修められ、読めるようになられたとしても、容易には理解し難《がた》いと思いますが」

「いやいや」

まるで解らぬ筈だ。先《ま》ず、解ろうと云う気がない。

他人の墓だからですと主は云った。

「見知らぬ他人の墓に参っても、あなた様は何も思い浮かべられますまい」

「なる程。それで墓ですか――」

見渡す。亭主の云う通りこの店は墓地なのだろう。

「書き記してあるいんふぉるめーしょんにだけ価値があると思うなら、本など要りはしないのです。何方《どなた》か詳しくご存じの方に話を聞けば、それで済んでしまう話でございましょう。墓は石塊《いしくれ》、その下に埋《い》けられているのは骨片。そんなものに意味も価値もございますまい。石塊や骨片に何かを見出すのは、墓に参る人なのでございます。本も同じです。本は内容に価値があるのではございません。読むと云う行いに因《よ》って、読む人の中に何かが立ち上がる――そちらの方に価値があるのでございます」

「中身ではない、と云うことですかな」

「同じ本を読まれても、人に依《よ》って立ち上がるものは異なりましょう。どれだけ無価値な内容が書き連ねられていたとて、百人千人が無用と断じたとて、ただ一人の中に価値ある何かが生まれたならば、その本は無価値ではございますまい」

「そうなりますかな」

本は呪物でございますよと、亭主は続ける。

「文字も言葉も、まやかしでございますよ。そこに現世はありませぬ。虚《うそ》も実《まこと》もございませぬ。書物と申しますものは、それを記した人の生み出した、まやかしの現世、現世の屍《しかばね》なのでございますよ」

宛《さなが》らこの家《や》は死屍累累《ししるいるい》であろう。

「しかし、読む人がいるならばその屍は蘇りましょう。文字と云う呪符を読み、言葉と云う呪文を誦《よ》むことで、読んだ人の裡《なか》に、読んだ人だけの現世が、幽霊として立ち上がるのでございますよ。正に、眼前に現れましょうよ。それが——本でございまするな」

だから買う人が居ると亭主は云った。

「だから、と申しますと」

「本から立ち上がる現世は、この、真実《ほんとう》の現世ではございません。その人だけの現世でございますよ。だから人は、自分だけのもう一つの世界をば、懐に入れたくなる」

気持ちは解る。

「再読、三読するためでしょうか」

「勿論、読む度にそれは立ち上がりましょうなあ。読む度に違ったものが見えるやもしれません。しかし、私が思うに、一度読んだのならば、もう読む必要はない——のかもしれませんな」

「そう――ですか」

「読まずとも観るだけで、観ずとも所有しているだけで、その世界は持ち主のものでございましょうから」

「観るだけでですか」

「ええ。題簽に記された書名は戒名のようなもの。洋装本の背表紙に刻まれているのは墓碑銘でございます。それを観れば、何の墓かは知れましょう」

想うだけで良い、と云うことか。

「なる程。しかしご亭主、所有しているだけで良いと云うのは解り兼ねるなあ。所有するしないは余り関係がないようにも思うのですけれどもね」

いやいや、大事でございましょうと亭主は云う。

「同じ墓に参ったとしても、別の人には別の幽霊が見えているのでございますよ。そうなると――自分だけの世界ではなくなってしまいましょうよ」

「それはそうだが」

「勿論、必ず所有しなければならぬと云う訳ではございません。或る意味で、墓など飾り。仏壇も位牌も飾り。不遜《ふそん》な物言いでございますけれど、そうしたものはいずれも信心の契機《きっかけ》に過ぎぬものでしょう。要は心掛けでございますから、参れずとも祈らずとも供養がなるよう、想うだけでも通じるものではございましょう。でも」

主は、どこか愛おしそうな眼差しで棚の書物を見た。

「自分の大切な人の位牌くらいは持っていたいものではございませぬかな」

「はあ――」

気持ちは解るが実感は持てない。

「本は、幾らあっても良いもの。読んだ分だけ世間は広くなる。読んだ数だけ世界が生まれましょう。でも」

亭主は言葉を切って、こちらに顔を向けた。

「でも、実のところはたった一冊でも良いのでございますよ。ただ一冊、大切な大切な本を見付けられれば、その方は仕合わせでございます」

だから人は本を探すのですと亭主は云った。

「本当に大切な本は、現世の一生を生きるのと同じ程の別の生を与えてくれるのでございますよ。ですから、その大切な本に巡り合うまで、人は探し続けるのです」

そう――なのか。

この中に自分の本はあるのだろうか。

この紙の束と文字の渦の中に、いったい幾つの現世の幽霊が閉じ込められていると云うのだろう。

「見付かるものでしょうかな」

「巡り合えない人もおりましょう。否、出合えぬ人の方が多いと存じます。でも、いずれ読んでみるまでは判らぬことにございますから、読まねば遇《あ》えません。読んで、何かを感得したとしても、もっと上があるやもしれぬ、次はもっと素晴らしいかもしれぬと思ってしまう。これぞその一冊と決め兼ねて、また次を探す。ですから本は、集めるものではなく集まってしまうものなのでございましょうな」

その感覚は解る気がする。

蒐集家《しゅうしゅうか》とは、少し違う。

増やしたいとか、揃えたいとか、満たしたいとか、そう云うものではないのだ。数の問題ではないし、不足がある訳でもない。正に集まってしまうと云うよりない。

「まあ、病膏肓《こうこう》に入るの類《たぐい》には違いないのでしょうけれどもね」

欲が出るのですなあ――と云って微笑《ほほえ》むと、主は立ち上がった。

「そう云う人に見付けて欲しくッて、私はここにこうして、屍と、墓石を並べているのでございます」

だから――。

いや少し違いますなと亭主は云った。

「違うとは」

「人のためと云うよりも、本のためかもしれませぬな。いいや、そうなのですよ」

「本のためですか」

主は階段の上を見上げた。

「兎《と》に角《かく》読んで戴きたいのです。合う合わないは別にして、合おうが合うまいが、読まれなければこれは芥《ごみ》。誰も参らぬ墓はただの石塊にございます。下に屍が埋もれていようとも、それがどんなに立派な方の屍であろうとも、誰も気付きますまい。読まれぬ本は、只の紙屑」

「いや、まあそうでしょう」

だから売っておりますると、亭主は云った。

「売るのが供養でございます」

だから――。

弔堂なのか。

「弔っていらっしゃる」

ナァに、私は元は僧でございましてねと云って、主は自が髪《あたま》をするりと撫《な》でた。

「還俗《げんぞく》して随分経《た》ちますがね」

「ご坊でいらしたか」

いや、でも齢《とし》は若いのだ。齢上かと思うたが、声の調子は若い。三十そこそこにしか感じられない。いや、若く見えるのも、この異様な舞台の所為なのかもしれぬ。

「お見逸《みそ》れしました。流石《さすが》に説教は堂に入っておりますなあ。まあ、僕は何に付け考えの足りぬ男ですから、突き詰めて考えてみたことはないが、ご亭主の云うことは理解しました。本が好きだと云うのは、そう云うことなのかもしれませんな。多少——」

大袈裟に過ぎる気もしたが——と、最後まで云う前に、横から小僧の声がした。

「あのう、お茶をお出ししても宜しゅうござんすか」

「何だ、撓。そんな処に立っていないで早く出せば良いじゃあないか」

「はあ。お話が終わらないので、出しあぐねて冷めてしまいました」

申し訳なさそうにそう云うと、小僧は茶托に載せた湯呑みをくれた。

そんなに冷めてもいなかった。

「私自身もね、己《じぶん》の本を探しているのです」

「すると——」

未《ま》だ見つけていないのか。こんなに——あると云うのに。

主は笑った。

「いやいや、どれもこれも、読んでいる時はこれだと思うのです。思うのですが、もしやとも思う。そこでまた探す。それを繰り返し、探しているうちに、こんなに増えてしまいましてねえ。こうなると、どれも大事に思えて来て、見失ってしまった。そうしたらこの本達が可哀想に思えて来ましてね」

「可哀想ですか」

「私よりもっと佳《よ》い人が居るかもしれないではありませんか」

「はあ」

男女の仲のようですなあと云うと亭主はそうですかなあと笑った。

「死蔵と云う言葉がありますが、これは正に死蔵です。死したる者に引導を渡し成仏させるが仏家の役目。供養するには売るしかありますまい。だから商売にしたのです。そう云う次第ですから、うちと、他の書舗《しょほ》とは、そもそも成り立ちが違うのですよ」

版元でもないし、取り次ぎをする訳でもないのである。渉猟し、仕入れて並べ、売るのである。否、求める者と巡り合うその時まで陳列しておく——と云うことなのだろう。

大法要ですなあと云った。

「するとご亭主。ここに来る客は、僕のようなぼんくらではなく、明確な目的を持って探書に訪れる、切実なご仁ばかりなのでしょうかね」

「そんなことはございませんよ」

「違いますか」

「まあ、無縁仏を縁付ける、そう云うことも致します。祀《まつ》る者絶えて久しき古墳墓と祀るべき祖霊が見定められぬ者とを引き合わせてみれば、細い細い縁《えにし》が繋がっていたと云うこともございます」

まるで売れぬと給金が戴けませんと小僧が云う。

そう云うことですと主は笑った。

もう、すっかり目は慣れ、題簽の文字も読めるようになっている。

長長と話を聞かされた所為でもあろうが、慥《たし》かに霊廟《れいびょう》のようにも見えなくはない。

実に整然と並べられている。主は几帳面なのだろう。整理されているから一見綺麗なのだが、能《よ》く見れば考えられぬような並びと品揃えである。堆く積まれた和装本。判型毎《ごと》に並べられた洋装本。雑誌も、紙類も、それはきちんと整えられている。ただ揃えてあるという訳ではないのだろう。何か法則があるのだ。

ただ、どう云う基準の分類であるのかは計り兼ねる。

湯呑みを小僧に返し、覧させて戴きましょうと立ち上がろうとすると――。

戸が叩かれた。

おやお客様じゃと小僧は湯呑みを階段の隅に置き、慌てて戸口に向かった。

俄《にわか》に狼狽《ろうばい》して帳場の方を垣間見ると、何か察したらしく、どうぞそのままでと亭主は云った。仕方なくその場に、竦《すく》むようにして留まった。

戸が開けられる。

薄明に強い光が差す。

罔兩《うすかげ》を伴った景影《シルエット》が、やがて人の像《かたち》を結んだ。

元は巨《おお》きな人なのだろう。

ただ、肩を落し、やや前屈《まえかが》みになっている。

その萎縮した姿勢の所為か、幾分小さく見える。杖《つえ》を突いているのである。脚が悪いのかもしれない。

影は店の中程まで進んだ。

黒黒とした髪を後ろに撫で付けている。

厚い唇と、力強い顎、その上にはぎょろりとした二つの眼《まなこ》が見開かれている。

多分、胸を張り睨《にら》み付ければ相手は竦んでしまうだろう。そんな迫力がある。

何処となく眼光鋭き侠客《きょうかく》——と云った風貌ではあるだろう。

だが、どこか精気が抜けているようで、恐いと云うより痛痛しい。

病んでいるのかもしれぬ。

直観でそう感じた。

顔色も蒼黒《あおぐろ》かった。

「弔堂はこちらですか」

張りのある落ち着いた声だったが、その張りは何か逼迫《ひっぱく》したような、遣り切れないようなものであった。

「そうです。私が主です」

「おお」

男は主の声に向き合う。

地味な色の単衣《ひとえ》に黒羽織、五十を越したくらいだろうか。眼の下の隈《くま》と、張りのなくなった皮膚が、見た目を一回りばかり老けさせている。

目が慣れていないのか、男は中空に視軸を漂わせ乍《なが》ら、

「秋山武右衛門《あきやまぶえもん》に聞いて来たのです」

と、云った。

「秋山様と云うと、あの、地本問屋《じほんどんや》の秋山様でござりましょうか」

地本と云えば、洒落本《しゃれぼん》や滑稽本《こっけいぼん》、人情本に狂歌本《きょうかぼん》、赤本黒本黄表紙《きびょうし》などの草双紙《くさぞうし》辺りの総称だった筈だ。要するに、江戸の頃の娯楽本である。

「そうそう。滑稽堂《こっけいどう》の秋山です。もう先《せん》に地本の店は閉じちまったが。あの手のモンは時流に合いません。今は、浮世絵の版元だが、まあ」

浮世絵は流行《はや》りませんからなあ、と男は云った。

「そうですか。うちにはまだ買いに来るお客様がいらっしゃいます。そう云えば一昨年に出た役者絵――大判三枚続三種、あれは慥《たし》か、秋山様のところで刷ったのではなかったですかな」

そうだったかなあと、男は酷《ひど》く曖昧に答えた。

「――雪月花之内《せつげつかのうち》。九代目市川團十郎《いちかわだんじゅうろう》に五代目尾上菊五郎《おのえきくごろう》、それに市川左團次《いちかわさだんじ》の雪月花。あれは上演された芝居を観て描いたものではないでしょう。ですから芝居絵ではなく、役者の似顔を使った物語絵ですな。古典画や武者絵の伝統を踏襲しつつ、新しく作り替えている。技法も構図も見事なものでした」

　そんなものも扱う店なのかねと男は不思議そうに問うた。

　主は笑って、私が好きで買ったのですと答えた。

「好きなのです」

「そりゃあおめえさん、時代《じでえ》遅れだ」

「そうでしょうか」

「これからァ洋画でしょうや」

「西洋画も良いですが別物でしょう。そもそも西洋画は刷り物ではありません」

「肉筆としたって、浮世絵じゃァそう変わりアねえですよ。ま、浮世なんぞと云うておるうちは駄目ですよ」

「駄目ですか」

　駄目なんだと男は眉間《みけん》に皺《しわ》を寄せた。

「近頃じゃァ、和魂漢才《わこんかんさい》ならぬ、和魂洋才《わこんようさい》なんてェことを云うでしょう。それだ。その通りだと思うね。イイもんは何でも取り入れなくッちゃ――」

よよたと男は蹌踉《よろけ》た。

「いかんのだ」

男は前にのめる。

これはいけないと思い、すうと席を立ち椅子を勧めた。

主はこちらを見てうっすら微笑み、これはどうもと愛想良く云った。

男はすまぬすまぬと云い乍《なが》ら、椅子に腰を下ろした。

相当身体がいけないようだ。

「此処は、何だ、蠟燭だね」

男は云う。

能登《のと》の方より取り寄せておりましてねえと亭主は答えた。

「この頃の蠟燭は質が悪くて煤が出ますから。商売ものが黒くなってしまう」

「洋燈《ランプ》にはしないのかね」

「あれも煤は出ます」

儂《わし》も洋燈は駄目でねえと男は云った。

「調節も出来るし便利だたァ思うが、どうも落ち着かねえ。百目蠟燭が良い。夜っぴいて働く時《とき》ゃァ、百目です。だからね、ま、何でも彼《か》でも洋風がイイたァ云わん。云わんがね、駄目なものは駄目です」

「浮世絵がそんなに駄目ですかね」

亭主はそう云って、ちらりと、下げられている錦絵に目を遣った。

「綺麗ですが」

「綺麗さ。綺麗に描こうとしとるから。でもそれで行き止まりだ。おめえさんの云う通り洋画とは別物さね。技法や考え方は元より東西で隔たっておるんだから、それはそれで良いンだ。でも、画題がいかん」

「いけませんか」

「日本画もそうだが、いつまでも同じような画題ばかり描いていたンじゃあ先はねえですよ。そもそも、絵に手本があると云うのが間違っておる。手本てェのは、まあ良く描けておるのさ、手本なんだから。だから皆、手本通りに描くんだな。また手本通りに描けと教える。手本と違ってりゃ、そりゃ下手《へた》よ。それでは洋画に敵わない。先《ま》ず自分で観て描く、そうでなければ自分で考えて描く。そうでなくてはいかんでしょう。この国の絵描きは、写してばかりだ」

主は苦笑した。

「師匠の絵を写す。まあ、そっから始めるなァいいです。模倣から始まるもんでしょうや。でも、同じものを同じ技法で同じように描くンだから、こりゃ師匠を超えるな無理ですよ」

「無理ですか」

「違うもんを観て、違うように描く。これなら超えられる。でも、同じ見方、同じ技法では無理だ。そンなら師匠が上手なのに決まっておるさ。縦《よし》んば、それで師匠より上手に描いちまッたら、破門です」

「そう云うものですか」

思わず口に出してしまった。

「超えてはなりませんか」

「師匠と弟子てえなァ、一生続く関係なんだ。別に一流立てるなら別だが」

「はあ」

「どうしても師匠を超えてェってなら、北斎《ほくさい》のように閥《ばつ》を抜けて独立《ひとりだち》するしかねェですよ。でも、それじゃあ仕事ァ来ねえ。そんなじゃあ中中先には進まねえでしょうや。派だの一門だの云うておるうちは如何《どう》しようもねェのです。まあ世の中が動いておらぬ分にはそれで充分かもしれねえが、でも、こう大きく変わっちゃァ、無理です」

変えなくちゃア駄目なんだと男は自らに云い聞かせるように云った。

ご尤《もっと》もかもしれませんねえと亭主は答えた。

「でも、良いものは時世を超えて良いと思いますけれどもねえ」

いやいや、と男は首を振った。

「おめえさんの云う通り、良いものは良いのさ。儂が百目蠟燭を使うなァ、良いと思うからです。でも、今日日《きょうび》、百目蠟燭なんざ使う者は少ねえのさ。そのうち手に入《へえ》らなくなる。そうなりゃ、嫌でも洋燈使うよりなくなる。そうなら、早めに切り替えた方がいいだろうしね。もしかしたら百目蠟燭よりも使い勝手の好い、和風の洋燈が出来るかもしれねえや。いやいや、そうしなくっちゃあいけねえ」

それが和魂洋才でしょうと男は云う。

「だからね、肉筆ってなァ、また話が違うのかもしれねェが、刷り物はいかんでしょうよ。何がいかんといって、流通がもう追い付かん。刷りも、何とか云う西洋の技法がねえ、あれは素晴らしいからね。板彫って刷るってのは、しんでェやね。職人も減ってますわ」

「そうらしいですなあ」

「いやあ、今や東京だけで商売は出来ねえから、こうなると辛いです。版木ってなァ何千枚何万枚と刷れるものじゃあねェからね。全国に撒くとなると、もう彫師や摺師の質も保てねえですからね」

先はないでしょうと男は云う。

「ございませんか」

ない、いかん、いかんと男は苦悶の表情を浮かべた。

「もう後がないです」

「そうかもしれません。ただ——仮令《たとえ》時勢に適《かな》っていなくとも、誰も顧みなくなってしまおうとも、残るものは残ってしまうものですからねえ」

「残るかね」

「ええ。此処《ここ》には百年前、二百年前の本もあります。残っていれば読めましょう。読めれば残りもしましょうよ。絵も同じでございましょう。百年後、二百年後に価値が出るものだってある」

「イヤぁ、そうでも、浮世絵は駄目さ。高尚なもんじゃあねェし、襖《ふすま》の下張りぐれえにしかならねェ。秋山ンとこも、もうお終《しめ》えだと思います。売れなきゃ刷れねぇ」

寂しいですねえと亭主は云って、先程示した西南の役の錦絵を手に取った。

「残したいものですが」

「刷れなくちゃァ残らねえ」

「しかし、残すかどうかは受け手、観る者が決めることでございましょう」

男は暫く顔を顰《しか》めていたが、そのうち眼を細めて云った。

「いやいや、そうであったとしても、時流には逆らえないですよ。逆らっても仕様がない。時時折折に合わせて、変わって行くのが正しい在り方です。儂はそう思うて今日まで生きて来たのだがね」

もういけないと男は下を向く。

「お身体《からだ》がお辛いようですが」

「ああ辛《つれ》え。江戸煩《えどわずら》いでね」

「脚気《かっけ》ですか。それはいけませんね」

「いけねえ。いけねえが、自業自得てェ話です。不摂生てェか無養生てェかね、まあ」

酒に呑まれたンですと男は云った。

「ご酒《しゅ》が過ぎましたかな」

「過ぎたどころではねえです。いやあ、恥ンなるけれどもねえ。儂は、神経をやられてしまってね」

「神経――ですか」

「神経です」

男は杖を前に突き、両手をその上に載せた。

「狂うてしまったンですよ。いや、脳をやられたか、心を喰われたか、おかしくなってしまってね、先だってまで巣鴨《すがも》のね、癲狂院《てんきょういん》に入っておったのです。何が何だか解らんようになッちまって」

気が触れたと思われちまッたと云ってから、男はこちらを見て、ああ、心配はねえですと続けた。

「暴れる訳じゃあねえ。ま、乱心なら乱心で良かったのかもしれねェが、要は神経衰弱です」

神経が弱ってしまったと男は云う。

「神経てェものがどんなもんなのか、儂は見たことがねェから知らねえんだけども、まあ、この脳か、どっかに繋がってるもんなんでしょうな。それがきっと襤褸布《ぼろきれ》みてェに傷んじまったんでしょうねえ。だからもう、いけねえ。ささくれちまッて、大事な仕事も途中で放ってしまった」

そうでしたか――と云って、主は帳場に収まった。

「途中で止《や》めて、それっきりです。まあこれが初めてじゃあねェからね。二十年前にもイカれて、そん時ァ治った。病は気からてェのは本当ですぜ。所詮気の病だ。でも去年またイカれて、お医者にかかって、それでも一旦は良くァなったんだ。でも」

出た途端に逆戻りだと云って、男は眼を閉じた。

「ついてねえのです。今度こさァ治ったと思ったんだがね、仕事ォ始めた途端に、またぞろおかしくなりやがった。ま、銭がなくなったてえのもあるんです。先般白波《どろぼう》に入《へえ》られましてな」

「泥棒とはまた――」

どうしても口を挟んでしまう。

「まあ、そりゃいいんだが——いいってこたァねえんだけども、それですっかり気も弱くなっちまってね、彼《あ》れ此《こ》れいけなくなったんだな。それで、まあ——癲狂院に入れられちまったんでさァ。でも、休んでばかりもいられねェからね。床で仕事してたら、追い出されちまった。で、仕方がねえから他の病院に移ったんだが、そこの医者が匙《さじ》投げてね」

「医者《おさじ》が匙を投げちゃあいけないじゃないですか」

「まあ医者を怨《うら》んじゃあいませんや。人にゃ天命てェものもあるんだろうし、何でも治せるもんじゃあねェでしょう。で、治せねえってものを無理に居座ったたって仕様がねえからね。で、退院した」

それで真っ直ぐ此処に来ましたと、男は云った。

「病院から——ですか」

「脚も弱ってるしね、人力を仕立てて、車夫を外で待たせているンですよ。乎《ああ》——」

無駄な話をしちまッたなあと云って、男は眼を開けた。

眸《ひとみ》に蠟燭の燈火が映えている。

「あんまり、刻《とき》がねえ」

「そうでしたか——」

「儂の寿命は、あまり長くは保たねえと思うのです。だから——刻がねえ」

「能《よ》ック諒解《わか》りました。で」

どのような本をご所望ですか——と亭主は云った。

「儂はね、こう見えても、学はねえが本は読むのさ。町人の倅《せがれ》だが、仕事のために手習いもして、若い頃から色色読んだ。故事来歴だの、有職故実《ゆうそくこじつ》を知る必要があったからですわ。古《いにしえ》のことを学び、異国の習わしを識《し》らねば出来ぬ渡世なのです。だから漢籍や唐本も読んだ。たんと読んだ。でも、まだ、読み足りねえのだ」

「読み足りないですか」

「そう。だから——死ぬ前に、臨終のその前に、読む本を売って呉れ」

男は蒼黒い貌《かお》を歪めて、今にも泣きそうな表情になった。

「儂はね、まあ医者が云うのだから、狂うておるのかもしれねえ。でも、ものの道理はまだ解る。躰《からだ》も、魂も、弱っておるし、神経も傷んで、きゅうきゅうに細っておるけれど、まだ働きてえ」

仕事がしてえと男は云った。

「このままでは往生出来ねえ。最後の最後まで、仕事がしてえのだ。でも、どうしても手が動かねえ」

病気の所為じゃあねえのだと男は声を荒《あら》らげた。

「手が利かなくなったのじゃねえ。気が萎《な》えるンだ。だから指の先まで、力が伝わらねェんだ。神経の所為なのかいな。そうじゃあねえのだ。何かが足りねえだけなのだ。儂には知らねばならぬことがある筈なのだ。そのためには、何か」

何か本を読みてえのだよ――。

「ヘン、洒落臭《しゃらくせ》え。三途の川のせせらぎが、もう耳許で聞こえているてェのに、可笑《おか》しな話でござんすよ」

へ、へ、へ、と、男は無理に、力一杯に笑った。

慥《たし》かに――。

狂っているのかもしれぬと思う。

相当に苦しいのではないか。脚気は重くなれば死病となると聞く。どのような症状が出るのか詳しくは知らぬけれども、時に癆痎《ろうがい》よりも苦しいものであるらしい。

真実か否かは別にして、この男が死期を悟っていることだけは間違いないことなのだ。勿論、それとて思い込みであるかもしれぬ訳だが、当人にしてみれば死を予感する程に辛いのであろう。

その状態で、本が読みたいと思うだろうか。

他に為すべきこともあるだろう。

いいや、先《ま》ずこの男は働きたいと云う強い欲求を持っているのだ。どのような職種なのかは想像もつかぬが、兎《と》に角《かく》仕事がしたいのだろう。

ならば、何故本など読もうと思うのか。

そもそも、臨終までに読んでおかねばならぬ本などあるのか。この家の亭主は、人は掛け替えのない一冊を探して本を読むのだと、云う。読んでも読んでも見付からぬ気がするから読み漁《あさ》るのだと、そう云う。

それはそうかもしれないと思う。だが。

この男の一冊が、判るのか。

自分でも判らぬから読み続けるのではないのか。何冊も何冊も。

亭主の云うように、真実《ほんとう》は一冊でいいのである。否、それは一冊しかないのである。でも、その一冊が判らぬから、幾冊も読む羽目になるのではないのか。

店主の言を信じるならば、亭主自身その一冊に巡り合えぬからこそ、こんな――。

大伽藍《だいがらん》を築く程に本を呼び寄せてしまったのではなかったのか。

弔堂主人は、暫く黙って男を見ていた。

男は脂汗を浮かべている。

亭主は隅に突っ立っている小僧に眼差しを送った。美童は機敏にその合図を察して音も立てずに移動し、帳場の横に付けた。

主は美童の小振りな耳に口を寄せ、聞き取れぬ程の小声で何かを告げた。

小童——しほる、と云う名らしい——は小さく首肯《うなず》き、再び音も立てずに素早く戸口まで移動して、僅かばかり開いていた板戸をぴたりと閉めた。

それから、しほるは戸口傍の蠟燭を一本——。

消した。

その次の蠟燭も。

消した。

しほるは、慎重な動作で、一本一本蠟燭の火を消して行く。果たして何を考えているものか、問おうとする前に亭主が厳《おごそ》かに云った。

「幾つか立ち入ったことをお伺い致しますけれども、構いませんでしょうかな」

「畏《おそ》れ乍《なが》ら吉岡米次郎《よしおかよねじろう》様とお見受け致しまする」

「立ち入ったこととは」

亭主はそう云った。

男は眼を見開いた。

「儂をご存じか」

「いいえ。本屋渡世の当て推量にございますれば、違《ちご》うておりましたならご勘弁くださいませ」

「慥《たし》かに——そう云う名もあり申した」

「他のお名前は——此処では不要にございますれば、お名乗りになることはございません。いや、姓《かばね》も要りませぬ。米次郎様で宜しゅうございましょうか」

結構ですと男は云った。

「そうですか。それはそうと——米次郎様は三遊亭圓朝《さんゆうていえんちょう》の高座をご覧になったことはございましょうか」

「人情噺《ばなし》は好きです。儂は、まあ、こんな強面《こわもて》だが、どうも涙脆《なみだもろ》い質《たち》で——」

「いいえ」

怪談噺ですと亭主は云った。

帳場の手燭——最後の蠟燭が消えた。

天窓から差し込む弱弱しい光が、男の倦《う》み疲れた顔だけを照らしている。

「圓朝師は、先年席亭と悶着を起こされてから高座を退かれておられますが、聞けばご体調も勝《すぐ》れず、近近廃業されると仰せの由《よし》」

そうか、惜しいなと男は云う。

「かの無舌居士《むぜつこじ》は、開化先生方お嫌いの怪談噺の名人でもございましょう。真景累ケ淵《しんけいかさねがふち》、怪談《かいだん》乳房榎《ちぶさのえのき》、牡丹燈籠《ぼたんどうろう》——いずれも傑作。以前は怪談会なども能《よ》く開かれておられましたし、幽霊画幅も蒐集されておられるようです」

「それは聞いたことがある。何でも、百物語に肖《あやか》り、百幅の亡魂《ゆうれい》姿絵をお集めになると云う志《こころざし》をお立てになったとか――」

「ええ」

能《よ》くご存じですなあと亭主は云った。

「まあ、今云った通り、嫌いではねえのです」

「幽霊が――でございますか」

「な、何を」

男は腰を浮かせた。

「何を――云うのかな。開化の世に幽霊など居るものか。それこそ時代遅れの与太じゃねえのかい。怪談噺は噺じゃねえか。ありゃ圓朝の作り噺だ。みんな嘘八百《じでえ》じゃあねえかい」

ご覧になったのではありませんかと亭主は云った。

「な、何を」

「この世ならぬ人の姿を」

「お――」

男は、口を半開きにすると、それから大きな眼をぎょろぎょろと動かし、殆ど暝《くらがり》になってしまった店内を見回した。

「あ、あんなもなァ神経の所為で見える幻だ。見間違いだ。儂は、元より神経が傷んでいたンだ。気が触れておるから見えただけだ。お医者も云っていた。お前は精神の病だと。だから——」

口角泡を飛ばし、そこまで云って、男はふっと力を抜いた。

「おめえさん、どうして」

「勿論当て推量にございます」

亭主は静かにそう云った。

「初対面にございますれば」

「い、いや、そンなことが推量なんかで判る訳ァねえ。お、おめえはもしや——いやいや、そうじゃねえ。そんなものは居ねえさ。幽霊なんざ、神経の所為だ。文明人の見るものじゃあねえ。芝居や、噺や、くだらねえ地本の中にだけ出て来るもんだ。そうだろうさ。人はな、死ねばお終《しめ》ェだ。皮を剝《は》げば肉が覗く。血が涌く。肉を割《さ》けば腸《はらわた》が出る。芯にゃ骨がある。何処にも」

何処にも魂なんかはねえと男は云った。

「だから幽霊なんざ居ねえ」

「でも、米次郎様はご覧になったのではないのですか」

「だから——」

神経が病んだ所為で見えたのではございますまいと亭主は云った。

「逆です」

「逆てなぁ何だ」

「凡ての大本は——その幽霊ではないのですか米次郎様」

「大本だと云わるるかい。じゃあ何か、あんたァ儂の気が触れたのも、この手足が痺《しび》れるのも、仕事を失敗《しくじ》ったのも、いやいや、評判が落ちたのも何もかも、あの女《ひと》の所為だと云うのか」

あの人——。

「そ、それじゃあ、今の儂の有様は」

祟《たた》りだとでも云うのかいと、男——米次郎は大声を上げた。

「儂は、慥《たし》かにあの女ァ捨てた。でも、別れてえと云ったなあ、向こうの方なんだ。儂が一人前《いちにんめえ》になるにァ邪魔になンから、身を引くと云ったのだ。真逆《まさか》」

真逆死ぬとは思わなんだのだ——と、男は絞り出すような声で云った。

「う、怨んでおるのか。怨んでおるのだろうな。あれは儂が他の女と暮らすのが嫌だったのか。そうなのか、これは祟りなのか」

「いいえ。祟りではございません」

亭主はそう云った。

「その女人と米次郎様の間に、何があったのかは存じません。しかし、二十年前に神経をやられた原因は——幽霊ではございませぬのか」

「あ、いいや、そうではない。そうではないが——」

「そうですか。ではその時に見られたのではないのですね」

「ああ——そン時は何も見ちゃいねえ。いやいや、見るも見えぬもねえ。見る訳もねえのだ。あんなものは、気の迷いだ」

「なる程。では——それよりも前に見られていた」

「な、何故そう思われる。もしも儂の神経衰弱が死んだ女の所為ならば、儂は、二十年よりもっと、ずっと前におかしくなっておった筈だ」

「矢張《やは》り——見ておられたのですね」

「見ちゃねえ。見間違いだ」

「そうなのかもしれません。それが見間違いだったとして、二十年前もそう思うておいでしたか。二十年前の米次郎様は、その見間違いを、彼《か》のお方の幽霊と信じておられたのではありませぬかな。更には、その幽霊がまた出るのではないかと——そうお考えになっていたのではないのですか」

「お——」

　思うた、と米次郎は云った。

」

「ある。二十年前、その頃儂は、金六町《きんろくちょう》で女と暮らしておったのです。所帯を持とうかとも考えておった。仕合わせであったのです。でも、だから、もしやそうでございましょう、と主は云った。

「亡くなられた女人が怨んで出て来るのではないかと――懸念されたのですね」

「だ、だからそれは――」

「見間違いでも、神経の所為でも、それは結構なのでございますよ。いつのことかは存じませんが、米次郎様は何かをご覧になり――」

それを幽霊だと信じられたのでしょうと亭主が云うと、米次郎はがくりと首を前に落した。

「信じた――と云うよりも」

あの女だったと米次郎は云った。

「あれは、あれは間違いなく、死んだ女であった。しかも、赤子を抱いておった」

「ほう」

「まるで読本等に載っておる、産女《うぶめ》の怪のようであった。豪《えら》く恐ろしげではあったけれども、怖くはなかった。それはそれは儚《はかな》げで、悲しげで」

美しいものだったと、米次郎は中空を見上げた。

「死んでしまった女なのになあ」

「その、嬰児《あかんぼう》は」

「子が出来たなどと云う話は聞いておらなんだ。でも、まあ、あれは儂の子なのじゃあないのかと、そう思う。産まずに死んでしもうた故、見せに来たのじゃと思うた。そうとしか思えなんだ」

そんな。

そんなもの哀しい話があるだろうか。

生まれなかった赤ん坊を、産めなかった女が――。

死んでしまった女なのになあと、米次郎は繰り返した。

その方は怨まれてはおられないでしょうよと、亭主は静かに云った。

「怨んでおらぬと云うか。儂をか」

「私はそう思いまする。ただ、米次郎様の方には、拭い去れぬ罪の意識《おもい》がおありだったのではございませぬかな」

「ああ」

そうよなあと米次郎は力なく答えた。

「だから、他の女人と仕合わせにお暮らしになっているご自分が、米次郎様はお赦《ゆる》しになれなかったのではありませぬかな」

「そう——なのかもしれん」

「ただ昔の女を想うている、捨てたことを悔いていると云う訳ではございませんからなあ。相手のお方は既に亡くなっておられるのです。いいえ、亡くなられているのみならず、米次郎様は——」

ご覧になっているのですと亭主が云うと、そうなのだ見たのだ見てしまったのだと米次郎は繰り返して、泣いた。

「不憫《ふびん》じゃ。あれが地獄の血の池で子を抱いておると思うと、不憫で、それで」

「それで気に病まれて——ご酒を浴びられるようになられたのではございませぬか」

米次郎はただ泣いていた。

「脚気の原因はご酒にございまするぞ。神経衰弱の原因もまた、云うまでもないことでございます。何もかも、その——」

幽霊を見てしまった所為。

「米次郎様はことあるごとに思い出されたのでしょう。その女人のお姿を」

「ああ。二十年前暮らしていた女とは、結局別れた。気がおかしくなってしもうたのだから仕様がない。それから後も、それは人並みに女遊びこそしたが、所帯を持つのだけは憚《はばか》られてな。だから今の女房と添う時も、随分と迷うたのです」

「そうでしたか」

「今の女房と知り会《お》うたのはもう十三年も前のことですが、どうも踏ん切りが付かなんだ。根津《ねづ》の太夫が死んだ女に能《よ》く似ていたものだから、つい情を掛けてしまったりもした。でも、顔を見る度に恐ろしくなって、それでその太夫とは手を切り、八年前に今の女房を籍に入れました。何度も云うが、女房はそうしたものは信じぬ質《たち》なのです。いや、儂も信じてはおらぬのです。幽霊など」

「神経の所為――ですか」

「違うと云うのか」

「違いませんでしょうなあ。皆、そう申しますから。米次郎様の仰せの通り、それが時流と云うものでございます。これもまた仰せの通り、時流に逆らうことはございませんでしょう。良いもの、優れた技術、正しい知見は、どんどん取り入れるべきでございましょうな。この国はずっとそうして来たのです。仏説を唐心と退けた国学者も居りましたが、なあに、朱子学も兵法も他所《よそ》の国のものです。西洋の叡知《えいち》を入れるに躊躇《ためら》うことはない。そのために迷信因習を廃す運びになったとて、それは已《や》むを得《え》ぬことでございましょう。幽霊などは枯れ尾花。それで済むなら、それで良いのです」

「済むなら――良いか」

「はい。ただ、済まぬこともあると申し上げております」

主は立ち上がった。

「人には、そうしたことがある。理屈では間違いと解っていると云うのに、如何《どう》しても塗り替えられぬ認識《おぼえ》と云うのはあるものなのでございます。逆に、それまで毛程も疑わず抱いていた信念が、たった一度の体験ですっかり塗り替えられてしまうこともございますようで――」

「たった一度の」

「そうです。人知を超えている――超えているように思えてしまう、神秘玄妙《じんぴげんみょう》の体験は、如何《いか》なる理《ことわり》にも勝ってしまうことがありましょう。それを乗り越えるために必要となる努力は、並大抵のものではございません。いや、常人《じょうにん》には出来ぬことでございましょうな」

米次郎は杖を握る手に力を込めた。

「ですから御身《おんみ》の有様も無理からぬことでございます。米次郎様の生涯は、偶《たま》さか見てしまった幽霊を否定するために費やされてしまったのでございましょう。丁度、耶蘇《やそ》教で云う回心と同じく、それは時に、生涯かけても成るものではないのです」

撓、と亭主は小僧を喚《よ》んだ。

「三階に昨日仕入れたばかりの本があるでしょう。ほら、届いたばかりの奴だから覚えがあるだろう。その横に置いてある品を持って来ておくれ。開いたままになっているから、すぐに判るよ」

はいと短く答え、しほるは暗闇の中に微《かす》かに浮かぶ階段を音も立てずに上がって行った。

「ほ、本か」

「ええ。今、私が述べたようなことが書かれております。つい最前まで読んでおりました。これも何かの縁。米次郎様がお持ちくださるのが――一番かと」

「わ、儂が臨終までに読む本があるのか」

「ええ。是非」

ほんの少し、沈黙があった。

やがてしほるは降りて来た。手には薄い本を持っている。革装本ではなかったが、和《わ》綴《とじ》の本にも見えなかった。

否、本ではないのか。

「これを」

主はそれを受け取ると米次郎の真ん前まで進み、丁寧にそれをその手に掴《つか》ませた。

「これを読めば良いか」

「ええ」

「これが儂の本なのか」

「そう、これがあなた様の本です。この中にあなた様のことが書かれております」

ておりますか」

「儂の、間違いや、過ちが、書かれておるのですか。この、狂うた人生が閉じ込められておりますか」

「いいえ。あなた様は、決して間違《まちご》うてはおられません」

「間違ってはねえと」

狂われてもおりませんと亭主は云った。

「幽霊は居りませんが、居らずとも見えるものなのでございます。居ないものが見えるは非合理。合理を掲げる世に生きるあなた様は、だからこそ神経を病む程お悩みになることとなられたのでございましょう。しかし、それは決して誤った在り方ではございません。寧《むし》ろご立派なこと。あなた様の現世は——ご業績も含め実《まこと》にご立派なものでございます。ご立派ではございまするが、それだけに、さぞやお辛かったことと拝察致します。この書物の中にはそうした」

あなた様の現世が眠っております——そう、弔堂の亭主は断言した。

米次郎はそれを恭《うやうや》しく額の上に翳して受け取り、戴きましょうと云った。

「い、いか程か」

「代金は、後程うちの丁稚がお宅まで参りますので、その機《おり》にお支払いください。お住まいは慥《たし》か、浅草須賀町《あさくさすがちょう》でございましたかな」

「いや、本所《ほんじょ》の藤代町《ふじしろちょう》三丁目に仮住まいを借りました。これから其処《そこ》へ」

「ではそちらに――」

そう云うと亭主は米次郎の肩を抱いて立たせ、そのまま戸口に向かった。しほるはすうと先に出て、戸を開けた。

さっと明るくなった。

米次郎は何度も頭を下げて、光の中に消えた。

主は暫く外を見ていた。

見送っているのだろう。人力の音が遠ざかると、さあ明かりを入れなさいと、主は背を向けたまましほるに言い付けた。しほるは黙したまま蠟燭に火を点け始めた。

「ご亭主」

声を掛けると亭主は振り向き、板戸を閉めた。

「ああ、これは真《まこと》に申し訳ございませんでした。まるで放ってしまって、あなた様もお客様だと云うのに」

「そんなことは構わぬが、その、何故に蠟燭を消したのですか」

確かめたのですと云って亭主は戸を閉めて、帳場に戻った。

「確かめた、とは」

「ええ。ところでお客様は、今の方をご存じありませぬかな」

「いや知らない。僕のような者が知っていてもいいような著名な人なのかい」

亭主は下げてある錦絵を一枚取って此方《こちら》に示した。

「何だい、また西南の役か。薩摩の人ではなかったようだし、軍人にも官憲にも見えなかったが」

「そうではありませんよ。今の方は、この絵を描かれた方。絵の作者です」

「作者——絵師ですか」

「絵師も絵師、あの方は——」

大蘇《たいそ》、月岡芳年《つきおかよしとし》様ですよと、亭主は云った。

「つ、月岡芳年と云うと、あの、浮世絵師の芳年ですか。それならば知っている。ええと、あの血みどろの無惨絵《むざんえ》を描いた——」

英名二十八衆句《えいめいにじゅうはっしゅうく》のことでしょうかと亭主は云った。

「そうです。あの、残酷な——」

「あれは落合芳幾《おちあいよしいく》様との分作です。奥州安達《おうしゅうあだち》がはらひとつ家の図などが評判を取ったり、最近でも新形三十六怪撰《しんけいさんじゅうろっかいせん》などをお描きになっておられましたから、残酷怪奇の印象がお強いのでしょうが、武者絵や歴史絵、美人画の名人でもあられますし、讀賣新聞《よみうりしんぶん》や繪入自由新聞《えいりじゆうしんぶん》にも描かれている。浮世絵人気番付でも筆頭を取った——」

国芳《くによし》門下一の出世頭でございますと亭主は云った。

「それで浮世絵の事情にお詳しかったのですか」

「ご自身のことを仰せだったのですよ。あの方は旧来の画法に拘泥《こうでい》せず、次次と新しい技法を編み出され、また他流の良いところを取り入れられ、この明治の時世に合った浮世絵を作ろうと研鑽《けんさん》されて来られた方です。古典的な画題を捨てて、誰も描いていない歴史絵や、今此処にある風俗を描かれた。この西南の役こそ想像で描かれたもののようですが、後はみな、取材に行かれている。観て描いている。お弟子さんにも、西洋画を学ばせたり、兎《と》に角《かく》今の世に通用するものを描けと云い続けた人です」

それは知らなかった。

浮世絵師などは誰も、昔からある古臭い浮世絵を今もずっと描き続けているものなのだろうと思っていた。その程度の認識しか持っていなかったのである。

「まあ、大蘇芳年は上野《うえの》の彰義隊《しょうぎたい》と官軍の戦を目の当たりにされて、その生生《なまなま》しい記憶をそのまま描かれたことが画風転換の契機になっているのだ、と——そんなことを仰る方もいらっしゃいますが」

私は違うような気がしていたのですと亭主は云った。

「別の見解をお持ちですか」

「ええ。以前、さる歌舞伎俳優《やくしゃ》の方に、芳年筆の肉筆画と云うのを一幅、観せて戴いたことがありましてね」

「肉筆ですか」

「それが――身の毛が弥立《よだ》つ程に恐ろしげだったのです」

「ほう」

「後ろ向きの、半裸の女で、どうやら赤ん坊を抱いているのです。後ろ向きですから顔も見えない。赤ん坊だって足の先しか見えない。それが、朦朧《ぼんやり》とした色使いで描かれておりましてねえ。項《うなじ》が」

項がそれはもう悲しいと亭主は云った。

「題は、ただ幽霊之図でした」

「あなたは――知っていたのですか」

当て推量に変わりはありませんよと亭主は笑った。

「化け物でも武将でも見て来たように描く名人上手ですからね。大概のものは想像でも描けましょうよ。ただ、私は芳年作の肉筆など件《くだん》の圓朝師がお持ちの一幅と、後は絵馬くらいしか実見していなかったのです。圓朝師がお持ちの絵も――勿論幽霊画です。そちらも鬼気迫るものがあるのですけれどもね、でもその絵にはもでるがいるのですな」

もでるとは何ですかと問うと、まあ元があると云うことですと主は答えた。

「藤沢宿《ふじさわじゅく》の、病気の飯盛り女を描かれたんだそうですよ、芳年様は。痩せて、衰えた女の絵なのですが、その遊女を元にして芳年様は幽霊画に仕立てたのです」

「ははあ」

芳年様は観て描く人なのですよと亭主は続けた。

「模倣を嫌う。昔からある画題だって、他の、実際の何かを参考にして描く。しかし私が目にしたその幽霊画は、他に類のないものでした。化け物の絵なんぞというものはどれも皆、誰かが描いたものの描き写しですからね。そうでなければ舞台の写しだ。いずれ様式が決まっているものなのです。でもその、児《こ》を抱いた幽霊の絵は、構図と云い姿と云い、まるで観たことがないもので、一種、西洋画のようにも感じました」

少し観てみたくなった。

「実際に見たんだな、と思ったのです」

「ゆ、幽霊をですか」

「幽霊をです。実見したのでなければ、あんな絵は描けない。そんな気が致しました。否、大蘇芳年は観て描く人なのです」

「見たのでしょうか。実際」

見たと仰せでしたねと亭主は云った。

「そうしたものは、見えることがあるのですよ。実際には居なくとも、人の目はこの世ならぬものを見る。現世にはないものも見える時がある。ですからね、私は思うたのです。見たのではないか——と」

「幽霊をですか」

「はい。そして、もしかすると芳年の画風が転じたのも、それが契機だったのではないか——と」

「幽霊が契機ですか」

「ええ」

幽霊が、ですと主人は云った。

それはまた——どう云う理屈なのか。

「幽霊などと云うものは今の世では迷信です。旧弊です。それを——見てしまった。近代人である限り、それは間違いである、錯誤であると彼《か》の人は考えたのでしょう。だから、あの方はそれを打ち消そうとされたのではなかったか。そのために、あの方は旺盛にこの文明開化の世に馴染もうと努力されたのではないか、新しい知見を容れて、優れた技術を学び、近代人として生きようと勉《つと》められていたのではなかったか——そんな風に思ったのです」

「幽霊を——消すために」

「ええ。それはまた、あの方にとって酷《ひど》く辛く、悲しいものでもあったのですから」

そうなのだろう。

「でも、打ち消すのは難しいことだったのでございますよ。頭で解っていたとても、理屈が通っていたとても、それでも難しい」

難しいものですかと問うと、それはもうと亭主は云った。

「何と云っても、その目で確《しか》と見てしまわれたのでございますからね。見てしまった衝撃と申しますものは、中中消せるものではございません。人と云うのは、真《しん》に己を疑うことが出来ない仕組みになっておるのでしょうなあ」

慥《たし》かに。

見聞きしたものごとが信じられぬとなれば、それは底の抜けた舟に乗っているようなものではあろう。

「ですから真面目なあの方は大いに悩まれ、遂には神経をやられてしまった――」

想像ですよと亭主は云った。

「あの芳年と云う人は、心《しん》から正直なお人なのでしょうね。豪放磊落《ごうほうらいらく》そうに映る容姿とは裏腹に、繊細で、生真面目なのです。私は彼《か》の人のお弟子さんを一人知っておりますが、師匠としての芳年様は、大層面倒見も良く、柔和で、それでいて画業に於《お》ては容赦のない方なのだそうです」

「仕事には厳しいと」

「はい。それは厳しい。それなのに、ご自身も仰っていた通り、人情家で、涙脆くもある。何ごとにつけ適当に済ませてしまったり、遣り過ごしてしまうことが――出来ないご仁なのでございましょうか」

そう云う人物には、この時代は生きづらいかもしれぬ。

考えることが多過ぎる。

信じるものが見え難《にく》い。

列強に伍《ご》すと張り切ったところで目の前の生活《くらし》は変わらない。

自由だ、民権だと檄《げき》を飛ばされても、何をすべきか判らない。

それなのに、景色ばかりが変わってしまう。

走れ走れと尻を叩かれ、やれ遅れまじと走ってはみるものの、何処に向かって走っているのか、能《よ》く判らぬ。

お化けの出る世の方が生き易かったのでしょうかと云うと、それはそうとも限りますまいと亭主は云った。

「いつの世も、現世にお化けなんぞはいないのです。お化けがいていいのは」

主は人差指で自《おの》が頭を突《つつ》き、それから掌で店を示した。

「此処と此処だけですよ」

「はあ」

そうか。

此処は墓場なのである。

墓石を、戒名を、見渡した。

「時にご亭主」

「何でしょう」

「あの、才人芳年にお渡しになったのは一体どのような本なのですか。差し障りがないようなら——後学のために知っておきたいのですが」

「知りたいですか」

「やあ、僕も、その大切な一冊とやらを探してみたいと、そう思うようになりましたものでね」

亭主は笑った。

「あれは、まあ書籍ではありません。肉筆ですし」

「では写本か何かですか。和綴本には見えなかったが」

矢張り本ではなかったのか。

「ええ。西洋の帳面——のおとですね。昨日、洋行帰りの知人から、出版されたばかりの本と一緒に譲って貰ったのです」

「洋行帰り——ですか」

「ええ。欧州と英国を廻った後に、米国のはーばーど大学で聴講生をしていた男でしてね。あれは、その男が記したものです」

「その人が書かれたのですか」

「ええ。その大学の教授の講義を聞き書きした——覚書《おぼえがき》です。ただ、それだけではなくて、講義の内容に興味を持った彼は、その先生《せんせい》の許《もと》に押し掛けて厚かましくもあれこれとお尋ねしたのだそうです。その時に戴いた談話を彼なりに纏《まと》めて、同じ帳面に記したと云う次第です。実は、私は彼に、その教授が一年程前に著された、『The Principles of Psychology』と云う本を頼んでおいたのですが——」

「それは洋書——ですよね」

「ええ。訳すとしたら、心の有り様《よう》に関する学問の法則——とでもなりますでしょうかね。私の語彙《ごい》では判り易く訳せませんが、そうした内容の本です。私はその本が読みたくて堪《たま》らなかった訳です。しかし帳面《のおと》の方にはその著者の、本を書いた後の考えが書き留めてある訳ですからね、続きのようなものです。これは読みたくなりますよ。そこで帳面《のおと》の方も是非見せてくれと頼んでみたのです。そうしたら、気前良く譲ってくれたのですよ」

「待ってください」

それでは。

「その先生というのは、外国の方ですね」

「私の友人に講義をした人物は、うゐりあむ・ぜーむずと云う名の米国の哲学者です」

「その知人という方は日本の方ですね。ならば」

否。たった今、聞き書きと云っていた。

ならば、あれは。

「もしや、もしやあれは、横文字で記されているものなのですか」

はいそうですと亭主は答えた。

「訳文はないのですか」

「ええ。帳面《おおと》の表紙には、『The Varieties of Religious Experience』と云う題が付けられておりました。これは、信心に因って得られる様様な体験——とでも訳せばいいのでしょうかなあ。どうも上手に訳せません」

「あ、あの、しかし」

そんなものが。

「そのですね、ご亭主。あの芳年と云う人は、その——米国の言葉がお判りになるのでしょうか。英文がお読みになれるのですか」

読めないでしょうと亭主は云った。

「あの方は商家の出で、若くして絵師になられた。外国語を学ばれたことも、海外に行かれたこともないでしょう」

「で、では」

いいのですと亭主は云う。

「あの帳面《のおと》には芳年様のうらがえしの人生が封じ込められているのです。ぜーむずと云う学者は、それが見えぬ故に険しい道を行く——月岡芳年と云う浮世絵師の裏返しの現世を生きる人なのです。あの帳面《のおと》には、鏡に映った芳年様が葬られている」

「うらがえし——ですか」

ならば、裏返しの自分の幽霊が立ち上がると云うのだろうか。

「あれは——あの方が持っているべきものです。他には思い付かなかった」

「し、しかし読めないのでは意味がないではありませんか」

「あの方は——」

他の本も読めないのですよと亭主は云った。

「どう云うことでしょう。あの方は、慥《たし》か大いに読書をされると仰せだった。まあ絵をお描きになるのに色色勉強をされるのでしょう。ならば字が読めぬと云うことはない筈です」

「読めないのです」

「何故」

「あの方はもう」

お眼が見えておりません。

「眼が——」

「脚気は、治らぬ病ではありませんが、こじらせれば死病になりまする。手足の痺《しび》れや浮腫《むく》みだけでなく、神経を蝕《むしば》み、やがて失明も致します」

「失明──されていたと」

「全く見えないことはないのでしょう。蠟燭が燈っていることはお判りになったようですからね。でも私が何処に居るのか、あの方には判らなかったようです。殆ど見えていなかったのではございますまいか」

「ああ、それで」

蠟燭を消して確認したのか。

「その椅子に座られて後は、ずっと私の声を頼りにしていらっしゃいました故」

見えていなかったのか。

「この、私の真横の手燭が消えたこともお判りにはならなんだようです。尤《もっと》もその時はもう眼を閉じていらっしゃったが」

「で、では、読むことは疎《おろ》か、あの方はもう、絵を描くことも出来ないのではないですか」

「ええ。大変に惜しいことではございますが、お仕事の方はもう出来なかろうと推察致します。それでも──あの本は読める」

「どうやってです」

「あれはあの方がお買いになった、あの方だけのものです。中身は私がお伝え致しました。だからあの方は、見えずとも読める。読めずとも理解出来る。あの方だけの現世が立ち上がるなら、それは読書です」

私が持っていたのではそれこそ死蔵ですよと亭主は愉快そうに笑った。

「あのノオトは、大蘇芳年にこそ相応《ふさわ》しい本なのです」

巡り合ったのだ。

ならば、それで良いのか。

少し羨ましかった。

己の本は、まあゆるりと探そう。時間はあるのだ。

だからその日はそのまま礼だけを述べて、書楼弔堂を辞した。

最後の浮世絵師、月岡芳年が本所の仮住まいで臨終を迎えたのは、それから十七日の後、明治二十五年六月九日のことである。

芳年が挿絵を寄稿し、圓朝の噺の口述筆記なども載せていたやまと新聞の報じたところに拠《よ》れば、死因は脳充血と云うことであった。

枕元に英文が綴《つづ》られた帳面があったか否かは、勿論記されていなかった。

ただ人伝《ひとづ》てに聞いたところ、体の病はまるで癒えていなかったのだが、精神の方はいたく安定しており、もしや快方に向かうやもしれぬと、家人《かじん》門人は期待していたそうである。

読んだのだなあ、と思った。

見えぬ目で。

その年の暮れ近く——。

通人として知られる条野採菊《じょうのさいぎく》の呼び掛けで、ある集まりが開かれた。

会場は浅草奥山閣《おうざんかく》、趣旨は百物語怪談会。

同好の士が集まり次次に怪談を語ると云う催しである。

その会には病のため廃業を宣言していた三遊亭圓朝も無理を押して駆け付け、何席か怪談噺を語ったと云う。その際、圓朝はわざわざ月岡芳年の幽霊画を持参し、床の間に飾らせて百物語に臨んだそうである。

また、同会に座を連ねた五代目尾上菊五郎こそ、弔堂亭主が観たと云う件の幽霊画の持ち主であったのだと——後から聞いた。

うゐりあむ・ぜーむず教授が、英国えじんばら大学で行った講義の記録を元にした著作『The Varieties of Religious Experience』を世に出したのは、更にそれから十年ばかり後のことである。

逸早《いちはや》くそれを読んだのは、英国留学中だった夏目金之助《なつめきんのすけ》――後の漱石《そうせき》であったと謂われる。

その本は後に邦訳もされ、『宗教的経験の諸相』として出版された。

その内容が、芳年が弔堂から買った帳面《のおと》と果たして同じなのか否かは――。

誰も知らない。

書楼弔堂
破曉

探書弐　発心《ほっしん》

橋を渡るのが好きで、そのためだけに徘徊《うろつ》くことがある。

対岸には何の用もないと云うのに、立派な橋を目にするとつい渡ってしまう。渡ったところで所在もなく、結局戻って来る。

詮方《せんかた》ないから往《い》きは左側ばかりを観て、帰りは逆側《はんたいがわ》を眺めるようにしている。それで景色が違って観《み》えるのかと云えば、別段そんなこともない。往って帰って元通り、元の木阿弥《もくあみ》となる。

無為と云うのはこのことだろう。

いや、どんなものにも上には上がある。無為の上の無為と云うのは、凡《およ》そ己《じぶん》のことだろうなどと思う。

この場合は、上ではなく下とするが正しいのかもしれぬ。

無為を下回る更なる無為とは、そんな無為なことだけをするために、わざわざ一日を潰すような行為《おこない》のことである。一文の得にもならず、損だけはする。ただの草臥《くたび》れ儲《もう》けである。そうしたことを、能《よ》くするのである。

童《こども》の頃からそうなのだ。

御一新《ごいっしん》の後、取り壊された筋違見附《すじかいみつけ》に石造りの萬代橋《よろずよばし》が造られた時も、わざわざ行ってみた。

勿論《もちろん》、渡るためにである。

髷《まげ》を落す前だったか後だったか、そこのところは能《よ》く覚えていないのであるが、親の談に依《よ》れば肥後《ひご》の石匠とやらの腕前を確かめてやる、田夫野人《でんぷやじん》に生き馬の目を抜くお江戸の橋が造れるものかなどと豪語していたらしいから、真《まこと》に以《もっ》て不遜《ふそん》な物言いではないか。元服したての小倅《こせがれ》が往きつ戻りつしただけで、全体、橋の何が判ると云うのだろうか。自分《おのれ》のこととは云うものの、流石《さすが》に今となってはその時の精神状態《こころもち》が知れぬ。

石造りの二拱橋《にきょうきょう》は実に立派で、丈夫そうでもあり、大層気に入り三度も往復した。壊した見附の石垣を再利用したと後に聞いたが、迚《とて》もそうは見えなかった。偉そうなことを吹聴《ふいちょう》した割には見る目がないのである。

要するに橋が好きだと云うだけだったのだろう。

同じ頃、日本橋《にほんばし》も架《か》け替えられ、そちらにも行った。新しい日本橋は木造だったが洋風で、それは洒落《しゃれ》ていた。その頃はハイカラと云うのがどう云うことを指すのか解らなかったが、まあこう云うことだろうと思ったものである。

尤《もっと》も、元の日本橋の姿と云うのにも馴染《なじ》みはなくて、変わったとか新しいとか、そう云う感想《おもい》は持てなかった。

ただ錦絵か何かで覧《み》た日本橋とは、似ても似つかないとだけは思った。

幼い頃に観た橋は、どれも絵に描かれた日本橋のような、木造の太鼓橋だったように思う。

江戸は掘割で切られた町であった。川も多く、歩くよりも舟の方が便利だった。荷も人も水路が運んでいたから、橋も舟が通り易《やす》いように造られていたのだろう。最近は馬車などが増えたし、人力も、盛り上がった太鼓橋は渡り難《にく》い。鉄道を渡すのにも不都合があるのだろう。だから、新しく出来る橋はどれも平らだ。建物は高くなったが、橋は平らになってしまった。

気が付くと、江戸はすっかり東京に作り替えられているのである。

石造りだの煉瓦《れんが》敷きだの鉄道だの、それから瓦斯燈《がすとう》だの、そう云うものは幕府が倒れたから出来た訳でもないし、官軍が勝ったから生まれた訳でもないのだろうが、どうも新政府が連れて来たように思ってしまう者がいるらしい。

そんな風に思ったことはない。

形は変わっても、橋は橋で、矢張《やは》り渡ってみたくなるのである。

鉄橋と云うのも出来た。五年前だったと思うが、吾妻橋《あづまばし》が鉄橋になった。これは石橋よりも丈夫なのだそうだ。前の吾妻橋は増水か何かで流れてしまったようだが、鉄橋は流れたりしないのだろう。

吾妻橋が完成した時も、それは気が逸《はや》ったものだ。行ってみたかったのだが職に就《つ》いてからは自由に休暇を取ることも儘《まま》ならず、結局叶《かな》わなかった。その後何度か通ったが、用があって通るのと、無為に渡るのは違うのである。

七八年前、外濠《そとぼり》に架かる鍛冶橋《かじばし》と呉服橋《ごふくばし》の間に八重洲橋《やえすばし》と云う橋が架かった。それも未《ま》だ渡ったことがない。架け替えではなく新設されたのであるから、渡る時に望む情景もまた未見のものであるだろう。

それを期待して、酔狂にも出掛けて来たと云う訳である。

何と云っても、職を辞してしまった身にとっては毎日が余暇なのである。正確には休職なのだが、既に戻るべき会社は風前の燈火《ともしび》である。

事実上、職を失ったのに等しかろう。

おまけに病気療養を口実に閑居を借り、勝手気随《かってきずい》の独居《ひとりずまい》である。屋敷には家族が居るし、当面暮らしには困らぬ蓄えがあるから安穏と過ごしているが、本来は途方に暮れていい身分なのだ。それが、意味なく橋を渡りになど出歩いているのであるから、これは極上の、否、最下の無為であろう。

お濠を覗いたり、過ぎ行く辻馬車を眺めたりしつつ、のろのろと行く。

官憲に見咎《みとが》められたりしても返答に困ってしまうな等《など》と思う。身の証《あか》しが立たない。

橋の途中で足が渋り始める。

良い橋だとは思うけれども、何か気が乗らない。

向こう側に行きたいという欲求が希薄なのだった。

外濠を渡って丸《まる》の内《うち》に行くのが厭《いや》、と云う訳ではない。そもそも無為に渡っていると云うのに、果たしてどうしたことだろうか。

皇居の二重橋《にじゅうばし》は綺麗だ綺麗だと人は謂《い》うけれど、橋は遠くから眺めるものではなく渡るものである。渡り心地などと云う言葉があるのかどうか知らぬけれども、上を歩かねば始まらぬと思う。

懐から手拭いを出して汗を拭った。蒸し暑いのである。

通《かよ》いの農家の女房から麦稈帽《ばっかんぼう》を借りて来たのはいいが、日除けの筈《はず》が却《かえ》って蒸れているような気もする。帽子と脳天《あたま》の間に熱気が溜《た》まっている。

帽子を取って顔を煽《あお》いだ。扇子は忘れて来たのだ。

日光が頭頂を焼く。

陽射《ひざ》しが強い。

少し上空に眼を向けると、眩眩《くらくら》した。

足を止めた。

両国《りょうごく》の川開きはもう済んでしまったのだろうか等と考える。

働かず、人にも会わずにうかうかしていると、浮世のことにはとんと疎《うと》くなる。

一日も十日も同じ分量である。

この間春の花が咲いていたと思ったのに瞬《まばた》きする間にもう盛夏である。

このままうかうかと生を過ごし、このままゆったりと朽《く》ちて果てて、消えて行くのもいいかもしれない。

水面《みなも》を観つつそんなことを想《おも》う。

そんな、怠惰で静謐《せいひつ》な生に憧れる。

この明治の御世《みよ》でここまで無為なる男も珍しかろう。

――と。

呆《ほう》けたことを云ってもいられまい。

渡り切る前に気が萎《な》えた。

こんな世過ぎが出来るのも今のうちだけである。

腰に二本差していると云うだけで糊口《ここう》が凌《しの》げてしまうような、奇妙な時代は終わったのだ。働かなければ窮する。それが当たり前である。

そう云う時勢は、間違いなく新政府が連れて来たものだ。それに関しては間違ってはいないと思う。

橋を渡るのは止《や》めた。

丸の内には踏み込まず、踵《きびす》を返した。

扠《さて》、困ったものである。無為で居ることさえも完遂《かんすい》出来ぬ。

無為で居られぬと云うのであれば、何かをせずばなるまい。

折角街まで降りて来たのであるから、この際は四谷《よつや》辺りまで足を延ばして、馴染みの書舗《ほんや》にでも顔を出そうかと考えた。

無性に本が読みたくなったのだ。

読書は、橋より好きである。

旧幕時代は学問以外の読書など下賤《げせん》なものとして蔑《さげす》まれる一方だったが、瓦解《がかい》した後はそうでもなくなったようだ。

本を読むくらいしかすることがないと云うのもあるのだけれど。隠遁《いんとん》してからもうかなりの冊数を読了した。既に手持ちの本に未読のものはない。

閑居に移る際、屋敷にあった本は全部運んだ。父の蔵書も多少あっただろう。買って読まずにおいたものも皆読んだ。余り琴線《きんせん》に触れず手が出なかった戯作読本《げさくよみほん》の類《たぐい》も読み尽くし、昨今書かれた小説にも手を出した。

何時《いつ》の機《おり》かは覚えていないが、何かの拍子に偶偶《たまたま》買って、棚の奥に積んでおいたものである。最初は文体が馴染まずに臀《しり》の据わりが悪い気もしたが、慣れれば却って読み易かった。

読んだのは坪内逍遙《つぼうちしょうよう》が春《はる》のやおぼろ名義で書いた『當世書生氣質《とうせいしょせいかたぎ》』という題の小説で、手許《てもと》には十冊あった。

聞けば十七冊出ているそうだから、まだ残り七冊あるのだろう。

豪《えら》く新しいもののように感じたのだが、六七年前に出版されたものらしいから、ならば新しくもない。読んでいるこちらが古いのだ。

いつ、どのような心持ちで買ったのかは一向に覚えておらぬけれども、買った時には新しかったのだろう。ずっと、寝かせていたのである。

本を読むのと橋を渡るのは、何処《どこ》か似ていると思う。

そんな風に考える者も、他には居るまい。

——一冊。

或る人に依れば、人生に本は一冊あればいいのだそうである。ただその一冊に巡り合うことが叶わぬから、何冊も何冊も読む羽目になるのだそうである。

——まだ。

巡り合っていない。

突然、洋装本が覧《み》たくなる。

洋書は読めはしないが、その佇《たたず》まいが何故か無性に愛おしくなる。

丸善《まるぜん》にでも行ってみようかと思い直して、日本橋方面に向かった。

知る限り彼処《あそこ》が一番大きな書店である。

馴染みの書舗には多少申し訳ない気がしたが、品揃えには限界がある。他の版元から取り寄せて貰うと時間も手間も掛かるようだし、取り寄せて貰うにしても、欲しい本が何なのか判らないのだから、何を取り寄せて貰えばいいのか決められない。徒《いたずら》に丁稚《でっち》小僧の手間を増やすのも気が引ける。所詮《しょせん》行くつもりがなかったのであるから、ここは勘弁して貰うよりない。

漫《そぞ》ろ歩きで路《みち》を行く。

笠を被ってぞろりとした着物を着た、書生達がうろうろしている。書生と云っても小説の中の不良書生とはまた大分違う。小説の方は、当世といっても一昔前の当世なのである。ならば、これこそが当世の書生気質なのかもしれぬ。

月琴《げっきん》だの琴だのを持っているから、門付《かどづ》けの途中なのだ。

連中は楽器を掻き鳴らし、時にホーカイ節などを歌う。

ホーカイ節は、折節《おりふし》の世相を織り込んだ俗謡で、近頃は主《おも》に法界屋《ほうかいや》と呼ばれる大道芸人が歌うものである。

法界屋の多くは所謂賤民《いわゆるせんみん》であった。

賤民と云っても、単に貧しい人人を指して云うのではない。瓦解前、人別帳に載らぬ者、士農工商の枠組みの外に置かれた最下層身分の人人のことを指している。

四民が平等になり、四民以外の者もまた平等に扱うことになった訳で、それはまあ好ましいことなのだけれども、旧幕時代の身分が即ち職分でもあったと云うことは意外に忘れられがちである。農工商の三民に変わりはなかったが、問題は一番上の士と、商の下――枠の外に位置する者達であったのだ。

武士は、武士と云う身分が即ち職なのであった。つまり身分の消失は失職を意味することになる。武家は、権威を維持することが出来た一部のお偉方を除いて、悉《ことごと》く無職となり果てたのだ。一方身分のない者達は、専売の権利や業種独占の権利が解かれることになったのだ。

権利は剝奪されたが、税や兵役と云う義務は平等に課せられることになった。

そちらの方だけは正に四民平等なのであった。

何としても働かねば、食の計《たつき》は成り立たぬ。

職業選択は各《おのおの》の自由になったのだから何の渡世を選んでも罰せられる筋はないのが道理だが、だからと云って何もかも気儘《きまま》になると云うものでもなかろう。餅《もち》は餅屋と云うけれど、身過ぎ世過ぎは簡単に替えられるものではない。

替えられたとしても、例えば徳川《とくせん》時代に下層の者達が独占していた下駄屋だの鋳掛《いかけ》屋だのと云う職業を、そうでない者が選んだならば、それは彼等《ら》から職を奪うと云うことになるのである。

その結果、非人や長吏《ちょうり》など、枠の外に置かれていた者の多くが、職を追われる憂き目となったそうである。

一方で、蔑まれ選ばれぬ仕事を独占することで利を得たケエスもあるという。身分同様、職にも貴賤はない筈だが、それでもやりたがる者が少ない渡世というのはある。中には元の士分よりずっと潤っている賤民もいる——と云うことである。

武家の俄商売《にわかあきない》は概《おおむ》ね失敗《しくじ》るが相場である。

だから、彼等を賤民だの新平民などと呼ぶことは、貧しきをして揶揄《やゆ》している訳ではないのだ。僻《ひが》み妬《ねた》みの裏返しでもあるのだろうが、要は蟠《わだかま》りがあるだけである。

表沙汰《おもてざた》には平等が装われているが、貴賤の差別は厳然として多くの者の心中に蔓延《はびこ》っているのである。

その所為《せい》か、本来師に仕え学を修めるべき立場の書生が、日銭稼ぎのために歌舞音曲の真似ごとをするような風潮は宜《よろ》しくないと、嘆く輩《やから》も多いのだ。

しかし、門付けなどは、それこそ江戸の昔から、僧籍にある者も、武門の者もしていたではないか。うろ覚えではあるけれど、謡《うたい》の門付けをしている浪士やら、深編笠《ふかあみがさ》の普《ふ》化宗《けしゅう》やらの姿は能《よ》く見掛けた。

最近の書生は尺八まで吹き鳴らすそうだから、ならばそれはもう虚無僧《こむそう》のようなものではないか。逐一《ちくいち》目くじらを立てることもあるまいと思う。

そんなことを思い乍《なが》ら歩いていたから道を間違えてしまった。

全く以て廃 者《すたりもの》である。行き過ぎたのか到らないのか一向に見覚えのない道筋に迷い込んでいる。扠如何《さてどう》しよう、方角だけは間違えておらぬ筈だと、右往左往しているうちに、江戸橋《えどばし》の側に出た。

漸《ようよ》う知る場所に出たと安心したが、再び目を疑う。大きく、立派で、真新しい三階建ての洋館がある。ハテこんなものがあったかと能《よ》く観れば、東京郵便電信局《とうきょうゆうびんでんしんきょく》の庁舎であった。

驚く程に巨《おお》きい。

いつの間に竣工したのか、まるで魔法のようである。

石造りの、重厚にして瀟洒《しょうしゃ》な建物である。異国の景色でも観るようである。

通用口の前には二頭立ての頑丈そうな荷馬車が停《と》まっており、制服姿の吏員《りいん》達が次次に出て来て、袋やら行李《こうり》やらを積み込んでいる。動作も緊緊《きびきび》しているが、先《ま》ず制服制帽が凜凜《りり》しい。

塗笠《ぬりがさ》を被った馬丁《ばてい》だけが和風で、一人だけ浮いて見える。

暫《しばら》く見蕩《みと》れていた。

馬車が出る前に次の馬車が到着し、そこで漸《よう》や、積んでいるのが郵便物なのだと気付いた。

郵便と云うのはあんなに沢山あるものなのかと、少少驚く。まあ、全国から集まるのだし、全国に向けて配るのだから、このくらいはあるのだろう。如何《いか》にも適当な目算だが、それ以上は計りようがない。

立ち止まって眺めていると、建物の陰に半分身を隠し、矢張り荷馬車を眺めている者が居ることに気付いた。

眺めていると云うより凝視している。

異様な程に見詰めている。穴が空《あ》く程とはこのことである。

馬車ではなく、荷を視《み》ているのだろう。吏員の動きに合わせて引き切りなしに面《おもて》を動かしている。興味があると云うような様子ではなく、まるで検査でもしているかのようである。眼差しが真摯《しんし》だ。

否、必死だ。

一瞬たりとも見漏らすまじと云った案配なのである。あれだけ目を凝らせば麻袋の中身も透けて視えるのではあるまいか。

視えているように思える程の眼光である。

鋭くはない、追い詰められているような眼だ。

童《こども》ではないが、まだ若い。十代半ばくらいだろうか。

気になる。観察してみた。細面の色白で腺病質《せんびょうしつ》そうに見える。

忙《せわ》しないけれど、おどおどしてはいない。身形《みなり》は良い。書生である。先程門付けをしていた連中とは違って、嘆かれることのない、真面目な書生であろう。銀縁《ぎんぶち》の小振りな眼鏡がその実直さを際立たせているように思う。

ただ、真面目そうではあるのだが、挙動は明らかに不審である。建物の角《かど》から半身を覗かせているのだが、距離の取り方が半端だ。隠れるのならもう少し近付くだろう。わざと建物の壁に身体が触れないよう配慮しているかのようである。

眺めていると、若い書生は懐から半巾《はんけち》を出して鼻と口を押さえた。

顔を隠した訳ではなく、匂いを堪《こら》えてでもいるのか。

馬の匂いが厭なのか。

如何《どう》にも不自然だ。

眉間《みけん》に薄く皺《しわ》まで立てている。

苦悩しているのか、戸惑っているのか、我慢しているのか、そこまでは判らない。

二台目の馬車への荷が積み終わったらしく、馭者《ぎょしゃ》が馬に鞭《むち》をくれた。その音に同調するかのように、書生は眼鏡の奥の眼を見開いた。

こちらの視軸に気付いたのだ。

するとその華奢《きゃしゃ》な書生は、慌てたように建物の陰に引っ込んでしまった。

暫く見ていたが、もう出て来なかった。

てっきり何か行動を起こすものと思っていたから色色拍子抜けしてしまい、少しばかり気後れもしてしまった。

弥次馬《やじうま》な己を自戒し、丸善に向かった。

丸善は他の書舗《ほんや》と違い、元は薬屋だか商社だかなのだと云う。出版もしているが輸入もしている。並んだ書物の数は洋書も含めて夥《おびただ》しく、壮観である。

木造二階建て、間口も十間と広い。紋を染め抜いた水引暖簾《みずひきのれん》は和調だが、看板は横文字で記されている。但《ただ》しその看板にはMARUYA云々《うんぬん》と記されているから、丸善と云うのは俗称なのかもしれぬ。

ただの冷やかし客にはそんな事情は関係ないから、問い質《ただ》したことはない。何度も訪れているのに、一度として買った例《ためし》がないのだから、筋金入りの冷やかしである。そもそも外国語が不如意《ふにょい》なのであるから、こんな店には然《そ》う然う用はない訳で、寄る方が奇妙《おか》しいのだ。

真っ直ぐに二階に上がる。

二階は狭く洋書が多い。学のある者の話を聞けば、多いと云ってもまだまだで、値も高価《たか》く、新しいものや欲しいものは注文しなければならぬのだそうなのだが、読めぬ者にとってはもう充分である。

字は読めないが絵は解る。

画集やら何やらなら良いかとも思ったのだが、どれが何やらサッパリ判らなかった。判らぬくせに判ったような訳知り顔をして暫く棚を眺め回してから、矢張り洋書は無理と断じて一階に降りた。

坪内逍遙の小説の続きを買おうと思ったが、品が切れているらしい。何処《どこ》が面白いのか知らぬが、人気があるのだ。

坪内は坪内だが、雄藏《ゆうぞう》と云う作者の『新編浮雲《しんぺんうきぐも》』と云う本があったので求めたら、雄藏は逍遙の実名だと云われた。第一集とあるがそれだけでも面白いと云う。なら呉《く》れと云うと、それは名義貸しで作者は別だと云われた。

作者は二葉亭何某《ふたばていなにがし》と云う人物であるらしい。

何でも好《い》いと云った。

すると店の者は、その手の御本がお好みでしたら山田美妙《やまだびみょう》などは如何《いか が》でしょうなどと云い、『夏木立《なつこだち》』と云う本を示す。

中中どうして商いが巧い。その手とはどの手だねと問うと、改革派ですと云う。何を改革するのか更に問うと、文章の書き方でございますよと云われた。

「そんなものが改革出来るのかい」

「はあ、そちらの二葉亭は、圓朝《えんちょう》の口述を参考にされたそうでございます」

「圓朝と云うと、三遊亭《さんゆうてい》かね」

他に圓朝は居りますまいと店の者は云った。

慥《たし》かに、講談を書き記した本はそれなりに出ている。何冊か読んだ。圓朝のものもあるのかねと問うと、速記本でございますねと云われた。

「速記と申しますのは新しい技法で、話している傍《そば》から書くのですなあ。話の筋を文に起こすのではございませんで、噺家《はなしか》が話したその通りに書き記すのでござんすよ。手前がええと云えば、『え、』と記すのです」

そこで、はたと気付く。

坪内逍遙を読んだ際、どうも臀の据わりが悪かったのは、その所為なのである。文に話し言葉が混じっている。

混じっているのではなく、混ぜているのか。

「新文体などと申しますようで。翻訳物なども、近い読み味でござんすね」

「能《よ》く読んでいるなあ」

最近はみんなそうなのかと問うと、そんなことはございませんよと返された。

「手前は良いと思いまするが、言文一致は嫌がる方も多いようで、漢文や雅文《がぶん》がお好みの方もいらっしゃいましょうしね。美妙なんかは嫌う方も多いようですな。まあ、これからですと寧《むし》ろ、尾崎紅葉《おざきこうよう》なんかは良いように思いますけれどもね。文が綺麗で」

「はあ」

「美妙の方は、話し言葉で書かれておりますが、時代物などですとね、中の会話は昔風なのですな。まあ、昔の物語なのですから仕方がござんせん。一方、尾崎紅葉は調子の整った文語調で書いているのに、中の会話が今風の話し言葉になっておったりする。これが良い具合です」

まるで頓珍漢《とんちんかん》である。

店員がではなく、自分が、と云う話なのだが。

「新文体と云うだけあって、中中決まりがござんせんで。紅葉なんぞは、勿論全部が国語なのではございますけれども、不思議に和洋折衷《わようせっちゅう》な感じがして、如何《いか》にも当世風に思いますなあ」

「当世風ねえ」

「新文体とは違うかもしれませんが、幸田露伴《こうだろはん》も手前は好きでございます。イヤ手前の好き嫌いをお披露目《ひろめ》しても仕様がないのでござんすが」

「いやいや構わんよ。日頃から黴《かび》が生えたようなものばかり読んでいるので、脳の風通しを良くしようと思ってね。どうも僕の頭は二十幾年も経《た》っておるのに文明開化していない」

「そうでござんすか」

店員は酢でも飲んだような顔をした。

「人間が当世風ではないのだよ。だから、せめて洋書でも求めてみようと来てみたのだが、読めぬものは読めぬから、いっそ欧米語の辞書でも買って帰ろうかと思っていたくらいだ。でも止《よ》すよ。ここはひとつ君のお勧めを読んでみるとしようじゃないか。みんな買うから、四五冊がところ見繕《みつくろ》って呉れないか」

云ってから団子か総菜でも買うようだと思った。見繕うと云うのは作者に対して些《いささ》か失礼な気もしたが、何しろ未知なのだから他に云いようがない。読んで気に入れば次は自分で選べるだろう。

どんな本でも読んでみるまで善し悪しは判らないと、この間も云われた。

世評は関係ないのだ。

読み手である己と本とがどのような関係になるかだけが、凡《すべ》てなのだろう。

雑誌でない方が良《よ》ござんすかと店員は云う。丁稚《でっち》だの番頭だのと云う様子ではないから、店員と呼ぶよりなかろう。

「雑誌でも構わないが、矢張り一冊本が読み出があって良いよ」

そうですなあと云って店員は平台を見回し、何冊かを手に取ったが、選ぶ途中で顔を上げて、ああいらっしゃいましと云った。

客はそこそこ出入りしているから、来店を認めただけで挨拶するとは、扠《さて》は常連客かと顔を上げれば、驚いたことに、そこには先程の小柄な書生が立っていた。

書生はこちらの視軸に気付くと、最前と同じように眼を見開いた。ただ慌てて逃げたりはせず、突っ立っている。

「ははあ、噂をすれば影が差すとは、能《よ》く云うたものですなあ」

そう云うと店員は、寸暇《ちょいと》失礼と云って選んだ数冊を手にしたまま、書生の方に向かった。四五冊も買うと云っているのだし、こちらも立派な客ではある。それを袖にして行くのだから向こうの方が更に上客と云うことだろう。

噂を云々の意味は判らなかった。

店員はおや今日は如何《どう》しましたでしょうなどと腰を低くしている。十代の若者がそんなに本を買うものなのか。不良書生は遊んでいても銭を失くし門付けなどをして口に糊しているると云うのに、真面目にしていれば平気に本が買えるものなのか。

「イヤ、申し訳ない、それは未《ま》だでございます。船が遅れておりますようで、入荷しましたら早速にご連絡を差し上げるように致しますので、先生には何卒《なにとぞ》よしなにお伝えくださいまし」

そんなことを云っている。

船便と云うことは洋書だろう。しかも口振りから察するに新刊と云うことか。

この若者は、出たばかりの外国の本を読むのだろうか。

若い。少年の面差しさえ残っている。

店員はこちらをちらちらと盗み見て、今あちら様にお勧めしておったところです等と云っている。そんなことを知らしめて如何《どう》するのだろうと思っていたら、二人連れ立ってこちらにやって来た。

「お客様、まあ、ご迷惑かとも思いまするが、これも何かのご縁でございますから。ご紹介致しましょう。こちらの方はですね、この『二人比丘尼《ににんびくに》　色懺悔《いろざんげ》』をお書きになった、尾崎紅葉先生のお弟子さんでいらっしゃいまして」

店員は手にしていた一冊を掲げた。

「ああ」

そう云うことなのかと膝を打つ。

それで噂をすればと云う運びか。書生は悩ましげに細い眉を顰《ひそ》めて、おまけに申し訳なさそうに云った。

「弟子ではございません。玄関番の小間使《こまづか》いでございます。文学を志《こころざ》してはおりますが、未《ま》だ一編の小説も書き上げておりません。師にお情けを頂戴致しまして、お宅に住まわせて戴いておりますだけで」

「いや、そうですか」

そんなことを告白されても困るだけである。

「ええと、僕は」

無為な男ですとも云えぬから、高遠《たかとお》ですと姓だけ名乗った。

「実は、小説はまるで判りません。嫌いなのではなく読んだことがない。旧時代の戯作の類《たぐい》は多少読みますが、ええと、新」

新文体でござんすか、と店員が云う。

「そうそう。それは、殆《ほとん》ど読んだことがないのですよ。そこでこちらに尋《き》いて、勧めて貰っていたところです」

その作品は傑作ですと書生は云った。

云った後、一度目を伏せた。

「師の作品を手放しで褒めるのは怪訝《おか》しいでしょうか」

「いや、そうは思わないよ。尊敬に値すると考えるからこそ師事するのだろう。師弟の場合は身内褒めとは謂わないのじゃないかね。弟子筋が師匠筋のことを語るのに謙譲の姿勢を見せるのは寧ろ変に感ずるから、思う存分褒めてくれていい」

傑作ですと青年は繰り返した。

「小説と云うものの力を思い知らされました。文は浄瑠璃《じょうるり》の調子に俗語の会話文を織り交ぜる独特なもので、雅俗折衷《がぞくせっちゅう》の域を抜け、雅俗融合の境地に達しております。詠《よ》んで美しく版面も整い、新しい。装いは流麗で江戸風でもありますが、試みは露欧の文学に引けを取りません。言文一致と云うより新しい書き言葉を創り出しておられます」

余程師匠に傾倒しているのだろう。

これは世辞でも何でもなく、普段から考えていることが口を突いて出てしまっただけなのだろう。そうでなければ、幇間《たいこもち》でもない限り、こんな立板に水で褒められるものではない。

「小生《わたし》はこの小説を一読し、文士を志すことを決めたのです。これは――小生《わたし》の人生を変えた本です」

「そうですか」

これが――。

この青年の、一冊なのか。

ならばまた、随分と早くに巡り合ったものだと思う。羨ましいようにも思うのだけれども、逆様《はんたい》に可哀想にも思える。見付けてしまったら探す愉《たの》しみがなくなってしまう。

巡り合えて良かったなあと云うと、有り難うございますと応える。真っ直ぐな受け答えをするものだ。線は細いけれど、靭《しなや》かで丈夫なのだろう、この若者は。

君は仕合わせだなあと云った。

「はあ」

青年は突如不安そうな顔付きになる。まあ訳が解らないのだろう。こちらは何の説明もしていないのである。

「いや、いいのさ。気にせんで呉れ賜《たま》え。若くして生涯の伴侶と巡り合ってしまったような具合だと云うことさ。まあ、能《よ》く解った。拝読させて戴くのを楽しみにするとしよう。じゃあ、君のお勧めを皆貰うことにするから会計して呉れ給え。一等先にこれを読むことにする」

泣けますよと店員は云った。

五冊買った。

店を出て一町も行かぬうち、後ろから声を掛けられた。振り向いたところ、先程の書生が駆けて来るのが見えた。

「何だい、何か用かね」

「いえ、お忙しいのでしたら、こうしてお時間を戴くのも申し訳のないことと存じますが、小生《わたし》は如何《どう》にも細かいことが気になります性質《たち》なもので」

「忙しいものかね。まあ恥じ入るべきところなのだが、僕は明治の廃者さ。定職もなく予定もない」

誰も彼もが何かしている。政府も官憲も平民も賤民と呼ばれる者達も、生きるために何かしているのだ。街も人も文化も、何処《どこ》かに向かって走っている。若者も年寄りも何かを変えようとしている。文士だって、何かを生み出すために苦吟《くぎん》しているのだ。

でも、己《じぶん》だけが無為だ。

理想も、思想もない。

「君の方が余程忙しいだろう。今日も先生のお遣いなのだろう」

「ええ。ただ本日、我が師は留守なのです。夫人《おくさま》のご実家にお出掛けになりまして、夜半まで戻らぬから、一日自由にして良いと云われております」

「でもお遣いに来ていたじゃあないか」

「ええ、自由にしろと云われましても、することがございません。お掃除も整理も終えてしまいましたし、そこで以前に師が仰《おお》せになっていた洋書のことを思い出し、そろそろ入荷しているのではないかと、確かめに参っただけでございます」

命じられたのではなく、自主的に来たと云うことだろう。

中中有能な書生なのである。

「留守番は良いのか」

「戸締まりは厳重に致しております。五度確かめましたので」

「五度も」

そう云う性質なのですと云って、若者ははにかむようにした。

「実は――いいえ、そんなことよりも」

「何かね」

「先程の」

小生《わたし》が仕合わせと云うのはどのような意で仰せになったのでございましょうと青年は云った。

「伺いたいのです」

「それはねえ、まあ僕も巧く説明出来ないのだがね」

受け売りなのだよと応えた。

「書物と云うのは、墓のようなものなのだそうだ。墓に参って、葬られている何かの幽霊を見る。読書とはそうしたものなのだと聞いたのさ。自分にとって本当に大切な幽霊はただの一つで、それに巡り合うために人は読書遍歴を重ねるのだ——と、その人は云うのだ」

「幽霊と云うのは」

「まあひゅうどろだよ。婦 童《おんなこども》の言葉で云うならお化けさ」

お化けですかと云って、青年は考え込んだ。

「いや、まあ比喩だよ。曲《ま》がり形《なり》にも文学者志望の君に僕のような者がこんなことを云うのは何だけれども、言葉の綾《あや》だ」

矢張り上手に説明が出来ぬ。聞いた時には大いに納得し、感銘まで受けたのだけれども、根本的には解していなかったのやもしれぬ。己の言葉で伝えられない。

解らないだろうなあと云うと、そうでもございませんと若者は答えた。

「そうかね。時に君、幾歳《いくつ》だね」

「十八です」

「そうか」

もう少し下かと思っていた。それでも明治の子であることに変わりはない。

「見れば垢抜《あかぬ》けているが、東京の生まれかね」

「とんでもないです。小生《わたし》は、加賀《かが》です」

「加賀の何処だね」

金沢《かなざわ》ですと青年は云う。

「いずれ百万石《ごく》の大藩じゃないか」

「父は藩の細工方でありましたから、武家ではなく職人の子なのです。江戸には強く憧れますが、東京に居る以上は只の鄙人《いなかもの》です。この帝都にあっては、自分など畠の芋《いも》のようなものです」

面白いことを云う。

「何の芋なものかね。加賀はどうして文化馨《かお》る土地柄と聞くよ。僕の方が余程に芋だろう。僕は江戸の生まれだが、今は朱引きの外の荒れ野に隠遁している。周囲にはそれこそ枯れた畠しかない。後は狸《たぬき》の巣しかないからね。まあ、芋でなくとも南瓜《かぼちゃ》か茄子《なすび》と云うところだ。君なんかは、何の恥ずることはない。立派な都会人だよ」

滅相もないと畠の芋は云う。

「郷土《ふるさと》には誇りを持っておりますから一筋も恥じる意志《きもち》はございません。寧ろ小生《わたし》が郷土の恥にならぬかと怯《おび》えることがあるくらいでございます。吾が故里は善き郷《くに》と心得ております。でも」

でも何だねと問うと、違い過ぎます故と云われた。

「違うかね」

「はい。土地柄ではなく、時代が違っているのかもしれません。感覚が古臭いと謂われることも多いです。ただ己《じぶん》では古いとは思いません。尾崎先生の小説に出合い、そこに気付いたのです。古いのは表現の仕方なのであって、考え方や捉え方ではないのだと知りました。尾崎先生の苦心は、見事に新しき昔を描いております」

「新しき昔とは」

「今までにない新しい手法で、今日《こんにち》では感じることの難しくなった昔日《せきじつ》の機微を見事に伝えております。お読み戴ければ必ずお判りになると思います。ただ」

「ただ何だね」

若者は下を向いた。

何かあるのだろう。

「はい」

「いや、君。遠慮することはない。僕はただの通りすがりの素人だからね、云いたいことがあるなら云うがいいさ。利害の関係にはない。それとも」

往来では口にするのが憚《はばか》られるようなことなのかねと問うた。

そうではないのですと若者は答えた。

「己《じぶん》でもきちんとした説明が出来兼ねるのです。その、小生《わたし》はその、少少病的ではないのかと」

「病とはまた穏やかではないなあ」

神経質なのだろうと云うと、正にそうなのですがと云う。

それは態度からも察することが出来る。

「不潔なものを酷《ひど》く厭《いと》う癖《へき》があります。しかしそれは別段、悪いことと思わぬのです。問題なのは」

お化けですと書生は云った。

「お化けかね。お化けが怖いとか」

「怖くはありません。否、怖くないこともないですが、その、凶《おそ》ろしいと云うなら犬の方が余程敵《かな》いません。あれは咬まれると狂犬病になります。黴菌《ばいきん》がございます」

「まあ、どの犬も病気とは限らないし、どの犬も咬むとは限らないがね」

その辺りが病的と云うのなら、まあそうなのだろう。

だが、何か苦手があると云うのは別段変わったことでもあるまい。妻はそれはもう蛸《たこ》を嫌う。生きた蛸は鬼魅《きみ》の悪いものだが、妻は捌《さば》いてあっても煮付けてあっても飛び上がって逃げる。

しかしこの場合は、犬嫌いよりもお化けの方が肝心なのだろう。

「そのお化けと云うのは、四谷怪談《よつやかいだん》に出て来るような、冤鬼《ゆうれい》のことなのかね。それとも何かまた、別のものを指して云っているのかい」

「ええ。歌舞伎や講談で演《や》るような亡者芝居のことではなく――いえ、同じなのかもしれませぬが、虚構《こしらえごと》ではございません」

「いや、作り物と云うことではなくて、その、亡くなった人のだね」

二月《ふたつき》程前――。

ただ一度、死んだ者の姿を視てしまったがために、数奇な生涯を送ってしまうことになった人物に出会ったのである。

「死者の亡魂《ゆうれい》の像《かたち》をとってしまう場合もあるのかもしれませんが、ただ、小生《わたし》の云うのはもっと抽象のもので、ですから説明がし難《にく》いのです。具象に置き換えた場合は、それこそ化け物になってしまうのかもしれません」

「化け物と云うと、その」

「草双紙《くさぞうし》に載るようなものです」

「草双紙と云うと、絵本のようなものだろう。ならばあの、大入道とか、河童《かっぱ》とか、轆《ろく》轤首《くび》とか、その手のもののことかね」

「一ツ目に一本足の傘、のっぺら坊に化け猫、そうしたものでございます。そんなものが世間をのら付いているとは小生《わたし》も考えませぬが、それはその、象徴として居るものなのでございます」

「まあ、居るの居ないのと議論するまでもないものばかりだけれども、その、象徴として居ると云うのは――そうしたものが何か、別のものを表していると云う意味なのだろうか」

「ええ。天魔にしても鬼にしてもそうであろうと考えます。それはその、この乾坤《あめつち》の仕組みと申しましょうか、人の想念《おもい》の在り方と申しましょうか――」

「いやいや、それは承知した。江戸の昔からそんなものを怖がるのは嬰児《あかんぼう》くらいだからね」

怖いのではないのですと青年は云った。

「寧ろ好きなのでしょう、小生《わたし》は」

「お化けが、かね」

青年は首肯《うなず》いた。

項垂《うなだ》れたのかもしれぬ。

「小生《わたし》は、信心を持っております。清らかで静かで平穏なるを何より大事にしております。それなのに、そのやすけき境涯を求めておりますと——」

やがてお化けに行き当たってしまうのですと、繊細そうな書生は云った。

「行き当たると云うのは一寸《ちょっと》解らないのだけれど」

「小生《わたし》は、慈愛に満ち満ちた、神聖なる御力《みちから》——そう、云うなれば観音《かんのん》の力とでも申しましょうか、そうした力に溢《あふ》れた、安らかなる生、清らかな世界をこの国の文化に求めます。しかしどうもそれは、この文明開化の世の中に、いいえ、これから先の世には、似合わぬような——」

「似合わないのかもしれないなあ」

開化開花と囂《かまびす》しく。

皆が声高に叫び力強く歩む。

頼もしいけれど、追い付けぬ者もいる。

「郷里なら、未《ま》だ似合う気もします」

「そうかもしれないな」

「江戸にも——ままそれを視ます」

「江戸と云うのは、東京——この土地のことではないのだね」

江戸ですと青年は繰り返した。

「ですから、自分《おのれ》は単に懐古的なだけなのやもしれぬと、そうも思いました。そうした世界は過去にのみあり、これから先は変わって行くばかりなのかと、そんな儚《はかな》い気持ちにもなったのです。それならば、それを求めることは、ないもの強請《ねだ》りでございましょう。ところが、そこで」

尾崎紅葉の小説に出合ったのか。

はいと青年は、今度は確《しっか》り首肯《うなず》いた。

「ないのではなく、見えないだけと知りました。見えないものでも、見せ方——文学ならば読ませ方に工夫を凝らしさえすれば、それは容易に顕現《けんげん》するのだと、尾崎先生の小説を読んで知りました」

「なる程ね」

「過去のものは、表現のし方が古いから古く思えるのです。表現されているもの自体は古い訳ではないのです。新しい技法で表現することが叶えば、小生《わたし》の求めているもの自体は、決して古いものではないのだと、考えを改めたのです。しかし」

「しかし何だね。門外漢の僕が云うのだから甚《はなは》だ心許《こころもと》ないし、的外《まとはず》れな云い分なのかもしれないのだが、君の云うのは解るつもりだ。列強に伍《ご》すと鼻息荒く、和魂洋才《わこんようさい》と胸を張って威張るけれども、その実、列強の猿真似をし魂を失っているだけと云う気もする。君が大事に思うのはその魂の方なのだろう。慥《たし》かに魂は古びぬものだろう」

「ええ」

正にそうですと青年は頬を緩ませた。

「ご理解戴けて真《まこと》に嬉しいです。しかし、その和魂を——」

いいじゃないか」

「求めるのだろう。お化けが居ります」

「求めて行くと、かね」

「魂の中に、

「はい」

青年は眼鏡の中の眼を細めた。

「小生《わたし》の中には、いいえ、小生《わたし》の求めている世界には、どうやらお化けが居るのでございますよ。それは、好ましいものではございません。もしかしたらそれは、負の力を持ち、忌み嫌われるものであるのかもしれない。過去に於《お》ては畏《おそ》れ退けられ、当世に於ては愚劣下等と切り捨てられるべきものでもありましょう」

小生《わたし》はどうやらそれを好むと云い、青年は半巾《はんけち》を出して口を押さえた。

「好む——のかい」

お化けを、か。

「それは、見えぬものです。求めざれば見えず、好まざれば求めますまい。観音を求め鬼神に行き着き、そして惑うのです。もしかしたら小生《わたし》は」

鬼神を求めていたのかもしれぬ――。

「尾崎先生の作品にお化けなどは出て参りません。師が描き出しますのは人と、人の世です。しかし、小生《わたし》は師の新しい表現の技巧の中に、観音の力と同じだけ鬼神の力も感じてしまうのです。ならば、己の文学を突き詰めた先に観音の慈悲があるのか、鬼神の暗黒があるのか。小生《わたし》には解らなくなってしまったのです」

「鬼神、即ちお化けと云うことかね」

「はい」

お化けが好きなのですと書生は半巾越しに云った。

「ですから、高遠様の仰《おっしゃ》る、師の著書が小生《わたし》が生涯で巡り合う本の中の至高の一冊と云うお話には素直に首肯《うなず》けるのですけれども、もしそうなら、それでは、その」

師に申し訳が立たぬ気がするものですからと云い、書生は細面を曇らせた。

「申し訳が立たぬと云うのは如何《どう》だろうね」

別に背徳《うしろめた》く思うようなことではあるまい。

「いえ、師が属されている硯友社《けんゆうしゃ》の方方にも顔向けが出来ぬ気が致します。現在、この国で起こっているどのような文学運動にも与《くみ》しない、正にお化けのような何かを、小生《わたし》は師から勝手に学び取ろうとしております」

「それは君個人の問題ではないのかね」

「小生《わたし》が愚劣だと云うのなら、それは納得するしかありますまい。しかし、小生《わたし》は師から何かを学ぼうとしております。師の作品から、師の意志に反した何かを汲《く》み出そうとしておるのです。それは師の文学を冒瀆《ぼうとく》することになりはしませんでしょうか。延《ひ》いては師の意志を、師そのものを愚弄することになりはしませんでしょうか。そう考えますと――」

君は真面目で繊細なのだなあと云った。

「僕はそうした懊悩《おうのう》など知る由《よし》もなかったから、迂闊《うかつ》にも仕合わせだなどと口走ってしまったのだ。僕が無配慮だった」

謝りますと頭を下げると、大いに恐縮された。

「初対面のお方に、しかも道端で、失礼なことばかり申し上げました。申し訳ありません。本日は師の本をお買い上げ戴き有り難うございます。つい調子に乗りました。数数の非礼をお許しください」

書生は姿良く低頭した。去ろうとするのを、待ち給《たま》えと呼び止めた。

ある考えが頭中を過《よぎ》ったのである。

「君、もし時間があるのなら、連れて行きたい処《ところ》がある。なァに、先程の話を僕にして呉れた人物の処さ。少しばかり遠いが、行き帰りの人力を奢《おご》ろうじゃあないか。どうだね、行ってみないかね」

「古本屋だよ」

「いえ、しかし」

「心配はないさ。悪処等ではない。そうさ、古本屋だよ」

「古――本屋でございますか」

書生は不思議そうな顔をした。

道楽の虫が騒いだのであった。

一台の人力を帰し、もう一台には小一時間待つように伝えた。

車夫に心付けを握らせて、一服二服していて呉れと頼み、それから不安そうにしている若者を戸口の前まで導いた。

大きな街燈台《まちとうだい》の如き、三階建ての奇妙な建物である。凡《およ》そ本屋には見えぬ佇まいなのだが、裡《なか》は凡《すべ》てが本である。古今和洋を問わず、ありと凡百《あらゆる》書籍が収まっている。私設の書籍館《しょじゃくかん》のようなものである。しかも貸すのではなく、売っている。

主《あるじ》曰《いわ》く、此処《ここ》は墓なのだそうである。

本と云う墓石の下に眠る御霊《みたま》を弔うために売っているのだと云うのである。

名を、書楼弔堂《しょろうとむらいどう》と云う。

板戸の前に下げられた簾《すだれ》には半紙が貼られており、墨痕《ぼっこん》鮮やかにただ一文字、
弔――。

と記されている。

此処が本屋なのでしょうかと書生が問うた。

本屋と思う者は、普通いない。

本屋でございますと、声がした。

見れば、いつの間にか柄杓《ひしゃく》を持って手桶を提《さ》げた丁稚が立っていた。

しほる、と云う名の、この店の小僧である。女児と見紛《みまご》うばかりの中中の美童であるが、まだ幼い。いや、幾歳《いくつ》なのか見当もつかない。大人でないと云うだけで、年齢などないように思える。打ち水をしていたのだろう。

「高遠様、そろそろお出《い》でになるのではないかと、思うておりました」

「いやいや、今日は、もう新刊本を他所《よそ》で買ってしまったので、残念乍《なが》ら客ではないのさ。その代わりと云っては何だが、お客を引いて来た」

能《よ》くいらっしゃいましたとしほるは辞儀をする。書生も礼をした。

「訝《いぶか》しく思っているだろうが、此処は紛《まご》う方《かた》なき本屋なのだ。なあに、日本橋で聞かされた話だがね、どうも僕が聞き手では役者不足だと思ってね。それで思い付いたと云う訳だ。そんな訳だから——そうだ、しほる君、ご亭《こ》主はいらっしゃるね」

「主はまたぞろ売れぬ品を仕入れてご満悦であります。買うてやってくださいまし」

しほるはそう云うと簾を潜《くぐ》り、板戸を開けた。

午後になっても一向に収まらぬ強い陽射しの中に、真っ黒な四角い孔《あな》が穿《うが》たれた。

書生を促す。

裡《なか》はさぞ蒸れているだろうと思ったのだが——まるで違っていた。湿度は低い。沢山の蠟燭《ろうそく》が燈《とも》っていると云うのに、温度も低く、涼しいくらいだった。

較《くら》べてみると、建物の幅は丸善の方が広いのだけれど、奥行きは弔堂の方がずっとある。奥に帳場が見えているのだけれど、何処までも続いていて果てがないかのようである。

これが三階まであるのだ。未《ま》だ二階に上がったことはないが、階上も凡て書架であるらしい。

吹き抜け部分を除いても相当な棚の数だろう。加えて、収め方も並べ方も密で、しかも整然としている。丸善よりも本の量は遥かに多いだろう。

最初に訪れた時の印象は正しかったことになる。

若い書生はおろおろしているかと思いきや、意外に落ち着いている。見渡したり見上げたりしているけれど、怖れている様子ではなかった。目が慣れて来るに従い、眼鏡の奥の眸《ひとみ》は輝きを増しているように思える。硝子《がらす》と眸と、双方に蠟燭の焔《ひ》が映っている所為かもしれなかったのだが。

「いらっしゃいませ」

階段の途中から声がした。

この店の主である。

この人も使用人同様、まるで生年の知れぬ人物である。若くも見えるが若くないのかもしれず、老けても見えるが老いてはいない。

白の単衣《ひとえ》に前掛け姿である。

「高遠様でございますな」

「ご亭主、差し出がましいようですが、今日はお客を連れて来たのです。こちらは文士の尾崎紅葉先生の内弟子の」

畠《はたけ》の芋之助《いものすけ》君だと云った。

名を聞いていないのだった。日本橋の路上で交わした話が印象的だったので、適当にでっち上げたのだ。

繊細で神経質そうな風貌と芋と云う喩《たと》えは、凡そ釣り合っていない。そこが愉快に思えたのである。だからと云って、そんな珍妙な名前はある訳もない。寄席の芸人でもそんな名は名乗るまい。口を突いて出てしまったとは云うものの、あんまりである。しかし、弔堂の亭主はその奇妙な出任せに対しては何も言及せず、ただほう、と云った。若者も否定はしなかった。不遜なのでも大胆なのでもなく、名乗る程の身分ではないと考えているのだろう。

尾崎先生と云うと『我樂多文庫《がらくたぶんこ》』の尾崎紅葉先生ですねと主は云う。

「硯友社の――」

然様《さよう》にございますと書生は畏《かしこ》まった。

「尾崎先生の――お弟子さんでいらっしゃいますか。これはこれは、ようこそお出でくださいました。私めが弔堂の主人でございます」

亭主は深深と礼をした。

書生は一層畏まり、お顔をお上げくださいましと云った。

「内弟子等と云う上等なものではございません。小生《わたし》は、泥棒除けの玄関番。住み込みで遣い物や原稿の整理などをさせて戴いておりますだけで――」

「そう云えば、尾崎先生の奥方様はご懐妊中ではございませんでしたか」

「はあ、今日もそれで――あ、いや、我が師をご存じでいらっしゃいますか」

直接の面識はございませんがと主は云った。

「現在、讀賣新聞《よみうりしんぶん》に連載中の『三人妻《さんにんづま》』は読ませて戴いております」

「そうですか」

書生の顔が明るくなる。

本当に師匠を敬愛しているのだろう。

そこでしほるが椅子をひとつ持って来たので、先《ま》ず書生に座るように云った。

この店では立っていた方が落ち着くのだ。

「古《いにしえ》の書物に囲まれております故、新しく綴《つづ》られるものはどれも心が弾みます」

主はそんなことを云う。

これだけ書物があってまだ読むか。

いや、凡百《あらゆる》書物は書かれる尻からこの霊廟《れいびょう》に収まってしまう宿命なのかもしれぬと、ふと思った。

先生の連載も続きが娯《たの》しみでございますと主は続けた。世辞と云う訳でもないのだろう。書生は素直に喜んだ。

「有り難うございます。その新聞の原稿を送るのも、小生《わたし》の役目です」

そのくらいしかお役に立てないのですと書生が云うと、主人はそれは何より大切なお役目でございましょうと返した。

「そうでしょうか」

「送らなければ活字が拾えない。版も組めない。刷ることも出来ますまい」

「それはそうですが、何方様《どなた》にでも出来ることです」

「そんなことはございませんよ」

亭主は帳場に落ち着いた。

「小説の原稿は、天下《てんが》に二つとなき貴重なものでございます。失われてしまったら書き更《あらた》めること容易ならず、一字一句同じく記すこと能《あた》わず――」

重重承知しておりまするると書生は云った。

「なので、小生《わたし》は恐ろしくてなりませんでした。そんな大事なものを託されて、もしもなくしたり汚したりしてしまったらと思うと、夜も眠れず、食事も喉を通らず、日日心が潰される想いでおりました」

肩が微《かす》かに震えている。本心なのだ。主は頷《うなず》く。

「ははあ。まあ、他ならぬ尾崎先生の玉稿でございますから、それも仕方がないことかもしれませぬな」

「はい。でも、小生《わたし》の場合は矢張り病的に過ぎるものと自覚します。角の酒屋の真ん前に郵便ポストがありまして、そこに原稿を投函するのですが」

そう云えばこの書生は、先程も自らを病的と云っていたように思う。

「先《ま》ず、道道落してしまってはいけないので、肌身離さず抱き締めて参ります。道程《みちのり》は遠くもないのですが、どのような粗相があるか判りませんし」

用心深いことは悪いことではありますまいと主人は云う。

「はい。そうも思いますが、ポストに到着し、投函した後、本当に入っているかどうかが不安になるのです」

そう云うことは誰にでもあるだろう。

能《よ》くあることじゃあないかと云った。

「いいえ、手を離れてしまうと、更に不安が増してしまいます。もしこの中に入っていなければ、新聞社には届きません。否、遺失してしまうのです。しかしポストは覗けませんから、小生《わたし》はポストの周りを一周し、地面に落ちておらぬか確かめるのです。それでも得心が行かず、二周、三周と致します。まるで気が触れたかのように廻《まわ》るのです。昼日中、郵便ポストの周りを、書生がぐるぐると廻っておるのですから、もう正気の沙汰ではありません」

負の力に支配されておるのですと書生は云う。

「怖い、恐ろしい、取り返しがつかぬ、厭だ、重い苦しい辛い悲しい、そうした負の力が小生《わたし》を満たしております」

「でも、脱けられたのでございましょう」

主がそう云うと、書生はハイと快活に返事をしたので、かなり驚いた。てっきりそれが鬼神の力とやらで、それに苦しんでいるのだと早合点していたからである。

「衆人に見咎められ、師の耳に入りました。師は、小生《わたし》を一喝なさいました」

「何と仰せで」

「見苦しい、と」

「何だ、それで止《や》んだのかね。ならば何の病的であるものか」

「いいえ、師のお言葉には、観音の力が籠められておったからだと思いまする」

「いや、そうだろうか。君はただ用心しているだけだと思うが、それで怒鳴られたのだろう。怒鳴られて止《よ》したのなら、そんな優しい力ではないのじゃないかね」

　そうではありませんよ高遠様と、亭主は云った。

「違うかね」

「違いましょう。あなた様は——尾崎先生を尊敬していらっしゃるのですね」

「ええ、絶対の信用を捧げております」

「それだけ信用している相手に禁じられたのだ。だから止したと云うだけじゃないのかね。それは、狂気ではなく正気の証しだ。何であれ禁止は禁止じゃあないか。ただ叱られただけではないのかね」

「胆《きも》の小さきこと芥子《けし》の如し、心弱きこと芋幹《いもがら》の如しと、能《よ》く窘《たしな》められます」

　それで芋なのか——と思った。

「ほうら、矢張り叱られている」

「違うのですよ、高遠様」

「どう違うのだい」

「先程も申し上げましたが、玉稿は世界にひとつしかない、掛け替えのないものでございますよ。それを、そんな胆の小さな心の弱い者に、そうと知っていて託したりしますでしょうか」

私なら託せませんと亭主は云った。

「高遠様は如何《いかが》です」

まあ——そうだろうか。心配にはなるだろう。

「それに尾崎先生は、こちらに見苦しい、と仰せになったのです。止《や》めろと禁止された訳ではございません。そして、託すことをお止《よ》しになられた訳でもないのです。見苦しかろうが胆が小さかろうが、先生はこちらに相も変わらず原稿を託される。それは、何故でございます」

「扨《さて》——」

自分で投函するのが億劫だから等と云う答えはないのだね、と云うと、ありませんでしょうと云われた。

「私なら這って行ってでも自分で投函します。信用出来ない者にそんな大事な役目を課すものですか」

「しかしこの畠の芋之助君はだね——」

「十二分に信用されている、と云うことではございませんでしょうか」

「ああ」

云われてみればそうなのだ。彼は迂闊でも粗忽《そこつ》でもないのである。寧ろ、その逆であるだろう。

「こちらが見苦しい真似をしてまで大切に扱ってくれるからこそ、原稿はきちんきちんと新聞社に届いているのでございますよ。即ち、尾崎先生の方もこちらに――絶対の信用をくださっているのでございましょう」

書生は身を縮めた。

「互いに信用し合っているのなら、その言葉は叱責でも罵倒でもございません。見苦しいと云うのは、尾崎先生が困るから止《や》めろと云うことではなく、先生がこちらの方ご自身の身を案じられて仰せになったことでしょう。そうではありませんか」

「そうなのでしょうか――」

それは観音力と云って良いのではありますまいかと亭主は云った。

「だから、通じたのです」

「有り難うございます。お言葉身に染みましてございます。師の偉大さ、寛容さには感謝の意しかございません。しかし、小生《わたし》はそれでも、その――大きな師の恩に報いることが出来ないのでございます」

書生は振り向いた。

「本日、東京郵便電信局の前で偶然お会い致しましたが――あの時、小生《わたし》がいったい何をしていたのか、高遠様はお判りでございましょうか」

「そう云えば――おどおどとしていたが、あれは」

いったい何だったのか。

挙動不審だったことは疑いようがない。

「小生《わたし》は、投函した郵便がきちんと扱われるものなのかどうかを案じているうち、不安になってしまったのです」

「そう――なのかい」

そんなもの眺めたって判りはしない。袋の中身までは見透かせぬ。否――見透かすような見詰めようではあったのだけれど。

「ポストに投函出来たとして、その後どのように扱われるものか、それを考えるとまた疑団に囚《とら》われてしまったのです。小生《わたし》の役目はポストに入れることではなく、師が命を削って書き上げた原稿を恙《つつが》なく新聞社に届けることです。届いていなければ、ポストに入れたと云い張ったところで何にもなりません。扱いが乱暴だと汚れたり破れたりするかもしれません」

気が気ではありませんでした、と云って書生は已が肩を抱いた。

「日本で一番大きくて新しい郵便電信局での扱い方を見聞すれば、それ以外のステイションは、推して知るべしと云うことになりますでしょう。扱いは、乱暴でこそありませんでしたが丁寧とも云えませんでした。あの袋に師の玉稿が入っているかと思うと、神経が細る想いが致しました」

ずっとそうなのですと、青年はやや声を荒らげた。

「土を踏めば何か虫でも殺生したのではないかと、声を発すれば他者を傷付けたのではないかと、気に病んで気に病んで、まるで狂気《きちがい》なのです。迷妄《めいもう》の闇に囚われているのです。そして小生《わたし》はどうやら」

そうしたことを好みますと青年は小声で云ったのだった。

「ほう」

「どうしても豪放《ごうほう》に受け取ることも磊落《らいらく》に振る舞うことも好みません。打ち沈んでいても張り詰めていても、仕方がない。穢《きたな》いものは嫌いですし、粗暴も好むところではありませんが、美や徳を求めて行くと、行き詰まりには――怪がある」

鬼神に魅入られている――。

「怪――」

怪でございますかと亭主は云った。

「はい」

「その怪を好む――と」

「はい。厭わぬのですから、好むのでございます」

「お見受けしたところ、理知に富み、秩序を好み、不潔不純を退けられるご性質かと拝察仕《つかまつ》りまするが――」

「そう思います。強い潔癖の傾向がございます。と——云いますより、汚きものは小生《わたし》にとっては恐怖なのです」

「なる程。それでは、その——怪と仰せのものは、如何《いかが》」

お化けは穢らしくはございませんと書生は云った。

「そうですか。世間では、ぐろてすく等と申すようですが」

「正負で分けるなら負ではあると存じまする。人にとって、決して好ましいものではないと考えまする。一方、そうであっても、醜く汚きものとは思えません。蛇は禍禍《まがまが》しく陰性で、毒もあり、凶《おそ》ろしいものですが、観ようによっては美しい。蛇は大の苦手ですが、穢らしいとは思いませぬ」

「慥《たし》かに、陰性の類《るい》にあっても蛇は不潔なものではございませんね。整然と並ぶ鱗《うろこ》の様は、時に冷たく端麗な、工芸品の如き美しさを見せましょうなあ。蛇に神性を見出す文化も多くございます。古代に於ては神でもありました」

「はい。しかし実際の長虫は厭われましょう。もしもこの場に蛇が涌《わ》けば、小生《わたし》は身が竦《すく》みます。怖くてなりません」

「慥《たし》かに形而上《けいじじょう》では神性を持つものとして扱われておりましょうけれども、蛇は、形而《けいじ》下《か》に於てはただの陰性の虫でございましょうな。蛇が好きと云うお方は、そう多くはおりますまいな」

そこですと書生は云った。

「そこ、とは」

「お化けは、形而下に於てはくだらないもの、忌むべきもの、排除されるべき下劣なものと謂われましょう。しかし形而上に於ては——そうなのでしょうか」

形而下のお化けとは——この青年が云っていた、大入道やら傘お化けやらのことなのだろう。

「形而上のお化けですか」

鬼神でございますと書生は云った。

「それは——正負の負、陰陽の陰、正邪の邪、善悪の悪、優劣の劣、真贋《しんがん》の贋、聖俗の俗、そうしたものと理解して宜しいのですか」

「その通りです」

「西洋に於ては、例えば正しいもの、優れたものが美しいとされまする。健全なる在り方善良なる在り方こそが、美しさの判断基準となりましょう。正しき者——神は常に美しくあり、悪《あ》しきもの——悪魔は必ずや醜くなければならぬのでございます。一方、東洋には、否、本邦には耽美——美に耽《ふけ》るという言葉がある。こちらは、美醜を基準に計るのです。悪しきものからも劣ったものからも美しさを見取ることをする」

「耽美——ですか」

「ええ。例えば、死体は忌むべきもの避けるべきもの、死は穢《けが》れでございます。洋の東西を問わず、そこは概《おおむ》ね変わらない。しかし美しい死体があった場合、その美しさを認め愛《め》でることが——耽美ですか」

「それは正しい在り方でしょうか」

一介の本屋には判り兼ねますと主は応えた。

「ただ、そうした考え方はある。特に本邦には強くある。西洋に於ては、退廃的《でかだんす》と捉えられますが、この国では——そう、侘《わび》や寂《さび》とて、古くなることや朽ちることに美を見出す感性でございます。ならば、それ程奇異な在り方とは思えませぬが」

「今の世でも——でしょうか」

書生は深刻な顔色で問うた。

主はその顔《かんばせ》を見据える。

「開化以降は西洋の物指しが入って参りましたから、慥《たし》かにその物指しに合わぬものは目立ちましょうな。曲尺《かねじゃく》を鯨尺《くじらじゃく》で計るようなもの——と存じまするが」

書生は額に指を当て、少し考えた。

「しかし——弔堂様。小生《わたし》は、取り分け美を求めているのではないのです。小生《わたし》が追い求めておりますのは」

「観音力——ですか」

「そうです」

書生は突然に、力強く答えた。

「観音力を求め鬼神力に到る――でもそれを厭うのではなく、受け入れてしまう己がいるのです。そこが、その一点が、小生《わたし》を苦しめまする。美しきものの陰に化け物染みたものが見え隠れし、安らかなる胸の内に漆黒の暗《くらやみ》が潜む。小生《わたし》は、観音力を求めているのでしょうか。それともそれは思い込みでしかなく、実のところ鬼神力を欲しておるのでしょうか。もしそうならば、鬼神に魅入られておるのであれば」

青年はそこでがくりと肩を落した。

それから青年は、小生《わたし》に文学の道を辿る資格が果たしてあるのでございましょうかと、力なく云った。

多分、この若者は普段このように言葉を吐《は》き出す人間ではないのだろう。思うに、物静かな、穏やかな人物なのだ。

信仰をお持ちですねと亭主は云った。

書生はすうと落ち着き、顔を上げた。

「信心は――しております。お判りになりますでしょうか」

「仏家ならずんば観音力などと云う言葉は使いますまい。而《しこう》して、鬼神とは儒家の用いる言葉にございます」

「はい。しかしいずれも、そのままの意で使っている訳ではございません。謂わば比喩でございます。他に適した語彙《ごい》を持たぬと云うだけのことで、熱心な仏信徒でも、況《いわ》んや孔子《こうし》教徒でもございません」

そうでございましょうねと亭主は手燭を翳《かざ》し、暫く本を読むような目で若者を観た。

この、年齢も素性も判らない浮世離れした本の虫は、元僧侶であると云う。法華《ほっけ》なのか念仏なのか、宗旨《しゅうし》までは聞いておらぬが、唯一前職だけは知れている。

「あてずっぽうを申し上げます」

亭主は云った。

「あなた様は、何処かの宗派宗旨に帰依《きえ》する信徒ではございますまい。あなた様が奉じていらっしゃいますその神霊は、仏典には載るが如来《にょらい》でも諸菩薩《ぼさつ》でも天部《てんぶ》の神神でもなく、そう、忉利天《とうりてん》に御坐《おわ》すお方——ではございませぬか」

青年は眼を見開き、背筋を伸ばした。

「摩耶夫人《まやぶにん》——」

主がその名を口にすると、書生は衝撃を受けたようだった。

「ご——ご明察にございます」

「ご亭主」

何だか置いてけ堀にされている気がしたので、口を挟む。

「話の腰を折るようで真《まこと》に気が引けるのだけれども、その神様がどこの宗旨の神様なのか僕にご教授戴けないかな。いや、こちらには申し訳ないが、まるで判らないのだ。いやいや——君も気を悪くしないで欲しいのだけれど、僕は、武家のくせに腰抜けで、江戸っ子なのに野暮天《やぼてん》で、重ねて物知らずと来た。阿弥陀《あみだ》様とお釈迦《しゃか》様の区別もつかぬのです。観音様では——ないのですな」

摩耶夫人は人ですと亭主は云った。

「人と云うと——例えば権現《ごんげん》様や天神《てんじん》様のように祀《まつ》られた人、神になられたお方と云うことなのですかな」

「大きな括《くく》りで考えれば、そのご理解で間違いはございません。ただ、権力者として祀り上げられた訳でも、祟《たた》りを鎮めるために祀り上げられた訳でもございません。摩耶夫人は」

母として敬われておりますと弔堂は云った。

「母——とは」

「摩耶夫人は、お釈迦様のご母堂様にございます」

「はあ」

何だかまた意表を突かれてしまった。

「それは——ええと、耶蘇《やそ》教の、何と云ったかな」

「基督《きりすと》の母御である、まりあ様のことを仰せでございましょうか。まあ、その方が近《ちこ》うございましょうか。まりあ様は耶蘇教が禁じられていた時代、隠れ信者達の間で観音様に模されていたようでございます。慈母《じぼ》観音の例を出すまでもなく、母性と観音力は親和性が強うございましょう」

「小生《わたし》は、訳あって彼《か》のお方を深く信仰しております」

書生は真摯な口調でそう云った。

「生家の近在に、彼のお方の像をお祀りした寺がございます。八年ばかり前に詣《もう》でまして以来、生涯このお方を奉じようと心に決めました」

「なる程」

主は暫《しば》し黙した。

それから、込み入ったことをお尋ねしますと云った。

「ご家族に芸事をされる方はいらっしゃいましょうや」

唐突な問いである。

書生は肩透かしと思ったか、面喰《めんく》らったような顔になった。

「芸事――でございますか」

「はい。芸事と申しましても花柳界辺りのそれではなく――」

「母方の祖父は葛野《かどの》流《りゅう》の太鼓打でございますが」

「能楽の大鼓方《おおつづみかた》でございまするか。するとあなた様は、加賀大聖寺《だいしょうじ》――否――金沢のご出身であられましょうか」

どうして判るのだ。

「な、何故にお判りになる」

驚いたので、声に出してしまった。

「いや、尋《き》くがご亭主、真逆《まさか》この間のように、こちらの青年を予《あらかじ》め見知っていたと云う訳ではあるまいね」

そんな筈はなかろう。

この若者とは偶然会ったのだし、此処に連れて来たのも気紛《きまぐ》れなのだ。知っている訳もないのである。だが、主はこの若者の師である人の子細《こと》は詳しく識《し》っていたようだから、もしかしたら予備知識があったのかもしれぬ。

主は首を横に振った。

「何を仰います。勿論、私はこちら様を存じ上げません。尾崎先生が内弟子をお取りになったことも存じませんでした」

「なら何故金沢と判ったのかね」

「何、葛野流と云えば観世流《かんぜりゅう》の座付《ざつき》、本場は加賀と江戸。物腰から察するに、江戸の方ではないように拝察仕りました。本屋の当て推量でございます」

金沢県、今の石川県《いしかわ》の出身でございますと青年は答えた。

「いやあ、ただの当て推量とは到底思えないですよ。僕はこの人が加賀の出だと先《せん》に聞いていたのだけれど、それでも僕にはこの人が、僕よりもずっと江戸前の人に見えるのです。聞いていなければ、迚《とて》も地方の人とは思えない」

「母が江戸育ちでございましたから」

若者はそう云った。

「然《さ》もあらん、です。粋《いき》と云うのとは少しばかり違うのだけれども、何と云うか、江戸の趣《おもむき》があるように思うのですよ。しかしご亭主はそれを違うと判じられた。全体、この青年の何処が江戸者に見えぬと云うのですか」

ですから当て推量ですと亭主は躱《かわ》す。

「続けてお尋ね致します。もしご不快でしたらお答え戴かなくても結構です。あなた様は、ご母堂様を――幼い頃に亡くされていらっしゃいましょう」

青年は下を向き、はいと静かに答えた。

益々判らない。

あまり判らないので、所在なく立っているしほるに目を遣《や》る。

「しほる君、君の雇い主は八卦見《はっけみ》か呪師《まじないし》かね。何とも時代錯誤だが、そうとでも考えずば得心が行かぬよ」

高遠様――と、亭主はこちらに面《おもて》を向ける。何度見てもいつ会っても、心中の計れぬ顔付きである。

「あなた様はこちら様を、畠の芋之助様と私に紹介されたのですよ。それを本名と思う者は居りませぬでしょう」

それは、まあそうである。

何も云われなかったからそのままにしていただけだ。巫山戯《ふざけ》たのである。そもそも名を知らぬのだ。行きずりの間柄である。だからこそ、そうと知れるようないい加減な名を云ったのだ。

「戯《たわむ》れの名であれども、本名と思う訳がないと、云った尻からそう思ったではないか。しかし畠の芋と聞いて、帝都やら都やらを思い浮かべる者は先《ま》ず居りますまいよ」

「でも、芋ならば薩摩《さつま》でございますよ」

しほるが云った。

亭主は笑った。

「慥《たし》かにそう云いたくもなるけれど、こちらの方には昨今耳に馴染んだ薩摩訛《なま》りが一切ございません。薩摩弁を隠す者はあまりおりませんし、ならば単に郷里がご遠方だと云うことへの揶揄と取るよりございますまい。然《さ》りとて、高遠様は出身地で人間を差別されるようなお方ではない」

それもそうなのだが、どうも調子に乗り過ぎたようである。

「高遠様のくさし文句とも思えませぬ。そうであるなら、それはこちら様がご自分でそう名乗られたと考えるよりございません。つまり、必ずやご謙遜されている筈だ。ならば遠方ではあるけれど田舎と呼ぶような場所でもない——と云う推量」

聞けば慥《たし》かにその通りである。

「一方で、こちら様の所作や立ち居振る舞いは、当世流行《はや》りの崩れ書生とは違い、実に綺麗でいらっしゃる。ただ、文学を志して居られるのだし、ご自身が何か作法を習得されているとも思えない」

そうしたお方であったなら声音や足運びで自ずと判るものですと主は云った。

「ならば、近親者にそうした方がいらっしゃるのではないかと、これも当て推量。加えて、地方のご出身であると云うのに、東京の言葉をお話しになられる」

そうか。

発音抑揚に癖がないのだ。

「だから江戸の人かと思うたんだ僕は」

「でも——江戸弁ではございません」

「ああ——そうか」

「いや、まあ」

「こちら様には、地方の訛りもございませんが、江戸の訛りもないのでございます。更に、聞けば能楽の大鼓方をされていたのは母方のお血筋で、そのお母上が江戸育ちと仰せになる。そうとお断りになるからには、お父上は加賀のお方と云うことになりましょう。母上の影響で江戸の言葉をお話しになるのなら、昨今の言葉ではなく江戸弁になるのではなかろうかと云うのも」

当て推量――と亭主は云った。

「然り乍《さなが》ら、こちらの方は到って当世風なのでございます。粋なのではなく、洒落ていらっしゃるのです。而して、求められているのはどうやら江戸の花。最早この東京では薄れつつある江戸の文化風俗をお好みでいらっしゃると――重ね重ねての当て推量」

類推の山でございますと亭主は云う。

「畏れ入りましてございます」

書生は椅子を立ち、深深と低頭した。

「ご推察は皆――中《あ》たっております」

「そうですか」

主はそこで、何故か考え込んだ。

推理の力量たるや大したものと云わざるを得ないが、この先如何《どう》する気なのかは知れたものではない。

たっぷりと間を空けて主は云った。

「あなた様は、既に大切な一冊と巡り合っておられましょうな」

そのようでございますと書生は答えた。

「師、尾崎紅葉の著した『二人比丘尼　色懺悔』で、小生《わたし》は文字の力、言葉の力、文章の力、小説の力を思い知りました」

「掛け替えのない人生と、同じだけの重さの世界があるという――」

可能性を手に入れられた――。

「仰せの通りです。小生《わたし》は文字に、言葉に、そして文章に、小説に、観音力を求めました。師の編み出した和洋融合、新旧融合の文体は、これから更に磨かれて行くことでしょう。ならばそこに、観音浄土も描けること、そう考えたのです」

「卓見でございましょう」

「自然主義が立ち上がり、露西亜《ろしや》や欧羅巴《よーろっぱ》の文学こそが文学の正統とされ、その流れの中で、新しき表現として言文一致ばかりが俎上《そじょう》に載せられ、甲論乙駁《こうろんおつばく》がなされております。本邦の戯作小説は、取るべきところなしと切り捨てられます」

「そうした風潮は強いようです」

「我が師尾崎紅葉は、若き時分には詩作も嗜《たしな》まれ、英語も堪能ですが、井原西鶴《いはらさいかく》をこよなく愛す雅人でもあられます」

「能《よ》く存じ上げております。熱心な読者でございます故」

　有り難うございますと若者は低頭する。

「ただ、それをして、擬古典主義等と申す者も世には多く居りますが、小生《わたし》はそうは思いません」

「古典を模したものではなく、新しいものだということですね」

「はい。師は模索しておられます。それは単に会話文、話し言葉を文語に換えると云う試みなどではございません」

「講談の速記のようなものではなく、言葉の——日本国語の可能性を突き詰めておられると云うことでございましょうか」

「正にその通りだと思います。小生《わたし》もそれに倣《なら》い文学の道を歩めればと、そう考えて上京し、師の門を叩きました。しかし」

「しかし——何でしょう」

「小生《わたし》は間違っておりましょうか」

「何故に」

「小生《わたし》は師の凝らす技巧に、本邦文芸の未来を見たのです。しかし、小生《わたし》が見据えたのは技巧だけではなかったか」

「技巧だけとは」

「その技巧で何を描くのか、そこに関して云うならば、小生《わたし》はもしや見誤っているのではないのか。列強の文学に倣い、人を描け自我を描け社会を描け懊悩を描けと、世の人は皆そう謂うのです。そうした流れが今後の本流となることは容易に知れましょう。しかし、小生《わたし》は――そうではないのです」

「あなた様が求められておられるのは」

何でございますかと、主人は問うた。

「ええ。先程弔堂様の仰せになった通りでございます。小生《わたし》が好むのは江戸の花。古臭い、切り捨てられるべき旧弊の、しかも愚にもつかない手慰み。そんなもののために使う技巧は、無駄遣いかと」

「あなた様の師は、江戸の技法を捨てることなく今に活かす工夫をされている、而してあなた様は、そうして磨かれた今の技法で、要らぬ昔を描こうとしていると、そう云うことでございましょうか」

「違いましょうか」

「あなた様ご本人が仰せなのですから、その通りなのでございましょう」

「そうなのです。小生《わたし》は、故郷を誇りに思うております。過ぎし日を過ごした景色、風土、文化を愛おしく思う。そして、それはまた、古き時代へとも通じます。本邦文学の向かう先とは真反対。しかも」

「怪――でございますか」

「はい。それは、常に怪しを伴うのです。懐かしさの後ろ側には、いつも怪しさがあるのでございます。美しさの後ろにも常に妖しさがあるのでございます」

「なる程」

「そのうえ小生《わたし》は」

――それが好きなのです。

「お好きなのですか。お好きなのは」

「お化けだと思いまする。お化けこそ、この明治の御世には無駄。無駄に魅入られた小生《わたし》もまた、無駄。江戸の戯作や戯曲でも怪談等は、特に嫌われるご時世ではございませぬか」

「それは――」

違いましょうと主は云った。

「ち、違いまするか」

「ええ。この世に無駄なことなどございません。世を無駄にする愚か者が居るだけでございます」

「無駄ではない――と」

無論ですと決然《きっぱり》云って、弔堂は静かに立ち上がった。

「何の、どうして怪談が無駄なものですか。人は、怪しいもの。世は常に理《ことわり》で動くものでございましょうが、その中で、人だけは合理から食み出《はだ》してしまうものなのでございます」

「合理から食み出す――と」

大いに、と主人は云う。

「そうでなければ人の世はもっとずっと簡単なものでございましょうよ。人をば描くと云うのなら、怪を捨てるは片手落ち。あなた様の云うお化けもまた、この世の一部、いいえ、世の半分でございます」

「そう――なのでしょうか。しかし、小生《わたし》のお化け好きは、揶《から》われ、窘められることはございまするが、褒められることは一切ございません。いいや、褒められたい訳ではございませぬが、到底認める訳には参らぬと、そう謂われます」

「気にすることはございますまい。あなた様はまだ、そのお化け好きを世間に問うてはいらっしゃらないのでしょう」

「はい。未《ま》だ何も――」

「ならば、問うてみるまでは判らぬことと存じます。判ずるのは書き手ではなく読み手でございますよ」

書生は、否、文学者志望の青年は凝乎《じっ》と身を硬くした。

「それはしかし、師を貶《おとし》めることにはなりませんでしょうか」

「尾崎先生に限り、そんなお考えは持たれないかと存じます。尾崎先生もまた、多くの論敵がいらっしゃる。浪漫《ろまん》主義の北村透谷《きたむらとうこく》先生は、尾崎先生の『伽羅枕《きゃらまくら》』を旧弊的女性観に支配されていると痛烈に批判されておられます。些細《ささい》なことで対立することが多い文壇の中に於て、しかしあなた様の師はそうした批判を恬淡《てんたん》と受け止め、研鑽《けんさん》していらっしゃるようにお見受けいたします。信頼する弟子のあなた様が、仮令《たとえ》自らの主義と異なる作品をお書きになったとしても、意見こそすれ、裏切りと切って捨てるようなことは決してないかと」

「そう――でしょうか」

「私は文学者ではございません。一介の本読みでございます。和漢洋の書物を読み漁《あさ》り文字に耽るだけの役立たず。ただ読むだけの人間にございます」

弔堂は楼内を見渡す。

本が、本が、本がある。

「その私に云わせれば、怪談は文芸の極みでございましょうよ。怪談程高い技巧を必要とする文芸は――」

他にございませんぞと弔堂は力強く云った。

書生は顔を上げ、万巻の書をぐるりと見渡した。

「そう――かもしれませぬ。そうなのかもしれませぬが――しかしそこまでしなければならぬ意味を、小生《わたし》は見失っているのです。慥《たし》かに小生《わたし》はお化け好き、そこを否定は致しませぬ。しかし、小生《わたし》は決してお化けを求めている訳ではないのです。求める先に必ずそれは居て、結果受け入れていると云うだけのこと。小生《わたし》は――」

観音力か。

その言葉の意味が、実は解らない。悪いものではないのだろうが、聞き慣れぬ言葉ではあるだろう。

「申し上げます」

弔堂は書生の真ん前に立った。

「観音力と鬼神力、それは」

同じものでございますよと本屋は云った。

「同じ――と仰せですか」

「紙の裏と表。表裏は一体。光罔《な》き処に影は生まれず、影罔くば光は見えませぬ。能《よ》くお考えください。例えば、この」

弔堂は手にしていた紙を一枚、書生の前に翳した。新聞紙のようだった。

「紙の裏と表を、ぶつけ合うことは叶いません。こうして」

主は紙を折る。

「二つに折り曲げたところで、裏と表が合わさることはございません。幾ら折り曲げても、絶対に真裏とは合いませぬ。宜しいですか、表裏は決して、対立し得ないものなのです。そして、裏のない表もなければ、表のない裏もないのでございます。表を求めて辿り着けば、必ずそこには裏もある。裏を求めて手に入れれば、漏れなく表も付いて来る。ですからあなた様は既に――」

――辿り着いているのです。

「ただ、手にした紙の裏ばかりを気にしておられるだけのこと。あなた様は鬼神力に囚われていると仰せですが、私に云わせれば反対です。あなた様は――観音力に囚われている」

「囚われて――おりましょうか」

青年は主を見上げた。

「ご母堂様への強い思慕――それ自体は善き感情《おもい》でございましょう。なくすことも消すこともございません。いつまで持ち続けても構わぬもの。あなた様はその想いを摩耶夫人信仰へと転化させ、個人的な感情からより普遍的な信心へと昇華させた。これも推量ですが、思うにお父上は、厳格かつ几帳面、それでいて信仰に篤《あつ》い方なのではありませんか」

それも中《あ》たっているのだろう。

若者は何も答えなかった。

「あなた様は生真面目に、真摯に信心をされたのだと拝察仕ります。しかし、あなた様が深く敬う対象は、この国に於ては余り一般的とは呼べぬものでもありました。残念なことに摩耶夫人は、その御名を知る者さえも決して多くはありません。そこで――その摩耶夫人への信仰心を更に敷衍《ふえん》する形で、観音力と云う概念が導き出されたのではありますまいか」

書生はただ聞いている。

これは一般論ですが――と、主人は前置きをした。

「例えば、母への思慕と云う想いは、他の女性に対する恋愛感情と云う想いによって裏切られるものなのでございます。それは共に自然な感情ですし、勿論相反するものではないのでございますが、一人の人間の中では共存させ難いものとして理解されてしまいましょう。恋を邪魔する母は時に鬼に喩えられ、母との関係を揺さぶる女性は淫婦妖婦と罵られる」

なる程、それは理解出来なくもない。

程度の差こそあれ、誰しもがそう感じているのかもしれない。多くの場合は何らかの形で折り合いがついてしまうのだろうけれど、どちらかとの関係性が異様に強いような場合は、歪《いびつ》な形で発露してしまうことだろう。

「あなた様の場合は——一方の対象は母君ではなく、神霊なのです。そして、もう一方の恋人は——未《ま》だ予感でしかない。あなた様は観音力を求めているのではなく、既に観音力に包まれているのではございませんか。そして、それを失うことこそを畏れているのではございませんか。あなた様が畏れるのは、それを失う」

予感だけですと弔堂は云った。

「あなた様は、もうそれを手に入れておられるのです。手に入れているから、失うのが怖い。失うのが怖いから、手に入れていないと思い込んでいる。手に入れていないのなら、失くしようもない。だからこそ」

裏ばかりを見る。

弔堂は紙を裏返した。

「裏にあるのは、鬼神力です」

「そう——ですね」

「仏性は山川草木《さんせんそうもく》、万物に備わっておりまする。ただ、それに気付かぬなら、仏性はなきに等しい。禽獣にも仏性はありますが禽獣は己に仏性のあることを知らぬのです」

「ああ、そうです。仰せの通りです」

「そうでしょう。既にあるからこそ、尾崎先生の叱咤がきちんと届く。そこに観音力が働くのです。そうではありませんか」

「ええ」

自分は観音力に包まれておりますと若者は答えた。

「そう。仏家の謂う観音力とは、置かれた状況に応じて尤も相応《ふさわ》しい姿形を取ることが出来る力のことにございます。それは変幻自在に在り方を変えて順応し、どんな苦境も乗り越える玄妙《げんみょう》の力なのです。ならば、観音力の相は、時と場合に依っては必ずしも清浄なものとは限らない――と云うことでございますぞ。それは、綺麗なもの優れたものばかりではないのです。生きとし生けるもの、森羅万象は、観音の一つの相に過ぎないのです。勿論――」

お化けも。

「お化けも、ですか」

「お化け好きを恥じ入ることはございません。鬼神力は裏返せば観音力。しかし」

「しかし――何でございましょうや」

「先程私は、表裏は一体と申し上げました。それでも裏は裏、表ではない。裏は必ず付いて回りましょうし裏があるを恥じることもありますまいが、それでも裏を表と見做《みな》すのは、矢張り倒錯かとも存じます。不可分であっても、先《ま》ずは表ありきでございましょう。そして、表は」

観音力ではないですか――と、弔堂主人は云った。

「先程あなた様は、自分に文学の道を辿る資格がありや否やと問われました。問わずとも答えは知れておりましょう。道を辿るに資格は要りませぬ。あなた様が辿ろうとしている道に、手形や許可証は必要ありません。但し——その道は幾筋にも分かれておりましょうな」

弔堂は二本の指を立てた。

「目の前に二筋の道があると致しましょう。右は平坦で短く真っ直ぐな道。左は遠回りで凸凹《でこぼこ》とした険しく歩き難い道でございます。果たしてどちらの道が正解か。高遠様はどう思われましょう」

「考えるまでもなく右でしょう」

そう答えた。

「知っていて遠回りをすることはない。楽に早く目的地に着ける方が正しい道と考えるのが普通でしょう」

弔堂は少し笑った。

「こちらはこう仰せだ。さて、畠芋之助様はどちらを選ばれましょうや」

書生は眼を閉じ、それから苦悶の表情を浮かべて、やがて私は左に参ります、と云った。

「そうですか。ならば、あなた様はもうその道を進まれております」

「ご亭主、それは、この人が道を間違《まちご》うていると云う意味なのですか。ならばそれはあまりにも――」

その逆ですと弔堂は云った。

「また怪訝《おか》しなことを云う。そんな凸凹道が正しい道だと云うのですか」

仰せの通りですと主人は云う。

「目的地に着くことだけを目指すのならば、右が正解でございましょう。しかし道を行くことそのものが目的であるのなら、左こそが正解となりましょう」

「そうかな。でも、行くにしても歩き難いのだろう。真っ直ぐで平坦な方が、ずっと歩き易いと思うけれども」

「楽だと云うだけでございましょう」

「楽だ――と、云うだけか」

その通りである。

到着を目的としないなら、早いも遅いもない。

「例えば――これは勘違いをされている方が多いのですが、仏道で云う悟りは、目的ではございません。悟るために修行をするのではなく、修行そのものが悟りなのでございます」

「つまり、到着はしないでいい、と云うことですか」

「いいえ。常に到着していると云うことです。修行は目的のための手段ではなく、手段である修行こそが目的と云う意味でございます」

「しかし歩き続ければ何処かに到着はするでしょう。それとも何処にも着かないと云うのですか」

「着きますまい。辿り着いたような気になることはあるでしょうが、それはまやかしでございます。禅ではそれを魔境と申します。そこに留まれば、身を滅ぼす。ただ歩き続けるしかないのです。進みが遅かろうと、障害が立ち塞がろうと、迷おうと、歩くことこそが仏道の修行です」

　文学の道も同じでございましょうやと若い書生は問うた。

「私の場合は、書くよりない――と云うことになりましょうか」

「ええ。踏み込んでしまえばもう戻れない。歩き続けるよりない」

「歩き続けるのみ――」

「はい。あなた様は既に足を踏み入れていらっしゃる。ただ、目の前に続く道の険しさに戸惑われ、足踏みをしておられるだけ。慥《たし》かに、あなた様の行こうとする道は、蛇がのたうち、蛭《ひる》が降るような悪路。しかも終着地はございません。しかしあなた様は観音力に包まれております。即ち鬼神力にも囲まれている。心配は要りません」

　身に染みましたと書生は云った。

「観音力を求める、文学を究《きわ》める、師に厭われぬように在ろうとする――そうした考えこそが心得違いでありました。観音力は求めて得られるようなものではないのでございましょう。それは人を超えて在り、抗《あらが》うことも操ることも適《かな》わないもの。求めたり手に入れたり出来ると思うこと自体が思い上がりでございました。ならば私は、常に観音力と共にあり、ただ師の背中を目印にして、文学の道をひた歩む――それで良いのでございますね」

若者はそう云った。

素晴らしき見解《けんげ》かと存じますと云って弔堂は低頭した。

若者は生真面目に姿勢を正し、額の汗を半巾《はんけち》で拭った。

顔相も所作も、如何にも恐縮しているという体《てい》である。

「どうぞお直りくださいませ。何か、心中の霧が晴れたかのように思います。高遠様にお聞きしましたが、こちらは書店であらせられるとか」

「古本屋にございます」

「見れば驚く程の品揃えでございまするが、こちらのご本は――どれもお売り戴けるものなのでしょうか」

「何なりと」

そこで弔堂は顔を上げた。

「扠《さて》、あなた様は」

どのようなご本をご所望ですか——と亭主は云った。

「私に似つかわしくない本を」

「あなた様に似つかわしくない本——でございますか」

これはまた奇態な注文である。

流石の弔堂主人も、やや面喰らったようである。

若者は、はい、と明朗に答えた。

「万物に仏性が宿るのならば、どのような材料からも観音力と鬼神力は引き出せましょう。これから文学の道を進むに当たり、私はなるべく険しき処に入り口を見付けたく思います。そうであるなら、なるべく私と遠いものを糧とし、材としたく存じます。そのために、その発心《ほっしん》に相応《ふさわ》しい、何か契機になるような書物をばお売り戴けませんでしょうか」

主は得心したようだった。

「ならばこれを」

そして弔堂は手にした紙——新聞紙を書生に渡した。

「これは――」

偶偶《たまたま》手にしていたものでございますと主人は云った。

「しかし、いい加減な理由でお渡しするのではございません。これも何かの縁《えにし》でございましょうし」

本ではございませんねと若者は云う。

その通り、それは新聞――しかも古新聞であろう。

「これは十四年ばかり前の、横濱毎日新聞《よこはままいにちしんぶん》です」

主は臆面もなくそう云った。

書生は手にした新聞の記事に目を凝らした。明るくはないが、もう目は慣れているから読めぬことはないだろう。

「十四年程前に起きた、松木《まつき》騒動をご存じでしょうか」

それは知っている。

芝居や講談にもなった、有名な事件だった――と思う。

書生は首を傾《かし》げている。十四年前と云えば、まだこの青年は四歳程でしかないのだから、知らずとも当然だろう。

「神奈川《かながわ》の、真土《しんど》村で起きた事件です。当時、地租改正があり、それに纏《まつわ》る――」

暴力事件ですと主は云った。

寸暇《ちょいと》待てと口を出す。

「ご亭主、あの騒動を一口に暴力事件と括ってしまうのはどうなのだろうね。僕の記憶に依れば、あれはやられた戸長《こちょう》の方が悪かったのだ。勝手に土地の名義を書き換えたのだろう」

「ええ、そうでございます」

「お蔭《かげ》で村人は大いに困窮したのだ。しかも——村人が訴えて、裁判で負けたのではなかったかね」

「いいえ。そうではございません。一審は村人が勝ちましたが、二審では敗訴したのです。戸長である松木長右衛門《まつきちょうえもん》の主張が通り、村人の意見は退けられた。法律上は決着がついていた」

「決着と云うが、そこが問題なのじゃあないか。実際、二審で勝ったからと云うが、一審では負けていた訳だから、判事でさえも判断に困るような微妙な事案だったのではないかね」

「ええ。土地や財産、経済、権利など、そうしたものに対する考え方が大きく変わった時期でもありますから、判断は難しかったでしょうね」

「だからこそ、さ」

「だから何でございましょう」

「知る限りでは暴動の下手人《げしゅにん》である村人に対する同情の声跡を絶たず、減刑の嘆願書まで提出されて、その結果減刑が行われたのではなかったかな。慥《たし》か、嘆願書に記名したのは、一万人だか一万五千人だかだったそうじゃあないか」

最終的に死刑にはなりませんでしたねと主は応えた。

「首謀者は三四年前までご健在であられました」

「だろう。ならば、奥は深いのだ。僕が暴力事件と切って捨てるのはどうなのだろうと云ったのは、そう云う意味だ。世論は下手人に温情的で、しかも原因となる裁判結果は微妙なものなのだし」

「その微妙な事件で——」

七人が殺害されましたと主は云った。

「凡て松木戸長の家族です。村人二十六人に夜討ちを掛けられ家に火を放たれた。七人が殺害され、四人が怪我をしました」

疑い得ない暴力事件ではございませんかと亭主は云う。

「大義名分があろうと同情出来ようと、人殺しは人殺しです。そこに変わりはございません。死んだ七人の凡てが罪人であったとしても、罪は罪。これは凶悪な殺人暴行放火事件でございます」

そこに変わりはございませんと主人は云い、それから横を向いてしほるを呼んだ。

「二階から私が読んでいた新聞ごと、卓上の茶箱を下ろして来なさい」

美童はこくりと頷き、階段を上って行った。

「貧困は時に悲劇を生みます。その原因が一個人にあると云うことになると、まあこうした形で犯罪にも繋がってしまうこともあるのでございます。村人にしてみれば暮らしを護り、家族を護り、生きて行くために必要な選択であったのでしょう。でも人殺しは人殺しでございます」

書生は記事を読んでいる。

「その記事には、まだ暴力事件が起きる前の事情が記されております。村人達は相当に困っていたのでしょう。しかし、それでも法的手続きに則《のっと》って訴訟を起こすと云う、至極真っ当な、近代的対処をしております」

でも――と、弔堂は含みを持たせた。

「上等裁判所でそれが退けられ、更に控訴するだけの資金が村人にはなかったのでございます。ここで控訴出来ていたなら、そして大審院で村人が勝っていれば、何も起きはしなかった」

「それはそうだろう」

「ええ。この明治の世の中に見合った決着が着いていた――と云うことでございましょう。しかし」

そこで、しほるが降りて来た。

茶箱はそれ程大きくなかったが、しほるが華奢なのでどうにも危なっかしく見える。

慎重に階段を下《くだ》り、帳場の脇に置くと、小僧はふうと息を吐《つ》いた。

主はその箱の横に進んだ。

「法に訴え判決を受け入れる——それは近代国家としては至極真っ当な決着の付け方でございましょう。しかし、残念なことにそうはならなかったのです。これを——覧てくださいませ」

主は茶箱から数冊の絵草紙のようなものを出した。

「先般亡くなられた大蘇芳年《たいそよしとし》が画を担当された、『冠松《かむりのまつ》眞土夜《まどのよ》暴動《あらし》』です。この事件は、こうして芝居や絵草紙になって広められた。何種類も出ているのです。内容は江戸時代宛《さなが》らの勧善懲悪ものです。悪役は勿論——松木長右衛門です」

「まあ、それは当然だろうさ」

「首謀者の冠弥《かんむりや》右《え》衛門《もん》は義民として描かれております。勿論弥右衛門は悪人ではありません。この絵草紙に記されているように、正義の人であったのでしょう。しかし、悪役の松木長右衛門も、法律的には何も悪くないのでございます」

「だが、道徳的にはどうなのかと云うことさ」

「道徳と云うならば、どうであれ暴力に訴える方が非道徳的と思いまするが」

「そうだなあ。じゃあ、情の問題なのかな。しかし戸長が正しいとは思えないよ」

「ええ。彼は非人情で利己的であったかもしれないし、小作人達の生活を顧みない傲慢さを持っていたのかもしれませぬが、彼もまた、自分の暮らしを豊かにしたかっただけでもございましょう。それではいったい、何が悪かったのか」

主は茶箱からもう一冊、絵草紙を取り出し、ご覧くださいと云った。

「この絵の農民達の装束は、どう見ても旧幕時代の百姓一揆そのものです。襲撃の夜は雨模様だったらしいので、本当にこんな恰好《かっこう》をしていたのかもしれないのですが、それにしても白地《あからさま》な描き振りです。一方で襲われている松木邸は如何《いか》にも明治の建物然としております。実にハイカラに描かれている。これは、旧時代が新時代に戦いを挑んでいると云う構図なのです。旧時代は貧しく、愚かで、しかし正義だ。新時代は豊かで、賢いが――悪でございます」

私達はどちらなのでしょうと主は問う。

「江戸の頃もこうした暴動は頻繁に起きていたのでございます。でも、こんな形で終息することはなかったように思います。村の中の争いで、殺人沙汰《ざた》は殆ど起きません。一揆や謀反の場合は、参加した者は凡て処刑されたのでございます。佐倉宗吾《さくらそうご》も、死んだからこそ祀り上げられたのです。七人も人死にを出し、殺した方が減刑されて生き延びて、なお義民とされるような例は、見当たりません」

そう云われればそうである。

瓦解前ならば、お上に忤《さから》う謀反者は死罪流罪は当然であったろう。助命減刑嘆願などしたなら、した者もまた同罪となっていたやもしれぬ。そうすると今の世の方がまともであるように思えて来るが、でも芝居読本の中に於ては、義民と讃《たた》えられるのは今の世の法を破った者どもであり、悪役に擬《なぞら》えられるのは、開化の御世そのものである。

「冠弥右衛門は――」

観音力に突き動かされたのでしょうか、鬼神力に取り憑かれたのでしょうか、と弔堂は問うた。

「私達の生きているこの時代は、過去の上に乗っております。明治は江戸を壊して出来上がった訳ではないのでございます。壊したように装うていても、地続きなのでございますよ」

色色と考えさせられまするると弔堂は云って、それから何故かこう云った。

「そもそも文字にしてしまえば、古いも新しいもございません。この楼の中では百年前も千年前も――同じ。読めば、今です」

それから主は本を凡て茶箱に仕舞い、若者にそっと差し出した。

「縁あって松木騒動の顚末《てんまつ》を記した資料一式を手に入れました。これを――お売りします。あなた様の――筆で読みたい」

「私の——ですか」

「はい。一番己に似合わぬ処から始めたいと云うあなた様の心意気、大いに感服致しました。代金は出世払いで結構です。偉そうな言種《いいぐさ》ですが、あなた様が大成されると信じるが故——とお考えください」

若者は茶箱を受け取り、亭主に向かい丁寧に礼をした。

「戴きます。多分、この題材は私の手には余るでしょうから失敗《しくじ》るでしょうが、これを入り口に致します。高遠様も、本日は有り難うございました。後先になりましたが、私は」

実名を泉《いずみ》　鏡太郎《きょうたろう》と申しますと、青年は名乗った。


彼こそが後の文豪、泉　鏡花《きょうか》である。

泉鏡太郎が京都の日出新聞《ひのでしんぶん》に『冠彌左衛門《かんむりやざえもん》』の連載を開始したのは、それから三箇月後のことであった。評判は芳しくなかったが、人気作家巖谷小波《いわやさざなみ》の肝煎《きもいり》でもあり、師匠である尾崎紅葉の強い後押しもあって、連載は四十回続いた。

この新聞小説は発表後も複数紙に幾度か掲載されることになるのだが、その中にはどう云う訳か作者名が異なるものが存在すると謂われる。その筆名は——。

畠芋之助なる珍妙なものであると謂う。

鏡太郎はその折、既に鏡花の筆名を考案し、事実用いてもいたのであるから、これは何かの間違い手違いの類《たぐい》であろう。しかし、ただの間違いではないのだ。その後鏡太郎は、畠芋之助名義の作品を何作か発表しているからである。

鏡太郎が何故その名を用いたのかは——。

誰も知らない。

書楼弔堂
破曉

探書参

方便《ほうべん》

三味線《しゃみせん》の音色を聞いたのは一体何年振りかという話である。

石部金吉《いしべきんきち》と云う程に硬くはないし、寧《むし》ろ明治人としては涙が出る程に脆弱《ぜいじゃく》で、信念もなければ気骨もない。ただ自らを朴念仁《ぼくねんじん》と称して憚《はばか》らぬのは、花街色事にはトンと縁がないからである。

芝居小屋演芸場の類《たぐい》に足を運ぶこともない。

そもそも浮世を厭《いと》うて隠遁《いんとん》の士を気取るような種類の人間なのであるから、浮かれた悪所が得手《えて》である訳もない。歌舞音曲にはとことん疎《うと》い。端唄《はうた》も長唄も区別がない。ただ舞台の上から聞こえてくるのが、その何《いず》れでもないことくらいは承知している。

じゃかじゃかと掻き鳴らし朗朗と謡《うた》う。

三弦《いと》は女声《にょせい》と世に謂《い》うが、乗る唱声もまた女声である。とはいえしっとりとした新内《しんない》流《なが》しとは違い、太棹《ふとざお》の奏《かな》でる音色は肚《はら》に響くし、太夫《たゆう》も花簪《はなかんざし》を振り落す程の熱演なのである。豪《えら》く調子が良い。

義太夫節《ぎだゆうぶし》である。しかもただの義太夫ではなく、娘義太夫なのだった。

若い娘が語るのだ。

これが大層な人気なのだそうである。

舞台の上では、地味な羽二重の上に派手な紋抜きの肩衣《かみ》を着けた若い娘が妹背山婦女《いもせやまおんな》庭訓《ていきん》を語っている。多分そうだと思うのだけれど、元元詳しくない上に客の歓声が凄まじく、そちらの方が気になって演目までは能《よ》く判らないのだった。

筋は判らないのだが、集中出来ないと云うこともない。歓声も含めてこう云う演目なのだと思えば済むことである。

好き処《よところ》で盛り上がって来ると、ごうごうと云う野太い掛け声のようなものが上がる。申し合わせたかのように息が合っているから、そう云う伴奏のようでもある。下足札《げそくふだ》まで叩いている。

能《よ》く聴けば、客はどうするどうすると云っているのだ。

何をどうすると云うのか、サッパリ判らなかった。

判らぬけれど判らぬなりに調子は良い。

野次でもなければ合いの手でもない。歌舞伎の大向《おおむこ》うとも違う。終《しま》いには釣られて同じようにどうするどうすると云ってしまいそうになった。

否、心中では声を合わせていたのである。

多少気恥ずかしくもなったが、愉快ではあった。窩《あな》に籠っていたのではこんな高揚はない。

誘ってくれたのは山倉《やまくら》と云う男で、これは以前勤めていた煙草《たばこ》製造販売会社の創業者である。否《いや》、会社はもうないのだから、創業も何もあったものではなかろう。創《はじ》めたのも山倉だが閉じたのも山倉である。

埒《らち》もない理由で休職している間に、案の定会社は潰れてしまったのだった。

休職前から商売《あきない》は左前だったので、いけなくなるのを見越した上での身の振り方ではあったのだけれど、予想されていたこととは云え潰れてしまうと少し淋しい。

山倉は旧幕時代旗本だった父の近習《きんじゅう》の子なのであった。

家臣の侍の中では一番若く、殿様からは際立って目をかけられていたのだと云うのは本人の談である。慥《たし》か十《とお》くらい年上の筈《はず》だから、瓦解《がかい》の時山倉は二十歳《はたち》前くらいだったのだろう。近習だった親父殿は瓦解後すっかり心折れてしまったらしく、そのまま衰弱して、床に伏してしまった。

山倉はずっと働き乍《なが》ら親父殿の面倒をみていたのだが、そのうち人の勧めで私塾に通い始めた。儒学《じゅがく》か何かを学んでいたようだが、その頃のことは詳しく知らぬ。

西郷《さいごう》が野《や》に下《くだ》り、西南《せいなん》の役《えき》が起きる前くらいのことである。

丁度、世間は自由だ民権だと落ち着きがなく、勉強会だの演説だのが流行《はや》っていたから、山倉も不平士族となって反乱でも起こす気かと思ったことを覚えている。

熱心な塾生だと云う話を父から聞いた。

しかし親父殿が亡くなると、山倉は職を辞してあっさり塾も已《や》め、縁者を頼って三河《みかわ》に移ってしまった。十年以上前のことである。

その時は屋敷まで挨拶に来た。山倉家は元元駿河《するが》の出だと云うし、そのまま静岡《しずおか》に骨を埋《うず》めるのかと思っていたが、数年を経て上京した山倉は、どう云う訳か三州《さんしゅう》煙草の販売業を始めたのであった。

それが四年前のことである。

奇抜な宣伝で知られる岩谷松平《いわやまつへい》の天狗《てんぐ》煙草に後れを取ること四年、純国産煙草の製造販売業としては二番手か三番手となるのだろう。その時も山倉は律義に屋敷まで挨拶に来た。

父の口利きで雇って貰った。

子供も生まれて、真剣に働きたいと考えていたのである。

已《おのれ》に身を立てるだけの器量がないことは承知していた。

元服するかしないかで髷《まげ》を落してしまった者に、つまらぬ武家の誇りなどない。使われることに抵抗などなかったから、見様見真似で懸命に働いた。武家の商法であるから中中巧く行くものではなかったが、面白かった。露悪的な売り文句で派手に売り捲《まく》る岩谷天狗に比する限り地味ではあったけれど、山倉将軍煙草商会はそれなりに業績を伸ばして来たのであった。

しかし、ここ数年で経営はみるみるうちに悪化してしまった。商売敵《がたき》が次次に開業したのである。競争になれば玄人《くろうと》には勝てぬ。

昨年、亜米利加《あめりか》煙草の模造品でひと儲けした村井吉兵衛《むらいきちべえ》が東京進出するに至って、とどめを刺された恰好《かっこう》になってしまったのである。ハイカラな意匠の絵札を入れたり、楽隊を仕立てて華美に宣伝したりするものだから、地味なこちらは目も当てられぬ。

官軍には勝てぬよと云うのが山倉の口癖であった。

その愚痴は、岩谷が薩摩《さつま》の出、村井が京都の出であることに由来する。一方山倉は駿府《すんぷ》、社名も将軍煙草商会である。この将軍と云うのも軍人のことではなく、徳川《とくせん》家のことなのであった。そうは云っても岩谷村井の二者は共闘していた訳ではなく、寧ろ鎬《しのぎ》を削っていたのであるから、将軍煙草が勝手に一人で負けたのである。

若輩とは云え幕府の禄を食《は》んでいた者としての気概があったのか、単に駿河に三河と云う土地柄に因《ちな》んだ名称であったのかは知らぬが、いずれにしても時代の流れからは外れていたのであろう。

当人に尋《き》いたところ深く考えて付けた名ではないと云うことだったが、まあ多分それが正解なのだ。

これ以上続けても借財が嵩《かさ》むだけだから会社を畳むと云う連絡が来たのが、先月半ばのことである。

山倉も静岡に戻ると云うから送別の会でも設けたいと提案した。皆で浅草《あさくさ》の凌雲閣《りょううんかく》にでも登り、序《つい》でに牛鍋《ぎゅうなべ》でも喰《く》って騒ごうと云った。やや人恋しくもあったのだろう。

ところが、他の奉公人には既に暇《いとま》を出してしまい、誰も残っていないと云う。男二人で十二階に乗ったところで詮方《せんかた》ない。

滑稽《こっけい》なだけで面白くも何ともない。

そこで娘義太夫と云う運びになった訳である。芝居は高価《たか》い。寄席なら浅草でも本郷《ほんごう》でも幾らもあるし、浮いた額で牛鍋くらいは喰える。先《ま》ず、気安く入れる。そう云うと、何の気安いものがあるかと云われた。気を入れて行かぬと入れないと云う。女の義太夫はタレギダと小馬鹿にされていたものだが、昨今は大人気なのだそうである。

半信半疑で来てみたが、慥《たし》かに客止めの大入りで、外にまで人が溢《あふ》れていたので内心ぎょっとした。既に肌寒い季節で、二重回《インバネス》などを羽織って来たのだが、裡《なか》は人の熱気で暑いくらいだった。

演目が終わり、混雑に揉《も》まれて漸《よう》う外に転げ出ると、外も黒山の人集《ひとだか》りだった。どうなっているのかと問うと、山倉は出待ちだよと答えた。

「それは何です」

「ご贔屓《ひいき》の太夫が出て来るのを待っているのさ。ほら、真ン中に俥《くるま》が停《と》まっているだろう」

人混みで能《よ》く見えないが、車夫の笠だけが見えた。人力が停まっているのだ。

「人気の太夫は休みなしで次の高座に移らなくちゃあならない。支度をしたらすぐにあの俥に乗り込んでご出立サ。連中はそれを待っている」

「待ってどうすると云うんです。楽屋口から人力に乗るまでの一瞬、もうひと目だけでも、花の顔《かんばせ》を拝みたいと、そう云うことですか」

「そうじゃあないよ」

山倉は人の山を眺めて笑った。

「連中は俥にそのままくっ付いて次の寄席までぞろぞろ行進するのサ。そしてまたどうするどうする云うんだ」

「そこでも覧《み》るんですか」

「覧るさ。何度でも覧る。熱狂しているのだなあ、彼等《ら》は。お銭《あし》と暇《ひま》の尽きるまで来る日も来る日も覧るんだ。書生か何かだと思うけれども、時代は変わったよ。私はあのくらいの頃、正座して論語を誦《よ》んでいたからなあ」

「僕はふらふらしてましたよ」

「若と私じゃあ身分が違いますよ」

「若は止《よ》してくださいよ」

山倉がその呼び方をするのは久方振りのことである。

幼い折よりずっとそう呼ばれていて、さして疑問も持たずに育ったのだが、雇われる際に止してくれと頼んだのである。

もう若くもなかった。それに御一新《ごいっしん》と共に主従関係は解消している。若と呼ばれる身分ではない。

否、雇用して貰った段階で、主従関係は転倒しているのであった。

「何、私が雇い主なら高遠《たかとお》君と呼ぶが、会社が飛んでしまったのだから元の木阿弥《もくあみ》だろう。元通りの関係ならば君は、大恩ある殿様のご嫡子、お世継ぎ様だ」

「父は死にましたよ」

じゃあ若殿だと云って、山倉はまた笑った。

その山倉の肩越しに、不機嫌そうな顔が見えた。

山高帽にコートを着込み、立派な口髭《くちひげ》を蓄えた年配の紳士である。

山倉より齢《とし》は上だろう。五十くらいと値踏みする。

男は珍妙なまでに顔を歪《ゆが》め、太夫の登場を待つどうするどうするの連中を見詰めているようだった。否、睨《にら》んでいるというべきか。

わっと歓声が上がった。

野郎共の声は低いので、歓声と云うより響動《どよめ》きである。

多分太夫が出て来たのだろう。響動きはそのまま騒《ざわ》めきになって、一団がバラバラと移動し始めた。

「それにしたって大したものだ。あれはまだ、十七八の小娘でしょう」

「いやいや、小娘と云っても侮《あなど》れやしないよ。娘義太夫で肩衣を着けるまでの苦労と云うのは並大抵のものじゃあないのさ。芸人は皆そうなのだろうがね、給金なしの見習いから始まって、御簾内《みすうち》になるまでの道程《みちのり》は険しいもんだ。御簾に入ってからも、真打《しんうち》まで昇るなあしんどい。口二枚《くちにまい》から始まって切前《きりまえ》まで、幾つも階級がある。相撲取りのようなものだ。それに義太夫節には営業鑑札が要るからな、真打の手見せは厳しい」

手見せと云うのは、要は試験である。

厳しい試験があるのだ。

「合格したって人気が落ちりゃ場末に飛ばされる。代わりは幾らでもいるからな。だから、ああやって堂摺連《どうするれん》が付いているうちが花だな」

あの信者達はどうする連と呼ばれているらしい。何故どうするなのかは、相変わらず判らないのだが。

詳しいですねと云うと、まあ贔屓なのだよと山倉は意外なことを云った。

「能《よ》く覧《み》るんですか」

「まあなあ。講談師の出番が減る程の人気と云うから、覧《み》もするさ。君のように達観し

ていない。俗物なのだ。あの綾之助《あやのすけ》もいいんだが、私は京子《きょうこ》がご贔屓さ」

俗物なのだと山倉は繰り返した。

「まあ、昨今は何処《どこ》も競争競争だ。商売も同じだよ。決して当世風が悪いとは云わない

し、侍だけが威張っていた時代が正しいとは思わないが、勝った負けたで世過ぎが変わ

るような暮らしは、草臥《くたび》れる。ま、あんな小娘でもね、そんな厳しい処に身を置いてい

るかと思うと、応援もしたくなるってものだよ」

山倉は一団が去った方角に向き遠くを眺めるように眼を細めると、小声でどうするど

うすると云った。

路地を曲がってしまったのか、がやがやとした連中の姿はもうなく、喧騒の残り滓《かす》だ

けが路に凝《こご》っている。

何となくしんみりとしてしまい、どうにも切りが悪いので、牛鍋は已《や》めて、ただ一杯

引っ掛けてから帰ろうと云うことになった。

汗が冷えて、結構寒かった。

今風の店はなるべく避けようと、とろとろと歩き、茶店のような佇《たたず》まいの居酒屋を見

付けたので暖簾《のれん》を潜《くぐ》った。別段江戸を懐かしむようなつもりもなかったのだけれど、何

となく当世風を避けたい気分だったのである。

麦酒《びーる》のようなものはないらしい。

まあこの時期に麦酒を頼む者もいないとは思うが、そもそも品書きにないのだ。燗《かん》の銚子《ちょうし》二本と、酒肴《しゅこう》を適当に見繕《みつくろ》ってくれと婆《ばあ》さんに注文して、それから店内を見渡す。酒舗と云うより一膳飯屋なのだろうか。

店の隅で目が留まった。

先程、どうする連を凝視していた紳士が泣き笑いのような顔で座っていた。背筋は伸びているが、その姿勢に似つかわしくない表情である。身形《みなり》がきちんとした洋装であるのに、情景の方は時代錯誤な和風であるから、余計に浮いて見えるのだ。

こちらには感付かぬ様子なのを良いことに凝乎《じっ》と見詰めていると、その視軸に山倉も気付き、振り返って視線を重ねた。

「ああ」

山倉は声を発した。

「何です、知った人ですか」

「うん、いや、そうだと思う。間違いないだろう。これは奇遇だ」

山倉は腰を浮かせ、立ち上がると、そのまま男の前まで進んだ。

「失礼ですが、東京警視庁の矢作剣之進《やはぎけんのしん》様ではございませんか」

官憲なのか。

制服を着ていないから、もしかしたら身分の高い人物なのかもしれない。

警察は辞めたと男は応えた。

「貴君の云う通り、吾輩は矢作である。ただ残念乍《なが》ら吾輩は君に見覚えがない。甚《はなは》だ申し訳ないが、何処かでお会いしておりますかな」

「無理もありません。そう、十五年も前のことになりますか。赤坂《あかさか》の料亭で一度お目に掛かっただけです。覚えていらっしゃいませんか、あの」

「わ」

忘れるものかと云って、矢作は眼を円《まる》くした。

「十五年前の赤坂と云えば、君。それはあの、由良卿《ゆらきょう》の百物語怪談会のことじゃあないのかね」

「正にそうです」

「君はあの場に居たのか」

矢作は更に眼を剝《む》く。

「ええ、居《お》りました。降って涌《わ》いたかの如《ごと》き大捕り物を間近に拝見し、大いに胆《きも》を抜かれました。徒《いたずら》に人心を惑わすことになり兼ねぬ故《ゆえ》、見聞きしたことくれぐれも他言無用とせよと矢作様に令《いいつけ》られましたことを肝《きも》に銘じ、今日まで一切吹聴《ふいちょう》はしておりませんが、あれは生涯忘れ得ぬ椿事《ちんじ》でございます」

「しかし、彼処《あそこ》にいたのは」

「私は当時、孝悌塾《こうていじゅく》の塾生――由良公篤《きみあつ》様の門弟でございました」

「ああ、あの中の一人か」

矢作は立ち上がり、そうかと云った。

それから腰をやや屈《かが》め、本当かと山倉に問うた。

「ええ。あの会に参加した塾生は私を含めて六人だったと記憶しておりますが、まあ私以外の五人は金満家の息子、云いたくはありませぬが、出来の悪い連中でございましてな。いや、私とて出来が良かった訳ではないのですが」

「慥《たし》か、世に怪異ありやなしやと由良卿を困らせて、怪談会を開かせる原因を作ったのはあの連中だったと記憶しているが」

「正に」

「君も首謀者の一人だったと」

「いえ、私は元元貧乏士族で、あの者達とは親しくもありませんでした。寧ろ格が違うと蔑《さげす》まれていた。私はただ偏《ひとえ》に塾長の身を案じ、参加を表明しただけのこと。まあ、私も儒者としては半端で、多少は信じておったのですよ」

「信ずるとは、何をだ」

怪をですよと山倉は云った。

「太古《いにしえ》より儒者は廃仏《はいぶつ》の立場をとるのが相場と決まっておりますが、あの時、我が師は廃仏毀釈《きしゃく》の有様を非難された。仁に欠け智に欠け、義も礼もないただの暴徒であると仰《おっしゃ》った」

「まあ、一時の有様は酷《ひど》いものだったからな。寺は壊す仏像は放り出す、塔頭《たっちゅう》は売りに出されるだ。まあ政府はそんなことを奨励した訳じゃあないのだがな。何度も取り締まりに駆り出された」

「ええ。そこで、塾生の一人が儒者たる者は神仏をどう理解すべきかと師に問うたのです。師は、神は理《ことわり》であり仏は慈悲であるから、その御名を出さずとも論ずることは出来るとお答えになった」

聞いておると矢作は云った。

「神だ仏だ云い出すと必ずや理から外れることになると仰《おお》せになったのであろう。鬼神は敬い遠ざくるもの、有るなしを論ずるは愚かと云われたと聞いておる」

「その通りです。しかし、じゃあお化けはどうなんだと誰かが云い出した」

「お化けのう」

また、お化けである。

先だってもお化け好きの書生と出会った。

文明が開化しても、お化けは世に蔓延《はびこ》るもののようである。

師は、そのような迷妄はないと即断されたのですと山倉は云った。

「当然であろうな」

「だのに、どうしても聞かぬ者がおったのです。敬ったり遠ざけたりすると云うのであれば、鬼神はいると云うことになる。師は有鬼無鬼の論争は無意味と云うお立場でいらしたのですが、どうしても納得せぬ者がいた。そこで」

「お化けを出そうと云うのが発端であったな。怪語れば怪至る——であったか」

「はい。私は学成らず修養も足りず、もしやお化けが出たならと考えると、師が心配でならなかったと云う次第です」

「それで貴君はあの催しに参加したと云うことか。まあ、実際に出たのはお化けではなく、罪人だったのだがな」

「ええ、しかし」

お化けも出たのですと山倉は云った。

「うむ、吾輩の朋輩もそのようなことを申しておったがな、吾輩はあの場でそんなものは見ておらぬ。それに就《つ》いては吟味したこともないから、それが何であったのか真偽の程は知れぬことだよ。ま、あの会を最後に我等は大事な人を失ってしまったのでな、正直そんなことはどうでも良くなってしまったのだがね。しかし——」

そこで婆さんが酒を持って来た。

他に客もいないと云うのに店内で立ち話も何だと云う運びになり、席を同じくすることになった。

矢作の卓の方が広く、隅の方が落ち着くと云うことで、席を移った。

「高遠君は知らぬかな。こちらの方はその昔、幾度も手柄を立てられて、能《よ》く錦絵《にしきえ》新聞などに載られた、有名な巡査様だ」

止《よ》せ止せと矢作は手を振る。

「昔の話だ」

「またご謙遜をされる。両国《りょうごく》の怪火騒ぎやら池袋《いけぶくろ》村の怪蛇騒ぎやら、怪しき事件を矢継ぎ早に解決し、帝都に名声を轟《とどろ》かせた不思議巡査様ではありませぬか」

「その名は止せ」

矢作はまた困った顔になった。

「どうもな、あの頃のことを思い起こすに面映《おもは》ゆい気になる。汗顔《かんがん》の至りだ」

矢作は半巾《はんけち》を出して、出てもいない額の汗を拭いた。

「しかし、塾長も、お父上の伯爵様も矢作様には感謝されておられましたが」

「事情を話せば長くなるが、感謝される覚えはないのさ。まあ昔のことはいいじゃあないか。それよりこちらは」

こちらの方は私の主筋《しゅうすじ》にあたる高遠様ですと山倉は紹介した。

それこそ汗顔の至りである。

こちらは主どころか、厭世隠遁《えんせいいんとん》の廃者《すたりもの》である。

矢作は改めて名乗り、一礼をした。目上の者に礼をされると、益々臀《しり》の据わりが悪くなる。

「まあこれも何かの縁であろう。以後よしなに頼みます。まあ一献」

杯に酒を注《そそ》がれる。

これでは立場が逆である。より一層肩身が狭くなる。

「それはそうと、矢作様は、矢張《やは》りあの娘義太夫を――ご覧になられたのですか」

あんなものを覧る人には見えない。

そう尋くと矢作は顔を顰《しか》めた。

「まあ、覧たのは覧た。別に悪いものではないが、あの客がのう」

堂摺連ですかと山倉が問う。何だか知らぬよと矢作は答えた。

「女義太夫は江戸の昔から何度も禁じられておる。女の芸人が高座に上がることが許されるようになったのは、丁度あの怪談会を開いた頃のことだよ。それまでは御法度《ごはっと》だったのだ。何故禁じられていたか、判るかね」

風紀を乱すからではないのですかと山倉が云った。

「公序良俗に反すると」

「そうじゃあないよ。まあ、云い様によってはそう云うことになるのだが、女芸人がいかんと云うことではないのだ。客がいかんと云うことだ」

「客が――とはまた」

男と云うのは莫迦《ばか》なものさと矢作は云った。

「理性を失った客が良からぬことをする。取り締まっても取り締まってもする。色香に惑う男共が出る。それがいかんと云うのが本当のところなのだ。それは、江戸の昔からそうなのだよ。悪いのは客、しかも男よ」

「そうなのですか」

「そうさ。芸を愛《め》でるのではなく娘を愛でる。座敷に喚《よ》んで良からぬことをする。男の色欲は今も昔も変わらぬ」

どうするどうするの連中も、義太夫を聴いていたとは思えない。高揚して茶碗を叩いていた者までいた。

「まあどの職に就くのも自由の世の中、婦女子の演説も、聞いてみれば劣ったものでもなく、中中立派なものだったからな、女だから劣っているなどと云う考えは間違いだろうさ」

一時、世に演説が流行した。

それこそ女子《めこ》も弱子《じゃくし》も演壇に立って、声を張り上げたものである。

「だから、芸で身を立てたいと云う者をお上《かみ》が押さえ付けることも出来まいと、あの頃はそう思ったのだがなあ。実際、そう上手くは運ばなかったしな。タレギダというのはな、あれは蔑称だ。女に義太夫語りが出来るかと、一段低く見る者が蔑んで呼んだのが始まりだな。実際、上方《かみがた》だか名古屋《なごや》だかから竹本京枝《たけもときょうし》一座が興行に来るまでは客なんか一人もつかなかったし、上等の席には上《のぼ》れなかったものだからな。それがどうだ」

矢作は寄席の方角に顔を向けた。

「五年前、改良義太夫と称して京枝一座が公演を打ったが、その頃から客がおかしくなり始めたんだ」

矢作は口髭を撫《な》でる。

「今じゃあ大歌舞伎に負けぬ人気だ。新しい歌舞伎座《かぶきざ》も評判だし、今造っている明治座《めいじざ》も大層なもののようだが、人出で云うなら寄席も負けてはおらぬよ。西洋奇術だの何だのと、流行《はや》り廃《すた》りはあるけれども、その中で女義太夫だけはどうもすっかり根付いてしまった。噺家《はなしか》が出番がないとぼやく程だ」

山倉も講談師がどうのと云っていた。

「客があゝして付いて回るから、女義太夫が終わると客がぞろりと減ってしまうのだそうだ。噺家が出ると、もう客がいないのだ。あんな様《さま》だから、噺を聴きたい客は敬遠してしまうのだな。益々客が減る」

それはそうだろう。

何も考えずに外に出てしまったが、考えてみればあの後もまだ演目はあったのかもしれぬ。

人気があること自体は構わんさと矢作は続ける。

「大衆が求める娯楽が提供されているのなら、それは結構なことだ。だが人気が出れば出る程、不心得な者も増える。案の定こうなってしまった。あの愚か者共がいずれ事件でも起こすのじゃあないかと思うとなあ」

矢作が杯を空けたので、この時とばかり透かさず注《つ》いだ。

「それでは——お忍びで視察にいらしたと云うことですか」

「そうではない」

そう云えば、警察は辞めたと云う話だったか。

「まあ、今更吾輩が案ずることではないのだがな。吾輩は一民間人で、取り締まりをする立場にはない。ただ、官憲だった頃はよく見回ったものでな」

気になりますかと問うと、そう云う訳でもないのだがと矢作は答えた。

「まあ、手柄を立てた手柄を立てたと山倉君は云うが、世間から不思議巡査などと云う恥ずかしい二つ名を頂戴したくらいだからな、署内では悪目《わる》立ちしただけで、所詮《しょせん》は色物扱いだったのだ」

それは酷《ひど》いですなと山倉が云う。

「吾輩は、薩長閥《さっちょうばつ》からも外れていたからな、そんな下賤《げせん》な名声じゃあ、まともに出世は望めない。実際、閑職に回されてばかりいたのだよ。風紀係のようなものだ」

それで辞めたのかと云う顔をしたのだろうか、矢作はだから辞めたと云う訳じゃあないと弁解めいたことを先に云った。

「吾輩が職を辞したのは、そう、東京府会で廃娼《はいしょう》建議が否決されたことに端を発しておる。まあ、話せば長い」

どうやら矢作は娼妓《しょうぎ》廃止論者であるらしい。

「だからそれとこれとは関係ないのだ。ただ、習性と云うのは恐ろしいもので、ああ云う族《やから》を眼にすると、ついつい気が行ってしまうのだ」

「では寄席にいらして、偶偶《たまたま》ですか」

「いいや、寄席に来た――と云う訳でもないのだ。まあ、或る人が仰せになった或る言葉が頭から離れずにいてな、芝居小屋や寄席の前を通る度に様子を窺うと云う癖がついてしまっていてな。今日も、通り掛かっただけだったのだが」

「堂摺連に行き合ってしまったと云う訳ですか」

山倉がそう云うと、そうそうと矢作は大袈裟に首肯《うなず》いた。

「そう云うことだ」

「或る言葉――と仰せですが」

「うむ」

師の言葉だと、矢作は襟を正して云った。

「吾輩が尊敬する師が、日本国民の悪しき点は時間の使い方が下手なところだと、こう仰った。それは例えばどう云うところでしょうとお尋きしたところ、芝居小屋の話をされたのだな」

「芝居がいけないと」

いけなくはないさと矢作はまたもや大袈裟に云う。

「民草《たみくさ》に娯楽は必要だ。ただ、我が師は海外にも視察に行かれておるのだが、外国《あちら》の芝居と云うのは、街燈点燈後に開場し、亥《い》の刻《こく》くらいで閉まるらしい。それなら一日の仕事が終わってから芝居を楽しみ、ゆっくり寝ることも出来るだろう」

まあ、そうだろう。

「だが、本邦の芝居小屋は朝っぱらから夜の夜中まで、ぶっ通しで開いておるではないか。歌舞伎になると、長いものは観《み》るのも演《や》るのも何日も掛かるだろう。そんな遣《や》り方では観劇もままならぬ。観れば一日の業務に支障が出ることになる。観た後も疲れてしまって仕事にならんと――まあこう云うことだ」

「慥《たし》かに、芝居見物は贅沢と相場が決まってますからねえ」

奢侈《しゃし》禁止令でも発布されれば真っ先に槍玉《やりだま》に挙げられるだろう。

そう云うのがいかんと云うことなのだろうなと矢作はまた口髭を撫でた。

「海外では演劇は娯楽でもあるが、文化でもあるのだな。芝居見物大いに結構、どんどん推奨すべし――と、云いたいところだが、芝居を観るために仕事を休まねばならんとなると、話は別だ。怠け遊んでおるような印象になってしまうであろう。いや、実際そうなのだ。そう云う在り方は間違っておると師は仰っているのだろうな。慥《たし》かに。効率良く時間を割り振りすれば怠けずに済む訳だから、悪い印象もなくなる」

「なる程」

そんなことは考えてもみなかった。

「時を浪費しておると師は云う。そこのところが今一つ解らなかったのだが、連中を見て能《よ》く解ったよ。あれは人生の浪費だろうよ。連中はああして、日がな娘の尻を追い掛け回し、それを幾日でも続けておるのであろう」

贅沢なことだと云って、元官憲は溜め息を吐《つ》いた。

「贔屓にするのは構わんのだがなあ」

怒っているのではなく、案じているのだろう。寄席の前で矢作が見せたあの泣き笑いのような面相は、彼等の行く末を案じ、このやや常軌を逸した風潮を嘆かわしく思う気持ちの表れであったのか。

「書生は先ず学《ま》ぶべきだ。然《しか》る後に遊べば良いのだ。我が師の爪の垢《あか》でも煎じてやりたいわい」

「その、師と云うお方は」

山倉が問うた。

下を向いていた矢作は顔を上げ、おおそうだなと云った。

「何の説明もしておらぬ。吾輩は現在、何を隠そう学生なのだよ」

「学生――でございますか」

とてもそうは見えない。教師と云うならそう見えなくもないのだが。

「君達は哲學館《てつがくかん》を知らぬか」

矢作は、今度は実に糞真面目《くそまじめ》な顔を作った。

「哲学ですか」

「哲學館だ。ここからそう遠くない。そこの、蓬莱町《ほうらいちょう》に校舎がある。まあ、文系の私学だな」

「私塾のようなものですか」

「塾と云うか、学校だな。講師も一人ではない」

「哲学を教えるのですか」

尋いてはみたものの、哲学の何たるかを知らぬ。

「その、西洋の学問ですか」

海外視察も行っていると云うのだし、思うに、その師と云う人は洋学に明るい人なのだろう。

違う違うと矢作は手を振る。

「流行りの西洋気触《かぶ》れとは違う。吾輩の朋輩にも洋行をひけらかし、何かと云うと西洋西洋云う莫迦がおったが、そう云う底の浅いのとは違う。東京大学の哲学科を出られた秀才だ」

「ちょっと待ってください。東京大学と云えば、元の昌平黌《しょうへいこう》じゃないのですか。大学が出来たのは、そんな昔じゃあないのではありませんか」

「大学となったのは明治十年だ。丁度あの百物語怪談会を行った頃である。我が師が予備門に入学なされたのは、その翌年のことと伺っている」

「それじゃあ十四年しか経《た》っていないことになりますが」

ご卒業は七年前だと矢作は云った。

「吾輩が不思議巡査などと呼ばれて浮かれておった頃、師は勉学に励み、かのふぇのろさからへーげるやかんとに就いての講義を受けていらしたのだ」

「はあ、すると――その方は」

お若いのですかと問うと、三十五六であろうなと矢作は答えた。

話を聞いている分には老人としか思えない。勝手に七十過ぎの白髪頭を想像していたから、大いに驚いた。

「まだ不惑《しじゅう》前なのですか」

君とそう変わらないじゃないかと山倉が云った。

矢張り驚いているのだろう。

慥《たし》かに一つ二つしか違わない。

しかしそれをして我が身を恥じろと云うのであるなら、年嵩《としかさ》の行っている分、山倉の方こそが恥じるべきであろう。そう思って見れば、山倉は何とも云えぬ表情になっている。

「お若い師ですなあ」

「長幼の礼と云うのはあるから年長者は敬うべきであろうが、こと学問修業に関してだけはそれはないのだ。優れたものは男女長幼の差なく讃《たた》えるべきだし、学べる者からは学ぶべきであろう。吾輩は師を尊敬しておるのだ」

矢作は満足そうに云った。

「真面目でな、時間にも厳しい。己を律する厳しさをお持ちだ」

範とするに足る人格者でもあると矢作は云う。

余程心酔しているらしい。

「世に啓蒙と云う言葉があるが、正に蒙《くら》きを啓《ひら》かれた気がする」

それは羨ましいと山倉は云った。

「私は学費がなくて修養を諦めました」

「何も諦めることはない」

「はあ、しかし」

「何を云うか。君もあの孝悌塾に通っていたくらいだから、若い時分は向学の志《こころざし》を持っていたのだろうに。吾輩はこの齢《とし》になって学んでおるのだ。勉学に齢は関係ないよ山倉君。哲學館には、まあ丁稚《でっち》小僧のような青二才から吾輩のような壮年まで、もう千差万別多種多様の者が学んでおる。まあ学資は一円ちょっと掛かるが、年齢に制限はないのだ。校舎が出来るまでは寺を借りておったから、正に寺子屋だ」

「はあ。しかし、哲学と云うのは」

哲学は理文政、諸学の根底であると矢作は云った。

「それに、西洋の専売でもない。東洋哲学もある。哲學館ではへーげるもかんとも論ずるが、西洋哲学ばかりを重んずる訳ではない。我が師は寧ろ、本邦の哲学をこそ重んじておるのだ」

「本邦の哲学と云うのもあるのですか」

あるじゃないかと矢作は云う。

「君は儒学を学んだだろう」

「儒学――ですか。しかし、孔子はこの国の人間ではありませんよ」

「元がどうであろうと関係ない。その教えを学び、解き、考えるのだろう。そうしたことを考えるのが哲学だ。日本人が考えるのであれば、それは日本の哲学だ。それこそが大事だと、師は仰る。他国の受け売りをしているうちはただの借り物だ。真の知識とはならぬ。考えて、見つけ出してこその知見であろうよ。吾輩もそう思う。この国にはこの国の知見が有るべきだ」

「はあ。それはその、攘夷《じょうい》国粋的な考えでもない――のですね」

違う違うとまた矢作は手を振った。

少し酔いが回って来たのかもしれぬ。

「能《よ》く勘違いをされるのだ。西洋を良しとすると西洋気触れ、日本を立てれば国粋主義と云われる。そうではないのだ。どんなものでも正しいものは正しいし、間違っているものは間違っている。西洋だから正しい、東洋だから間違っているなどと云うことはなかろう」

まあ、それはないだろうが、得てしてそう考えがちになることも事実である。

人は信ずるものが正しいと思いがちである。

そう云った。

すると、そこがいかんと云われた。

「逆様だよ逆様」

「まあ、いかんとは思いますが、その、逆様とは」

「信ずるものが正しいと云うのじゃあいかんのだよ高遠君。正しいものを信じなければいかんのだ。だから、何が正しいのか常に疑い考え見極める姿勢が肝要になるのだ。自由も民権も正しいが、必ずしも自由民権運動の凡《すべ》てが正義であったと云う訳ではないだろう。その、疑い考え見極めることが哲学である。我が師は、基督《きりすと》教を痛烈に批判されるが、否定している訳ではない。耶蘇《やそ》教を弾圧した幕府とは違う。汲《く》むべきところは汲み、切るべきところは切れと仰っているだけだ」

そう云われても何が正しくて何が間違っているのかまるで判らない。基督教に就いての知識がないのである。精精、救世主がいて、罪を背負って処刑されたと云うくらいのことしか知らぬ。

それそれと矢作は云った。

「基督は神の子だ。父親なくしてこの世に生を享《う》け、罪科に塗《まみ》れた万民の代わりに処刑されて三日後に甦ったと謂われるのだろう。まあ、そうした話はどこの国にもどの宗教にもある。あるが、それは——話であろうが」

まあ話である。

「弘法大師《こうぼうだいし》にだってそんな話は幾らでもあるが、信ずるものは居らぬさ。空海《くうかい》の教えは尊いかもしれんが、芋が石になったから有り難いと思う者は居らぬだろう。同じことだよ。基督教の教えの中にも正しいことは沢山あるが、何もかも正しいとする姿勢はいかんと、我が師は云うのだ。考えるまでもなく、処刑されて三日目に生き返るなんて、そんな不思議はないさ。それも話であろう。しかし、死んだ者が生き返る訳はないと云うと、基督教徒は怒るのである。基督だけは別だと云うのだ。別なら別でいいが、そうなる理《ことわり》を教えよと師は云う」

「そうなる理ですか」

生き返るなら生き返る理由があると云うことだと矢作は云った。

「何にだって理はあろうさ。我が師はな、元は越後《えちご》の真宗の寺に生まれた僧侶の子なのだ。だから廃仏毀釈には胸を痛めていらっしゃる。当節、仏教は厭世教と蔑まれるばかりだが、そんなことはないと憤慨される」

お坊様ですかと山倉が問うと、仏教哲学者だと矢作は答えた。

「おう、そう云えば君は儒者だったな。儒仏の仲が悪いのは伝統だが、我が師は仏教者でありつつ、ちゃんと儒学も認めておるから安心しろ」

安心しろと云われても困るだろう。山倉は多少困惑したような顔になって、こちらをちらりと見た。

「孔子の教えにも真理はある。それが真理であるならば、宗門が違えど派閥が違えど正しいと云うことになるであろう。真理ならば尊重するべきなのだ。儒は儒だから誤、仏は仏だから正とするような態度は正しくなかろう」

それはそうである。

「一方で、師は仏教者だからと云って今の仏教界を全面擁護している訳ではない。寧ろ、その堕落を憂えていらっしゃるのである。地獄だ極楽だと方便ばかりが先に立ち、僧侶は僧侶の学を修めようとしないと云う。哲學館は、本来は骨抜きになった仏教に哲学という背骨を入れて再生させようと云う試みで作られた僧侶の学校だったのである。発布された憲法では、寺院僧侶の権利は悉《ことごと》く剝奪され、重い義務だけが与えられた。神仏分離以降、衰えるのみの仏教界に活を入れねばならぬ。今こそ仏教者の在り方が問われておるのだ。そのためには哲学的思考は不可欠なのである」

もう演説である。

これが世間話であれば茶茶の入れようもあるのだけれど、演説ならばただ畏《かしこ》まって拝聴するのみである。

それでも山倉は隙を見乍《みなが》らつまみや酒を注文しているから偉い。

井上《いのうえ》先生は実に公明正大な方なのであると矢作は満足そうに云った。

その人は井上と云う名なのだろう。

「公明正大にして謹厳実直。あれぞ正に学徒の鑑《かがみ》である。哲學館は、将来必ずや、本邦の智の礎《いしずえ》となるものである。先だって漢学専修科と、仏教専修科も設けることになった。この国を救うのは武力ではなく智なのだ。和魂洋才《わこんようさい》ではなく、日本を主とし、他国を客とした智の大系を――」

そこで矢作は噎《む》せた。

山倉は水を呉《く》れと婆さんに云った。矢作は水を飲み干し、一息吐《つ》いた。

「すまぬ。初対面だと云うのに興奮してしまった。どうもな、学外でこうした話をすることは少ないのだ。知人友人は皆官憲だの役人ばかりだから、下手なことを云うと体制批判と取るのだな。全く以《もっ》て度量の狭い連中ばかりだ。いや、こちらの話ばかりしてすまんな」

いやいや一杯と山倉は酒を注いだ。

「何ともお恥ずかしい話ですが、私は商売で失敗《しくじ》って都落ちするところなのです。この高遠君は、妻子も家もあるのに思うところあって独居隠棲《いんせい》中の世捨て人です。時間は幾らでもありますからな。それにしても矢作様ともあろう方がかなりのご執心、その井上様と云うご仁《じん》は、さぞやご立派な方なのでしょうな」

「立派と云うかなあ。まあ、真面目なのだよ」

「硬い方なのですか」

「いや、そう云う訳ではない。きっちりしているし、何につけても理を通す、理の通らぬものは認めない、そう云うところはあるのだが、だからと云って頑迷な石頭と云うことはない。その逆だ。筋さえ通れば考えも改めるし、そう云う意味では柔軟なのだ。了見が狭いくせに決して人の話を聞こうとしない愚者共とはまるで違うのだ。それ、君達は──その、狐狗狸《こっくり》さんと云うのを知っておるかね」

「こっくりさんですか」

それは占いの類《たぐい》だろう。

遣り方は知らないが話は聞いたことがある。いつだったか忘れたが、遣っているのを見た覚えもあるような気がする。妻や母が遣っていたのかもしれない。それこそ婦女子が興じる迷信の類だろう。

そう云うと、正にそうだと云われた。

「君の云う通り、迷信だよ、迷信。だがなあ高遠君。誰もがそう考えてくれるのならいいのだが、信じる者も居るのさ。あれが流行したのは、五六年も前のことだが、どこの家でも遣っておったよ。竹を三本組み合わせて脚にして、盆を載せて、テエブルを作るのだ。そこに手を翳《かざ》して、霊を降ろす」

「霊──ですか」

霊なんだそうだと矢作が云う。

「まあ、霊があるのかないのかは、それこそ判らぬことさ。証拠がない。有ると云う証《あか》しもなく、ないと云う証しもない。しかし、狐狗狸さんを信じる者は霊だと信じて疑わぬのだ。そこが問題だ。疑わぬと云うのは、考えていないと云うことだ。考えに考えた上でそうと断じるのであれば、仮令《たとえ》間違っておっても理は立つ。そうなら、後はその理が正しいか否かを見極めればいいと云うことになるだろう」

「そうですが」

どうでもいいことである。

「迷信でしょう」

「そうでなかったらどうする」

「はあ」

何を云い出すのか見当もつかぬ。

「もし、もしだ。本当に霊が降りて来ていたとしたならどうする。それが証明されたなら、それこそ一からものごとを考え直さなければならなくなろう。霊はある、竹やら盆やらでそれは呼べる、それが真理なら、それを基本として見直して行かねば他の理が立ち行かぬであろうが」

「まあ、そうですが」

だから先生は実験をされたのだと矢作は云った。

何の実験かと問うと、そのこっくりとか云うものだと云われた。

「その、ええと」

「降霊の実験をなさった。先生は不思議研究会と云う集まりに参加されておってな」

「それはまた——酔狂な」

「そうだろう。そう思うだろう。まあ酔狂と謂われるものだろうな。だが先生は大真面目なのだよ。大真面目に酔狂なことをなさる方なのだ。まあ、どうでもいいことと思われておっても捨ててはおけぬのだろう。小さな綻《ほころ》びが気になる方なのだ。まあ、あまり云いたくはないのだが、吾輩が先生と知り合ったのも、この不思議研究会があったからでな」

「不思議繋がりですか」

山倉がそう云うと、そう云われると思ったから云いたくなかったのだと、矢作は渋面を作った。

「まあ、それはそうなのだ。ある事件に就いてご意見を伺いに行ったのがそもそもの始まりでな。まあ、それはいいのだ。先生は去年、妖怪研究会と云う会も立ち上げられた」

「ようかい」

ようかいとは何ですと問うと、迷妄《めいもう》だと返された。

「迷妄ですか」

「まあ、平たく云えば迷信、お化け、そうしたものさ。十五年前に山倉君達が疑問に思い、由良先生が一蹴した事柄に就いてきちんと考えてみようと云う会だよ」

「お化けに就いてですか」

「俗な言葉で云うならお化けだ。迷信だ。でも。それだけじゃあない。妖しい怪しいと書いて妖怪だ。妖怪学だ」

「妖怪――学ですか」

「そうさ。その研究会だ。まあ哲學館でも妖怪学の講義は行われる。興味があるなら来るがいい。学費の都合がつかぬなら館外員にもなれる」

「館外員――とは」

「校外生だよ。通わずとも、『哲學館講義録』を読めば良い」

「はあ。読めば解りますか」

「解るさ。解らなければ考える。考えて、解るまで読む。それをして学ぶと呼ぶのじゃあないか。こんな風に云うと、どうにも鹿爪《しかつめ》らしく聞こえるがなあ、学ぶことは楽しいものだよ。ま、硬いだけではないのだ。井上圓了《えんりょう》先生は――」

矢作は、最初路肩で見掛けた時とは打って変わって豪《えら》く機嫌が良くなっており、それから後は不思議巡査の武勇談などを聞き乍《なが》ら楽しく飲んだ。

飲み過ぎて、どうやって住処《すみか》まで戻ったのかまるで覚えていない。

果たして山倉が送ってくれたものか、独りで帰ったものかも判然としない。

本郷からはかなり離れているから、もし送ってくれたなら山倉もこの閑居に泊まっている筈である。ならば何とか独力で辿り着いたのだ。

目が覚めるともう西陽が差していた。

幸い宿酔《ふつかよい》の気配はなかった。

顔を洗って口を漱《すす》いでさっぱりはしたが食欲は涌かず、寝床に戻ってただ座っていたのだが、そのうち得体の知れぬ焦燥感に襲われた。

矢作の話を聞いた所為《せい》だろう。

無為な自分が厭《いや》になったのだ。

かと云ってどうすることも出来ぬ。話し相手はいない。好んで独居している訳だから、これは仕方がない。

その哲學館とやらに行ってみようかとふと思ったのだけれど、止《や》めた。

分不相応だ。

国だの思想だの、そうした大きなものに関わりたくない。哲学の何たるかなど知る由もないが、きっと抱え切れない程大きなものなのだろう。

妖怪——と云っていたか。

聞き慣れぬ言葉だが、矢作はお化けだの迷信だののことだと云っていた。それなら身の丈に合っているような気もする。薹《とう》ばかり立って一向に根付かぬ自分など、お化けのようなものである。

強く差し込んでいた西陽がやや弱まって来た頃、漸《ようや》く決心がついた。

——弔堂《とむらいどう》に行ってみよう。

そう決心したのである。

陽が翳《かげ》る前に行かねばなるまいと、そう思った。近くの書舗《しょほ》に行くだけなのに大層な決心が要るものだと呆れるが、一事が万事この調子なのである。

薄暮が来る前、半端な時間に家を出た。

のろのろ歩きで十五分くらいかかる。暗くなる前に燈台のような建物に着いた。

店の前には人力が停められていて、石に腰掛けた車夫が煙草をふかしていた。

先客がいるらしい。

車夫が明後日《あさって》の方角を向いているのでそのまま前を過ぎ、弔の一字が記された半紙が貼られた簾《すだれ》を潜って戸を開けた。

戸口の横に小僧のしほるが所在なく突っ立っていた。裡《なか》は暗い。戸が開いて気付かぬ訳もない。なのに、いらっしゃいませとさえ云わぬ。顔も向けない。普段と様子が違うから、小声で尋ねた。

「何だい、お客様かね」

「あ、高遠の旦那さんでしたか。俥屋《くるまや》さんかと思いました。いや、お客もお客、偉い方ですよ」

しほるはそう云ったが、当の小僧の態度以外に変わった様子はなかった。

帳場には主《あるじ》がいて、その前に客が座っている。いつもの粗末な椅子である。

主はすぐにこちらを見た。

「おや、高遠様ですか。能《よ》くいらっしゃいました」

「いや、お取り込み中ですか。なら出直しましょうか」

「構いやしねえよ」

聞き慣れぬ声が響いた。先客が云ったのである。

「客は大事にしなきゃいけねえ」

「いや、その、僕は」

「なあに、俺は客じゃあねえ、この男に相談ごとがあって来てるんだ。お前《めえ》さん客ならそっち優先で構《かめ》えやしねえよ」

伝法《でんぽう》な口調である。

「いや、客は客なのですが」

云い淀んでいるこちらの気持ちを察したらしく、主が笑って云った。

「まあ、あちら様はお客様ではありますが常連さんですから、閣下《かっか》のご用を先にお聞きしても別に構わない——と、思いますが。勿論《もちろん》聞かれて困ることであれば話は別でございますが」

「ほう、こんな店でも常連がいるたあ驚《おどれ》えたな。ま、俺の方に隠し事《ごた》ぁねえから、聞かれて困ることなんざねえぞ」

「それなら結構です」

「別に結構な話じゃあねえけどな。それからその、カッカてえのは止《や》めてくれよ。俺はそんな太鼓の縁みてえなもんじゃあねえよ。ただの役立たずだよ」

主は苦笑いして、それからお許しが出ましたからどうぞこちらにいらしてくださいと云った。しほるの顔を窺うと、矢張りまだ固まっている。

俄然興味が涌いたので、一歩踏み込んで戸を閉め、客の横まで進んだ。

それは、伝法な口調からは想像も出来ない、立派な身形《みなり》の紳士であった。どちらかと云うと華奢《きゃしゃ》な類《たぐい》なのだろうが、二回りばかり大きく見える。風格があるのだ。銀髪を後ろに撫で付けているし、老人ではあるのだろうが、肌にはまだ張りがある。

紳士はこちらをちらと見て、この店の常連たぁ恐れ入ったねと云った。

「こちらさん誰だい」

「こちらは高遠様と仰います」

「高遠だぁ」

紳士はもう一度こちらを向いた。

「お前さん、高遠って、もしかしたらあの高遠の倅《せがれ》か」

あの高遠と云われても、どの高遠か判らない。

「旗本の高遠の倅かと尋いてるんだ」

「あ、はい。その高遠です」

「こりゃ驚《おどれ》えたな。まあお前さんとこは旗本のくせに物持ちで、金もあったから縁がなかったんだ。こっちが借りたい程持ってやがったからな、放《ほ》っておいたんだ」

「はあ」

まるで判らない。

父をご存じなのでしょうかと問うと、そりゃ知ってるよと云われた。

「高遠様。こちら様は徳川家の軍事総裁を務められておられた、勝《かつ》様でいらっしゃいますよ」

「勝って――」

それは。

「か、勝安房守《あわのかみ》様ですか」

勝海舟《かいしゅう》である。

二三歩退いたものの、どうすることも出来ず、土下座するのも妙だからただ頭を下げて、高遠ですと云った。

「あのな、時代遅《じでえ》れなこと云うもんじゃあねえぞ。俺はもう安房守なんかじゃあねえんだ。今ぁ安芳《やすよし》ってんだ。アホウと書いてやすよしだ。同じアホウでも、守《かみ》は付かねえのよ。ただの隠居だよ」

「いや、その」

勝は将軍を説き伏せ江戸城を無血で開かせた、御一新の立役者である。

瓦解後は幕臣であったにも拘《かかわ》らず新政府に加わり、今も枢密顧問官《すうみつこもんかん》を務める傑物である。窮した元幕臣達に惜しみない援助を与え続けてもいる。

しほるの云う通りである。

慥《たし》かに――偉い客である。

「何でえ。取って喰いやしねえよ」

「いや、その、お目に掛かれて光栄です」

そう云うと勝は眉尻を下げて、小物だねこの男はと云った。

「当然の態度だと思いますけれども。勝様もお人が悪い」

「まあ人は悪いぜ。氷川《ひかわ》に籠って無駄な駄文ばかり書き散らしている、大風呂敷の大法螺吹《おおぼらふ》きだからな」

「しかし枢密顧問官でいらっしゃる。その上、伯爵でもあらせられるのですから、民間人が畏まっても仕方がありますまい」

けっ、と勝は鼻で嗤《わら》った。

「水蜜《すいみつ》だか西瓜《すいか》だか知らねえが、何度も辞めてえと云ってるんだ。そもそも参議の時も元老院《げんろういん》の時も、座って判子捺《お》してるだけだったんだよ、くだらねえ。それに、爵位だって、別に欲しくなんかねえと云ったんだ。要らねえやンなもん。でも伊藤《いとう》さんが貰ってくれとしつっこくてな。あんまり俺が厭がるから、子爵から伯爵に上げて来た。余計迷惑だ。受爵ン時も代理に行かせたぐれえだ」

「おやおや、勝様がごねて格上げさせたのだと云う専《もっぱ》らの世評ですが、あれは嘘なのですか」

巫山戯《ふざけ》るねえと勝は啖呵《たんか》を切った。

「人並みなりと思いしが五尺に足りぬ四尺なりなどと仰せに——なられたとか」

「オウ。仰せになられたぜ。だからそらァ要らねえてェ意味だったんだよ。そしたら勝手に上げて来たんだ。まあ、俺のことなんざどうでもいいんだよ。こんな無駄口叩くためにこんな陰気な店に来た訳じゃあねえんだ。面倒臭《めんどくせ》えから前置きは端折《はしょ》るぜ」

「どうぞ」

主の態度はまるで平素と変わりがない。

勝は一度居住まいを正し、それから主に向き直って、

「亭主。お前さん井上圓了知ってるかい」

と尋いた。

驚いた。

「え、圓了」

声に出してしまった。

「おいおい何だよ。お前の方は知ってるのかい」

「いや、昨日偶然、噂を耳にしまして。その、哲學館の」

しどろもどろである。

その哲學館よと勝は云った。

「おい弔堂。お前さんも――元坊主だろ」

「井上様とは宗旨が違います」

「まあ念仏だか題目だか、どっちにしろ釈迦教だろう」

「まあそうです。私は臨済《りんざい》ですが、井上様のご生家は慥《たし》か浄土《じょうど》真宗《しんしゅう》だったかと」

「おう。てえことは知ってるてェことだな」

「ええ。東本願寺《ひがしほんがんじ》教師学校一の秀才と聞き及んでおります。余りの学才故、給費留学生となり、出来たばかりの東京大学予備門に入られたとか」

まあ頭ァいいんだと勝は云った。

「すこォし堅物過ぎるとこはあるし、まだまだ青二才ではあるんだがな、考えてることたあ正しい。哲学なんてものをやるなあ偏屈なクソ爺《じじい》か、世の中斜《はす》にしか見ねえ変わり者かどちらかだろうと、そう思ってたんだがなあ。まあ白面の若造よ」

「勝様はご面会なさったのですか」

「ああ。呼び付けた」

「何故」

面白《おもしれ》えと思ったんだよと勝は云った。

「面白いのですか」

「おう。この高遠の云う通り、奴は哲學館てェ私塾を作ったんだ。哲學館てなあ、如何《いか》にも硬《かて》え。どうせ、なんとかかんとか云う、西洋の屁理屈を教えるのかと」

「まあ、実際東京大学の哲学科ではかんとやすぺんさーを教えていますからね。時期的に圓了様はふぇのろさから教えを受けられたのではありませんかな」

矢作もそんなことを云っていた。

「しかし、哲学は西洋哲学ばかりじゃあないでしょう。同じ井上でも井上哲次郎《てつじろう》先生が東京大学で東洋哲学を教えていらっしゃいます。圓了様が在学されていた時分は、既に教鞭を執られていたかと」

「そっちの井上はどうでも好《い》い」

「どうでも──好いのですか」

「教授じゃねえか。なら何でも出来るだろうよ。高《たけ》え俸禄貰ってるんだから、精精あちこちに嚙《か》み付いてくれりゃあそれでいいんだよ。俺が構う必要はねえ。馘《くび》が怖《こえ》えてえならそれまでだがな、哲学やってるてえなら、そんな玉でもねえだろう」

「井上哲次郎先生は、謂わば体制側に立たれた道徳主義者であられるかと要らねえことを能《よ》く知ってるんだよこの野郎はと、勝は厭そうに云った。」

「体制側てえ云い方は気に入らねえが、まあそうなんだろ。だからそっちの井上にはあ
「圓了様には──おありになる」

「あるな。ありゃあ、賢いしクソ真面目だが、一種の莫迦だとも思うのよ」

おやおやと主は眉を顰《ひそ》めた。

「今度は莫迦ですか」

「莫迦だろうな。まあ俺も莫迦だから判る。あれは莫迦だ。でも、云ってるこたあ至極納得出来る。坊主とは思えねえ」

「ご出家されてはいないでしょう」

「してなくたって仏家だ。釈迦《しゃか》の弟子じゃあねえのか。同じこったろう」

同じですと主は云った。

「抹香臭《まっこうくせ》えもんだよ、坊主は」

「私もですか」

お前さんは黴臭《かびくせ》えと勝は笑って云った。

「圓了はな、地獄も極楽もねえと云う」

「ほう」

「そんなものは、ただの脅《おど》しだと吐《ぬ》かしやがる。云うじゃねえか。地獄も極楽もねえ仏もいねえなんて云う坊主には遭ったことがねえ。そう云うなァ、方便なんだと」

「まあ方便でしょうね」

「方便てな、嘘ってこったろ。仏家はそんな嘘に凝り固まってるから厭世教と嫌われると来たもんだ。そんなこと云ったら坊さんから嫌われるだろう」

「まあ——そうでしょうね」

「本当の仏教は違うてえんだよ。どう思うよ、高遠さんよ」

「はあ」

「坊さんがな、仏なんざいやしねえ、浄土も何も嘘だと云ったら、驚かねえか」

「お」

驚きますと答えた。

仏教のことも詳しく知っている訳ではない。ただ、念仏を唱えたり題目を上げたりするのが信心だと心得てはいる。例えば浄土宗は浄土なくしては成り立たぬだろうとも思う。

「それが方便だてえんだよ。そんなもんが実際にあって堪《たま》るかと云う。まあ——ねえわな。じゃあねえのかと云うとな、ねえけども、あるんだと云う。何だよそりゃ。巫山戯《ふざけ》た物言いじゃねえか。だが、そこんとこを理解しなくっちゃあ本来の信心なんざ出来ねえんだそうだ。信心ってなあ信じる心じゃあねえ、心を信じることだと云うのだな。ただ無闇に信じ込むだけなら、それはただの妄信だ、迷信だと云う。真の信心をするためには理を知れとほざく。理を知り迷妄を棄却するためには哲学が要ると、まあこう云う理屈だな」

「なる程」

主は感心したように云った。

勝は眼を細めた。

「おいおいおい弔堂。この野郎、お前さん、知ってるんじゃねえのか。ならいちいち語らせるなよ。お前さんのことだから圓了の講演録ぐれえ読んでやがるんだろう」

はい読んでおりますと、弔堂主人は慇懃《いんぎん》に答えた。

「この野郎、三十年前《めえ》だったら斬って捨ててるところだぞ」

勝は腰に手を当てた。

「残念乍《なが》ら抜くもんがねえ」

「廃刀令《はいとうれい》に感謝せねばなりませんな。いえ、圓了様のお考えはある程度存じ上げておりまするが、勝様がその何処に感心なされていらっしゃるのかは存じ上げませぬ故、ただお聞きしていたのでございますが」

「ふん。まあいいや。俺はな、別に坊主がどうでも仏教がどうでもいいんだがな、それで圓了は、外遊して見聞を広げて来たてんだ。廃仏毀釈で仏教はガタガタだろう。それ立て直すために外遊するかよ」

慥《たし》かに意味がない——気もする。

「私の寺も廃仏毀釈でなくなりました」

「そうだったな」

廃仏毀釈の話は矢作もしていた。

「まあ、政府があの政策を採ったのは、別に寺が憎かった訳でも坊主が憎かった訳でもねえんだがな」

「ええ。本末制度は幕府の体制と深く結び付いておりましたから——と云うより、あれは或る意味で幕府のために作られた仕組みでもあった訳ですし、一旦反故《ほご》にするというのは理解出来ます」

「解ってるじゃねえか。まあ、それまで神社は寺よりも下位に置かれてると思っていやがったんだろうな。ありゃ最初、一部の神職共が暴れたんだからな。坊主憎けりゃナントやらを地で行った訳だな。それに——まあ、玉《ぎょく》を掲げてるてえのもあった訳だよ、官軍にはな」

諒解《りょうかい》していますと主は云った。

「錦《にしき》の御旗《みはた》を掲げたのは官軍ばかりではなかったと」

寺の方にゃ色の抜けた葵《あおい》の御紋が付いてたんだよと勝は云った。

「で、圓了はな、その施策自体を非難はしねえんだな。がちゃがちゃ文句は云わねえんだ。そこが偉《えれ》えよ。偉えと云うか弁《わきま》えていやがる。そんな憂き目に遭うなあ、偏《ひとえ》に寺の在り方が正しくなかったからだと云う」

「正しくない、ですか」

「そうなんだとよ。僧侶が真の仏教者でねえから糾弾されるンだと、真の仏教者であったなら、こんな暴挙は起きねえと云う。そこさえ正せば、この国の仏教は立ち直るんだと云いやがる。で——海外視察だよ。何でだと思う、高遠さんよ」

解りませんと素直に答えると小物だなあとまた云われた。

「おいおい。解らなくてもハッタリの一つもかましたらどうなんだよ。だから小物だてえんだよ」

親父が泣くぞと勝は云った。

返す言葉もない。

「圓了は、国の在り方、宗教の在り方、国民の在り方を視《み》に行ったんだな。そして学んで来たんだ。まあ、俺も亜米利加《あめりか》に行ったし、今日日《きょうび》海外視察する連中は多いがな、大概は圧倒されて帰《けえ》って来るよ。劣等感の塊《かたまり》みてえになっちまったり、そうでなけりゃあ矢鱈《やたら》と感心して、もう真似しろ真似しろと、まあこうなる。それが常套だわな。でもな、圓了は違った」

「そうですか」

それに就いては存じ上げませんと、主は云った。

「そうかい。あのな、圓了は英吉利《えげれす》の真似しろ独逸《どいつ》の真似しろ、そう云うことは云わないんだな。どこの国にも良いところも悪いところもあると云う。良いとこは真似ていいが、悪いとこまで真似ることたあねえと云う。まあ道理だ。勿論、日本国にも良いところはある。ただ、この日本国が駄目なのは、日本国であろうとしないところだと、まあこう云うんだよ」

「あろうとしないとは」

「サル真似は上手だが身になってねえってことだよ。形だけ借りて来てそれで納得しちまうんだ。だから――」

「日本を主とし、異国を客とする——ですか」

　酔った矢作が云っていた。

　そうだその通りだと勝は大声で云った。

「前言は撤回してやるよ。並の小物じゃあねえなお前さん。まあ、今、この高遠の倅が云った通りだ。自国の悪しき処は正し、他国の善き処は学ぶ。正すも学ぶも主体あってこそだな。その主体がねえから、何が正しく何が正しくないのか判らねえ。悪いとこまで倣《なら》っちまう。他の国ではそんなこたあねえと云う」

　俺はそこが気に入ったと云って、勝は膝をぽんと叩いた。

「どうして正論じゃねえか。この国には、そう云う姿勢が欠けてンだよ。仏教界にも欠けている。学者にも欠けている。そもそも国民に欠けている。そうだろ」

「そうかもしれませんな」

　主は平然と答えた。

「ふん。圓了はな、自分は政治家ではねえから、国の在り方は決められねえが、国民を啓蒙することぐれえは出来るかもしれねえと云うのよ。国民が皆賢くなりゃあ、国も富む。何より自国に誇りが持てる——そんなこたあ解ってるけども、解ってたって中中口には出せねえもんだぜ。違うか」

　違いませんと主は応えた。

「そうだろうよ。そらあ、その通りになりゃあいいわな。別に恥ずべきとこなんざねえんだから、異国の大男どもの前《めえ》でも堂堂と胸張っていてえじゃねえか。ただでさえこっちは小せえんだから、背中丸めて下向いてちゃァ嘗《な》められるだけだ。だがまあ、中中難しいぜ。夢じゃあねえかそんなこたあ。でもな、夢でいいんだよ。叶《かな》わねえから夢なんだが、夢でも見なくちゃ大望は果たせねえ。そうそう、そう云えば、福澤《ふくざわ》の奴も褒めてたな」

「福澤と云うと――福澤諭吉《ゆきち》様ですか」

「そうだよ。あれは、何かと云うと俺を目の敵《かたき》にしやがるからいけ好《す》かねえが、まあ中中の策士だし、してるこたあ立派だ。慶應義塾《けいおうぎじゅく》だって、あんまり褒めたかねえが大《てえ》したもんだよ。薩長の連中よりゃずっとマシだ。その福澤が褒めてたからな」

「なら――余計に莫迦ではないのではありませんか」

「俺と福澤と両方から褒められるなんざ莫迦以外の何でもねえよ」

勝は高い声で笑った。

「まあ、それでもな、云うだけなら誰にでも出来るわな。ところが圓了はよ、云うだけじゃあねえのよ。井上圓了は内閣書記官採用の誘いを断ってるんだ。まあ傑物の噂は上の方まで伝わってた訳だが、圓了は生涯野《や》で生きると云ったそうだ。庶民の中にありて国家に尽くしたいと。痩せ我慢もいいとこだぜ」

「なる程。勝様好みのご仁ですな」

弔堂主人は微笑《ほほえ》んだ。

「まあ莫迦よ。莫迦で若造よ」

「その莫迦な若造を私にどうしろと」

一寸《ちょいと》な、と云って勝は前屈みになった。

「その若造に知恵ェ授けてやっちゃあくれねえか」

「知恵——ですか」

「金がねえ」

「金銭のご用立ては致し兼ねます。私にもありません」

「そんなこたあ承知してるよ。見りゃ判ることじゃあねえか。でもな、哲學館運営するにゃ金が要る。俺も援助はしたんだが、足りるものじゃあねえや。だからな、あの莫迦に金を稼ぐ算段をな、教えてえのだ。正しいから座していて成るてえな、甘《あめ》えよ。正しくても金は掛かるんだ。なら稼がなくちゃいけねえ。圓了には覚悟はあるが、そうした知恵がねえのだ」

頼むぜ弔堂よと云って、あの勝海舟が頭を下げた。

「三日後に直接ここに来させるよ。それまでに——算段してくれねえか」

幕府の幕を下ろした男は、そう結んだ。

主が何か答える前に、勝はすっと立ち上がった。立つと余計に大きく見える。背が高い訳でも筋骨隆隆と云う訳でもなく、ただの痩せぎすの老人なのだけれども、威圧感のようなものがあるのだ。姿勢も良い。

大物――と云うことなのだろう。

思わず最敬礼してしまう。こちらは小物なのであるから、これは仕方がない。

「宜《よろ》しくお頼み致す」

口調を改めてそう云うと、勝は踵《きびす》を返して戸口に向かった。相変わらず硬直しているしほるの横に立つと、元海軍卿《かいぐんきょう》は一度振り向いて、

「俺が来たこたぁ内緒だぜ」

と云った。

勝が去ってから暫《しばら》くは呆《ぼう》としていた。

「まったく」

主の声で我に返る。見ればしほるはくたくたになっていた。

「有無を云わさぬご仁です。私は引き受けたとも何とも云っていない」

やれやれと云う物言いである。

「勝先生とは、その」

「いや、勝様の剣の師と、私の禅の師が同門なのです」

細い縁ですと主は云ったが、細いどころか理解が出来ない。

その後、しほるが茶を持って来たので矢作剣之進との一件を一齣《ひとくさり》話した。

勝はこの店の茶は温《ぬる》いから要らんと拒否したらしい。

主は何故か愉《たの》しそうな様子になり、二階に上がると、『哲學館講義録《てつがくかんこうぎろく》』を数冊持って下りて来た。

良さそうなものを見繕《みつくろ》って来たと云う口振りから察するに、矢張り全部揃っているのだろう。

実際人が悪いようにも思う。

勧められるままに買った。これを買いに来たのだから何の不足もないだろうと云う話なのだが、何故か売り付けられたような心持ちになる。

住処に戻って読み始めた。

夏過ぎから新文体の小説ばかり読んでいたので、最初はいちいち引っ掛かって進みが悪かったのだが、そのうちすっかり夢中になった。

残念乍《なが》ら哲学に就いての知見が深まったとは思えぬ。珍紛漢紛《ちんぷんかんぷん》である。

ただ妖怪学は面白い。迷信めいていると感じていたものごとを迷信だと断じられると溜飲が下がるし、そう感じていなかったものを迷信と斬って捨てられると、目から鱗《うろこ》が落ちる。

翌日は、目覚めてから眠くなるまでずっと読んでいた。

その翌日も朝から晩まで読み続けて、夕餉《ゆうげ》の前には読み終わった。

その晩は寝付けなかった。

何か、あれこれ考えてしまう。何を考えていたのかと云えば、あれこれとしか云いようがなく、要は取り留めのない無駄な思考をしていただけなのである。筋道を立てて論理的に考えようと努力はしていたのだけれど、問題なのは、別に考えなくてはいけないことなど何もないと云うことなのであった。

ただ、考えている振りをしたかっただけなのだ。終《しま》いには睡魔に襲われ、井上圓了にも負けぬ何か物凄いことを思い付いたような気になって、眠った。

起きたら何を思い付いたのか綺麗さっぱり忘れていた。

思い付いてなどいなかったのだ。

それでも暫くの間は賢くなったかのような錯覚に陥っていた。書物を読んだだけで賢くなったりする訳がない。そんな道理があるものかと、平素《いつも》通りの腑《ふ》抜けの己を取り戻したのは、午《ひる》過ぎのことだった。

そこで――。

思い出した。

勝海舟が三日後と云ったのは三日前のことである。

つまり今日、井上圓了が弔堂に来ると云うことになるのだろう。

急いで身支度をして、弔堂に向かった。

行ってどうなると云う訳ではないし、行かねばならぬ理由なども見当たらない。考えなしに家を出て、歩き乍《なが》ら頭の中を整理して、漸う己は井上圓了に会ってみたいと思っているのだと云うことに気付いた。矢作剣之進を心酔させ、勝海舟に目を掛けられ、愚か者に賢くなったかのような錯覚を抱かせるような講義をする人物の面相を拝んでみたくなったのだ。

徐徐に早足になり、小走りになって、終いには駆けた。

来る時間など知らないのだから急《せ》いたところで詮方ないが、間に合わないような気になるものなのである。

息急き切って声も掛けず戸も叩かずに飛び込むと、裡《なか》はいつも通りで何の変わりもない。主も小僧も奥の帳場にいる。二人はどうやら茶を飲んでいるようだった。

「おや高遠様、どうなさいました」

「いや——何だね、やけに暢気《のんき》じゃあないか。今日はその」

「ははあ」

井上先生お目当てでございますねと主は云った。

何もかもすっかりお見通しのようである。

「おいおい、随分な云われようじゃあないか。まあ、興味がない訳でもないから否定はしないが――」

　多少悔しい。

「いいや、僕は客だ。この間買わされた講義録、あれは皆読んでしまった。他のも読みたいと思って買いに来たのだ」

「おや、買わされたなどと云われまするると、どうもお買い上げ戴くのを無理強《むりじ》いしたかのように聞こえますけれども――もしそうなのでしたら申し訳のないことです。お戻しくだされば、買値と同額でお引き取り致します」

「おい、意地の悪いことを云うなよ。もう読んでしまったのだから、それを返して別なのを買ったのじゃあ、まるで貸本屋と同じじゃないか。それよりご主人、安房守様のご依頼ごとに関しての算段は成ったのかね。のんびり茶なんぞ飲んでいるのだから、もう考えてあるのかな」

　それとも――既に圓了は来てしまったのだろうか。

　何も用意はありませんよと主は云った。

「しかしお頼みだったろ」

「ええ。でもここは本屋ですからね、何方様《どなた》が来られようと、何を頼まれようと、ここには本しかないのですから、私は本をお売りするだけです」

泰然自若としている。

「それはそうなんだろうが」

「他にお出し出来るのはお茶ぐらいなのですが、その茶が温いと勝様に云われましたので、本当に温いのか撓《しほる》に淹《い》れさせていたところです」

「温いかね」

「温いですね。しかも不味《まず》い。こんなものをお客様に出していたのかと思うと、仏に申し訳が立たぬ気持ちです」

手前はそんなに温いと思いませんとしほるが云う。もう幾度となく飲んでいるが気になった例《ためし》はない。いずれにしても煙に巻かれてしまったようである。

「圓了様は、後十分程でおいでになる筈です。高遠様は勿論ご自由にされていて結構なのでございますが、先方もお客様でございますので、あまり失礼になるような言動はお慎み戴くようお願い申し上げます」

「そこは心得ているよ」

そう答えてはみたものの、何だかあしらわれているような気がしないでもない。

ここの主人に云い訳も何も効かないだろうと云うことは、予《あらかじ》め承知していたことである。隠そうが騙そうが始まらぬ。好奇の気持ちに駆り立てられて、ただそれだけで用もないのに走って来てしまったと云うのが真相である。

ならば己は娘義太夫を追い掛け回しているどうする連と変わりがないことになる。それならば、どうするどうする騒ぐやもしれぬと主が案じても已むを得まい。そう考えると気が滅入る。

所在なくしていると、本当に十分くらいで戸が叩かれた。

時間に正確だと云う話は事実のようである。

しほるが待ち受けていたかのように戸を開けた。

「こちらは書楼弔堂でしょうか。余《わたし》は、赤坂の勝先生のご紹介で参りました、井上と申しますが」

お聞きしておりますと主は答えた。迎えに出る訳ではなく、帳場に座っている。

「書舗と伺って参上したのだが」

本屋でございますよサアどうぞどうぞとしほるは云う。

訝《いぶか》しそうに這入《はい》って来たのは、やけにきちんとした人物だった。

黒い洋服に縞のネクタイを締め、手にはステッキと帽子を持っている。割と強《こわ》そうな髪の毛を短く刈り込み、立派な口髭も手入れが行き届いている。眼をぎょろぎょろとさせ、口許《くちもと》はへの字に結ばれている。表情はやけに硬いが、不機嫌な様子は窺えない。

不機嫌どころか人懐こささえ感じるのである。愛嬌《あいきょう》のあるその大きな眼の所為《せい》かもしれぬ。

緊張しているのだろう。

圓了は入るなり、左右を見、それから吹き抜けを見上げて、ふうと、大きな大きな息を吐き出した。

「これは――」

もう一度ぐるりと見回す。

「見事なものですな」

初めてここを訪れた者は、一様にこうした反応をする。他に言葉が出ないのだ。驚いて、眺めて、感心する。それが普通なのである。

圓了はしかしすぐに大きな眼をぎらつかせて、書棚に近付き物色し始めた。

何やらぶつぶつと呟《つぶや》いている。

移動は酷くゆっくりだったが、瞳は激しく上下に動いている。

書名を追っているのだ。

偶《たま》に止まって、顔を近付けては聞こえぬ程の声で何かを云う。そのままどん詰まりまで進むのかと思いきや、圓了は一間《けん》ばかり進んだ処で入り口の方まですたすたと戻ってしまった。扨《さて》どうするのかと思って見ていると、顔の角度を変えてまた同じことをする。

几帳面に一段ずつ確認しているのである。次はどうするかと気になってしまう。

同じ処まで進んでまた戻り、今度はやや下を向いて進む。

一冊も見逃すまいと云う態度である。だが、この店に置いてある本をすべて確認することは不可能だろう。真逆《まさか》それをしようと云うのか、そうでなければ果たしてどうする気なのか――。

気が付けば心中でどうするどうする云っている。娘義太夫信者と同じである。多分同じどうするでもどうするの意味が違うのだろうが、やや得心が行った。

きっちり一間五段分を確認した時点で圓了は姿勢を正し、主の方を向いた。

「大したものです」

恐れ入りますと主は云った。

「余《わたし》も日日を書物に囲まれて過ごしております。また公私を問わず、文庫書庫の類《たぐい》も多く覧て来た。大学にも書物は沢山ある。だが、これ程多量の書物を目にしたのは初めてです。能《よ》くもまあ、お集めになられましたな」

「売り物でございます」

「そう聞いて来ました。勝先生は、お前の役に立つ本が必ずあるから是非行ってみろと仰せでした。慥《たし》かに、あるでしょう。しかしこれは――」

買えないですと云って、圓了は眉を顰《ひそ》めた。

「おや」

主はすうと立ち上がる。

「お気に召しませんでしょうか」

その逆ですと圓了は答えた。

「気に入りましたが、買えません。理由は二つあります。一つ目は、これだけの書物を全部閲覧し、必要なものを選《え》り出すことが不可能だと云うことです。勿論時間をかければ出来ないことはないのでしょうが、短時間と云う条件を付けるなら不可能です。完遂しようとするなら幾日もかかることでしょう。実際、この一角だけでも、余《わたし》が欲する書物は六冊もありました。だが、この先にもっと欲しい本があるかもしれない。それを見付けたとしても、まだ上があるかもしれない。覧ていない処により必要な本があると云う可能性は、決して消せないではありませんか」

切りがありません、と圓了は云った。

「だからと云って、欲しいものを見付けた順に買って行くことも出来ません。何故なら必要な本総《すべ》てを購入させて戴くだけの資金を余《わたし》は持っていないからです。この段階で作業を止めたとして、既に六冊を購入することになる。しかし、この一角だけで六冊あるのですから、同じ割合であると仮定したとして、この高さより下、こちらの壁面のその辺りまでで、九十冊はある勘定になります。更に、反対側にも同じだけ本はある。倍で百八十冊です」

圓了はステッキの先で示す。

「この高さより上にも書棚は続いておりますし、どうやら二階も、更にその上もあるようです。入り口左右にも書棚はありますし、台の上にも本は平積みになっている。ご主人の居られる帳場の後ろも書架ですな。建物の構造を把握しておりませんから正確なことは云えませんが、予想される購入冊数は二百や三百では利かないと云う計算になるでしょう。値付けまでは判りませんから総額は出せませんが、どんなに廉《やす》くとも、余《わたし》の財力で賄《まかな》えるものでないことだけは間違いありませんでしょう。そうなれば矢張り、更に選ばなければ買えないと云うことになるのです。選別するためには」

欲しい本の総てを知っておかなければなりませんと圓了は云った。

「全部を閲覧し、選り出した本に順位を付け、高い順に予算の許す範囲で購入するのが一番効率的です。だが、そうするとまた最初の問題に戻ってしまう。全部を閲覧して必要分を抽出することは、短時間では不可能なのです。これが理由の一つ目です。二つ目は」

圓了はそこで本を一冊抜き出した。

「余《わたし》は、このへーげるの『Enzyklopädie der philosophischen Wissenschaften』三部作の一冊目、小論理学を所持しております。後の二冊は持っている。余《わたし》はこの一冊だけが欲しいのです。しかし余《わたし》がこれを買ってしまうとして——ここには第二部の自然哲学と第三部の精神哲学の二冊が残ることになるでしょう」

いけませんかと主が問うた。

「いけないでしょう。この本は何処にでもあるものではないです。これを求める人は当然、第一部から読みたがることでしょう。偶《たま》さか二冊目だけが欲しいだとか、三冊目だけが気に入っているとか、そう云う者が連続して此処に来る確率は著しく低いと考えて良い」

「まあ、考え難いでしょうね」

「ならば、余《わたし》がこの本を買うのは控えた方が良いでしょう」

「井上様もご所望されているのでは」

「余《わたし》は、所持してこそいませんが、内容は識《し》っています。ですから、余《わたし》がこれを所有することに大きな意味はない。読み返すことが出来ると云うだけです。深く理解し考察を重ねるために再読三読は有意義な行為ですが、新しくこの本を読み解こうとする者がいるのであれば、それを阻害する行為は慎むべきです。一人でも多くの者に読まれた方がこの国のためになる」

姿勢を正し、老婆心乍《なが》ら進言致しますと圓了は云った。

「この蔵書は売らずに貸された方が宜しいと考えます。これだけ揃っているものを切り売りしてしまうのは如何《いか》にも惜しい。売れれば売れただけ欠けて行くのですからな。ですから目録を作り、小額で貸し出した方が――」

「残念ですが」

主は圓了の言葉を遮った。

「それでは供養になりません」

「供養――と仰いますか」

「ええ。私は情報《いんふぉるめーしょん》を売っている訳ではなく、本を売っております。ですから読みたいだけ、内容が知りたいだけと云う方には、無料でお貸し致します」

「無料――ですか」

「勿論です。私が売るのは本。本の中身ではございません。一度読めばもう要らぬと云うようなお方にとって、その本は本として無価値なのでございましょうし、ならばそう云うお方に売り付けるような商売《あきない》は正しくないと心得ます。それに、本当に欲しい本なら買いましょう。多くのお客様はそうでございます。ご苦労の上お銭《あし》を工面されるお方もいらっしゃいますし、値切るお方もいらっしゃいます。探し求めていた本と出逢われた方は、態度顔付きで判るものです。そうした方は何が何でも欲しいのだと、それは熱心に入手する方法をお考えになる。そう云うお方にお買い上げ戴いてこそ、本は本として、成仏することが出来ましょう」

「成仏――」

勿論比喩ですと主は云った。

「仏と申しますのは方便。人とても仏様になれる訳ではございませんでしょう。修行しようと精進しようと人が仏像仏画のような姿に変ずることはない。宙にも浮かぬし蓮華座にも座れませぬ。それらは凡てものの喩《たと》え。仏性は普《あまね》く人の中に在り、それに気付くや否やの問題かと考えますが」

仰せの通りと圓了は云った。

「しかし――それをどのように書物に当て嵌めますか」

「人として十全なる生を完《まっと》うすることこそが成仏。ならば、本を人に擬《なぞら》える時、本としての役割、本としての在り方を全《まっと》うしてこそが、本の成仏」

「ご主人」

圓了は悩ましげに眉を寄せ、大きな眼を更に見開いた。

「失礼なことをお尋ねするが――貴君は何者ですか」

本屋でございますと弔堂は答えた。

「版元とは思えませんが」

「刷らずに売るだけの古本屋でございます。井上様の講義を拝聴したことはございませんが、『哲學館講義録』は凡て拝読させて戴きました。既に還俗《げんぞく》しておりますが、私も元僧侶。釈尊の末弟子として、思うところは大きゅうございます」

「僧であらせられたのか」

「叡山《えいざん》で得度《とくど》し、臨済の寺に移り、善き師を得、やがて一寺を任されましたが、廃仏毀釈の煽《あお》りで廃寺となり、思うところあって還俗致しました。以降は野《や》の好事家《こうずか》、今はただの本屋にございます」

「思うところとは」

「出家には判らぬ境涯もあろうかと」

「それは如何なる境涯」

「寺で学べるは仏道のみ。仏道に外れた知は、仮令《たとえ》真理であろうと外道の学。寺の中では学べぬと、勘違いを致しました」

「ほう」

「そうした魔境に取り憑かれ、私は出家から出家したのでございます。ですから、還俗したつもりはございませんでした。しかし裏の裏は表、還俗するのと変わりはございません。仏家でありつつ儒を学び、老荘を識《し》り国学を修め、他国の思想を知り、理学政学を身に付けんと云う――分不相応な大望にございます。今思うに、実《まこと》に浅はか。考えるまでもなく、仏道の修行も半ば一度の悟入《ごにゅう》もままならぬ半跏《はんか》者が、他学の理《ことわり》など修められる訳もなく、気が付けばあちらこちらに手が伸びて」

　行き着くところ――。

ただの本屋でございますと弔堂は云った。

少しだけ感心した。

此処に足繁《あししげ》く通うようになって、もう半年以上になるのだけれど、この主の半生などは聞かされた例《ためし》がない。尤《もっと》も、今の話とて真実かどうかは甚だ怪しいのであるが。

「ただの本屋、大いに結構です」

圓了は微笑んだ。

「今の仏教界の現状を想《おも》えば、貴君には是非とも僧でいて欲しかったと、思わぬでもありませんが」

「何の、私など」

「いや、余《わたし》も同じような境遇なのです。元は学僧のようなものでしたが、結局は哲学に行き着き、あれもこれもと目を移らせて、手に余るものを抱え込んでしまいました。実家の寺も嗣《つ》ぎませんでした」

「それは、如何なる理由からのことでございましょうや」

「余《わたし》が越後の一寺を嗣いだところで、何も変わらぬと考えたからです。余《わたし》が越後でどれだけ精進しようと、この国が変わることなどないでしょうし、日本中の寺院が滅んでしまったなら、実家だけが残ったところでどうにもならぬ」

お聞きしておりますと、主は礼を尽くすかのように頭を下げた。

「しかし——私と井上様では大いに違いましょう」

「そうですか」

「井上様は知を求め理に至られた。その上で、その理を以て衆生を教化《きょうけ》しようとなされております。理を以て世を読み解き、理を広め世を導こうとしていらっしゃいます。井上様は正に、この明治に於《お》ける啓蒙の人です。私はと云えば、何も得られず、いまだに一冊の本を求めて迷っておるだけ」

「一冊の本ですか」

一冊の本ですと主は繰り返した。

「その一冊に巡り合えずに、求め求めて溜まった本がこの楼にございます。どの本も掛け替えのない喜びを私に与えてくれた大切な大切な本でございます。一冊として読んで無駄な本などございません」

世に無駄な本などございませんよと主は云った。

「本を無駄にする者がいるだけです。しかし、そうであってもこの本達は私の一冊ではないのです。私が持っていたのでは死蔵となる。だから、本来持つべきである方を探しているのでございます。謂わば贖罪《しょくざい》に近い想いで売っているのでございますよ」

「それはまた」

「ええ、私は世のためではなく本のためにこの店を開いたのです。一方井上様は世のために哲學館を開校された。井上様がこの現世に向き合っておられるのに対し、私は」

本を見ておりますと云って、主は帳場から出て圓了の前まで進んだ。

「井上様のお役に立てるならこの本達も本望でございましょう。何なりとお申し付けください」

「いや」

圓了は手の指を広げて何かを止めるようにした。

「それならば、余計余《わたし》にこの店の本を買う資格はございませんな」

「資格がないとは」

「この楼にある本の持ち主としては相応《ふさわ》しくないと云うことです。ここにある本は」

どれも誰か他の人の一冊ですと圓了は云った。

「なる程」

主は素直に引いた。

「それにご主人、余《わたし》は金がないのです。学舎を運営するのは殊《こと》の外《ほか》難しい。物を売るのではない、知を売っているのだと割り切ることも出来ません。割り切ったところで今の時代、学ばなくとも生きては行けると云われてしまうのですよ。それは、慥《たし》かにその通り。哲理を知らずとも豆腐屋《や》は営れるでしょう。大工も出来る。飯の種にならぬ学問は道楽と一緒、学問は学者がしろと、多くの者が考えております。実際、向学心があっても金銭的余裕がない者は、学べぬのです。余計な学問は、ただの贅沢品だ」

「学ぶ方にも余裕がないと云うことでございましょうか」

「ないでしょう。貧乏人は学ぶことが出来ません。しかし、学費無料では」

「私学はやって行けますまいな」

「ええ。しかし、それで良いのかとは思うのです。悪事を働けば地獄に行くぞと威《おど》されて、念仏を唱えれば極楽に行くぞと騙されて、それで健やかな生が送れるのなら、それはそれで良いのでしょう。しかしそれはあくまで方便ですよ。地獄に行きたくないから悪事を働かぬと云うのであれば、尻を叩かれるのが厭だから悪戯《いたずら》はしないと云うのと変わらない。それでは児童《こども》と同じです」

それはそうであろう。

ただ、結果は同じだ。

「いずれにしろ悪事を働かなくなるならそれで良いだろう――と、そう云う問題ではないのです。悪事には悪事と断ぜられるだけの理由がある。それが何故に悪事とされるのか、悪とは何なのかを知ってさえいれば善悪は自ずと知れる筈です。そして、悪が何故悪たるのかを知っているのであれば、それが禁止されなければならぬ理由をきちんと理解し、その上で判断するのなら――自ずと悪事を働くこともなくなるでしょう。それが正しき在り方です」

威《おど》してさせぬと云うのは子供扱いですよと圓了は云った。

「ただ、この国が、この国の民が子供並みなのだからそれは仕方がないのだと謂われてしまえば、これは返す言葉もないでしょう。教えを説く方もいかんが、教わる方もいかんのです。この国は文明開化などしていないですよ。本来持ち合わせていた文化を、知見を、学を捨て、恰好だけ真似ても列強と並ぶことは出来ますまい。そんな了見で近代国家を名乗るは痴《おこ》がましいこと」

この国は幼いのですと圓了は云う。

「人が大人になるように、国も文化も大人にならなくてはいかん」

「仰せの通りかと」

「政府が頭ごなしに制度を変えただけで近代化は成し遂げられませんよ。国は、民そのものです。国民一人一人がそれぞれに近代化を成し遂げなければ、明治の御世は大いに立ち後れ、やがて欧米に平らげられてしまうでしょう。文字通り、赤子の手を捻《ひね》るように、です」

「しかし」

この国の民草はそんなに子供ですかなと主は問うた。

「いや——寧ろ子供扱いされているのがいかんと考えております。国民が元より愚かなのではない。学ぶことをさせない。教えない」

「教育の問題ですか」

「それもありますが、もっと根源的な問題です。例えば――大人であれば、地獄が絵空事だと云うことは――考えるまでもないことではないですかな」

圓了の云う通り、地獄が実際にあるのだなどと考えたことはないと思う。

ただ、そんなものはないと切って捨てるようなことを云うのは、何故か背徳《うしろめた》く不遜《ふそん》な気がして、躊躇《ちゅうちょ》してしまうのである。

絵空事でしょうな、と弔堂は答えた。

「仏家の云う地獄だけではなく、どの文化どの宗教でも冥府《めいふ》あの世の類《たぐい》に関してはこと細かに語られましょうし、そのいずれもが絵空事ではありましょう。しかし井上様、そうは云っても、死んだ後のことは」

誰にも判りますまいと主は云った。

その通り、誰にも判らないのですと圓了は興奮気味に云った。

「僧侶にだって学者にだって判らない。しかし地獄は絵に描いてあります。知れぬもの判らぬものを、いったいどうやって描いたと云うのか。そもそも、瓦斯燈《がすとう》が点《とも》り鉄道を汽車が走る世の中で、いったい何人の者が地獄を信じていると云うのです」

「仰る通り――頭から信じておる者は少ないかもしれません」

少ないと云うより居ないだろうと思う。何故か幽霊を怖がる者はままいるのだが、本気で閻魔《えんま》に舌を抜かれると思っている者はいないだろう。

「そうです。それは大人でなくとも判ることです。皆、判ってはいる。判っていても判らぬ振りをしている。それだって、ないものはないです。ないでしょう」

「ないのでしょうな」

「でも本当のことを云ってはいかんと教えられるんです。教え込まれる。その方が便利だからでしょう。民は愚かな方が操《あやつ》り易《やす》いと、為政者はそう考えているのかもしれませぬな」

「考えるのは為政者だけで良い——と云うような意味でしょうか」

「そうだとして、その為政者が愚かだったらどうなりますか。国は滅びます」

そんな在り方は旧弊に他ならぬと考えますが如何かと、圓了は大きな眼で弔堂を見詰めた。

「ええ。それこそ、自由でも、民権でもありますまいな」

「そうでしょう。ただそう云う在り方を本当にこの国の為政者達が望んでいるのかと問うなら、それもないのだと余《わたし》は考えるのです。勿論、国民もそんなことを望んでなどいない。では何がいけないのか」

「何です」

何がいけないのか解らないところがいけない——と圓了は云って、ステッキで床をとんと突いた。

「例えば、僧侶は今でも地獄は恐いなどと性懲りもなく威すのですよ。そんなものはないと返すと、この無信心者と誹《そし》るのです。問題なのは、僧侶の方も本気でそう考えていると云うところですよ。そう威し、そう導くのが当たり前だと、多くの僧侶が信じている。だが、そんなことばかりしているから信心がならぬのだと余《わたし》は思う。信心がならぬから、廃仏毀釈などと云う屈辱に甘んじることになる。民衆も、信心がならぬから、あんな暴挙に出てしまう」

「双方が解っていない、と」

「ええそうです。信心とは地獄の存在を妄信することなどでは決してないでしょう。信心とは慈悲を持ち、真理を求め、正しく生きる姿勢でなくてはならぬでしょう。地獄も極楽も、そうした生き方に人を導くための方便に過ぎないのです。しかしそんな古い方便は、もう通じないのですよ。だからこそ余《わたし》は今の世に向けた新しい仏教のために、他の宗教を学び、他の文化を学んだ。真実の釈迦の教えは違うのだと説いた」

「しかし――」

主は圓了の背後から言葉を紡《つむ》ぐ。

「元僧侶の身として申し上げるなら、そうした進言に耳を傾ける僧も宗派も少ないのではありませぬか。何より、今寺は何処も青息吐息です」

「それは仰る通りです」

圓了は眉をハの字にした。

「まあ、全くいないと云う訳ではありませんが、余《わたし》如きが何を云おうと仏教界全体が耳を貸すことなどない。況《まし》てや国が変わることなどないでしょう。ならば——」

「なる程。ならば大衆の意識の方を引き上げるしかない——と」

そうですその通りですと、圓了は大きく首肯《うなず》いた。

「信徒の方が理を持てば良い。大衆が既に効き目のなくなった方便を方便と見抜くならば、寺はもっと別の方法で仏道を説かねばならぬことになるでしょう。そうなれば必ず哲理が必要になる。国民が哲理を持てば国体の正しき在り方も、国政の瑕疵《かし》も自ずと知れることになる。そうなって初めてこの国は」

近代化したと云えるのではありませぬかなと云って、圓了は主を再度凝眸《ぎょうぼう》した。

「能《よ》く解りました」

主は少しばかり難しい顔で返した。

「お噂通りの公明な方でいらっしゃる。仰せの通り、この国はいまだ近代国家ではありませんでしょう。私もそう思う。いいえ、近代国家になどなれるのかと、私は疑っておりました。いや、今も疑っている。しかし井上様は近代国家にしようとお考えなのでございますね。だからこそ——井上様はこの国の民草を広く啓蒙せんと日日邁進されていらっしゃる訳でございますね」

弔堂は自ら椅子を出し、圓了に勧めた。

「しかし――」

圓了が座るなり、主は強い口調で話しかけた。圓了は見上げる。

「資金が――ないのですね」

「ありません。現在は五十人六十人と、僅かな人数を集め、こつこつと教えておる次第です。大言壮語を致しましたが、今はその程度が精一杯。いや、焼け石に水と云われそうですが、千里の道も一歩からとも謂う。そうも思うのですが、そんな小さな私学でも運営は難しいのです。勝先生から支度金のご援助などを賜りましたが、それでも、まるで足りません」

「そうですか」

「そうです」

「これを」

弔堂は本を一冊圓了の目の前に出した。

「これが何か」

「ええ。これは――本です」

「まあ、それは云われるまでもなく諒解しておりますが、それが何ですかな。何か大事なことが書かれておりますかな」

あれが――。

金を稼ぐための一冊なのかと、思わず身を乗り出した。しほるが袖を引く。失礼な行いはお慎みください等《など》と小声で云う。

「そこでございます圓了様」

「そことは何ですかな」

「あなたにとって大事なのは、これに何が書かれているか――と云うことです。しかし圓了様、これは、何が書かれていようと、本なのです」

「解りませんな」

「その昔、本を集めることは大変なことでした。蔵書を失い失望して落命した林家《りんけ》の祖羅山《らざん》の例を引くまでもなく、江戸の知識人にとって、書物は何ものにも換え難い宝だった。それは何故でございますか」

「それは」

圓了は悩ましげに顔を顰《しか》めた。余りにも当たり前のことを問われて、返答に戸惑っているように見えた。

「それは、書物には多くの知が、学が記されているからでしょう。時を超え場所を越えてそうした知見を得ることが出来るからですよ」

「では、その本は何故書かれますか」

「云うまでもありません。それを記す者の知を、学を残し、広めるためでしょう」

「そうだとして――それでは何故、昔の知識人達は本を読むのにあれだけの苦労を要したのでしょうか」

「それは」

「一方に残し、広め、伝えたいがために記された書物があり、一方にそうした知見を得たいと強く願う者もいる。それなのに、その両者は出合えないのです。経典を求め国禁を犯してまで天竺《てんじく》に向かった玄奘三蔵《げんじょうさんぞう》の例を引くまでもなく、知見を得る――書物を読むために払われる努力は、生半《なまなか》なものではなかったのです。この国にあっても、その昔は――否、ついこの間までは、どれ程高い志を持っていようとも、自由に古今の書物に触れることなど出来はしなかったのです。文事に理解ある藩が蒐集《しゅうしゅう》していたりでもしない限り、個人で書物を集めることは難しかった。否、一部の階層を除けば、不可能だった。庶民に至ってはろくに本など読めはしなかったのですよ。読まれぬ限りは広がらない。残らない。ならば書かれる意味もないことになります」

「それは――そうです。しかし理由は色色あったでしょう。先《ま》ず数が少なかった。写本の場合は部数も限られるでしょうし、摺《す》り本であっても過去の技術ではそう多く摺れない。また、識字者の数も少なかった」

「ええ。でも、一番の理由は」

売っていなかったからですよと主は云った。

「書物は売り物ではなかったのです。売らぬのですから買える訳もない。でも、今は違います。技術が変わり、仕組みも変わっております。大量に印刷することが出来るようになった。何より」

弔堂は手を広げた。

「売っています。買えるのです。四民は平等になり職業の選択も自由になった。識字率も、うんと上がっています。誰でも本が読める時代が到来せんとしているのです。これがどう云うことかお解りになりますか」

「仰ることは理解しますが、意図は計り兼ねますな」

「本は商品になったと云うことですよ、圓了様。書店は、本を作る処ではなく、売り買いする処になりましょう。開板している書店は、やがて開板するだけの版元になる。そして、取り次ぎも独立することでしょう。そう云う仕組みが正に今、出来つつあるのです。何故出来つつあるかと云えば、それは大衆が望んでいるからです」

「大衆が――」

「ええ。圓了様、私は、思想が社会を動かすと考えることは、驕《おご》りと考えます」

「それは」

社会が思想を作るのですと、弔堂は云った。

「求められてこそ思想は成るものと、私は考えます。慥《たし》かにこの国の民は、いまだ知に暗いところがあるかもしれません。しかしこれも仰せの通り、国も育つ。即ち民も育つのです。大衆は知を求めています。開化して二十五年が経ち、民もまた文明を、近代を求めてはいるのです」

弔堂は本を書架に戻した。

「書物は文化です。つまり、芝居や芸能と同じく——娯楽ともなるでしょう。人人はもう、それを求め始めています」

江戸の頃から本は娯楽でもあったのですよと主は云った。

「間もなく、誰もが読みたい本を読める時代が訪れるでしょう。ならば」

「ならば」

「圓了様。あなた様は本は書く者の知見を広め、残すために記されると仰る。私はそうでない書物もあるかと考えますが、それはまた別の話。圓了様にとって、書物とはそう云うものなのでしょう。ならばこれは、この世相こそは、千載一遇の好機ではありませんか」

「好機ですか」

圓了は顔を顰めた。

「貴君は余《わたし》に——本を書けと」

「もう書かれていらっしゃるではありませんか。それを出版するのです。ただ出版するのではない、広く大衆に向けて出版するのです」

「いや、そうは云うが――」

圓了は腕を組んで考え込む。熟慮の体《てい》である。

「余《わたし》の講義録を読む者の多くは経済的余裕がなく、学校に来られない者です。貧しいのですよ。学費が払えぬから本で済ませている」

「仰せの通りでしょう」

「そうでない者に講義録など無価値でしょう。懐に余裕があれば講義を受けます。興味がなければそもそも買いません。興味はあるが金がない人だけが買うのです。なら余分に売れることはない。多く摺ったところで余るだけですよ。誰も、買いません」

「そうでない人にも買って貰えるようにお書きになれば宜しいのです」

「いやいや、それは無理です。余《わたし》には娯楽本など書けませんよ。洒落本《しゃれぼん》も滑稽本《こっけいぼん》も書けはしない。余《わたし》は学問のことしか――」

学問のことで良いではありませんかと主は更に大きく手を広げた。

「この楼にある本は、どれも私に喜びを与えてくれました。しかし、書いた者は私なんぞを喜ばせようと思って書いた訳ではないでしょう。私が勝手に喜んだのです。本とはそう云うものです」

「だが──」

「あなたの知見は、それを求めている者にこそ与えられるべきものです。大衆に迎合する必要など全くないのです。志を曲げる必要もない。出来ぬことを無理してすることもない。ただ、大衆に理解出来るように書けば良いというだけです。それだけでいい。そう云う本をお出しになれば、その本は売れます。売れれば売れただけ圓了様の知見は世に広まる。そして圓了様の知見は──」

金銭を生みますと、弔堂は云った。

「それで──金を稼げと云うのですか」

「それを下賤と取る向きもあることでしょう。しかし圓了様は金儲けのためにそれをされる訳ではないのですよ。高く掲げた志を遂げるためには資金が要るのです。凡ては志へと収斂《しゅうれん》する。いや──広く一般に向け、平易な言葉で哲理を説くと云う行為は、それそのものが圓了様の志を遂げるための一助となるものではないのですか」

圓了はやや難しい顔を作り、慥《たし》かに仰る通りかもしれませんがと呟いた。

「そんなことが──可能だろうか」

「可能かと存じます。流通の仕組みは大いに変わっております。例えば、圓了様の講義を受けたくても受けられぬ遠方にお住まいの方方もいらっしゃる。そうした人も、本なら読めますぞ」

「それは——まあ」

「申し上げましたでしょう。本は、商品になったのです。江戸の昔と違い、全国津津浦浦《ぜんこくつつうらうら》に届けることが出来る。誰でも本が読める時代は、もう目の前に来ております」

「誰でも本が読める時代ですか」

そうかもしれないなあと圓了は更に考え込む。

如何《いかが》です高遠様と主人は唐突に問うた。

「高遠様はつい先日まで、哲學館も井上圓了の名さえもご存じなかった筈。しかし」

「ああ」

そう云うことか。

講義録を読ませて戴きましたと云って会釈すると、圓了は大きな目を見開いた。

「貴方《あなた》はその——」

「僕は、学徒でも何でもない役立たずの世棄人《よすてびと》です。謂わば門外漢です。でも、大いに発奮しました。幾つもの目を啓かれた思いです。何故、今まで読まなかったのかと」

「何故でございましょう」

「それは、単に知らなかったからで——」

「そう。知らなかっただけ。知らしめることが出来れば、読んでくれる人は大勢いるのでございますよ」

「知らしめるのですかな」

「はい。知って戴くのです、大衆に。この国に暮らす民草に普く知って戴くのです。更に——申しますなら」

「ま、まだ、何か」

「知ったところで、この国には本を買えぬ人読めぬ人もまた、多くおります」

「それはそうでしょう。貧しき者は書物など買えません。文盲《もんもう》の者もまだまだいる」

「そう云う人達のために、圓了様自身の言葉を直接お聞かせするのも良いかと」

「演説会をせよと」

「哲學館でなさっている講義のようなものではありません。勝先生の話だと、既に圓了様は演説会を旺盛に行われているそうではありませんか。それを、もっと沢山するのです。もっと多くの場所で、もっと平易に。学徒に向けて講義するのではなく、大衆に向けて語るのです。誰にでも届く言葉で。云ってみれば辻説法のようなもの」

「出版に——辻説法ですか」

碩学の徒は眼を閉じ、何かを想像しているようだった。

「だが、果たして余《わたし》の言葉を聞く者がいるだろうか。余《わたし》の記した書物を読む者がいるのだろうか」

圓了は両手で己の頬を押さえた。

「僧侶でさえ聞く耳を持たなかったのですぞ。基督教徒は怒り儒学者は嗤った。余《わたし》の言葉を聞かせたい大衆は、いまだ」

迷妄の彼方だと圓了は云った。

「因習に囚《とら》われ旧弊に縛られ、占いを信じ、幽霊を畏《おそ》れ、恰《あたか》も雷が鳴ると臍《へそ》を押さえる童《わらべ》の如く、大衆は迷信に搦《から》め捕られておるのです。それを救うべき仏家からして、極め付きの迷信を語るだけだ。そんな大衆さえ信じない迷信を振り翳して誰が救われると云うのです。洋学の類《たぐい》でさえ啓蒙は出来ないのです。瓦斯燈《がすとう》は夜道は照らすが迷信を照らしてはくれない」

「ですから」

そうした本を書かれれば良いのではないですかと弔堂は云った。

「それは圓了様の講義の内容そのままではありませんか」

「そうだが――いや、でもそれは通じるものではないでしょう」

「釈迦も孔子も真理を説いた。彼等は誰に向けて真理を説いたのですか。知恵も知識もない大衆に向けて説いたのでしょう。そくらてすもかんとも、特別な人達だけのために哲学を語った訳ではないのです。真理は誰のものでもない、始めからそこにあるものでしょう。あると気付かせるだけでいいのではないのですか。通じ難いなら通じるように」

工夫すればいいのですと弔堂は云った。

「今の世に合った、真の方便を作るのでございます」

「方便か。今に通じる新しき方便か」

「さて、あなた様は」

どのようなご本をご所望ですか——と亭主は云った。

圓了は主を見上げた。

「ご主人の仰せの方便を作るのに役立つ本はございますか」

「ございます」

主は帳場に行くと、三冊の和綴本《わとじぼん》を手にして圓了の前に戻った。

「これは、安永《あんえい》五年に出された化け物の本です」

「化け物——ですか」

圓了は眼を円《まる》くした。

「ええ。鳥山石燕《とりやませきえん》と云う狩野派《かのうは》の絵師が記した『畫圖百鬼夜行《がずひゃっきやこう》』と云う本です。これは
まあ、狂歌《きょうか》や黄表紙《きびょうし》に先駆けて、世を洒落のめすために開板された。謂わば娯楽本です
が、伝統的なお化けが沢山載っています」

「これが──方便となりますか」

なりましょう、と主人は云った。

「圓了様が撲滅しようとされている迷信と違って、こうした伝統的なお化けの実在を信じている者は、江戸の昔からただの一人もおりませぬ。今もいないでしょう。これは娯楽です。しかし、世間的にはそう変わるものではありません。いいえ、寧ろ、同じものと受け取られるようになっておるやもしれません」

圓了はその本を手に取って、ぱらぱらと捲《めく》った。

「天狗に──幽霊。狸《たぬき》。河童《かっぱ》。鬼──これが──世間では」

「はい。それを、妖怪に見立てるのです」

「見立てると。この──化け物をですか」

聖像《イコン》となすのですよと主は云った。

「その本にあります通り、江戸の頃、幽霊は化け物の一種、つまりはつくりものに過ぎませんでした。それがいつの間にかそうでなくなってしまった。いないものをいるとする、粋《いき》を解さぬ野暮天《やぼてん》ばかりが横行しております。迷信は古いものばかりではない。今作られているのでございます。そこに描かれた化け物は、圓了様が否定される妖怪迷信ではございません。寧ろその逆、妖怪迷信などは、こんなもの──と云う証し」

「こんなもの──」

「見て見ぬ振り、云わぬが花の約束ごと。それを解さぬは――愚か者。そう云うことでございますよ。ないものはない。ないと識《し》って尚、あるように振る舞う――この国にはそうした文化があったのです。それは、この国の良きところ、残すべき在り方だと私は思いますする。ところが、その文化が失われてしまった。あるかないかの二者択一、結局ないものもあるように考えてしまう。それこそ蒙昧《もうまい》、迷妄と云うもの。思うに、明治の世になって、殊《こと》、そちらの方面ではそうした愚か者が増えてしまったようにも感じられまする。ならば、この明治の世こそが、迷信蔓延《はびこ》る世と云えるかもしれませぬぞ。これでは、異国の方は元より」

江戸の通人にも嗤われてしまいましょうと主は云った。

「その意匠に託せるものならば、畏怖は娯楽に、愚かしさも豊かさに転じましょう。利用せぬ手はございますまい。その化け物を看板に掲げ、愚かなる迷妄を笑い飛ばしてやるのも一興ではございませぬか」

「これが――妖怪学の象徴《イコン》となるか」

圓了は、何かを呑《の》み込んだようだった。

その後井上圓了は「妖怪学」を広く世に問い、やがて妖怪博士と渾名《あだな》されることになる。

圓了の高邁《こうまい》な志が果たしてどの程度世の中に届いたのかは計りようがないのだが、井上妖怪学なるものが一般大衆に広く知らしめられ、迷信撲滅の気運が高揚したことだけは間違いない。

大正八年大連《だいれん》で客死するまで、圓了は精力的に地方遊説を行い、その傍《かたわ》らで多くの本を書いた。一般に向け平易に記された啓蒙の書は矢継ぎ早に出版され、数多くの読者を獲得した。

その出版点数の多さは正に目を瞠《みは》るものだったようである。

科学的たれ、近代人たれ、正しくあれと云う強い姿勢で貫かれた圓了の著作物の多くは、その啓蒙的な内容とは無関係に、何故か旧臭《ふるくさ》いお化けの図版で粉飾されていた。また、後に圓了が作る哲学堂公園の哲理門の左右には、これもどうした訳か天狗と幽霊の像が配置されることになる。それが何故なのかは――。

誰も知らない。

書楼弔堂
破曉

探書肆
贖罪《しょくざい》

賄《まかな》いの嬶《かかあ》が頑固で、鰻《うなぎ》は冬には喰《く》えないと云う。そんなことがあるものか、江戸の昔から鰻は通年喰えると云っても、頑《がん》として聞かない。そもそも鰻は冬が旨《うま》いのだ。脂《あぶら》が乗って頬が落ちるぞと教えてやったのだが、嘘だと云う。鰻は土用《どよう》の丑《うし》に喰うもので、土用は夏だと云う。

それがもう間違っている。土用は年に四度ある。立春立夏立秋立冬《りっしゅんりっかりっしゅうりっとう》、その前の十八日間は皆土用である。一方、丑の日は十二日に一度必ず巡って来る。土用の期間中最低一回は丑が当たる勘定になる。酉《とり》の市が二の酉三の酉とあるように、暦《こよみ》に依《よ》っては二の丑だってある。土用の丑は、年に何度もあるものなのだ。

懸命に説明したのだが、笑われた。

笑われただけでなく、旦那《だんな》さんは物を識《し》らないね等《など》と云われてしまった。無礼な町民め世が世なら手討ちだぞと冗談めかして云うと、アハ、と更に大声で笑われた。士分の威厳など更更《さらさら》あったものではない。

尤《もっと》も、こちら側にも士族の心構えが欠如しているのであるから、これは致し方ないことである。

生まれてこの方武士であったと云う自覚もないし、誇りやらも意地やらも、片時《かたとき》たりとも持ったことがない。

最初《はな》から平民の心意気である。

だが、それとこれとは関係がない。

亡父の言に拠《よ》るならば、その昔、鰻は諄《くど》い所為《せい》か夏場にはまるで売れなかったのだそうであり、何処《どこ》ぞの何方《どなた》かが、滋養があるから暑気負け予防になるのだと売り文句を付け、それが当たって夏にも喰うようになったのだそうである。大田南畝《おおたなんぽ》だか平賀源内《ひらがげんない》だか、そう云う文人の類《たぐい》の発案だと聞いたが、要は誰だか判らないのだろう。誰であろうと構わぬが、いずれそうした宣伝が行き渡るまで、鰻は夏場の喰い物ではなかったことになる。そうした講釈を垂れようかとも思ったのだが、どうも埒《らち》が明かぬ気がしたので止《よ》した。

物識りならもっと偉くなっているよと、苦笑して済ませた。

済ませたものの気が収まらぬ。

肚《はら》が立ったとか癪《しゃく》に障るとか、そうしたことではない。

もしかしたら嬶が云うが正しいかと、そんな疑念が頭を擡《もた》げたからである。

いやいやそんな訳はないと思い直してみるが、どうにも落ち着かない。明治になって変わったのかもしれぬなどと、愚かしいことを思い浮かべたりする。

それこそそんな訳はないという話である。

鰻は太古《いにしえ》からずっと鰻であろう。

幕府が倒れようと新政府が建とうと四民平等になろうと藩が県になろうと鰻は鰻。髷《まげ》を落して刀を捨てたところで鰻は鰻で、泥鰌《どじょう》や鱓《うつぼ》に変じる訳ではない。

だが、売り方は変わるかもしれぬ。

新政府は何や彼《か》やと令《おふれ》を出す。断髪令だの廃刀令だの、仇討《あだう》ち禁止令だの、そうしたものはまだ解るが、まじないを止《よ》せだの山伏《やまぶし》を禁ずるだの、こと細かに下知《げち》を発する。ならば何かの拍子に冬場の鰻屋営業差し止め令が出されていないとも限らない。そんな珍妙な令が発布される訳がなかろうと思う反面、己《おのれ》の与《あずか》り知らぬ理由もあるかと云う考えも過《よぎ》る。

ひょっとしたら鰻は夏場と云う思い込みが世に浸透し、冬場の客足が途絶えてしまったため、営業を止めてしまったのかもしれぬ。

如何《いかん》せん世間知らずなのである。

自由党《じゆうとう》と立憲改進党《りっけんかいしんとう》の対立が激しくなろうとも、支那卵《しなたまご》の輸入が始まって養鶏場が左前になろうとも、天然痘《てんねんとう》が大流行しようとも、まるで余所《よそ》ごとである。

この閑居の中は凪《な》いでいる。

外でどんな嵐が起きようと、この中はまるで波風が立たない。

先月、島田三郎《しまださぶろう》の演説と云うのを京橋《きょうばし》まで聞きに行って、行ったはいいが人の多さに酔ってしまい、そのまま帰って来た。

別に国民として真剣に政治に参加しようなどと志《こころざし》を立てた訳ではない。

島田三郎は齢《とし》こそ上だが矢張《やは》り幕臣の息子で、立派に活躍しているから身を立てる参考にしようと思っただけだ。それで話も聞かずに出戻ってしまうのだから、何とも不甲斐《ふがい》ないことである。

それもこれも、この起伏のない日常の所為なのかもしれない。

縦《よし》んば新政府が倒れたとしても、この中に籠っている限りこの生活に変化はない。罷《まか》り間違って露国《ろしあ》やら英国《ゐぎりす》が侵攻して来たとして、国が斃《たお》れ、民草総《すべ》てが他国に隷属《れいぞく》するようなことになったとしても、多分この中の暮らしは大きく変わるまい。

変わりようがないからだ。

何があっても今よりは下がらないし、上がろうとも思わない。喰い物の質が下がる程度で——或いは喰えなくなるかもしれないのだが、まあ生きていられたならそう違いはない。世の中と関わらぬと云うのはそう云うことである。この暮らしは、逃避ではなく防御なのだ。

親や妻子と離れて暮らすのも、同じ理由なのかもしれぬ。

微温湯《ぬるまゆ》に浸かってばかりいるからすっかり鈍感になってしまっているのだ。

ほうと息を吐《は》くと白い。

部屋が冷えている。

体温はある。

生きておれば良しとするのは心得違いなのかなあと、そんな風に思った。それからそんなこともあるまいと思い直し、思い直した途端に空腹になった。

鰻を喰おうと思い立つ。

賄いの婦への意趣返しである。

慥《たし》か、そう遠くない処《ところ》に鰻屋が一軒あったと思う。入店《はい》ったことはないが、医者に行く途中に何度も前を通っている。

外套を羽織り火の始末をして、一旦隣に寄ると、勝手口から顔を突っ込んで昼飯は要らぬと告げた。お出掛けになるかねと問うので、鰻屋で鰻を喰うのだと云ってやった。

姉さん被りの女房は朝と同じく大いに笑って、洒落《しゃれ》のきつい大将だようと云った。

まるで信じていない。

話にならぬので土産《みやげ》に折り詰めでも買って来るよと云ったらまた笑われた。余程可笑《おか》しいのだろう。

幅の広い坂を下り乍《なが》ら、もう家から離れて一年近くになるのだなと思う。空き家を借りて隠棲《いんせい》したのがまだ寒い時期で、侘《わ》び住《ず》まいで一夏を過ごし、また寒くなった。

静かな一年だったが、妙に濃密だった。

紀尾井町《きおいちょう》の屋敷は、賑《にぎ》やかである。

父が亡くなって淋しくなるかと思いきや、喪が明けたら余計に囂《かまびす》しくなった。

今は母と妹、妻と娘の女所帯だが、多分賑やかさに変わりはないだろう。娘も元気に育っていると聞く。

娘の顔が見たくなる。

年が明ければ二歳になるのだ。

手遊屋《てあそびや》で玩具《おもちゃ》でも買って帰ってみようかと、そんなことを胸の隅で考える。里心がつくとはこう云うことを云うのだろうかと、肚の底で思う。

坂を下り切るとちらほら民家が目に付き始め、暫《しばら》く進むと町らしくなる。瓦屋《かわらや》だの乾物屋だの、己には用のない店ばかりなので金を落した例《ためし》がない。飯を喰うのも病院の傍《そば》ばかりだから、喰い物屋にも入ったことがない。

うろ覚えのまま彷徨《ほうこう》し、小半時くらいで鰻屋を見つけた。

うなぎ萬屋《よろずや》と云う看板が出ている。

ちゃんと店先に暖簾《のれん》も掛けられているから、営業《や》っているのである。禁止令は出ていないようだった。扠《さて》、百姓家の嬶を無理矢理連れて来れば良かったか等と思いつつ、暖簾を潜《くぐ》ろうとして、ぎょっとした。

入り口から少し離れた処に黒いものがあった。置物か、将又《はたまた》塵芥《ごみ》かと思って見てみれば、人だった。襤褸布《ぼろきれ》のような布を纏《まと》った男が蹲《うずくま》っているのだった。

物乞いかと思ったがどうも様子が違う。

汚れてはおらぬ。それに、能《よ》く見れば何処も黒くはないのだ。マントか、道中合羽のようなものを羽織っているのだが、それも黒い訳ではなく、盲縞《めくらじま》のような紺色の生地であった。古びている訳でもないし煤《すす》けてもいない。泥も付いておらぬし染みひとつない。異装ではあるけれど、どちらかと云えばこざっぱりとした身形《みなり》である。

顔も穢《きたな》くはない。日焼けしている訳でもない。髭《ひげ》も綺麗にあたっているし土やら埃《ほこり》やらが付いている訳でもない。白髪交じりの髪を短く刈り込んだ、酷《ひど》く痩せた、貧相な男である。眼は落ち窪《くぼ》み、口は閉じているのだが前歯が覗いている。反っ歯《そっぱ》なのだ。

四十か、五十か、それとも六十を超しているのか、若くないことだけは判るが年齢を計り兼ねる面体である。

身綺麗にしているというのに、何故に黒く見えたのかが判らぬ。否、見えたと云うより見えている。未《ま》だ、男は夜が纏わり付いているかのように黒く感じられている。

見上げるにまだ陽は高い。午前《ひるまえ》なのだから当たり前である。男の周りだけが暗いのである。

失礼な程に凝眸《ぎょうぼう》した。

男の奥まった目は何処を向いて何を見ているのか一向に見定められず、此方《こちら》に気付いているかどうかも判らなかった。

声を掛けるにも掛けようがない。間も悪く店に入るにも入りそびれて、扨《さて》も困ったなと思うていると、引き戸が開いた。

おやと思って見れば、ひょろりとした白髪の老人が顔を出した。

「この店にお入りですかな」

「ああ、まあそのつもりだったのですが」

店の主人には見えない。況《まし》て奉公人にも見えない。

老人は眼を細めて云った。

「ほうら云わぬことじゃあない。そんな処に控えていたのじゃあ、お前さん、お店の迷惑になりますよ」

「それでは何処かへ参ります」

男は低い声で答えた。

「それがいかんのだ。入りなさい」

老人は男を促し、それから身体《からだ》の向きを変えて、礼をした。

「本当に申し訳ござらぬ。さ、裡《なか》にお入りくだされや。これでは商売《あきない》の邪魔だとお店の人に叱られてしまう。さあさあ」

誘《いざな》われて先に入ると、中は既に佳《よ》い匂いが充満していた。

女将《おかみ》らしき中年の婦人が奥から顔だけを出した。老人はにこやかに笑みを作り、お客様ですよと告げた。

「お連れさんではないのかね」

「いや、儂《わし》の連れが偏屈で入り口に座り込んでいたものだから、このお方《かた》が入り難《にく》かったのでしょうな。ご迷惑を掛けてしまって真《まこと》に申し訳ない」

「ああ。そうかね」

蒲焼《かばや》きでいいかね鰻飯かねと問われたので丼《どんぶり》を頼んだ。

老人は、真ん中辺りに席を取っていたものと思われるのだが、黒い男がさっさと隅に陣取ってしまったので、仕方がなさそうに箸と小皿を持って男の隣に席を移した。

「この辺りにお住まいのお方ですか」

席を決め兼ねておろおろしていると、そう声を掛けられた。

まあ近いか近くないかと問われれば近いうちになるのだろうが、この辺りと云う訳でもないから、甚《はなは》だ返答に困って、余計におろおろしてしまった。

「いや、まあ、この店は初めてで」

「そうですか。儂は偶偶《たまたま》通り掛かって、匂いに釣られて入ったと云う次第ですが、此処《ここ》は漬物も旨い。当たりです」

「漬物ですか」

答えた後に無視も出来ぬから、成り行きで老人の向かいに座ることにした。

「鰻は――この、待つ間と云うのが良いのですよ。甘く香ばしいたれの焼ける匂いを吸い込みつつ、香の物を齧《かじ》って待つ。待たされて旨みが増すのは鰻くらいですなあ」

やや辿辿《たどたど》しい口調だったが、老人は穏やかかつ饒舌《じょうぜつ》に語った。

「気の短い者にはこの愉《たの》しみは味わえませんなあ。江戸の人は短気だと謂《い》うが、鰻に関してはそうとも云えぬでしょう。江戸前の鰻は、旨い。関東風は蒸す分一手間多いのでしょうしな。なァんの、気を長く持たなくちゃ、この旨味は出ない。関西風も旨いですが、あれはまた別のものですな。較《くら》べられるもんじゃあないし、競《くら》べても始まらん。どちらも旨い。いやあ、鰻が好きなのですよ、儂は」

抑揚が独特である。

話し振りからしても江戸っ子ではあるまい。

「失礼ですが、東京のお方ではないですか」

土佐《とさ》ですと老人は云った。

「まあ、土佐と云うても、この齢《とし》になるまで彼方此方《あちこち》を転転としましたから、何処が故郷か判らんようになっております。鯨《くじら》を捕《と》ったり金《きん》を採《と》ったり、彼《あ》れ此《こ》れしておりますうちに、流れ流されて、まあ今は東京に吹き溜まっております」

金を採ったと云うならば、佐渡《さど》の流人《るにん》か何かであったのかと、そう咄嗟に思ったのだが、どうもそう云う風体ではない。着物も羽織も上等である。

中濱《なかはま》と云いますと老人は云った。

名乗られて名乗らぬのも非礼なので、高遠《たかとお》ですと小声で云った。

「高遠さんですか。失礼だが、元はお武家様とお見受け致しますが」

「いやいや、元服するかしないかで瓦解《がかい》しましたから、もう根っからの平民です。それでいて正業にも就《つ》いていないと云う半端者ですよ。これで元武家などと云ったのでは叱られます。お恥ずかしい限りですが、私はこの先の荒れた土地に侘び住まいを借りまして、隠棲しているのです」

「ほう」

隠棲ですかと云って、老人はすっかり薄くなった頭を掻いた。

「お幾つですかな」

まだ三十路《みそじ》ですと答えると、何故か大きく頷《うなず》かれた。

「お若いですなあ」

「いや、而立《じりつ》を過ぎてこの為体《ていたらく》、全《まった》く以《もっ》てお恥ずかしい限りです。誰もがこの国を作ろう、変えようと奮起しておると云うのに、僕一人がこの為体《ていたらく》。不満さえ持てないでいるのです。不平士族の方が人はましですよ」

壁の方を向いていた連れの男が、ちらりと此方を見た。

椅子に腰掛けてはいるのだが、相も変わらず外に居たのと同じような体勢である。中濱老人は眼を細めた。

「いやいや、ご謙遜として聞いておきましょう。まあ、斯云《かく》う儂も、二昔ばかり前に患いまして、一時は身体《からだ》が利《き》かんようになってしまいましてな、まあ、すぐに動けるようにはなったが気が萎《な》えて、口もたつくようになってしまった。それから後は矢張り隠居のようなものです」

「はあ」

「倒れたのは御一新《ごいっしん》の後、すぐのことですわ。世が世ですから、世間様のお役に立ちたいとは思いましたが――国事の表舞台に出る器でもない。儂も、その頃は士分扱いでしたがな、元は無学な漁師ですからな、どうも政治《まつりごと》は苦手でしてな」

何とも不可解な話である。

流人どころか旧幕時代は侍で、その上、どうもそう低い身分でもなかったような口振りである。

しかも、漁師から侍に取り立てられたかのような言い分に聞こえる。幾ら何でもそんな特例があるとは思えなかった。四民平等の世の今なら兎《と》も角《かく》、徳川《とくせん》時代の身分制度はそれはもう厳格なものだったのであるし。

　老人は丸い頭を撫《な》でた。

「まあ、倒れたのはまだ四十幾つの頃でしたからなあ。その頃は、もう先はそんなにないと思うておったのですが、これが中中お迎えが来ない。それからが長くてね。それはそれは長い隠居生活です」

　隠棲もそれなりに覚悟が要りますと老人は云った。

「この連れなんぞは、そう、御一新の前からですから、もう三十年近く世捨て人を続けております」

「世を捨てたのではござらんき」

　鉄を擦り合わせるような声で、黒い男は云った。

「死人《しびと》でございますき」

　何故だかぞっとした。

　死人と云うなら、この男は幽霊と云うことになるだろう。

　ならば、大蘇芳年《たいそよしとし》が幻視し、泉鏡太郎《いずみきょうたろう》が憧憬を抱き、井上圓了《いのうええんりょう》が否定した——その幽霊を、昼日中から目の当たりにしていると云うことになるのだ。

　だから——。

　だからこんなに黒く見えるのかと思い巡らし、すぐに理性が否定した。

　笑えはしないが、冗談の類《たぐい》であろう。

「儂は――その昔、その死人に命を護って貰った覚えがあるのだがなあ」

老人がそう云うと男は下を向いた。

「まあ、お前さんが死人と云うなら、儂も死人だよ。五十年も前に海で死んどる。なら残りの人生は附《つ》け足《た》りじゃ。ところが、気付いたら附け足りの方がもう何倍も長くなっちょった」

「先生の五十年は附け足りなんぞではないき」

いいや附け足りじゃと、老人は男の言葉を遮った。

「珍奇じゃ数奇じゃと、まあ人から見りゃそうなんだ。だが、儂にしてみれば、拾った命が惜しゅうてならなんだだけ。漁師じゃからな、お武家さんのような意地も誇りもない。大義も名分もない。ただただ、生き意地汚《いじきたの》う生き延びただけのことじゃ」

黒い男は、一層暗い顔になった。

「最初に死んだは十四の時じゃ。右も左も判らんうちに一度死んで、万に一つ命ば拾うて、またもや右も左も判らんような暮らしを十年続け、そしてまた、万に一つで故郷に戻れたのが二十五の時じゃ。思いがけずに拾うた命、世間様に恩返しせんと、思い彼《あ》れ此《こ》れしたが、大したこともせぬうちに四十を過ぎてまた死んだんじゃ。もう、この二十年は附録の附録じゃ。厭世者《えんせいもの》ばかりが三人揃うた訳ですな、と中濱老人は人懐こい笑顔で云った。

「まあ、隠遁者《いんとんしゃ》は隠遁者なりに辛い。貴方《あなた》なんぞはまだお若いから、これからウンと辛くなります。精を付けたがいい。ま、儂なんぞ老《お》い耄《ぼ》れじゃから、鰻なんぞ喰うて滋養を付けてもええことは一つもないが、この鰻の匂いだけは辛抱ならんでなあ」

再び眼を細め、中濱老人はうっとりするように小鼻を広げ、首を傾けた。

「好物なのです。ところが、この連れの方がなあ」

老人は横目で黒い男を見た。

「苦手なんだそうでしてね。外で待つなんぞと我《わ》が儘《まま》を云う。まあこの風体ですから驚かれなすったでしょう」

困ったものですと云って中濱老人は香の物を口に運んだ。こりこりと齧《かじ》る音が妙に旨そうに感じられたので、ご相伴《しょうばん》に与ると、実際美味だった。

「乎《ああ》、本当にこの漬物は旨いです」

素直にそう云った。

「しかし、苦手と仰《おっしゃ》るのは、こちらは鰻がお嫌いだと云うことなのですか。それとも江戸っ子宜《よろ》しく待つのが厭《いや》だと云うことなのでしょうか。こちらは江戸のお生まれですか」

「いいや、この者も――」

「故郷はありませんきに」

土佐弁――に聞こえた。

土佐出身と云う老人が、この者も、と云いかけたところから想像するに、同郷なのではなかろうか。

中濱老人はやけに頑《かたく》なな男を再度横目に見て、苦笑しつつ、

「そうじゃあないのです。分が不相応じゃき、こう云う場所の敷居は跨《また》げんと、こう云うんだ。それから、どうも気配がいかんと云う」

と云った。

「気配――ですか」

「どうなんじゃ。その、捌《さば》く気配が厭なのかい」

男は更に下を向き首を竦《すく》めた。

見た目に似わず臆病《おくびょう》なのだろうか。

「まあ、鰻は目釘《めくぎ》で頭を打ち付け、生き乍《なが》ら身を割《さ》いて開く。それが厭だと云うことなんじゃろが――慥《たし》かにそう考えれば残酷なことじゃが、魚《うお》だろうが何だろうが捌かにゃ喰えぬぞ」

「関東の鰻は背を割くぜよ。西では腹ば割く。背を割くのは――好かんです」

なる程なあと老人はほんの少し哀しげな表情を見せた。

「悪かったかな」

男は小さく首を横に振った。

「まあ、喰えばいい」

そこで、二人分の鰻が出て来た。

脂が乗っていてそれは旨そうである。裏隣の嬶に見せてやりたい。

老人は如何《いか》にも旨そうに喰った。

男は一口一口噛《か》み締めるように喰った。

物欲しそうな顔に見えたのだろうか、老人は破顔すると、この店は美味しいですよと云った。

「冬は夏よりこってりとしています。くたばり損ないには贅沢ですなあ」

「そ、そうですか」

この場に大家の嬶がいたら、どんな顔をするだろうと考える。きっとポンチ絵のような愉快な顔になるのだろう。そんな想像を巡らしているところに、鰻丼が出て来た。蓋から少し食《は》み出《だ》している。

開けると、湯気と共に脂が滴るような肥えた鰻が現れた。

たれの艶《つや》も、焦《こ》げ目《め》の付き加減も良い具合で、実に旨そうだった。山椒《さんしょう》を振り掛けると更に食欲が増した。

そこまで空腹と云う訳でもなかった筈《はず》なのに、何故か涎《よだれ》が口中に涌《わ》いた。

丼飯に作法はなかろうと勢い良く掻き込むと、老人は嬉しそうな視線を寄越した。

「見事な喰いっぷりじゃ。そうでなくてはいかんぜよ。人は喰うてなんぼです。どんな境遇でも喰えるものがあって、それを喰うておれば、生きる」

生きてしまうものだと中濱老人は横の男に向けて云った。

「時に高遠さん」

突然名を呼ばれたので、慌《あわ》てて飯を呑み込み、茶を含んだ。

「貴方、この先にお住まいだと仰いましたな。この先と申しますと、あの」

「ええ、町外れの山側と云いますか、山と云うようなものではなくて、ただの荒れた傾斜地ですな。真ん中に大きな坂がありまして、その坂を登る途中の百姓家を借り受けております」

「すると——此処より北側ですか」

そうだと答えると、ではご存じないですか等と云い乍《なが》ら、老人は懐から書き付けのようなものを出し、薄い眉を顰《ひそ》め、近付けたり離したりして読み上げた。

「ええと、しょ——」

老視で読めぬのか。

寸暇《ちょいと》拝見と手を差し出すと、これはお食事中にすいませんと云って、老人は書き付けを差し出した。

「どうも細かなものは見えんのです。難しい漢字は特にいけない。書舗《しょほ》だと伺っているのですがな」

見れば——。

住所を記した横に、舗名書楼《しょろう》弔堂《とむらいどう》也と書かれていた。

「ああ」

弔堂の客なのかと思い、改めて見直してみれば、最後に勝安芳《かつやすよし》と記されていた。

「ええ、これは本屋です。能《よ》く存じておりますが——この、勝と云うのは」

「ご紹介戴いた、勝伯爵でございますが」

「勝安房守《あわのかみ》様——ですか」

勝海舟《かいしゅう》である。どうも彼《か》の偉人は弔堂の主人と旧知の仲であるらしい。先だってもお忍びで訪問され、その場に出会《でくわ》して胆を抜かれたばかりである。

「勝様とお知り合いなのですか」

「はあ、その昔お世話になりました。そもそも、この男を紹介してくださったのも勝先生でしてな」

男は眼を閉じて身を竦めた。口をへの字にきつく結んで、畏《かしこ》まっている。それでも前歯が少し覗いているのだ。相変わらず薄暗い、得体の知れない気迫に満ちてはいるのだが、もしそれがなければ、思うに貧相な類《たぐい》の面構えだろう。

人相風体だけで人品骨柄《じんぴんこつがら》を定めることは出来ぬが、それにしても維新の傑物と縁続きの人物とは凡《およ》そ思えない。しかし、勝は貧窮する幕臣とあらば身分家柄に拘《かかわ》らず分け隔てなく援助の手を差し伸べていると云う噂も耳にするから、貧人野人と雖《いえど》も恩がある者も大勢いるのかもしれない。

と――そこまで考えて、この男は土佐者であるらしいと云うことに気付き、余計に訳が解らなくなった。幕臣ではないだろう。

――詮索《き》は無用か。

多くは尋くまい。当て推量で彼《あ》れ此《こ》れ考えるのも無礼と云うものである。

「この書き付けにあるのは、私の行き付けの本屋のようです。まあ冷やかしばかりですから良い客とは云い難いのですが、馴染《なじ》みではある。過日も雑誌を求めに参りましたところ、偶然勝先生とお会いしました」

それは奇遇じゃと、中濱翁は嬉しそうに笑った。

「いやあ、鰻の取り持つ奇縁です。何でも喰うてみるものですなあ」

老人の笑顔と対照的に、男の周囲はより暗くなったような気がした。

「実を申せば、紹介状は書いて戴いたものの、どうにも所在が判らずに難儀しておったところなのです。その辺りで尋いても誰も知らぬと云うし、まあこの鰻屋で尋いて判らなんだら出直そうと思うておった」

ご案内致しましょうと云うと、まあ先《ま》ずは鰻をご堪能くだされと返された。慥《たし》かに丼の中にはまだ鰻飯が残っていた。慌てて掻き込んだが、それでも美味《うま》かった。喰っている間に中濱翁が女将を喚《よ》んだ。翁は勘定をすると云う。こちらの分も一緒だと云うので、馳走になる訳にはいかぬと更に急《せ》いて喰うたのだが、咀嚼《そしゃく》しているうちに勘定は済んでしまった。

支払うと云ったのだが案内賃だと丁寧に断られた。何だか申し訳がなくて、只管《ひたすら》低頭した。

外は寒かった。

雪でも落ちて来そうな案配である。

老人は、足取りこそ確《しっか》りしているようなのだけれど、それでもステッキを頼りつつ慎重に、一歩一歩踏み締めるかのように泰然と歩んだ。

男の方は、まるで従者のように、その後ろを三尺ばかり離れて進んだ。隙のない足運びは町人のものではないだろう。だが、武家特有の尊大さと云うか、鷹揚《おうよう》さは微塵《みじん》もない。陰鬱と云うか悲愴《ひそう》と云うか、深く思い詰めているようにも見えなくはない。それでいて、老人との距離は常に一定で、縮まることも開くこともないのだった。

いずれにしろ、この二人は徒者《ただもの》ではないのである。

見馴れた坂に差し掛かる。

いつものように場違いな手遊屋が見えて来る。

十に満たない童《こども》が二人、変梃《へんてこ》な被り物をして遊んでいた。

果たし合いの真似か何かをしているのである。

エイヤと声を立てる。振り下ろした木の枝が当たると、当てられた子供がやられたと云って地べたに倒れ込む。店の親爺《おやじ》が出て来て、邪魔だ邪魔だと文句を垂れる。玩具の刀でも買ったと云うなら兎《と》も角《かく》も、得物が木の枝なのだから、慥《たし》かに邪魔だ。

やがて何故こんな野蛮な遊びをするのだと親爺は説教を始めた。洋剣《さーべる》だの鉄砲だの物騒なものばかり売っている癖に、何をか云わんやである。

ところが児童《こども》の方もませたもので、野蛮ではなくて成敗だ、今はこいつは賊軍だから斬ってもいいんだなどと云う。妙な被り物は官軍のつもりなのだろう。官軍はそんな卑《ひ》怯《きょう》なことはしなかろうよと親爺は眉を顰《ひそ》めた。

「やられた坊やは刀を持っていないじゃあないか。そんなのあるかい」

「成敗だからいいんだい。賊軍はやっつけてもいいんだよう」

「良かないよ。先の海軍卿《かいぐんきょう》の榎本《えのもと》子爵様は箱館《はこだて》戦争では賊軍の頭《かしら》だったんだ。でも特赦を受けなすって、それから後は大層なご出世じゃないか。おじさんは童《がき》ン時分に榎本様に頭ァ撫でられたことがあンだ。賊軍だって偉い人ァいるのさ。賊軍だからやっつけていいなんてこたァないよ坊や」

親爺の云うのは榎本武揚《たけあき》のことだろう。

老人の様子を窺うと、何故か表情を曇らせている。

その三尺後ろの男は、眉間《みけん》に皺を寄せて堪えるような顔になっていた。

店の前を通り過ぎ、弔堂に至る径《こみち》の前まで来ると、背後から今度は俺《おいら》が官軍だと云う児童《こども》の声が聞こえた。

意味が判っているとは到底思えない。

冬枯れの道を行く。

老人は小声で、

「釜次郎《かまじろう》君は聡明だったがなあ」

と呟《つぶや》いた。

「釜次郎——と云いますのは」

榎本釜次郎ですよと中濱翁は答えた。

「榎本と云うと、今、そこの親爺が云っていた榎本閣下のことですか」

「ああ。まあ命があって何よりですわ。傑物ですからね、出世もしましょう。だから戊辰《ぼしん》の戦《いくさ》の前後には、儂は随分と心を痛めたものですよ。後で聞きましたが、勝先生も頭を悩ませていらっしゃったようです。まあ西郷《さいごう》さんと云い榎本君と云い、彼方《あちら》を立てれば此方《こちら》が立たず、曲げられぬ一分と云うのはあったのでしょうからなあ」

難儀な時代だったのですと云って、老人は気持ち肩を落した。

「可惜《あたら》命が無駄になった。あんなに大勢が死ななければ、世の中と云うのは変わらんものですか」

答えられなかった。

その頃は幼かった。幼過ぎた。手遊屋の前にいた児童よりも幼かった。だから世の中がどうなっているのか、全く解っていなかった。幕臣の嫡男《ちゃくなん》であるから、もしかしたら官軍こそ敵だと思っていたのかもしれない。覚えていない。

先程の子供同様、困ったものだったと云うことだ。

しかもそのまま育ってしまっている分、ずっと質《たち》が悪い。

そうこうしているうちに弔堂の前まで来てしまった。此処ですよと云うと、二人は並んで見上げ、揃って眼を円《まる》くした。

中濱翁は兎《と》も角《かく》、男の方が人らしい反応を見せたのは、これが初めてである。

「これは――まあ、前を通り掛かったとしても判りますまいなあ。凡《およ》そ書舗には見えない。燈台ではないですか」

「私も最初来た時は戸惑いました。裡《なか》に入るともっと驚かれますよ」

どう云う訳か自慢気な云い方になる。己の店でもなければ己の手柄でもない。道案内をしただけである。

簾《すだれ》に貼られた弔の一文字を確認してから戸を叩いた。

すぐに戸は開き、しほるが小さい顔を覗かせた。主《あるじ》もそうなのだが、この小僧も年齢が判らない。先程の子供と幾歳《いくつ》も違わないようにも思うが、その割には大人びても見える。

「おや、高遠の旦那さん。また冷やかしでござんすか」

「お前さんも軽口を叩くようになったものだなあ。まあ僕は冷やかしだが、それだけで来たのじゃあない。今日はお客様をご案内して来たのだ。しかもただのお客様じゃあないぞ。勝先生肝煎《きもいり》のお方だ」

ひゃあ、と云ってしほるは口を開け、すぐに主を喚《よ》びますから高遠様は椅子などお出ししておいてくださいなどと云う。まるで下働き扱いである。ただ、この店には二人しかいないのだからこれは仕方がない。

戸を潜り二人を招き入れ、勝手知ったる他人の店とばかりに帳場の横に置いてある椅子を二脚出して勧めた。しかし二人の客は座らなかった。中濱翁はオウと一声上げて聳《そび》え並ぶ書架に見入り、黒い男は一度外の様子を窺うようにしてから後ろ手で戸を閉めると、そのまま入り口を塞《ふさ》ぐように立った。

店の中は暗い。

天窓から差し込む冬の陽光は微《よわ》く、蠟燭《ろうそく》の燈《ひ》は入り口までは届かない。

男はその闇に能《よ》く馴染んだ。

中濱翁はそんな男には見向きもせず、書棚に見入っている。

これは手に取っても構わんのですかと云うので、売り物だから構わないでしょうと答えた。

「何かお目に留《と》まりましたか」

まるで丁稚《でっち》のようなもの云いである。

「いやいや、懐かしい本がありましたものでねえ――」

老人は一冊抜いて眼を細めた。老視でこの暗さでは見えないだろう。そう思って近付くと、老人が手にしていたのは意外なことに洋書だった。

「が、外国語がお判りになるのですか」

驚いてつい口に出してしまったのだけれど、声に出してから失礼なことを云ったとすぐに気付いた。羽織袴《はおりはかま》だからと云う訳ではないのだが、どう見ても和の風貌であったし、高齢であると云うことも手伝って、勝手にそんなものは読めぬと決め付けていたのである。

そんな訳はないのだ。江戸の頃から読める者には読めた筈である。髷《まげ》があろうが帯刀していようが外国語が判らぬと云う道理はない。

「いや、これは失礼。私はその、外国語の方はまるでいけないものでして――」

「なに、失礼じゃあない、そう見えて当然じゃ。実際儂は学がないのです。まあ、読み書きも儘《まま》ならぬうち、最初に覚えたのがＡＢＣだったと云うだけ。だからまあ、英語は読める。分不相応に人に教えたりもして来たが、母国語の方の読み書きはこの齢《とし》になっても覚束《おぼつか》ないくらいですわ」

「はあ」

それは何とも不可思議な話である。

中濱翁はどう若く見積もっても六十の坂は越していると思う。

その見積もり通りなら、この老人が幼い時分、この国はまだ鎖国していた筈ではないか。どのような環境で育ったものか見当もつかなかった。

「老いさらばえても若い頃読んだ本は覚えておるものですなあ。眼が霞《かす》んでよう見えんが、この本のことは能《よ》っく覚えておりますぜよ。五十年も前のことなのになあ」

「苦労してお読みになったからでしょう」

帳場の方から声がした。

振り向くと階段を下りた処に主人が立っていた。季節感のない白装束である。

「能《よ》くいらっしゃいました。私がこの本屋の主でございます。何でも、氷川《ひかわ》の御大《おんたい》のご紹介でいらしたとか――」

「ああ、はい。そうです儂は」

「中濱萬次郎《まんじろう》先生と――お見受け致しましたが」

萬次郎。

聞いたことがある。

「John Mung――じょん万次郎《まんじろう》先生とお呼びした方が宜しいのでしょうか」

「じょん万次郎――先生。この方が」

飛び退いてしまった。

本当ならこの老人は、天保年間に渡米した唯一の邦人である。

しかし、それなら凡《すべ》ての疑問は氷解する。聞き及ぶに、土佐の漁師だった萬次郎は大嵐に遭い漂流、無人島に辿り着き、米国の捕鯨船に救助されるものの、祖国は鎖国していたためそのまま渡米、おっくすふぉーど学校に学び、嘉永《かえい》になって自力で帰国、やがて士分に取り立てられ活躍したと云う傑物である。

「し、失礼致しました。知らぬこととは云え無礼の数数、お許しください」

「何が無礼なものですか。貴方は親切にしてくだすっただけではないかね」

「い、いやその」

寒いのに汗が出た。間違いないだろう。金を採ったと云うのも佐渡ではなく、米国桑港《さんふらんしすこ》の金鉱なのである。漁師と云うのも嘘ではない。勝海舟と共に咸臨丸《かんりんまる》にも乗っている筈だ。榎本武揚に英語を教えたのもこの老人なのだ。

恐縮して、ただ礼をした。

「高遠様は平素《いつも》畏まってばかりですなあ」

主が帳場で笑っている。

「さあ、そのような処にお立ちになっておられると、畏まった高遠様がおかしな具合になってしまいます。此方《こちら》へどうぞ。それとも、その本がご入り用ですか」

「ああ、欲しいなあ」

萬次郎は柔らかい口調でそう云った。

「売り物でございますから、何なりとお申し付けください。おい撓《しほる》、そんな半端な処に椅子をお出ししたのじゃあお客様が座り難《にく》いだろう。もっと帳場の方に寄せて」

出したのはしほるではないのだが、黙っていた方が良さそうである。

小僧は一度こちらを冷ややかな目で見た後、椅子を移動してこちらにお掛けくださいましと云った。

「只今、熱いお茶をお持ちします」

「やあやあ、小僧さん、構わなくっていいですよ。まあ、老骨に立ち放しは辛いので遠慮なく座らせて戴きますが――」

そこで萬次郎は入り口に突っ立っている男に顔を向けた。

「お前さんも座らせて貰うがいい」

男は微動だにせず、同じ姿勢で入り口に突っ立っていた。

「何をしている。お前さんのために来たのじゃあないか」

「わしは——先生と並んで座れるような身分じゃあないきに」

「身分も蜂《はち》の頭もあるかね。人は生きておる限りは皆、平等なもんぜよ」

「わしは死人じゃ」

「困った男です」

萬次郎は主人の方に向き直った。

そして、

「あの男を救ってやりたいのです」

と、云った。

弔堂主人は表情一つ変えずに、

「本屋に人は救えません」

と、答えた。

「ああ、そう云われると思うておりましたわい。勝先生も、あれはそう云うだろうと仰《おお》せでしたからなあ」

「おや。見抜かれていたとなると、少少ばつが悪いことです。すると中濱先生、それをご承知で此処にいらしたのですか」

萬次郎は大きく首肯《うなず》いた。

「ご主人は当然そう云うだろうと聞いておりました。ただ、勝先生はこうも仰ったのです。人に人は救えない、だが本は人を救うこともある、と」

「ほう」

「弔堂——これは貴方のことですね。弔堂は書物を弔うのが商売だなんぞと云う、書物を成仏させるには、本当の持ち主を見付けるしかないと吐《ぬ》かしやがる——まあ、これは勝先生のお言葉ですよ。で」

「あの莫迦《ばか》野郎は本の身になって考《かんげ》えるからそんな御託《ごたく》になるンだろうが、裏ァ返《けえ》せばそりゃ人のため、巡り合った者が救われるってことになるんじゃあねえのか——と、でも仰せでしたかな」

弔堂は勝の口調を真似て云った。

正《まさ》にそう仰せだったと老人は答えた。弔堂は頰を攣《つ》らせて苦笑すると、

「まったく、お名前通り勝手なお方です」

と、云った。

はいはいと萬次郎翁は笑った。

「しかし、あの方はご自分のことで勝手は仰せにならんでしょう。国事やら世話焼きやら、他人ごとだと平気で横車も押されますが」

「だから敵を作ることになられるのです」

主人はやけに愉《たの》しそうに云った。

しかし萬次郎翁は、そうなのですよと、こちらは神妙に受けた。

「勝先生を悪し様《あざま》に云う者も多くおりましょう。でも儂は、あの方はご立派な方だと思うとります。まあ、福澤諭吉《ふくざわゆきち》先生なども、勝は我慢が足りぬ、武士の意気地に欠けるなどと仰せなんだそうですが——それもご尤《もっと》もと云う話なんでしょうけれどね、儂なんかは元元武士じゃあないきに、勝先生の気持ちは能《よ》く解る。痩せ我慢と云うなら、あの方は一生痩せ我慢で暮らしておられますよ」

それは解りますと主人は応えた。

「江戸人の気質です。江戸っ子と云うのは町人に限った話ではないようです」

「ええ。まあ、そうなのでしょうな。お父上の夢酔《むすい》様譲りの気性と聞きます」

夢酔様は江戸っ子と云うよりも破天荒なお方だったようですがねと、主人は更に愉しそうに云った。

そこでしほるが茶を持って来た。湯気が立っているから本当に熱いのだろう。

老人は忝《かたじけ》ないと喜んだが、入り口の男は礼を述べた後、丁寧に遠慮致しますと云って、茶を返した。小僧は困っていたが、主人がお客様に無理《むり》強いはいけませんと云ったのでそのまま下がった。

ふうふうと吹いて茶を冷まし、一口啜《すす》るように飲んだ後で、萬次郎翁は立ち昇る湯気に顔を滲《にじ》ませ乍《なが》ら、勝先生はこの二月にご子息が亡くなられたのです――と云った。

そうだったのか。

此処《ここ》で会った時はそんな様子は感じられなかった。

しかし主人の方はどうやら知っていたようで、お若いと云うのに残念なことでございましたと云った。

「いや、その心中や、慮《おもんぱか》るに余りあるものがありますよ。それはもう、深くお悲しみのことでしょう。でも、勝先生はそんなことは曖気《おくび》にも出されないのだ。あれも、我慢しておられるのでしょうな。正に痩せ我慢です。そんなことまで堪えることはないと思うに」

「私事は他言されないお方なのです。仰せの通り痩せ我慢でございましょう」

「損をしておられると思うが――」

「承知で損を引き受けるようなところはおありになるでしょうなあ。将軍家に忠を尽くし、義を通すため、将軍様に嫌われるようなことを率先してお遣《や》りになる方だ。その結果、実際に疎《うと》まれてしまう訳です。批判も誤解も甘んじて受けて、云い訳は一切されない。潔いと云えば潔いのだが――割には合いますまい。でも、敵は多い方が面白くて良いなどと嘯《うそぶ》かれるのですよ、あの御仁は」

「国事に奔走され、人生を賭して大事を成し遂げられたと云うのに、旧幕臣からも新政府からも色眼鏡で見られる有様ですから、内心はどうであられたのか――」

「さあ」

どうであられたのでございましょうかねえと、弔堂は恍惚《とぼ》けた。

「まあ、私などには計り知れぬ境涯でございますが、幕府の中枢にあり乍《なが》ら自ら幕府の幕を引かれた訳ですから、当然お覚悟はあったのでしょう。主君を玉座から降ろすことで主家を護ろうなんてことは、普通考えませんでしょう。あの方にはそれこそが義だったのでございましょうが、外からは不義に見える」

「不義ですか――しかし勝先生がおられなければ、徳川家《とくがわ》が存続出来ていたかどうかは判らんし、江戸御府内も灰燼《かいじん》に帰していたかもしらん。誰かが幕を引かなきゃ戦争は終わらんのですからねえ」

「ええ。ただ同様に、島津《しまづ》には島津の、毛利《もうり》には毛利の義があったのでございます。会津《あい》《づ》にも当然あったのでございますでしょう。それは、いずれも筋の通った義の道だった筈でございます」

「同じ義でも諍《いさか》いは起きますか。いや、儂は義も忠もない漁師の倅《せがれ》じゃき。礼やら孝やらはまだ解り申すが――」

聞いていて、少し恥ずかしくなった。

武家の生まれであると云うのに、義も忠も能《よ》く解らない己が、である。深く考えたこともないのだ。礼も孝も知らぬやもしれぬ。朱子学を学んだこともない。論語だってまともに憶《おぼ》えていないのである。

「義と云うのは、何処かで区切らなければ成り立たないものなのですよ、中濱様」

主人はそう云った。

「区切る、とは」

「例えば、主に仕《つか》うることを全《まっと》うするのが義だと、簡単に考えてみてください」

「まあ、それは解り易《やす》いが」

「主が右へ行けと宣《のたま》った。なら右へ行くが義。しかし、その主自身が誰かに仕えているとしたらどうでございましょう。そしてその主の主は、左へ行けと宣っている」

「はあ——」

「己の主は、主の命に従っていないことになる。主自体は不義を行っていることになるでしょう。不義の主の言に従うのは果たして義なのか不義なのか」

「さあ、それは難しい」

中濱萬次郎は薄い眉を歪《ゆが》めた。

「主君に意見をするが義なのか——いやいやそうではないですな。右か左か、どちらが正しいか見極めて、それで決めるが、正しい道なのではないかなあ」

「主と、その主を天秤にかける——と云うことになりますが」

「いや、そうなのですが、正しいものは正しいし、間違っているものは間違っておるのと違いますかな。正しきに従うが義、正義が道じゃと思うがの。亜米利加《あめりか》にも義はあるが、それは正義ですよ。正義《じゃすてぃす》は揺るぎないものです」

正義ですかと弔堂は云って、それは揺るぎないものなのでございますねと続けた。

「そう思いますが、いや、どうなのか。考えてみたこともないが、いや、矢張り揺るがぬものと思うておるでしょう。あちらの人人は。それは、揺るぎなくはない——ものですかな」

「少なくとも私には、それが本当に正しい道なのかどうか、判断する自信がございません。信ずることは出来ましょうが、信ずること即ち正しきこととは限りません。人は間違うものでございましょう」

そうですなあと、老人も考え込んだ。

「私は渡米したこともございませんし、彼《か》の国の事情に明るくありませんから、軽軽しく断ずることは出来ませんが、自由の国である亜米利加には、割と大きな区分しかないのではないかと想像します。入植した人人、そして先住の人人——」

奴隷も居りますと中濱翁は云った。

「異国から連れて来られた人人が、売り買いされております」

「なる程。それは、旧幕時代で云う大百姓と小作人、大商人《おおあきうど》と奉公人のような関係なのでございましょうか」

「まあ、そうなります。ただ、人種が違うので一目で判るのですなあ。儂も蔑《さげす》まれました。肌の色瞳《め》の色が違う」

「そうした差別は深刻なものと拝察仕《つかまつ》りますが——それらの階層があっても尚、正義は一つなのでございますね」

一つでしょうなあと翁は云った。

「まあ、そう信じているだけかもしれませぬが」

なら一つなのでしょうと主は云った。

「彼《か》の国は、まだ出来て間ものうございます。ですから、区分がはっきりしておるのです。正しいものも揺るぎなく思える。民はそれを信じて進めば良い。そうすれば望むものを手に入れることが出来る——」

はいはいと翁は首肯《うなず》いた。

「自由《りべらる》やら夢《どりーむ》やら、そうした風は吹いておりましょう。人種が異なるこの儂も、まあ楽ではなかったが、それでも何とか暮らしは立った。のみならず、それなりに金を稼げたのです。だから戻っても来られた」

ご苦労もあられたことと存じますと主は慇懃《いんぎん》に云った。

「しかし、中濱様のお話をお伺いしている限り——人種差別の問題も追追《おいおい》に解消されて行くような気もして参ります。それはもう根深いものでございましょうから、時こそ長くかかるのかもしれませぬが——」

「そうですかなあ。まあ、そうなのかもしれませぬが、ならば、この国も同じようには出来なかったのかと思うのですわ。それこそ肌の色が違う訳でもなし——」

「この国には」

揺るぎない正義が幾つもあったのですと主は云った。

「身分や階層の違いだけではなかったのでございますよ。この国には、家がある。藩がある。幕府がある。朝廷がある。それらが紡いで来た長い歴史がある。それらを一旦反故《ほご》にしてしまうことが出来たのであれば——話はもっと簡単だったのでございましょうけれど、どっこいそう簡単なものではございますまい。区分の数だけ義はあって、義に従うなら相容れぬ事態も生じてしまうのでございます」

「それは」

「島津の義と徳川の義は同じ義ですが、島津と徳川は違う方を向いていたのでございます。将軍家を主君とするならば島津は不義となりましょう。しかし薩摩《さつま》藩の中で島津公を立てることは義に他ならぬ。だが、幕府の上に天子様を置くならば、どうなりましょうや」

「おお、先程のお話ですな」

「難しいと仰せになった」

難しいですなあ慥《たし》かにと云って、萬次郎翁は再び眉根を寄せた。

「下に行けば行く程に、難しくなる」

「そう。島津藩が天子様に義を示したのなら、逆を向いている徳川こそが不義となってしまうのでございます。凡《すべ》てはそう云う理屈なのでございますよ。長州は、だから割れたのです。徳川も割れた。そこに攘夷《じょうい》だの開国だのを搦《から》めるから、更に話がややこしくなる」

なる程なる程と萬次郎翁は云った。

「島津公を徳川の家臣とするか、双方を天子様の家臣とするかで、同じ義が真反対を向いてしまう、と云うことですかな」

「ええ。反対を向いていたとしても、元は同じ義なのでございます。葵《あおい》の御紋のその上に、錦《にしき》の御旗《みはた》を掲げることで、義が不義に忠が不忠に変じてしまうこともある。官軍賊軍は絶対的な評価ではなく、天辺《てっぺん》に何を戴くかで、がらりと変わってしまうものなのでは——ございませぬかな」

そうよなあと老人は茶を膝の上に置くようにして、一度上を見上げ、それから背後の男を気にした。

「僭越《せんえつ》乍《なが》ら、勝先生のご苦労は正にそこに起因するのだろうと、まあ私などは思うのでございますよ。天子様も、徳川様も立てなければいかん。島津も、毛利も立てねばいかん。みんな義である。不義はない」

慥《たし》かに、細かく刻んで行くならば何もかも義に依ってなされたことになるのかもしれぬとは思う。少なくとも、わざわざ不義を働こうと考えて行動していた者はいなかっただろう。

「凡て義であるのなら全部立ててしまえ——と、それがあの方の遣り方でございましょう。そのために切り捨てて良いものはばっさりと切る。立てるものは立てたまま、切って良いものは切って、それから組み直す。勝先生は沢山の義を、もう一枠大きな国と云う区切りの中に置き直し組み立て直そうとなされたのではありますまいか」

「それは——能《よ》く解ります」

「一方で福澤先生はあっちもこっちも立てることはないとご判じになった。全部立てなければいいのだと考えられたのではありませぬかな」

「全部立てぬとは」

「ええ、先程申しましたように、一旦何もかも反故にせよと——そうお考えになられたようにも思えます。そう、福澤先生は、御著書『學問《がくもん》のすゝめ』で米国の独立宣言を引かれておりますでしょう」

「そうですかな」

萬次郎翁は少しだけ眼を大きく開いた。

「ええ。天ハ人ノ上ニ人ヲ造ラズ人ノ下ニ人ヲ造ラズト云ヘリ——でございます。『西《せい》洋事情《ようじじょう》／初編・巻之二』に於《お》ては、『千七百七十六年第七月四日亞米利加十三州獨立《どくりつ》ノ檄文《げきぶん》』として、全文を引用されておられますでしょう」

はいはい、それは存じておりますわいと老人は膝を打った。

「あれは、儂が藩命を受けて上海《しゃんはい》に渡ったりしていた頃じゃから——そう、慶応の二年頃に上梓《じょうし》されたご本でございましたか」

そうですと主は答えた。

「大政奉還《たいせいほうかん》前に記されたご本です」

「そうなりますかな」

「福澤先生は長州征伐の機《おり》にも尊王攘夷など人心を惑わすただの口実と、ばっさり切って捨てられた。人倫の大本《たいほん》は夫婦関係にあるとされ、ご婦人の地位向上にも意欲的でいらっしゃいます。平等論者には、人に立てる義は無意味となるのです。立てるべきは国であり、思想でございましょう。政治はそれを動かす仕組みに過ぎません。だからこそあの方は、誰にも仕えず、いまだ野《や》におられる」

「なる程なあ」

貴方は何でも能《よ》くご存じだと萬次郎翁は感心したように云った。

弔堂主人は強く手を左右に振った。

「いえいえ。私は書に耽《ふけ》り愚考を巡らすだけの世捨て人でございますよ。世の中の役には、何一つ立っておりませぬ。そうでございましょう、高遠様」

「いや」

役に立っていないのは寧《むし》ろこちらの方である。

何も答えられなかった。じょん万次郎を目の前に、勝海舟と福澤諭吉の話をしているのである。己《じぶん》が卑小に思えたとしても当たり前だろう。

主人は少し笑った。

「まあ、勝先生と福澤先生は背中合わせなのでございましょうが、立ち向かわれていたものは一緒と拝察仕ります。いや、そう云う意味では、維新の功労者は皆そうであったのでございませんかな」

仰せの通りでしょうなと老人は云う。

「いやいや、慥《たし》かに、同じ方を向いていても何を立てるかで相容れぬ事態が起きてしまうものなのですなあ。薩摩の西郷さんだって釜次郎君だって、同じように新時代を作ろうと考えていたのじゃろうし、志は同じく尊かったと思うのですわ。だが、結局は大勢死なせてしもうたでしょう」

「ええ」

　西南《せいなん》の役《えき》も箱館戦争も、多くの犠牲者を出した。

　否、それを云うなら、手遊屋を過ぎた辺りでこの老人が云っていた通り、御一新そのものが多くの屍《しかばね》の上に成ったものなのだ。

　今、この役立たずが無為な暮らし振りで生きて行くことが適《かな》うのも、江戸府内で決定的な戦が起きなかったから――と云うことも出来るかもしれぬ。江戸が戦場になっていたなら、幼きと雖《いえど》も幕臣の嫡子、逃げることも叶《かな》わなかった筈だ。負ければ他藩の藩士家族同様、何らかの処分を受けてもいただろう。ならば勝に感謝すべきかもしれぬと思う。

「勝先生は、それが悔しかったのじゃあないかと思うのですわ。今、貴方のお話を聞いて、儂は益々そう思うようになった。西郷さんの気持ちも、釜次郎君の思いも、勝先生は痛い程お解りになったんじゃないのですかなあ。でも、それぞれの義を貫き、筋を通せば――人が死ぬことになるき」

「ええ。事実死にました」

「そうなのです、そうなのです。何であれ、武士だろうが民草だろうが、徳川だろうが薩長だろうが、人が死ぬようなことは止めろ、人は生かせと、勝先生はそう云うことを云い続けて来られたお方なんじゃろうと、儂は思うとりますき」

「まあ、それをして腰抜けと云う者もおりましょう。最後の一兵まで戦う、矢尽き刀折れても抗《あらが》う、筋を通す、それが武士《もののふ》であると、そう云う気概は、この明治の御世にも未《ま》だ根強くありましょうから」

「はあ」

そうなのでしょうねえと云って、萬次郎翁は悲しげな目になった。

「そうなのです。それは本来武家の理屈でございましょうが――四民平等となり、その武家の理屈が平民にも適用された――そんな感はございましょうな。それは如何《いか》なものかとは思います。筋を通すために戦わぬだとか、負けることで勝つと云う在り方は、私のような者には賢い在り方だと思えまするが、お武家様には理解し難《にく》いものなのかもしれません」

日本人は、特に武士は死にたがりますからなあ――と、萬次郎翁は溜め息を吐くかのように云う。

「儂に云わせれば、そっちの方が卑怯だと思うが。死んじゃあいかん。士分であったとは云うものの、儂は漁師じゃき。それでも、まあ大っぴらには云えぬことですがな。死んでしまえば――楽ですき」

九死に一生を得た男の言葉である。

だからこそ、それは重く感じられた。

「死んで通す筋も、殺して通す筋も、ないですよ。いやいや、あっちゃあいかん。それじゃあ筋は通りませんわ。それで通るような筋は、間違った筋じゃち思う。人は生きてこそです。生きて、苦労して通して、それで通るなら、それは正しい筋だ。違いますかのう」

違いませんと弔堂は云った。

「仰せの通りかと」

「ですから儂は、箱館戦争の時も、釜次郎君――いや、そんな風に呼んではいかんですな。榎本様や、大鳥圭介《おおとりけいすけ》様が生きて戻られた時には、ほっとしました。国賊の汚名を着ても死することなく、獄に繋がれても恥ずることなく、そう云う姿勢は正しいと思うんじゃがなあ」

「正しいでしょう。お二人とも特赦になり、今は要職に就かれていらっしゃる。それこそ国事に関わられて、新時代を作るために東奔西走していらっしゃるではございませんか。箱館で腹を切られていたならば、それはない」

大鳥様も教え子でいらっしゃいましたねと主人は問うた。

「そうです。まあ、教え子じゃちゃ威張れるような間柄ではないです。英語をお教えしただけですき」

老人は頭を掻いた。

「しかし――大鳥様は兎《と》も角《かく》、福澤先生はその榎本様も槍玉《やりだま》に挙げられ、勝先生同様我慢が足りぬとご批判になっていらしたのではありませんでしたか」

「何故それをご存じですかな、ご主人」

萬次郎翁は訝《いぶか》しそうにした。

拝読させて戴きましたと主人は答えた。

「さる処で写本を手にする機会に恵まれたのでございます。あれは『瘠我慢《やせがまん》の説《せつ》』でございましたか」

「そんな題名でした」

萬次郎翁は大きく首肯《うなず》いた。

「まあ――儂には痩せ我慢が良いこととも思えんのですわ。儂自身、まあ、苦労はしたが、我慢をした覚えはない。寧ろ、我慢せなんだからこそ苦労した。国に帰りたいと云う気持ちを抑えて痩せ我慢なんぞしとったら、この国の土は踏めなんだ。痩せ我慢して踏ん張っておれば、まあ裕福になっておったやもしらん。でも異国で偉くなるより国に帰りたかったんですなあ。でも、まあそう云う考え方もあるのか、とは思う。亡くなった兵士達の心中を計れば、戦った敵に仕えることは如何なものじゃろうちゅう――それもまあ、人情なんじゃろうが」

榎本様は敵に仕えた訳ではないでしょうと主人は云った。

「榎本様は天子様に弓を引いた訳でも新政府に刃を向けた訳でもない。旧幕臣を率いて新天地に別の政府を作ろうとされたのでございましょう」

「それが不敬とされたんでしょう。新政府にしてみれば、徳川の残党に他ならん。だから、朝敵と見做《みな》されたんでしょう」

「ええ。戦っている間は敵味方です。しかし、戦はもう終わっております」

榎本武揚が蝦夷《えぞ》地に建てた蝦夷共和国は、五箇月で消滅したと聞いている。

「福澤先生は、慥《たし》かに榎本様の身の振り方に対しては批判的でいらっしゃいますが、彼《か》のお方の助命嘆願には尽力されたと聞き及んでおります。能力才覚は高く買っておられるのです。ですから、遠回しに莫迦なことをしたものだと仰りたかったのではありますまいか。どうであれ榎本様は多くの兵を死なせたのでございますから――」

ああなる程と老人は云った。

「勝先生にしても、例えば上野山《うえのやま》の戦は止められなかった訳ですし、開城して以降もずるずると戦は続いた。それを食い止めることは出来なかったのです。徳川家は救えたけれど、大勢が亡くなった。福澤先生の立国論に基づく限り、勝先生の行いは評価されるべきでしょうし、事実そこはお褒めになっていらっしゃる。その後で痩せ我慢が足りぬと仰せなのでございましょう。大口を叩くなら遣り遂げろと――まあ福澤先生にしてみれば、そう云うお気持ちだったのではございませぬかな」

「遣り遂げろ、ですか」

「思うに、福澤先生もまた」

人が死ぬのが堪《たま》らないのでございましょうと——主人は云った。

「ああ」

「勝先生は常に生者を優先されます。死んでしまったものは戻らぬと割り切り、涙を飲んででも切って捨てられる。死者を悼《いた》む想《おも》いまで切って捨てて、残った者を生かそうとされる。一方で福澤先生は死者を悼み、人死にを深く悲しまれる。だから、死ぬな殺すな、人死にを出さぬ策を練れと仰せになるのです。まあ、生き死にに関してのみ云うならば、勝先生は現実主義者であられるし、福澤先生は理想主義者——と云うことになるのでございましょうか」

いずれ人死にを憂えていらっしゃるのでございましょうと主人は云う。

「福澤様がずっと野《や》におられるのも、人材育成に尽力されているのも、ご自身の身の程を弁《わきま》えていらっしゃるからなのではなかろうかと、私は心得ております。出来ることを出来る範囲で遣れ、出来ないならば大言壮語《たいげんそうご》を吐くな、出来ると云っておいて遣り遂げられぬなら、その時は威張っていないできちんと償えと——まあ、あの文はそう云うことなのかと」

「はあ」

まあそう考えれば得心も行きますなあと老人は再び膝を打った。

「いや、勝先生も、福澤先生も、咸臨丸で同行した仲、儂にとってはどちらも大事な人でございますき」

いや、氷川の御仁はご承知ですよと云って弔堂主人は微笑《ほほえ》んだ。

「承知とは」

「何、勝安芳も福澤諭吉も、いずれ一筋縄では行かぬ才人。互いに肚の底は承知の上の遣り取りと、拝察仕りますが」

「はあ。そうかもしれません」

いずれ凡人には計り知れぬ深い茶番があるのでございましょうと主が少しばかり戯《おど》けた口調で云うと、中濱萬次郎は漸《ようや》く笑顔を取り戻した。

「そうなら儂もつまらぬことで胸を痛めておったことになりますな。思えば、勝先生も笑っておられたわい。まあ、それも痩せ我慢かと、要らぬ心配をしてしまったのでございますよ。いやいや――」

老人は、そこで真顔に戻った。

「もしかしてご主人、福澤先生の『瘠我慢の説』は、写本ではのうて、勝先生の許《もと》に送られた草稿そのものをご覧になったのじゃありませんかな」

それは申し上げられませんと云って主人は笑った。

「扨《さて》——その偏屈な氷川のご老人と、中濱様と、彼方《あちら》のお方は、どのようなご関係なのでございましょうか」

弔堂は視軸で入り口の男を示した。

「それでございますわ。あの者は」

生き乍《なが》ら死んでおりますと、老人は云った。

「ほう」

「あの者、名は——」

「名はございません」

男は老人の言葉を遮った。

「二十七年前になくし申した。以降、名乗ることはしておりませんき」

「名無しの権兵衛《ごんべえ》様でございますか」

「死者に名は要らんです」

そう。

この男は——。

鰻屋でも死人だと云っていたのだ。

現に生きて目の前にいるのだから死人である訳はないのだが、どうにもこの男の立ち居振る舞いには忌まわしさと云うか、壮絶さが纏わり付いている。

井上圓了博士の妖怪学を持ち出すまでもなく、この世に幽霊が居ると思うたことは一度もない。だが、もしそれが居るとするならば、草双紙《くさぞうし》や芝居に出て来るようなものではあるまいとは思う。死に装束で現れるとも思えぬし、絵画に描かれているように薄く透けてもいないだろう。夜に出るとも限るまい。もし、もし真実の幽霊が存在するとするならば、それはこう云うものなのではあるまいか——。

そんな、愚かしい考えが浮かぶ。

男の周囲の暗闇に取り込まれてしまいそうになったので、顔を背けた。

背けた先には老人がいる。

弱弱しい橙色《だいだいいろ》の火燈《ほあかり》に、萬次郎翁の顔が照らし出されていた。それまでと変わらぬ穏やかな顔付きではあったが、幾分悲しそうに見えた。

「人は、辛い時、堪え、堪え切れずば愚痴を垂れ弱音を吐き、悲しければ泣きましょうや。時に逃げ出し、追い詰められれば死を選ぶ者もおりますわ。だが、この男は、そのいずれをも放棄してしまった。瓦解の後、抜け殻のようになってしまったのですわ。泣きも叫びもせん。儂は、こんな在り方はないと思うとるのです」

翁の口調は、語るうちにどんどん沈んだものに変じて行った。

「これが無闇に死にたがる侍じゃ云うんなら止めることも出来る。説諭も出来る。癒してやることも出来ないことはない。でも、この男は死にたがりもせん」

もう死んでおるからですと翁は云った。

「儂にはどうしてやることも出来んのですわ。これを見ておると、辛くて辛くて仕方がなくなるのです。生かしてやりたいと、強く思うのです。現に、生きておるのですからな。そこで」

儂は、勝先生にご相談させて戴いたのですと老人は云った。

「何故――あのお方に」

「いやあ、それはご主人の云う通り、あの方は人を生かすこと、生きている者が生きることを最優先に考えるお方だと、儂は思うたからです。それに」

それに――と主が尋き返す。

この男とはそもそも勝先生のご周旋《しゅうせん》で知り合《お》うたのですからなと、萬次郎翁は云った。慥《たし》か鰻屋でもそう云っていた。

「勝様が――取り持たれた縁なのでございまするな」

「はい。そうですなあ、あれはもう随分前のこと――儂が薩摩から此方《こちら》に戻った後のことじゃから、慶応の頃――慶応三年だったか。ならばもう二十数年からの付き合いになるちゅうことになりますか」

「すると――中濱様はこちら様がお亡くなりになってからのお付き合い、と云うことになりましょうか」

萬次郎翁はうむ、と云って黙った。

「こちら様は、命失《うしの》うたは二十七年前と仰せになった。二十七年前と云えば慶応元年です。慶応三年にお知り合いになったと云うのであれば、それはこちらが亡くなられて後、と云うことになりましょう」

「はい。まあ——」

そうなりますと老人は答えた。

「知り合うて、その翌年には瓦解致しました。瓦解後は儂も渡米したり、身体を壊したりしておったきに、この者の行方《ゆくえ》も判らんようになってしまい、捜す手立てもなく疎遠になっておったのじゃが——先だって偶然再会致しましてなあ」

「そうですか」

主は珍しく眉間に皺《しわ》を寄せ、それから音もなく立ち上がって、数歩前に出た。

「どちらで再会されたのでしょうか」

「はあ。それが偶偶《たまたま》なのです。上野辺りで、乞食《こつじき》のような風体で座っておるのを見付けたのですな。それは驚いて、やれ生きておったかと声を掛けましたが、これ、この通りでしてなあ。まあ、この者には命を救って貰《もろ》うたことがありますき、このままには出来んち、連れ帰ったのですが」

「お命を——救われたのでございますか」

「はい。戊辰の戦の頃と云うのは、まあ何かと物騒でござりましたでしょう。何と云いますかな、こう殺気立っておった。攘夷派にとってみれば、洋行帰りの漁師などが偉そうにしておるのは言語道断。幾度も襲われました」

「はあ、天誅《てんちゅう》と云う奴ですか」

つい口に出してしまった。

すると、黙っていた男が突然、天誅じゃないきに、と大声を出した。

「そ、そんなものは天誅じゃあない。違うんじゃ。断じて違う」

「まあ」

違うでしょうねと主人は云った。

男は主に顔を向けた。

「それはただの人殺しです」

「人殺し――」

「ええ。先程中濱様が仰った通り、死んで通す筋も、殺して通す筋もない。どれだけ大義名分があろうとも、人殺しは人殺しでございますよ。殺人には理《ことわり》も、義も忠も何もありません。命を奪うと云う蛮行の前には、どんな理屈も通らない。通してはなりますまい。それはただの暴力、犯罪です」

男は強く歯を食い縛り、虚空を睨《にら》みつけるようにした。

「天誅と云うのは、本来は天——神仏の如く人を超えた者に代わって誅伐《ちゅうばつ》を下すと云う意味です。これは、体《てい》の好《い》い責任逃れですよ。自分の犯した罪、これから犯す罪を天の所為にしているだけ——でございます。それでは」

天とは何ですかと主は男に問うた。

「それは」

「神ですか。仏ですか。阿弥陀如来《あみだにょらい》が攘夷を叫びますか。村の鎮守の祭神が尊王を説くでしょうか。耶蘇《やそ》教の天主《でうす》様が王政復古《おうせいふっこ》を命じましょうか。そんなことはあり得ぬことにございましょう。もし万が一そんなことがあったとしても、神仏が人殺しをしろと仰せになるものでしょうか。あいつを殺せと託宣があるのですか。そんな野蛮なお告げは聞いたことがございません。ならば」

天とは何ですか、高遠様と——主はこちらに向けて云った。突然であったから、息を呑んで固まってしまった。

「いや、それは」

しどろもどろである。今更軽口を叩いたと後悔しても始まらぬ。

「それは——」

「天子様ですよ」

そう、主は云った。

男はぐう、と唸《うな》った。

「御一新の際、天誅を叫んだのは、主に尊王攘夷の族《やから》だったのです。天子様を頂点に戴くが正義、夷狄《いてき》を討つが正義とする者どもです。でも、これはどうでしょう。天子様がそんな詔《みことのり》を発せられたとは——私には到底思えません。縦《よ》しんばそうした下知《げち》を出されていたとして、何故一介の浪士にそれを知ることが叶ったのでしょう」

「いや、それはだから、それが天子様のお考えだろうと、そう信じていただけ——なのじゃあないですか」

そう云うと、主はそうでしょうねと云って、一歩前に出た。

「まあ、彼等《ら》にとってはそれが義と、そう云ってしまえばそれまでのこと。しかしそんな義はない」

「先程のお話で云えば」

区分が違うと云うことなのでしょうかなと、萬次郎翁が云う。

「まあ区分は違いましょう。しかし、国中で凶刃を振るっていた者達の、一体何割が天子様に対する義を信念として持っていたのでございましょう。そもそも義とは何かを熟慮した者がいたのでしょうか」

「そりゃあ、熟慮したかは判らんことだが、考えなしということはないのではないですかな。藩の方針もあったのじゃろうが」

「藩士の場合は別です。長州にしても薩摩にしても先《ま》ず藩主に対する義と云うものが歴然としてある。それから幕臣達には、将軍家に対する義があった。それは、身に染みて判っている。その上で天子様に対しどのように振る舞うことが義となるのかを、矢張り考えずにはいられない。これは難しい問題なのです。だから意見も割れた。勝様は厭《いと》われるのを承知で徳川家に意見をされた。西郷様も島津公に諫言《かんげん》を奏上した。長州は二つに割れた。当たり前のことです。藩を思い国を思うならこれは簡単に決められることではない。でも、主を持たぬ浪士には、それがない」

ただの無頼の輩《やから》ですよと主は云う。

「我欲に駆られた暴徒も多かった。金品目当ての辻討ちも押し借りも、仕官叶わぬ喰い詰め浪士でも、武士ですらない俠客《きょうかく》崩れでさえも、天誅を叫べば大義が立つ、天誅と叫べば人命を奪っても構わぬのだと」

皆そう考えていただけですよ――と、主は男の方に向け、まるで挑発するかのように云った。普段とは違い、何処か棘《とげ》がある口調であった。

「そんなものは、ただの人殺しです。そのような連中の云い訳に使われたのでは、天子様もいい迷惑でございましょうよ。それこそ不忠。不敬。不義です」

「い、いや――」

男は何か云いかけて、止めた。

「こちらの中濱様は、思いまするに穏やかなお方とお見受け致します。しかし、そのご苦労は余人には計り難き大きなもの。なされた体験も、他に替え難き貴重なもの。中濱様は、そのご自身のご苦労と体験をこの国のために活《い》かすべく尽力されたお方です。そうですね」

主人は男に問うた。

その通りじゃと男は小声で答えた。主人は妙に荒荒しく続けた。

「そんなお方を、何故に斬らねばならないのでしょうか。その蛮行の何処が攘夷なのですか。この中濱様を亡き者にすれば天子様を頂点に戴く理想の新国家が出来ると云うのでしょうか。それとも、この中濱様がご他界になれば、天子様がお喜びになるとでも云うのでしょうか。そんなことは決してない。じょん万次郎を殺しても開国の気運が収まる訳もない。国や時代を動かすのは一個人ではないのです。そんなことは童《こども》でも解ることでしょう。それが解らないと云うなら、それはただの莫迦です。況《まし》て、天誅などと叫ぶは不遜極まりないと――」

そう云うことですね、名無しの権兵衛様と、主人は一転して慇懃に云った。

「いや――」

「いや――何でございましょう。郷士や浪士の中にも、きちんと考え、理想理念を以て行動していた者も居る――と、仰りたいのでございましょうか」

男はまた下を向いた。

「慥《たし》かに——そうした志高き一団もあったのでしょうね」

主はまた前に出た。

「天下は万民の天下に非《あら》ず、天下は一人の天下なり——」

吉田松陰《よしだしょういん》様の言葉ですと主は云った。

「後世の者にも多大な影響を与えた。表面的には不平等な文句に聞こえますが、そうではありません。天子様ただ一人を上に戴き、それ以外は皆平等とすると云う意味なのでしょう。下下も、民草も、皆平等となる。余計なものはなくなりますから、義も立て易い。或る意味、この明治の御世《みよ》はそうした仕組みになっております。それが正しいのか間違っているのかは兎《と》も角《かく》として、そうした考え方はあるのでしょうし、そう考える人がいらしても、おかしくはない」

ただ——と弔堂は勿体《もったい》を付けた。

「どうであれ、それは旧幕時代の国の在り方とは決して沿わぬ考え方です」

「そうですかな。天子様はずっと御坐《おわ》したでしょう」

「ええ。しかし将軍様もいらっしゃいました」

「公と武と——別に考える訳にはいかんか」

国は一つですからねと主は云った。

「この天下が一人の天下だとして、その一人はどちらであられるのか。天子様であるならば、将軍家も大名もない——いいえ、武士も百姓もないと云うことになってしまいましょう。将軍家を立てたとしても同じこと。士農工商の枠をなくすと云うことですからね。幕藩体制も無効となるのですから、これは宜しくない。いずれ幕府にとって都合の良くない思想であることだけは間違いない」

仕組みが違うのですと主は云った。

「だからこそ、そちらが正しいと考える人達によって改革せんと云う気運が盛り上がったのでしょう。この場合、公武合体のような在り方も望ましいものではない訳で、徳川家自体が引かぬ限りは、なくしてしまうよりないことになる。だから倒幕と云う考え方も生まれた訳です」

そうなんでしょうなあと萬次郎翁が云った。

「儂は難しいことは解らんが、偉い先生方の仰ることは皆、正しいと感じてしまうのです。いや、正しいのでしょう。能《よ》く聞いて能く考えれば、実のところは大きく違っておらんこともあるし、目指す処は同じであったりもする。では何故に手を携《たずさ》えることが出来んのか、共闘出来なかったとして、何故に啀《いが》み合わねばならんのか、いや、殺し合わねばならんのかが解らなかった」

老人は痛みでも堪えるような顔になる。

「まあ、漁師上がりの亜米利加帰りには所詮《しょせん》解らぬことじゃろうと、そうも思うておったですよ。勤王と佐幕が相容れんのは解るが、攘夷となると、いまだに能《よ》く解らんのですわ」

異国にはまた別の義があるからでございますよと主は云った。

「同じ義を以てして衝突するのですから、まるで違う義となると、もう排斥《はいせき》するしかなくなってしまうのでしょう。天子様を頂点に戴くことで国は一つになるとして、じゃあ露西亜《ろしあ》も亜米利加も同じように天子様を敬うのかと云えば、それは無理な相談。吉田松陰様の云う天下とはあくまでこの国と云う区分なのであって、世界と云う意味ではありませんから」

「天下が広がってしまうと云うことですかな。ああ——また区分が変わってしまうと云うことになるのですかな」

「ええそうです。開国論者にとっては、幕府の旧態依然とした在り方は到底その新しい区分に耐えられるものとして映らなかったのでしょう。勝先生もそうだった。ならばもう、大政を奉還して国を作り直すしかないのです。まあ勝先生はそれでも大恩ある徳川家は残したかった訳で、だからこそのご苦労だったのだと思いますが——一方で天子様を頂点に戴く新国家を造ると云う処だけに注目するならば、攘夷を推し進めた方が理に適う。でも、矢張り幕府は」

要りませんと主は云った。

「まるで違う目標を掲げているのに、同じことを目指すことになります。開国論者も攘夷論者も、幕府をなくした方が良策とする点では同志となるでしょう。同様に、同じ理想を目指しているのに正反対のことをしてしまう場合もある。こうした捩《ねじ》れこそが本質を見失わせてしまうのです。そこに加えて私怨や公憤、損得や権益が搦む。それらをきちんと分けて理性的に判断しなければ、果たして自分が何をしているのかすら、判らなくなってしまいます」

情熱が強ければ強い程――と主は強い口調で云った。

「感情に押し流され、激情に駆られていたのでは、仮令《たとえ》正論を翳《かざ》していようとも道を誤ることになり兼ねないのです。特に時代が大きく変わろうと云う時には」

「道を――誤るですか」

「はい」

人殺しなど以ての外ですと主は吐き捨てるように云った。

「意見が通らないからと云って声を荒《あら》らげ拳を振るい、剰《あまつさ》え他者の命まで奪うなど下の下」

平素は穏やかな主が、本日はいつになく激しい口調である。ちらりと目を遣ると、入り口の幽霊は下を向いたまま少し震えているようだった。

「一時、勝先生の門下におられた土佐の坂本龍馬《さかもとりょうま》様などは、幕府不要と云うお考えではあられたのかもしれませんが、私の目には到底攘夷論者とは思えません。しかし同じ土佐のお方でも、武市瑞山《たけちずいざん》様などは吉田松陰様の影響を強く受けておられたと聞き及びます」

「お、おまんは――」

男が顔を上げ、眼を剝《む》いた。

「このお二人が関わられた土佐勤王党《とさきんのうとう》も、本来はそうした思想の下に結成された一団であったのだと聞いております。土佐勤王党は結果として尊王攘夷を掲げられた」

「おまんは、いったい――」

いったい何者じゃと男は云った。

本屋でございますと主は答えた。

「本屋――」

「ええ。私は書物を読み耽るだけの、世に無益なる廃者《すたりもの》でございますよ。扨《さて》、それではそちらの権兵衛様の方は――何者でございましょうかな」

「わしは――だから死人じゃ」

「ええ。二十七年前にお亡くなりになっているとか」

男は応えなかった。

「慥《たし》かに死ねば名は要りますまい。しかし死後も、仏弟子ならば戒名が与えられましょうし、そうでなくとも諱《いみな》は贈られるもの。あなた様は——そう、宜振《よしふる》様と仰せなのではございませぬか」

男は身構えた。

「お、おまんは」

「当《あ》て推《ず》っぽうでございますよ。まあ、そんな訳はないのでございましょうが。そのお方は、打ち首獄門《ごくもん》になっている筈」

打ち首。

獄門。

誰なのだ。

誰なのだこの男は。

「ご主人、こちらは何方《どなた》なのですか」

堪らなくなってしまった。

鰻屋の前で見掛けてよりずっと、この男は不安を投げ掛けて来る。考えてみれば萬次郎翁も紹介してはくれなかった。幽霊でないのなら、いったい何者なのだ。

「ご自身が仰せの通り、死人でしょうね」

主は抑揚なく答えた。

「ふ、巫山戯《ふざけ》ないでくださいよ。この期に及んで幽霊だとでも云うのですか。中濱先生も一言も仰せにならないし——僕だけが判っていないと云うことですか」

「巫山戯てはおりませんよ高遠様。私の推量が当たっているなら、そのお方はもう疾《と》うに亡くなられている。それで宜しいのですか」

「わしは——わしは死んじょります」

男はそのまま崩れるようにその場に座り込んだ。

「わしは、下の下じゃ。道を誤った。何度も何度も誤った。この世に生きておってはならぬ外道じゃ。だが、だからと云って、命を絶ったところで何も償えやせんのです。一度死んだもんが二度死んでも何も変わりやせんき。命を死人に戻してやることも出来やせんき。今更、どうすることも出来んぜよ」

「この——」

有様ですと萬次郎翁は云った。

「この男は生き乍《なが》ら死んでおるのです。生きることが辛いのじゃろうて。でも死ぬことも出来ん。ご亭主、貴方の推量は当たっておりましょうよ。この男は」

岡田以蔵《おかだいぞう》ですとじょん万次郎は云った。

「岡田——以蔵」

耳に覚えはあった。

「それは――」

「小野派一刀流《おのはいっとうりゅう》、鏡心明智流《きょうしんめいちりゅう》、直指流《じきしりゅう》を修められた、土佐勤王党の一員、天誅の名人としてその名を轟《とどろ》かせ、やがて縛《ばく》に就き処刑された――岡田以蔵様の幽霊でございまするなと主は云った。

幽霊――なのか。

斬首された土佐の天誅名人岡田以蔵の幽霊――だと云うのか。

「いや、しかしそれは――」

打ち首獄門になった者がこの世にいる訳がない。

あり得ない。

あり得ないでしょうと云った。

「ええ。普通は――あり得ないことでしょうね。そうすると、何方《どなた》かが――何かをなされたと云うことになるのでしょうか、中濱様」

儂も詳しいことは知らんのですと萬次郎翁は答えた。

「ただ。妙と云うなら初めから妙なのです。本人も何も云わんし、勝先生も何も仰らんき。だから儂も、この以蔵さんが居なくなってから、気になって調べてもみましたがなあ。それでも、どうにも腑《ふ》に落ちませんでな」

「腑に落ちませぬか」

「落ちませんなあ。岡田以蔵は京都で捕縛され追放、土佐に護送され、拷問を受けて自白、その所為《せい》で土佐勤王党は悉《ことごと》く捕まり、武市瑞山も切腹、壊滅した——とされておりますわ。それ以外のことは何も判らん。人に尋ねてみても誰も知らぬし、何も書かれてはおらん。土佐の者に尋ねてみても、専《もっぱ》ら岡田以蔵は拷問に負け同志を売った卑劣漢と云う悪評が聞こえて来るだけでしてな。まあ、こうして再会し、当人に尋ねてみたところで何も云わんのだ。口を閉ざして黙り込むばかりでしてなあ。だから、判りませんわ。ただ」

こうして生きておりますと、中濱老人はステッキの先で男を示した。

「どうなんだね、以蔵さんよ。いい加減に話してはくれぬかい」

座り込んだままの男——岡田以蔵は、眼を瞑《つむ》って何度か身震いし、それからゆるりと眼を開けた。

「わしは、土佐には護送されておらん」

以蔵はそう云った。

「わしは——捕まったんじゃないき。自訴したんじゃ」

「そうであったのか」

萬次郎翁は腰を浮かせた。

「そんな記録は何処にもないぞ」

どう記されておるのかわしは知らんきと以蔵は云った。

「何故に、自訴など」

「さっき、その人が云うておられた通りぜよ。己が何をしておるのか、何がしたいのか判らんようになったのです。武市さんの云うことは尤もで、正しいと思うたんじゃ。いや、強く信じたんじゃ。それが義と信じ正しいと信じた。でも——天誅ちゅうて人を斬ることに関しては、意味があるのかないのか、解らんかった」

以蔵はのろりと立った。

「世の中の人は何と云うておるのか判らんが、あの頃は皆、少し狂うておったのじゃないかとわしは思う。なんせ天誅下すちゅうことンなると、薩摩やら久留米《くるめ》やらの連中がぞろぞろ寄って来て、わしもやる、わしに殺させろと、口口に云うんじゃ。已《や》むを得《え》ずちゅうなら兎《と》も角《かく》も、人殺しがしたいちゅうのは、狂うちょる。そらおかしいと、誰でも思う筈じゃ。でも、思わん者の方が多かったが」

「お前さんが斬っておったと云う訳ではないのか」

「一人でやったことは一度もないです」

以蔵は顔を斜め下に向けた。

「相手を選ぶのも合議制で、話し合って決めとったです。わしの周りには大義のために人を殺したいと云う連中が、大勢居ったぜよ」

「皆、殺すことを望んでおったのか」

「いや――そうじゃあないきに。最初は殺すつもりではなかったです。初めに殺《や》ったのは藩の下横目《したよこめ》で、これは吉田東洋《よしだとうよう》の暗殺を調べておった男じゃ。暗殺したンは土佐勤王党で、わしらは調べるのを止めさせろと云われたんじゃ。騙して誘《おび》き出し、捕まえて拷問した。だがやり過ぎて、縊《くび》り殺してしもうたんじゃ。天誅なんかじゃないき」

人を殺して――。

「人を殺してよくやったち云われた。考えられんことじゃ。天誅と云うとったが、能《よ》く考えれば目明《めあかし》だの、幕府への内通者だの、邪魔な連中を消しただけじゃき。大きな目で見りゃあ正しい活動の妨げになる敵ちゅうことになるんかもしらんが、要は捕まるのが厭だっただけかもしれん。それはその頃からそう思っとった。まあ、後からでは何とでも云えようが」

嘘じゃないきと以蔵は云った。

「だが、三人殺った後は、もう、気に入らん奴は殺せちゅう感じになっておった思いますわ。その辺を見回って目ェ付けて、それだけで殺しに行く。しかも、たった一人に五人十人でかかるんじゃ。最初《はな》から相手の方が悪いと決め付けちょるから、卑怯だとも思わなんだ。そんでも」

初めの頃は何か心にあったんじゃと、以蔵は云った。

「段段と、当たり前になってしもうたんです。次はわしじゃ次はわしじゃと、皆が云うた。そんなに人ォ殺したいんかと、そう思うたぜよ」

狂うとると以蔵が云うと、萬次郎翁も狂うておるなと返した。

「で、お前さんはどうだった。同じく狂うておったんか」

「いや——わしは、どんどん醒めていったように思います。醒めていたから冷静に動けた。とどめを刺したり、晒《さら》し者にしたり、遁《に》げ道を確保したり、そう云うことはわしがやった。天誅の名人云うのは、そう云う意味で、わしが強いとか、わしが斬ったとか云うことではないいき」

「なる程」

主は頷いた。

「得心が行きました」

以蔵は厭そうに顔を背けた。

「不本意な二つ名ですき。或る時、どうにも我慢が出来なくなって、わしは——結局は脱藩した。考えが変わった訳ではなかったから、暫くの間は長州藩の同志に厄介になっておった。でも、長州の連中も結局、余り変わりがなかったです。そのうちに勤王党も何だか箍《たが》が緩んで来よって、わしは本気で判らんようになって、酒に呑まれちち駄目ンなった。人殺しの出来んわしには、もう用もないちゅう感じじゃった」

以蔵は頸《くび》の骨が折れてしまったかのように項垂《うなだ》れた。

「そうして、やさぐれているところを坂本さんに拾われたんじゃ」

「坂本――龍馬さんかな」

「そうです。それでわしは、勝先生の処に行くことになったのです。坂本さんはわしが判らんようになっとることを、少ォし汲《く》んでくれたんじゃと思うた。だから、素直に従《したご》うて、勝先生の護衛をすることになったんじゃが――」

何か云われたのですかと主が問うと、何も云われんかったと以蔵は答えた。

「でも、何か違う人だとは思うたです。だから、必死に護った。殺すンではなく護るンじゃと思うと、少しだけましな気にもなった。ところが」

「襲われた――のですか」

主が問うと、以蔵は一瞬、けだもののような目付きを見せた。

「ああ。そうじゃ。わしは少し前まで襲う方じゃったから、すぐン判った。だから咄嗟に応戦して、一人を」

斬った。

「自分の意志、己の判断で人を斬ったのはその時が最初で――そして、多分最後のことです」

そうなのか。

これは意外と云うよりないだろう。

凡《およ》そ天誅の名人の口から出た言葉とは思えない。

行為自体の是非は兎《と》も角《かく》、天誅と称されていた殺人行為は、強い信念を以《もっ》て行われていたものではなかったのか。実行者の意志ではなかったと云うことなのか。本当ならばそこには信念も意志もない。そしてこの天誅名人が唯一己の意志で行った殺人は――。

幕臣である勝海舟を護るためのものだったというのか。

一人は斬ったと以蔵は云った。

「でも襲って来た刺客は三人組じゃった。残る二人を斬ろうとしたらば、勝先生に厳しく止められたんじゃ。殺すなと怒鳴られた。人殺しなんぞ嗜《たしな》むな、そんなことをするならすぐに刀を捨てろと一喝されたんじゃ。その間に二人は逃げてしもうた。わしは」

愕然としたぜよと以蔵は云った。

「何故です」

主は問うた。判らんようになったからじゃと以蔵は答えた。

「それまでは、殺して褒められちょった。なのに、今度は護って叱られたんぜよ。そんなおかしなことはないき。まるであべこべじゃ。だから、わしは勝先生にこう云うたんじゃ。わしが斬らんじゃったら、先生の首ァ飛んでおったぜよ、と。そうしたら勝先生は、こう仰った」

——そりゃァ尤もだ。俺を護ってくれたことには礼を云うがな、俺の所為でお前《めえ》さんが人殺しするなあ、耐えられねえよ。

わしはもう、何も出来なくなったと以蔵は云った。

「だから、そのまま勝先生の許を去ったんです。その後、坂本さんに会《お》うたりもしたんじゃが、どうにも得心が行かなんだ。云うちょることは解るが、それが正しいかどうかは判らん。わしには何も判らんかった。判らんから何も出来ん。そのまま無宿人になって、考えた。考えて」

自訴したんじゃと天誅の名人は云った。

「先《ま》ず、京まで行った。京で殺したんじゃから京で自訴しようと思うたのです。役所まで行って、是是然然《これこれしかじか》と話した。そしたら」

「どう——されたのです」

「座敷牢《ざしきろう》のような処に入れられて、顔を隠した何人かが様子を見に来よった。今思えばあれは面通しだったんじゃろ。やがて、別の場所に通されて、細かく話を訊《き》かれた。わしは何もかも包み隠さず話した」

拷問はされなんだのかと萬次郎翁が問うと、そんなものは何もなかったですと以蔵は答えた。

「そうなのかい」

「話ィ尋かれただけですき」

「そうか。いや、お前さん、拷問に耐え兼ねて自白したと云う評判であったがな。それ故に、お前さんは裏切り者扱いじゃ」

裏切りちゅうなら正に裏切りですと以蔵は云った。

「わしは、自分の意志で喋ったんじゃ。責められて喋るより悪いぜよ。でもな、中濱先生、わしは――武市さんを裏切るつもりはなかったんじゃ。その時もまだ、尊敬しとったきに。ただ」

人殺しはいかんち思うたですと、以蔵は云った。

「高邁《こうまい》な思想と、人を嬲《なぶ》り殺すことは沿うもんじゃないき。理想を成し遂げることと暗殺もおんなじじゃ。じゃきに、止《や》めて欲しかった。このままだと」

みんな死ぬと思うたです――と、人殺しの名人と呼ばれた男はそう云った。

「わしが云うたことは何も彼《か》も細かく帳面に記された。何度も何度も確認されて、二月《ふたつき》か、三月《みつき》か、ずっと聞き書きが続いたんじゃ。漸《ようよ》う間違いなしとなって、わしはほっとした。そして頼んだんじゃ。手を下したもんは罰せられてもしようがないが、土佐勤王党は、武市瑞山は決して悪いもんじゃあない。わしは打ち首でも磔《はりつけ》でも構わんが、武市先生は許してやっち呉《く》れと、頼んだ。頭地べたに擦り付けて、心から頼んだ。よしと云うから、宜しく伝えて呉れと云った。その場で殺されると覚悟した。そしたら」

「生かす――と云われたのですか」

「何も云われん。そんまま唐丸籠《とうまるかご》に入れられ顔を隠されて、何処かに運ばれた。下ろされたのは江戸じゃ。江戸で、わしは解き放されてしまった」

「それはまた、何故じゃね」

萬次郎翁が驚いたように尋いた。

当然である。だが、以蔵は解らんですと答えた。

「一番解らなかったのはわしじゃ。どうしたら良いのか、どうするべきなのか、もう訳が解らんかったです」

いつのことですかと主が問うと、まだ慶応にはなっておらなんだと思うと、以蔵は答えた。

「記録ではあなたが京で捕縛されたのは元治《げんじ》元年初夏。ならば江戸であなたが放逐されたのは丁度その頃――と云うことになるのでございましょうね」

わからんと以蔵は答えた。

「暫くは乞食《こつじき》をしておった。そのうち死ぬだろうと思うちょったが、死なんだ。斬ればすぐに死ぬちゅうのに、人は中中死なないもんなんじゃ。京や土佐がどうなっちょるんか、詳しく知ることも出来んかった。そうこうしているうちに、風の噂で勝先生が江戸に戻られておると聞いた」

「第二次長州征伐の宮島《みやじま》談判の後のことでしょうか。慶応二年――あなたはもう死んでいます」

　主はそう云った。

「そう。わしは死んでおったらしい。それも知らんかったんじゃ。でも、わしは、兎《と》に角《かく》勝先生に会わにゃいかんと思うた。軍艦奉行が乞食に会《お》うてくださるもんかとも思うたが、門前でご面会を申し込んだらすんなり会うてくださった」

　あの方なら迷わずお会いになるでしょうねと主は云った。

「それに、その時勝様は奉行職を辞していらっしゃった筈です」

「どうなのか、わしは知らん。ただ勝先生はそれはもう驚かれた。そしてわしは、わしが土佐に送られて処刑されたことや、土佐勤王党が一網打尽にされ、悉く壊滅したことを、勝先生から知らされたんじゃ」

　武市先生も切腹しておったと、以蔵は震え声で云った。

「あれは、いったい何じゃったんじゃ。わしは、皆を生かしてくれと頼んだんじゃ。そのために自訴ォしたんじゃ。それが、わしの所為で、全員死んだ。皆、殺されてしもうた。天誅下しとったんは土佐勤王党だけじゃないき。勤王党だから悪いなんてこともないき。悪いから殺していいってこともないのじゃないかね」

　ありませんと主は云った。

「わしは——わしだけが、何で生きておるんじゃ。わしこそが首斬られてる筈じゃなかね。なら斬っちくれと、そう、勝先生に云うたです」

「何と云われました」

「死人を斬る刀なんざ持ってねえと」

「なる程。そうなのですか。それは多分、あなたの自白を元にして、誰かが誰かに都合の良い絵を描いた——と云うことなのでございましょうな」

「でも、わしを生かす意味は解らん」

「拷問に耐え切れずに自白と云う恰好《かっこう》にした方がその誰かにとって都合が良かったと云うことでしょう。しかし既に凡《すべ》てを自白しているあなたを責めても仕様がない。身代わりを立てて猿芝居を打ったと考えるよりないでしょうね」

「わしの代わりに打ち首になった者が居るちゅうことか」

「そうなりますか」

以蔵はがっくりと肩を落した。

「わしに名を捨てよと云ったのは、勝先生じゃ。岡田以蔵を捨てろと云うた。それはそうだろうと思うた。死人に名前など要らん。だから素直に従《したご》うて、暫くは勝先生の世話になっておった。その頃じゃ。中濱先生の護衛を仰せ付かったんは」

そう云うことだったかいと萬次郎翁は苦しそうに云った。

「勝先生が何故わしに中濱先生の護衛をさせようとなさったのか、そのお気持ちは計れん。わしは、その頃はもう、蛻《ぬけがら》のようなもんじゃった。何も考えておらなんだ。だから——襲って来た奴らを、反射するように斬ってしもうた」

また斬ってしもうたのじゃと以蔵は泣いた。

「反射的に抜いて、考える前に斬っておった。どうして殺してしまうんじゃ。どうしても殺してしまうんじゃ。あんなに」

殺すなと云われたに——と、絞り出すように云って、以蔵は泣いた。

慟哭《どうこく》と云うのはこのことだろうと思った。

「何も」

何も知らなんだ、すまなかったと云って萬次郎翁は立ち上がり、頭を下げた。

「この通りじゃ」

「先生に謝られる筋はないきに。わしの業《ごう》じゃ。わしがいかんのじゃ。わしはどうしていいのか判らず、莫迦になって、人を罷《や》めようとした。中濱先生が江戸を離れられてからは、寺に行き仏の教えを聴き、懸命に考えた。でも、何も救いはなかった。悟りも開けん。当たり前のことじゃ。不殺生戒《ふせっしょうかい》を最初から破っておるのじゃき。償いなど出来んわ。わしは死人じゃ。死人じゃが、坊《ぼん》さんの話をなんぼ聞いても成仏は出来ん。わしは迷うばかりの」

幽霊じゃと以蔵は云った。

そうか。

本当に――。

幽霊だったのだ。

だからあんなに黒かったのか。

「以蔵さん」

弔堂主人は穏やかな口調で死人に呼び掛けた。

「あなたは、大事なことをお忘れです」

「大事なこと――じゃと」

「勝先生が名前を捨てろとあなたに云われたのは、あなたが死人だからではございませんよ」

「いや、しかし」

「先程の、中濱様と私の話を聞いておられたでしょう。勝先生は」

死人に興味はありません、と弔堂は云った。

「興味が――ないと」

「あのお方は、生かすことにしか興味がないのです。死ねば終《しま》いとお考えだ。ならば死人に利く口はお持ちではない」

「じゃが――」

「いいですか」

主人は幽霊の繰り言を止《と》める。

「名を捨てて実を取る、これが常にあの方の遣り方。そこのところをあなたは忘れていらっしゃる。名誉よりも、信念よりも、そして義よりも、生き残ることこそを勝海舟は望んだ。将軍にまでそう奏上した。だからあなたにも、名前を捨てて生きろと――勝海舟はそう云ったのですよ」

「生きろ――じゃと」

幽霊は大きく反応した。

生きているのだ。

「勝先生は、生きろと云うたのか」

「はい。打ち首になった者がうろうろしていたのでは、首を斬った土佐藩の面目が立たぬ。土佐藩にあなたを引き渡したことになっている幕府の面目も立たぬ。いや、あなたが生きていると知ったなら必ずや刺客が襲って来るのです。何しろあなたは名代の裏切り者。彼方《あちら》も此方《こちら》も立てて尚、あなたが死なずに生きるには、岡田以蔵と云う人間でなくなるよりない。だから名を捨てよ、岡田以蔵の人生を捨てよと――勝様は仰ったに違いありません」

「生きろ——わしに生きろと」

　それはそうじゃなと萬次郎翁も云った。

「ご主人の仰せの通りだよ。勝先生はそう云うお方じゃ。死んだ者への想いは瘦せ我慢してでも断ち切るが、生きちょるもんに死ねとは云わん。生きられるなら何としても生きろと云うわい」

「だが、わしは——」

「岡田様。あなたは間違っています。生きろと云われて、死んだ。己を殺してしまわれた。仏の教えは死人の供養のためにあるのではなく、生者のためなされるもの。ならば仏法であなたは救われますまい——」

「じゃあわしは」

　永く迷われましたなと弔堂は云った。

「扨《さて》、それでは——」

　あなたはどのようなご本をご所望ですかと、主は云った。

「わしは——」

「そう。あなたには、先《ま》ず知っておかねばならぬことがございますな」

主はそう云うと帳場に戻り、和綴《わとじ》の本を何冊か手にしてから、男の前に立った。薄いが十数冊はあった。

「文政《ぶんせい》九年に開板された本です。十四冊ございます。『重訂解體新書《じゅうていかいたいしんしょ》』と云う」

「解体新書――」

萬次郎翁が高い声を発した。

「そりゃ、もしや『Anatomische Tabellen』ですかな」

「ええ。通称『たーへるあなとみあ』、杉田玄白《すぎたげんぱく》が訳した『解體新書』を、弟子の大槻《おおつき》玄澤《げんたく》が訳し直したものです。元の本は誤訳も多く、図版も木版で汚かったですが――」

「いやいや、そんなものを――何故」

「岡田様。あなたは、人が何故生きているのかを知るべきです」

主はそう云った。

「高邁な思想を持つのもいいでしょう。義も忠も礼も孝も、政治も勿論《もちろん》大事です。どう生きるか、何を成し遂げるか思い悩み、考えることも大切なことでしょう。しかしそれ以前に、息を吸って吐いて、物を喰って糞《くそ》をして、血を巡らせているからこそ、人はこうして生きている」

主は本を開いた。

銅版画がちらりと見えた。

「刀で斬れば何故死ぬのか。頸《くび》を絞めれば何故死ぬのか。それをあなたは知るべきです。そうすれば、自分が何をしたのかがお判りになる筈です。凡《すべ》ては——そこから」

「そこから」

「それを知れば、あなたは自分が生きていることを確認出来る筈。生きているなら為《な》すべきことも自《おの》ずと知れるでしょう。あなたの人生は、そこから始まるのです」

買いましょうと中濱萬次郎は云った。

本を恭《うやうや》しく受け取った岡田以蔵は、もう、そんなに黒くは見えなかった。


その男が真実岡田以蔵本人だったのか、それとも岡田以蔵の名を騙《かた》る別人であったのか、将又《はたまた》ただの狂人であったのか——それは知る由《よし》もない。

ただ、中濱萬次郎にほんの一時、かなり手練《てだれ》の護衛がついていたことは事実であったようである。

自らの生前墓の視察に行った萬次郎は二人組の刺客に襲撃されている。

その際、刺客を斬り捨てて萬次郎を護ったのが岡田以蔵であるのだと、萬次郎は家人に語ったと云う。

その時以蔵は、斬りかかって来た二人の他、更に伏兵二人が隠れていることを一瞬にして看破《かんぱ》し、見事に萬次郎の命を護ったのだそうである。

ただ、萬次郎の生前墓視察が行われたのは慶応四年のことであり、ならばそれは記録上岡田以蔵処刑後の出来ごとと云うことになる。それが萬次郎の勘違いなのか、或いは記録上の誤りなのか、同名異人が存在したのかは、不明である。

萬次郎を護った男がそれからどう生きたのかは——。

誰も知らない。

書楼弔堂
破曉

探書伍

闕《けつ》如《じょ》

桜が散って里心が付き、紀尾井町《きおいちょう》の家に戻って十日ばかり過ごして戻った。

最初は驚かれ、次に歓待されて、やがて恨み言を云われて、終《しま》いには叱られた。

女どもの機嫌の雲行きが怪しくなってからは一向に腰が落ち着かず、大いに参った。

横になっても縦になっても嫌味を云われる。

叱咤されるために帰宅した訳ではないと、朝飯前に早早に抜け出て来た。

愚痴を聞くならまだ良いが、責められるのでは気が休まらぬ。

そもそも此方《こちら》が悪いのは、先《せん》から承知のことである。

承知のことを諄諄《くどくど》と説諭されても改善の為様《しよう》がない。

のみならず、抗弁も何も出来はしないのだ。何の理由もなく家を空け、働きもせずに隠棲《いんせい》している廃者《すたりもの》には一分の理もないのである。

原因が明白で、改善の余地もなく抗弁も出来ないとなると、小言は苦痛でしかなくなるのであった。

犬の尻尾《おっぽ》があるを気に喰《く》わぬと文句を垂れられたとて、犬は困るだけなのだ。尻尾があるは当たり前、目障りだと誹《そし》られても、あるものはある。

この犬め、尻尾があるとは不埒《ふらち》千万と罵られても何も出来はせぬ。恭順親愛の情を籠め尾を振れば振る程に、より一層に疎《うと》ましがられることになる。それでは尾の振り損である。鼻を鳴らそうが頭《こうべ》を垂れようが尻尾はあるのだ。

尻尾を切って犬でなくなるしか道はない。

とは云え心得違いは己《おのれ》なのであるから、これは致し方がないことである。

女どもの気持ちも理解《わか》るし、ここは尻尾を巻いて退散するが得策と、三十六計を決め込んだのである。

十日も居たのが間違いなのだ。

最初の三日ばかりは大いに喜ばれた。幼い娘を見ては相好《そうごう》を崩し、久方振りの手料理に舌鼓を打って、能《よ》く干された客用の布団に寝かせられ、上膳据膳の持て成し振り。飲めぬ御酒までたんと戴いて、矢張《やは》り家は良いなと思うたものである。

四日目辺りから様子が変わったのだ。

外聞《がいぶん》が悪いだの何だのと母が苦言を呈し始め、妻も妻で、主《あるじ》が家に寄り付かぬのは奥向きが悪い所為《せい》だと噂が立って往来《みち》を歩けぬなどと云う。

苦労をかけるなすまないなと慰めたり賺《すか》したりしていたのだが、そのうちに漸《ようよ》う気付いた。凡《すべ》て此方の所為なのである。

愚痴の元凶《もと》から慰められたところで嬉しくはあるまい。

気付いた時には時既に遅く、六日目には母の雷が落ちた。

母は旗本の妻であるからそこは腐っても鯛、中中堂に入った叱り振りと恰《あたか》も他人ごとのように感心していたが、勿論《もちろん》他人ごとではない。

瓦解《がかい》したとは云え高遠家《たかとお》は三河《みかわ》以来の直参《じきさん》旗本、御身《おんみ》は当家を絶やす気かと責められた。妻は妻で、そんなに妾《あたし》が気に入らぬなら、いっそ離縁してくだされなどと云い出す始末。

それからは泣かれたり怒鳴られたりの繰り返し、扠《さて》これから如何《いかが》致すおつもりかと行く末を散散《さんざ》に問われ、ただ辟易《へきえき》するばかり。

何も考えはないのであるから、答えたくとも答えようがない。会社は解散し手に職もなく、身を助けるような芸もなく、世の役に立つような才覚も、役に立とうという気概も一切持ち合わせていない。出世どころか立身とても儘《まま》ならぬ。

ただ頭《こうべ》を垂れて罵倒されるだけの父の姿を幼子に見せるのは忍びない。しかし仮令《たとい》間違っていようが辛い目に遭おうが男の遣《や》ることに口を出すな不平を云わず辛抱しろなどと云い返す横暴さとも縁遠い。

すまぬすまぬ、気持ちの整理が成るまでもそっと待てと云うばかり。

云い逃れである。云い逃れなどすぐに知れるから、余計に窘《たしな》められる。

もう敵《かな》わぬと思ったのだ。

云うだけでなく、身ごと逃げ出したという為体《ていたらく》なのである。後悔はしておらぬが想《おも》いは複雑である。こうなってみるとあの歓待振りは一体何であったのかと思わぬでもないが、考えてみれば主が家に戻って驚かれたり歓待されたりすることが本来怪訝《おか》しな話なのである。驚かれる程家を空けていたのであるから、最初《はな》から叱られていて然《しか》りと云うことである。

十日前は子供染みた淋しさを抱えていただけだったのだが、今は余計に萎《しお》れ、赤子のような心細さである。

何故か解らぬが真っ直ぐ閑居に戻るのも憚《はばか》られ、かと云って行く当てもない。

こうなるともう糸の切れた凧《たこ》のようなもので、まあ気随《きずい》ではあるのだが、地に足の着かぬ覚束《おぼつか》なさは、斯様《かよう》な心持ちの折には快感ならず不安としかならぬ。己が何者か解らなくなる。

已《や》むなく日本橋《にほんばし》に出て、丸善《まるぜん》に寄った。

並んだ本でも眺めれば少しはましな気分になるかと云う、甚《はなは》だ無根拠な想いからの行動である。

まだ刻《とき》が早いから、店を開けて間もないのだろう。客は殆《ほとん》どいなかった。

書物は好きだから何度も来ているが、決して良い客ではない。

去年の夏前に初めて買って、それから四五度通った。

年に四五度であるから馴染《なじ》みと云う程の客ではないし、来れば買うということもないのだから上客と云うこともない。それでも丁稚《でっち》の顔も覚えたし、向こうも覚えてくれているようである。

読みたい本は弔堂《とむらいどう》で概《おおむ》ね賄《まかな》えてしまうので、取り立てて欲しい本もない。此処《ここ》で買うなら刷りたての新本か、入荷したばかりの洋書ぐらいしかない。洋書など買っても眺めるだけだから、入店する前から冷やかしの体《てい》である。

暖簾《のれん》を潜《くぐ》って漫《そぞ》ろな気持ちで平台を斜め見していると、丁稚が寄って来た。

いやいや、丁稚奉公している訳ではないのだろうから、店員と云うべきなのだ。それは来る度に思う。この店員は慥《たし》か山田《やまだ》と云う名で、最初に新文体の小説を薦めてくれた青年である。

「おやおや高遠様、能《よ》くいらっしゃいました。何かお求めの御本がございますか」

そつのない応対振りは、矢張り丁稚ではなく店員である。

「いや、通り掛かったから寄ったと云うだけで、ちゃんとした客じゃあないから、構うことはないよ」

通り掛かった訳ではないから、まあ嘘である。

だが、ちゃんとした客でないのだけは真実《ほんとう》だ。

何を仰《おっしゃ》いますと山田はべんちゃらを吹いた。

「いや、実を申しますとお出《い》でをお待ちしていたのですよ」

誰のお出でを待っていたのだ。

「僕のかい。そりゃあ得心が行かない話だなあ。僕を必要としている者など、天地《あめつち》の間に誰も居やあしない筈《はず》だよ。気紛《きまぐ》れに家に戻ったって、針の筵《むしろ》だ」

「おや、御実家にお戻りでしたか」

山田は困ったような顔をした。

「何だね。僕が実家に戻っちゃあいけない理由でもあるのかね」

「いえいえ、そうではございませんが、それではあの、今のお住まいは引き払われましたので」

「いや、そうじゃあない。これから閑居に帰るのだけれども――」

どうも様子が変である。

そもそも丸善の店員に我が身の事情を話した覚えはない。

「君はどうしてそんな事情をご存じなのだね。誰かに聞いたのかな」

「はあ」

質《ただ》すと、四谷《よつや》の斧塚《おのづか》書店の為三《ためぞう》に聞いたと白状した。

「為三か。余計なことを吹聴《ふいちょう》する小僧だなあ。まあ別に隠している訳じゃあないのだが、それにしたって他人の事情をべらべらと喋るなんて困ったものだよ」

「いやいや、そうではございませんで。実はですね、東京堂《とうきょうどう》さんから、当方に問い合わせがあったのでございますよ」

「東京堂さんとは何処《どこ》の誰だね」

本郷《ほんごう》の取次《とりつぎ》会社でございますと山田は応えた。

「取次会社と云うのは判らないな。取次と云うのは、何だね、どうした会社だい」

「はあ、書籍の取り次ぎを致します会社でございます」

「そりゃあ何かい、丁稚が彼方此方《あちこち》駆けずり回って本を買って来る——あの取り次ぎのことかね」

以前、その為三が云っていた。

他の書店が刷った本を客が欲することもあるから、そうした時は調達して来なくてはならないから大変だと云う話だった。

「はあ、東京堂さんは元は手前ども同様小売り業でございましたが、すぐに取次と出版もお始めになられましてな。元は、そこの三丁目の博文舘《はくぶんかん》さんの——」

待て待てと止める。

「詳しい事情は知らされても仕様がないのだよ。要は本を集めたり配ったりする専門の部門がある書舗《ほんや》なんだろう。そこが何で僕に用があるのだ。そして、どうして丸善に問い合わせるのかが判らないのさ」

「いやいや、それはその、尾崎《おざき》先生がですね」

「尾崎って――」

尾崎紅葉《こうよう》のことだろう。

「いやいや、益々以《ますますもっ》て判らない。尾崎紅葉先生とは、何のご縁もないですよ。そりゃあ僕は此処で薦められたから買って読んだし、知ってはいるが、向こうは高名な小説家でこっちはただの一読者だ。僕がレタアの一つも認《したた》めようと居所を問い合わせると云うなら兎《と》も角《かく》もだね」

畠芋之助《はたけいものすけ》様ですよと山田は云った。

「それは――ええと、ここで出会った」

「はあ。尾崎先生の門人でいらっしゃいます、泉鏡太郎《いずみきょうたろう》様ですな」

「いや、待て。彼は――」

「畠芋之助と云う筆名で、地方の新聞に小説を連載されていらっしゃるようですよ」

「その名前でかね」

「はあ、そう聞きましたが。どうした具合なのでしょうか、まあ、ご本名の方がずっと通りが良いように拝察仕《つかまつ》りますけれども、何か、想うところがお有りなのでございましょうなあ」

どうにもばつが悪かった。

そう呼んだのは他でもない、この自分なのである。

日を改めて他人の口から耳にすると、何とも垢抜《あかぬ》けない酷《ひど》い名である。ただ、その場凌《しの》ぎの軽口なのだし、そんな戯言《ざれごと》を筆名にするとは誰も思わないだろうから、そこに責任はないようにも思う。

「で――まあ、それはいいよ。細い細い縁はあるようだけれども、それで尾崎先生が僕を探すと云うのは判らない」

「はあ。ややこしいですなあ」

それは此方の台詞《せりふ》である。

「ええとですなあ、江見水蔭《えみすいいん》先生が開かれた、江水社《こうすいしゃ》の一員――まあ、お弟子さんですな。そのお弟子さんに、田山花袋《たやまかたい》さんと云う方がいらっしゃいましてね」

どちらも知らなかった。

「江見先生は、尾崎先生が興された硯友社《けんゆうしゃ》に参加されている先生で、田山さんも元は尾崎先生の門人ですわ。で、そう云うご縁がありますから、まあ田山さんは彼《か》の泉さんとも交流がありまして」

「まあ、あるだろうさ」

「初の新聞連載に当たって、まあ話しもしたらしい。何しろ泉さんの処女小説と云うことになりましょうから」

「まあ、それぐらいはするだろう」

「で、まあ何をどうお話しになったのかは存じませんが、その話が江見先生のお耳に入った」

「どの話だね」

それは存じませんよと山田は苦笑した。

「判らないのかね」

そこに居た訳じゃあございませんからねと山田は云った。それもそうである。

「その、江見水蔭先生を硯友社に誘った人と云うのがですな――ああ、高遠の旦那さんは、博文舘さんから出されております『少年文學《しょうねんぶんがく》』という叢書《そうしょ》をご存じじゃございませんかな」

「いや、ご存じじゃないよ。僕は少年じゃあないからね。子供の読み物だろう」

いやいやそう莫迦《ばか》にしたものじゃあございませんよと云って山田は眉を顰《ひそ》めた。

「手前の私見でございますがね、大人が読んだって面白いものは面白い。大人向けだの子供向けだの、そう云う杓子定規《しゃくしじょうぎ》な捉え方はいかんと思いますなあ。生意気なことを申し上げますが、文学だの何だのと威張るのは、どうもその」

いけ好かないかねと云うと、まあ私の口からは申し上げられませんと云って、山田は再び苦笑した。

「まあ、僕もね、元元は江戸好みさ。小説なんざ、読んで戯作《げさく》止まりだったような男だよ。文学の解る訳がない。だから、あまり鹿爪《しかつめ》らしいのは好まない」

「ええ。その点、硯友社の先生方は、まあ小説は娯楽だと潔く仰いますし、且《か》つ復古的でもございましょう。でも、ただ旧幕時代に戻れてえのじゃあなくって、新しく当世風に書き改めていらっしゃる」

まあ新しいねえと云った。

これは本音である。新文体に馴れてしまうと、何か文章に工夫がないと面白くないような気になってしまう。

「あれはその、何と云うのだろうなあ。僕は二葉亭《ふたばてい》などは一寸《ちょいと》まだ苦手なのだけれどもね。あれは何だ、言文一致か」

「まあ、長谷川《はせがわ》先生の場合は少しまた違いましょうがね。それでも文体の工夫はございますでしょう」

「あるね」

最初は大いに戸惑ったのだが、今では寧《むし》ろ旧態依然とした文語文の方が読み難《にく》く感じる時がある。古文が古臭いのは仕方がないことだが、擬古文《ぎこぶん》でも今書かれたものは新しく思えるのだから不思議なものだ。

余程文学ですわと山田は云った。

「まあ、重たい軽いで判断は出来ますまいよ。同じように、何方様《どなたさま》に向けて書かれたもんであっても、面白ければ面白いのですわ。書き振りは関係なかろうと手前は思いますな。何と申しましょうか——おやおや、随分と脱線してしまいましたが、その叢書『少年文學』の第一篇として一昨年に『こがね丸』という作品を上梓《じょうし》され評判をとった、巖《いわ》谷小波《やさざなみ》先生が」

「おい君」

そう次次に名前を出されても、戸惑うばかりである。

「誰だって」

「巖谷小波先生ですよ。ご存じないですかなあ。その方が江見先生を硯友社に——」

「いや、作者には興味がないのさ」

「そうですか。では、そうだ、貴族院議員の巖谷修《おさむ》様のご三男と申し上げた方が良いでしょうかな。ご本名は季雄《すえお》様でしたか」

「貴族院議員の巖谷様と云えば、有名な書家の巖谷一六《いちろく》様のことじゃあないのか。そのご子息が小説家なのかね」

そうなんですと山田は云った。

「ソレ、以前にお買い求めになった『我樂多文庫《がらくたぶんこ》』にもお書きになっていらしたと思いますがね。巖谷先生も硯友社のお仲間でございますからね」

そう云えばさざなみという名前には覚えがある。

「ああ、ええと、そうだ、やけに感傷的な恋愛ものじゃなかったかなあ。さざなみなんて筆名だから、もしや女流かと疑った覚えがあるのだけれども——あれは巖谷なんて云う厳《いか》めしい苗字だったろうか」

それですそれと山田は云った。

書舗の店員だけあって能《よ》く本を読んでいる。

「その巖谷先生——いえいえ、書家の巖谷議員ではなくって息子さんの方でござんすがね、そちらがですな、この度、博文館さんの処《ところ》で何か新しい仕事をなさるんだそうですな。それで、その相談の途中で、江見先生にその話を聞き」

「その話と云うのはどの話だね」

「いや、泉さんが田山さんに話したのを江見先生が漏れ聞いた話ですよ。それで、まあ巖谷先生は尾崎先生に問い合わせたと」

「ど、どうしてだい。何故そんなことになるんだね」

間に入っている人が多過ぎる。

「いや、どうしてって、尾崎先生も巖谷先生もお仲間ですからね。何でも、泉さんの新聞連載の仲介をなされたのも巖谷先生のようでござんしてね」

「仲介とは」

「サテ、連載を頼まれたけれども多忙で書けぬ、中継ぎに新人を紹介した——ってところじゃあないですかね。手前は一介の書店員でござんすから、そう云う事情は存じ上げませんです」

「まあいいよ。それにしたって、尾崎先生は僕のことなんぞ知りはしないだろう」

「知らないでしょうな」

何だそれは。

「そうとも。考えるまでもなく知る訳がないことじゃないか。と、云うか——どうして泉君に尋《き》かないのだろうね。話が大きくなるばかりじゃあないか」

「旦那さん」

「何だい」

「旦那さんは、以前、泉さんを何処かにお連れなさったでしょう。そこの所番地を泉さんにちゃんとお伝えなさったかね。それ以前に、ご自分のお住まいもお教えになってないのじゃあありませんかな」

「ああ」

思い起こせば——彼には何も教えていないのである。

人力に乗せて弔堂に連れて行き、待たせておいた人力に乗せて帰したのだ。彼《か》の神経質そうな青年は、自分が何処に連れて行かれたのかも判らないでいたのかもしれない。

「まあ、教える必要などないかと思ったからなあ。俥《くるま》で行って、俥で帰したのだ」

そうでしょう、と山田は云った。

これまで気が付かなかったが、この店員はハタキを持っている。埃払《ほこりばら》いでもしていたものか。

「そこでですね、まあ尾崎先生が泉さんに問うて、事情を聞き出されまして、それでまあ丸善《うち》の客が一枚嚙《か》んでいると――こう云うと何やら悪事蛮行のようですが、お気を悪くなさいますなよ。まあ、そう云うことになった。で、これ以上尾崎先生の手を煩《わずら》わせることはあるまいと巖谷先生は話を引き上げ、博文舘さんを通じてですな、博文舘さんの取次会社である東京堂さんが文字通り取り次ぎを致しまして、そして弊社に話が通りまして、そこで手前が承ったと云う――ただ手前は高遠様のお住まいを存じ上げませんもので、そこで」

「斧塚に話が行って、為三が白状したと云うことかい。いやあ、遠回りだなあ」

最前もややこしい話と申し上げましたでしょうよと山田は頭を搔いた。

「まあ整理しますとね、泉さんから田山さん、田山さんから江見先生、江見先生から巖谷先生に話が及びまして、巖谷先生から尾崎先生、でもって泉さんに戻り、それを受けた巖谷先生から博文舘さん、東京堂さんを経由してこの丸善に話が届き――」

この山田から斧塚書店、そして為三に至ったと云うことか。

そんなものを整理しなくてもいいだろうと云った。経路などはどうでも良いことなのだ。

「で、何なのだい」

「はあ、為三さんの話じゃあ、高遠の旦那さんは病気療養でご実家にはいらっしゃらないと云うことで、今のお住まいには行ったことがないが、大体の場所は判ると——」

ご病気でしたかと山田はそこで眼を円《まる》くした。

「今更病気でしたかもあったもんじゃあないだろうに。そんなものは疾《と》うに治っているよ。ただ、まあ——」

何故家に帰らないのだろう。

まだ其処《そこ》にいるよと答えた。

「まあ、結局何が何だか判らないけれども僕の居所をその、取次会社の人に教えたと云うことなのかな」

そうでございますと山田は頭を下げた。

「何とかご連絡を取りたいというお話でございましたので」

「ええと」

誰が——と云う話なのだろう。

途中に大勢登場するので能《よ》く理解出来ていなかった。

折り返し地点は巖谷先生ですなと山田は云った。

「巖谷議員のご子息が――僕なんぞに全体何のご用があると云うのだろうね。まあ、こう云っちゃあ何だが、僕は多分、この明治の御世《みよ》で一番役に立たない腑抜《ふぬ》けだと云う自覚がある。声高に時世を語ることも、器用に世を渡ることも出来ない。赤いものを白いと云われればそうかと思い、赤いと思っても口を噤《つぐ》んでしまう。自由も民権もありゃあしないが、愛国心もありゃあしない。日日朦《もう》として、こそこそと日蔭《ひかげ》を歩くだけの世捨て人だよ」

はあ、と山田は応え難《にく》そうに愛想笑いを浮かべた。

まあ、そうですねとは云えないだろう。一方、そんなことはございませんなどと云う気休めを口にしても、唇が寒くなるだけである。

「要領を得ないなあ」

「相すいませんです」

「僕なんかに」

謝ることはないと云った。

どうにも家を抜け出てから自虐的な気分になっているのだ。要領を得ないのは己の方なのである。

本当に冷やかすだけで辞した。

店先でごしゃごしゃと長話をするだけして何も買わぬのだから、本当に迷惑な客である。自分で自分に肚《はら》が立つ。そんな有様だから、本など選べる訳もない。

余計に萎れて、寄らずば良かったなどと思いつつ帰路を辿った。

それでもどこか背徳《うしろめた》くて、うろうろと徘徊し、徘徊しているうちに博文館とやらをみつけてしまった。

覗けば小売り部がある。

気になったので入店し、そのさざなみと云う人の本を探した。

探すまでもなく積んであったのだが、作者名は漣山人《さざなみさんじん》となっていた。同じ人だと云うことだった。

見れば和紙に色刷りの美麗な本である。手に取ると、手触りも良い。表紙を開けると見開き口絵で、これも美しかった。

良い本だと思った。

お子に向けた本だからかななどと思いつつ頁を繰ると、文字はそれなりに大きいが文語文である。

子供向けとも思えない。

暫《しばら》く魅入って、こうなると買わねばなるまいと心を決め、ざっと見渡すと、どうやら同じ作者の『當世少年氣質《とうせいしょうねんかたぎ》』と云うのも並んでいた。同じ叢書のようであった。

坪内逍遥《つぼうちしょうよう》の『當世書生氣質』は読んでいたので、関係あるのかと尋ねたら関係ないと云われた。尋けば去年の一月に刷られたもので、売れているそうである。

もう一冊、『暑中休暇』と云うのも出ているようだが、生憎《あいにく》切れていると云う。

今再版をかけておるところですと店員が云った。再版と云うのは刷り増しをしていると云うことかと問うたところ、『こがね丸』はもう何刷りにもなっているのだそうである。大したものだ。

本の在り方も変わったものだと思う。

二冊を求めた。

二十四銭支払った。

綺麗な本を買った所為か、多少気が楽になった。

つまらないことで気分が変わるものである。

玩具《おもちゃ》を与えられた童《こども》のようなものだ。

漸《ようや》く帰る気になった。

ただ仮住まいには戻らず、真っ直ぐに世話になっている百姓家に向かった。暫く空けるよとだけ云って出たので、案じているかもしれぬと思ったのである。

十日も空けたのだ。

案じておらずとも、迷惑はしている筈である。

おさんどんを頼んでいるのだから、いつ帰るか判らないと云うのは困るだろう。掃除や洗濯は兎《と》も角《かく》も、食事の支度の都合もあるだろう。手紙でも出せば良かったのだろうが、そこまで気が利かなかったのだ。

呆《ほう》けていたのである。

軒先に立って声を掛けると、横手から親爺《おやじ》がのそっと出て来た。

茂作《もさく》と云う五十位の気の良い男だ。おや殿様、お帰りでやすかと、茂作は顔を皺《しわ》だらけにして笑った。

「殿様は止《よ》しておくれよ。いやあ、済まなかったね。二三日で戻るつもりが、十日も留守にした」

「十日も経《た》ちますかいなあ。まあ、殿様が謝ることたあねえです。こっちは何の迷惑もありゃあせんです」

「しかしお女房《かみ》さんは困るだろう」

「なあに、困るもんかね。ありゃがさつな女《あま》だで、飯だって、別に分けて作っておる訳じゃあねえのです。殿様の分を余計に作って、まあ綺麗に盛り付けにゃならんと、それだけですわ。お留守ならみんな自分で喰うてしまいよります」

「自分でかい。お前さんは」

儂《わし》なんかにはくれんくれんと茂作は手を振った。

「みんな自分で喰うてしまいよります。ですからの、お殿様が留守であれば留守であるだけ嬶《かか》が肥える、つうだけのことですわ。しっかし、うちも月極めで手間賃貰《もろ》うてますんでの、その分、お返しせにゃなりませんかの」

「いいや、そんな心配はないよ」

迷惑も掛けていなかったようだが、案じられてもいなかったらしい。

いやそれが殿様と茂作は突然に深刻そうな顔になった。

「だから殿様は止しておくれ」

「では若様ですかな」

「若かあない。お前さんの女房は、旦那さんだのと呼ぶよ。蔭では何と呼んでいるか知らないがね」

空き家の旦那さんと云うておりますなあと茂作は云った。

正直な男である。

「で、何だい」

「立ち話は何ですがなあ。まあ裡《なか》に入りますか。汚いだがね。百姓だもんで。茶の一杯も如何《いかが》かね」

「いや、多分、どんなに散《ち》れていてもうちの空き家より綺麗だろうさ。今日は立ち話ばかりだから、寄せて貰うよ」

入り口を潜ると、土間も広いし天井も高い。

借りている家はもっとずっと小さいから、やや驚いた。実家は武家屋敷だから狭いことはないのだが、造りがまるで違うのである。

梁《はり》までの距離が妙な威圧感を与える。

何だろう。

そこまでの空間に生活《くらし》の積み重ねのようなものがみっしりと詰まっていて、それが伸《の》し掛かってくるような錯覚を覚えるのだった。

奥にどうぞと茂作が云うので、ここで結構だよと云って框《かまち》に腰掛けた。

茂作はおとよ、おとよと女房を喚《よ》んだ。

「そんなところでガタガタ震《ふる》ってばかりいねえで、高遠の殿様がいらしたからな、お茶など出せやあ」

閑寂《しん》としている。

この家の女房は、云いたくはないが中中に賑《にぎ》やかなご婦人である。口も悪いし能《よ》く笑う。人柄は良いが、正直に云うならば騒騒しい。

困ったもんじゃなあと茂作は顔を曇らせる。

「お客があっても出て来やしねえ」

「何だね。細君はご病気なのかい」

「とんでもねえ。あの嬶はまた丈夫な女でね。嫁いで三十年近く、風邪《かぜ》もひかねえし腹も毀《こわ》さないですわ。子供産んでも、幾日かで畑に出てね。けろっとしたもんだ。あんまり丈夫なもんで、死んだ婆様《ばさま》が吃驚《びっくり》してたがね。婆様も丈夫な方だったが、あの丈夫さは並じゃねえ、牛でも混じっとるんじゃねえかと云って呆れてたがね。この家じゃ、儂が一番弱いです」

「そうかね。丈夫なのは大変に結構なことだが——ならば、ガタガタと云うのはどうしたことだね」

それだがねと茂作は顔を寄せた。

「まあ、お殿様にこんなことご相談すんなあ、まあ筋違いだけんども、何しろ儂は学がねえもんでなあ。それに、まあ」

茂作はきょろきょろと落ち着きなく家の中を見回した。

「こんな高《たけ》えとこから直《じか》にお話しして、世が世ならお手討ちでやんしょうがね」

そんな莫迦なことを云うんじゃあないと窘めた。

「四民は平等の世の中だ。人に差をつけるなら、それは身分ではなくて生き様《いよう》でつけるべきだろうさね。なら、そうやって額に汗して働いて、きちんと生活しているお前さんの方が、ずっと偉いよ」

儂は畑やるだけだがのうと茂作は云う。

「種蒔《ま》いても耕しても、実入りは少ないしの、お国のためにゃなりませんがの」

「何を云うのだい。大いに国のためになっているのさ。まあ、国と云うのは一人一人が支えているのだ。大根でも牛蒡《ごぼう》でも、その一人一人の腹に入るのだろう。つまりはお前さんの汗が国の栄養になるのだよ。どうして、立派なものだよ」

「そうかいのう」

そんなことは考えたこともないですわと云って、茂作は板間で胡坐《あぐら》をかいた。

「まあ、実は猫を貰って来たんですわ。鼠《ねずみ》が酷《ひど》いちゅうのでね。芋だの喰うし、なんぞ引いて行くだけでなく、柱だの齧《かじ》る。そこで一匹、貰って来たんですわい。猫をね」

「そりゃ結構なことじゃないか」

「それが結構じゃねえんで」

茂作は更に顔を前に突き出した。

「怖がるんですわい。嫦が」

「何を。猫をかい」

「そのね、まあ儂の親戚が吉原《なか》で貸座敷を営《や》ってましてなあ。まあ遊廓《ゆうかく》に猫は付き物だもんでね。居るので。猫が。一匹呉《く》れると云うもんで貰うことにしたんですわ。そこまでは良いんだが、どうもねえ。その貸座敷で、あったんですわ。騒ぎがね」

「何だい。刃傷沙汰《にんじょうざた》でもあったかね」

「いやあ、その親戚の野郎がね、新造《しんぞ》にべた惚れしましてなあ、そりゃあ大層な入れ揚げようで、ご多分に洩れず女房は悋気《りんき》の火を燃やしますわ」

「ああ」

艶譚《いろばなし》には縁がない。嫉妬《やきもち》だ惚気《のろけ》だ、感じもしないし云う気もしない。

「それが殿様、焼きもちならいいが、ホントに焼いちまったって話ですわい。悋気の火の玉でなしに、火が出ちまった。その女房、気鬱《きふさぎ》の末に物狂いになって、死ぬの生きるのの大騒ぎした揚げ句、自分の家に火ィ付けて、もう大火事ですよ。そんで焼け死んじまった。先月の話で」

「それはまあ、大ごとだなあ。洒落《しゃれ》で済む話じゃあないな」

「済まねえでやすよ全然。でね、こう、半鐘《はんしょう》がじゃんじゃん鳴っている正《まさ》にその時によ、亭主は若い娼妓《むすめ》と」

「一緒にいたと云うのだね」

いたいたと云って茂作はぐいと身を引いた。

「まあ、何をしていたのかは知りませぬがね、どうせ酒かっ喰らっておねんねしてたんですわい。思うに。女房が大騒ぎして、火まで付けてね、死んじまったつうのに、亭主は何も知らずに見世《みせ》にいて、つらっと女の部屋にしけ込んで、しんねこだったと云う訳ですわい。で——ですな、問題なのはその後で。案の定、出た」

「何が」

これですこれと、茂作は両手をだらりと下げた。

最初は何かと思ったが、これは幽霊の体《てい》である。

「幽霊――と云うことかい」

「そう云うんですかなあ。何しろ学がないもんでな。お化けですわ、お化け。髪を振り乱したおっかない顔の、まあ女房のお化けが出て、廊下をひょろひょろと歩く。まあ亭主は腰抜かしただな」

「幽霊なあ」

色色と――思うところはある。

「まあ、それはいいが、それとその、貰った猫と、お女房《かみ》さんの具合の関係と云うのが判らないな」

まあまあ聞いてくだせえと、茂作は云った。

「そのね、亭主が惚れていた女てえのが、おまめと云う名の、まだ十六七の小娘でやしてね。お化けは亭主でなしに、どう云う訳かこの、おまめに祟《たた》ったんだなあ。それからこっち、夜な夜な化けて出ては、廊下をひょろひょろ歩いてね、それで、おまめの部屋に、こう、すっと入《へえ》るてえんですわい。そのお化けが」

「ほう」

「見たのは一人や二人じゃあねえと云う話でね、もう怖くって、娼妓も気が気じゃあねえですわ。厠《かわや》にも行けねえや。そんなだから、客なんか寄り付きやしない。おまめも気を病んじまって、やがて床に伏しちまっただなあ。で、これはもう堪《たま》らんと暇《いとま》を願い出たつうんだ。まあ年季やら何やらある訳だし、惚れてもいるから、親戚も困ったようですがの、結局は見世を出してしもうた訳だ。で、要するに貰った猫つうのが、そのおまめが」

飼ってた猫なんですわと茂作は云った。

「はあ。でもそりゃあ関係ないのじゃないかね」

「儂もそう思う。でも、嬶はそうは思わねえんで。お化けが猫にくっ付いて来たと思うているようでのう。何だか、気配がするとか寒気がするとか、ナンじゃカンじゃと云いくさっての、風が吹いただけで震え、戸が鳴っただけで布団被っちまうような有様でのう。どうなんですかいなあ、殿様」

「何がだい」

お化けてえのは居るもんですかと茂作は神妙な顔で問うた。

「いや――」

見た、と云う者は居る。いて欲しいと思う者も居る。でも――。

迷信だよと答えた。

「めいしんてなあ何で」

「いや、居ないということさ。居ると思いたい者は居るけれども、まあそれが信心やら真情やらの結果なら、それはそれで構わぬとも思うがね。まあ、そう云うものがなくってさ、それで徒《いたずら》に怖がるのは、まあいかんと云うことさ」

井上圓了《いのうええんりょう》先生の受け売りである。

「イカンですかい」

「まあ、文明人としてはいかんね」

「そうですかいなあ。いや、裏の金造《きんぞう》とこの婆さんも、若い頃に竹藪《たけやぶ》でお化け見たと云うし、床屋の三郎は、一昨年《おととし》そこの寺の墓場で人魂《ひとだま》見たと云うて、泡喰っておったがのう。ふわふわ飛んでおったちゅうて」

「まあ、そうしたことが全くないとは云わないけれども、そう云う話の九割、いいや九割九分は見間違いやら勘違いやら、悪戯《いたずら》ですよ。そうでなくとも、何か理由が他にあるんだな。だから、まあ、何も考えずに頭からそう云うことを信じ込むことが、まあ迷信だと——偉い先生も云っておられる」

そう云うもんかねえと首を縦に振り、茂作は感心して、それから大きくのけ反《ぞ》っておういい聞いたかおとよ、お化けは居ねえってようと、それは大声で叫んだ。

ごとり、と音がしただけだった。

見れば座敷に竹籠があり、中に草臥《くたび》れた猫が座っていた。

「何だ。返事もねえや。大体お茶だって出しやしねえもの。昨日、猫が来てから万事がこの有様ですわい。飯もろくに作らねえんだから参りますよ」

「それは僕も困るなあ」

戻った途端に飯抜きと云うのも、あまり嬉しくない。

「あんまり怖がるで、あの籠から出せないんですわい。猫も不憫《ふびん》だ」

慥《たし》かに窮屈そうである。

「でも、猫は猫だろう。その幽霊がこの家に出たと云う訳じゃあないのだろう」

んなもんは出ねえすと茂作は不機嫌そうに答えた。

「でも、まあ嬶が怖がるのも無理ゃねえんだな。さっきの話は、儂の親戚の話ってだけじゃあなくて、新聞に載ってたてえんですわい。やまと新聞とか云うたか、儂も嬶も字がいけないがね、そこの寺の和尚《おしょう》が読んだと云うのですわ。ま、新聞に載ってりゃア真実《ほんと》だろと」

「そんなことはないさ。まあ、騒ぎはあったのだろうが、瓦版《かわらばん》なんてものは江戸の頃から面白可笑《おか》しく書くが相場だよ」

「すると、嘘だかね。あの和尚め、好《い》い加減なこと云いやがって。怨《うら》むぞ」

茂作は口をへの字にした。

「いや、嘘とは云わないが、尾も鰭《ひれ》も付いているのだから、気にすることはない。そうだなあ、心に疾《やま》しいところがあれば、柳も芒《すすき》も幽霊に視《み》えるものだろうさ」

そう云うもんかのうと云って茂作は腕を組んだ。

「まあ、儂の親戚はかなり疾しいかんなあ。悪事こそ働かねえが、こと、艶《いろ》の道に関しちゃあ云い訳が利かねえな」

「お相手の——その、おまめさんか。それだって同じだよ。自分の所為《せい》で奥方が焼け死んだとなりゃあ、平常心じゃあ居られまい。だからそんな幻が視えるのだ。そもそもお前さん方はまるで関係ないのだろうに」

「まあ、親類でがすよ。儂の叔母の息子だでな」

「それだって亭主の放蕩《ほうとう》に関係はないだろう。一種に遊んでいたなら兎《と》も角《かく》」

「儂はそんな悪所に行くこたねえですよ。そんな甲斐性《かいしょ》があんなら、嬶に負けることもねえです」

「なら平気だろうさ。縦《よし》んば、縦んば幽霊が居たとしたって、お前さん方に祟る謂《い》われがないよ」

そりゃないわと茂作は云う。

「だから、あれはただの猫さ。なら籠から出してやらなくっちゃあ。あれじゃあ鼠も獲れないし、猫も可哀想だよ」

それまで遣る気のない仕草で顔を洗っていた猫は、蚊の鳴くような声でみぃと一声だけ鳴いた。

「儂もそう思うがなあ。そこでどうだ、殿様。あの猫をば少しばッかり預かっちゃあ貰えねえでっしょうかの」

「預かるだと」

捨てるな忍びねえと親爺は首を捻《ひね》る。

それはそうなのだろうが。

「しかしねえ、親爺さん。それではお女房《かみ》さんが僕の処に寄り付きやしないよ。それはそれで困るからなあ」

お世話はちゃんと致しますだよと茂作は云って、猫を見た。

「あれが居なくなれば、嬶は飯も作るし洗濯もするだ。掃除ぐれえは儂がする。なあに貰い手が見付かるまで、少しの間ですわい。辛抱して戴けねえかいのう。それとも、殿様は猫がお嫌いだかね」

「いやあ、まあ、嫌いと云うことはないが好きでもない。興味がないと云うか、生き物を飼ったことがないのだ」

猫は眼を細め、忙《せわ》しなく後ろ脚で耳のところを掻いている。

「飼えるかなあ」

「餌あやればいいだよ。用意しますわ」

「いやあ、そう簡単なものじゃないのじゃないか。糞尿《ふんにょう》だって垂れるだろう」

そんなもんはどっかでしますわと親爺は笑った。

「籠の底になあ、敷いてあるのが前の飼い主の座布団か何かですわ。あの猫ァそこで寝ておった。だからまあ、巣になってるようなもので」

「巣。猫にも巣があるのかなあ」

「犬だって猫だって獣なら大概は巣がありましょうよ。まあ、ですからね、あの柵を上げておけば、勝手に出て好きな処に行って、糞《くそ》でも何でも垂れるだよ。まあ敷居を勝手に跨《また》ぐのは猫莫迦坊主と云うでしょうや。何処でも行きます。でも、その籠に必ず帰って来て、まあ寝ますわ。猫てえのは寝るもんで、寝る時はそこですな」

そうなのか。

檻《おり》のような部屋。

運ばれて来る飯。

別に縛られてはいないが、何処に行こうが結局そこに舞い戻ってしまう。そして戻れば戻ったで、寝るだけである。

——なんだ。

同じではないか。

無為な生き物なのである。自分《おのれ》のようだ。

預かるよと答えた。では運びますわいと云った後、親爺は一層に大きな声で、

「おおい、猫は連れて行くかんな、もう怖いこたねえよう」

と、奥に向けて怒鳴った。

実《まこと》に――。

妙な具合になってしまった。

侘《わ》び住《ず》まいの中は十日前と何も変わっていないのだった。留守の間も掃除をしてくれていたのだろう。塵《ちり》一つない。

でも、埃っぽいのであった。

親爺が帰ると、豪《えら》く消耗した。

児童向けの二冊の綺麗な本と――。

籠の中の猫。

丸くなって寝ている。

おやおやと思い親爺が云っていたように柵を開けた。開ければ出て来るかと身構えていたが、一向に出て来ない。相も変わらず気持ち良さそうにすうすう寝ている。午飯刻《ひるめし》は疾《と》うに過ぎているし、夕餉《ゆうげ》までには間がある。今更出掛ける気力はなかったから、昼食は諦めて買って来た本を読むことにした。

第一篇とあるので、『こがね丸』から読むことにした。

本は沢山ある。家財道具は本ばかりである。加えて日頃、弔堂などに通い、厭《いや》と云う程書物を見ている。それなのに、こんなに本が綺麗なものだと思ったことはない。新しい所為だろうか。

いや、ものとして本を見ていなかった所為だろう。

物体として、能《よ》く出来ているのである。

口絵を眺め、いざ本文を読もうと頁を捲《めく》ると、何やら文面が硬い。子供向けとは到底思えない。

読み進めるだに思えない。

豈図《あにはか》らんや、序文を寄稿しているのは彼《か》の森鷗外《もりおうがい》なのであった。

勿論詳しくは知らないが、軍医でもあり翻訳も能くし、大層小難しいことを云う賢い人だと聞く。弔堂に薦められ、『國民《こくみん》之《の》友《とも》』に掲載された『舞姫《まいひめ》』と云う短編だけ読んだ。典雅な文体で記されていたが、舞台は独逸《どいつ》で、しかも邦人と異国人の恋愛が描かれていた。

相当に面喰らった。

丁度、新文体に馴れて来た頃に読んだので、やや読み難かったこともあっただろう。

ただ考えるまでもなく格調の高い美文であったから、中盤からはすいすいと読めた。

読み終わって思ったことと云えば、同じ内容を坪内逍遙の文体で書いたなら、印象はかなり違ったものになっていただろうと云うことであった。

弔堂の話だと、鷗外は逍遙と文体を巡って大いに論争しているのだそうである。

どうにも意外である。

漣山人の文もまた、端正な文語文で、迚《とて》も子供向けとは思えないのだ。但《ただ》し内容は犬の仇討ちである。虎だの狐《きつね》だの禽獣《きんじゅう》ばかりが活躍する荒唐無稽《こうとうむけい》なもので、中身の方はまあ、明らかに子供向けである。

読み進めるうちに子供向けと云うことをすっかり忘れて読み耽《ふけ》り、あっと云う間に読み終えてしまった。

昔読んだ合巻本やら赤本やらを思い出す。

文体でここまで読み口が変わるものかと感心した。

続けて、『當世少年氣質』を読んだ。

こちらは子供向けと云うより、子供が主役の話なのであった。これも、これまでに読んだことのないもので、一気に読んでしまった。読んでしまったのだが、何故か何か足りないような気になった。

ハテ何が足りないのだろうと顔を上げると、柵の上がった籠の口から猫が顔を出して此方を見ている。

見返すと、猫は何故かすごすごと籠の中に戻ってしまった。出ようとしているのを押し返したような恰好《かっこう》になってしまった訳であるが、そんなつもりは毛頭ない。

ただの気紛れなのだろうが。

矢張り、欠けている。

猫を見つつ思う。『當世少年氣質』の読後感と、今の自分——この自分の暮らしは同質である。

同じようなものが欠けているように感じる。

暫く朦朧《ぼんやり》と猫を眺めた。

幽霊に祟られた娼妓の飼っていた猫である。

死して後にも大いなる禍《わざわい》を齎《もたら》す——いや、己《おの》が生命《いのち》を絶ってまで、燃え盛ろうとする——そんなに強い情念と云うものが、先《ま》ず解らない。

そこまで強く人を好いたり厭《いと》うたり出来るものだろうか。

執念と云うか怨念と云うか、生きる力のようなものなのか、そう云うものが自分には足りないのだろうか。そんな気もする。

先《ま》ず少年小説を読んでこんなことを考えること自体、何処か的外れなことなのだろうなと、そんなことを考えた。

呆けているうちに猫は何処かへ行ってしまったらしい。全く気付かなかった。

気配も何もない。

矢張り魔性のものなのかと、愚にもつかぬことを思っていると、戸が叩かれた。

御免ください、御免くださいと云っている。茂作の声ではない。尤《もっと》も茂作なら御免くださいなどと云わぬし、云ってもその時はもう戸を開けている。女房などは黙って入って来ていきなり笑ったりするので困るのである。

しかしこの家を訪ねて来る者などある筈もない。居所は誰にも教えていない。流石《さすが》に家人には教えているが、当然来たことなどない。

もしや、人を頼んで連れ戻そうとでもいうことかと身構えたが、そんな訳もないだろうと思い直した。

「高遠様のお住まいは、此方《こちら》で宜《よろ》しいのでしょうか」

身内の仕業ならこんなことは云わぬ。

やおら身を起こして戸を開けると、身形《みなり》の良い若者が心細そうに立っていた。

細面《ほそおもて》の好青年で、瘦せているのに逞しそうにも見えるのは姿勢が良いからだ。それでも心細そうに感じられるのは表情の所為である。耳が大きく、眼は円《まる》く、部材だけは童顔の部類である。土台は青年であるから、その辻褄の合わない感じが、どうにもひ弱な印象を呼び寄せているのだ。着ているものは高級そうで、羽織には皺一つない。草履《ぞうり》も誂《あつら》えのようだし、足袋《たび》も上等のものである。

値踏みをしていると高遠様ですかと再度尋かれた。慌ててそうですと答える。

現実から離れてばかりいるから、どうにも人様との距離が摑《つか》めない。

「高遠は僕ですが」

「そうですか。いやあ良かった。突然押し掛けましてご無礼仕ります。私は、巖谷と申します」

「い、巖谷——もしや、巖谷小波先生でいらっしゃいますか」

「私をご存じですか」

「ご存じも何も、たった今お作を拝読させて戴いたところです」

数時間前までは知らなかったと云う訳にもいくまい。それに最前まで読んでいたと云うのは本当であるし、それも面白く読んだのだ。

お恥ずかしい限りですと巖谷小波は云った。

まだ——二十歳を過ぎたくらいだろうか。少年と青年が入り交じったような不思議な風貌である。それでいて、風格だけはある。

育ちが良いのだろう。

「いや、お子に向けた作品と聞いたのですが、僕なんかは充分に愉《たの》しみました」

巖谷青年はやや俯き加減になり、何とも形容し難い表情を作った。

「いや、ところでその——」

「ああ、実は尾崎紅葉先生のご門人の、泉君と云う――」

存じておりますと答えた。

あのややこしい話を繰り返されても堪らない。話す方も大変だろう。

「実を申しますと先程、丸善で諸諸を伺ったのです。その後、博文館に寄ってお作を購入したという次第です。ただ、諸諸はお聞きしましたが、先生が僕なんかに何のご用がおありなのかが判りません。これは皆目見当がつかない」

「はあ」

青年文士は頭を掻いた。

「まあ――先生にお越し戴いて玄関先では失礼です。侘び住まいですから茶の一杯も出せないのですが、せめてお上がりくださいませんか」

誘うと青年文士は恐縮ですと云って素直に従った。

茶が出せないと云うのは本当である。

この荒家《あばらや》に貴族院議員の子息を独り待たせて、茂作の処に茶を頼みに行くのも変な具合である。

掃除が行き届いていることだけが幸いであった。

「それで――如何《いか》なる御用でございましょうか」

巖谷小波は姿良く座って、再度頭を掻いた。

「いや——まあ、その、そもそもが又聞きなので甚だ怪しい話なのです。ですから的外れのことを申し上げておりますならご勘弁ください。これは人伝《ひとづ》てに聞いた話なのですが——何でも泉君が此岸《しがん》のものとも思えぬばかり、それは美事《みごと》な品揃えの、揃わぬ本のない書舗——に行ったとか、行かないとか」

「吁《ああ》」

——なる程。

お目当ては、弔堂なのである。

気付いてしまえば至極当然、この役立たずの自分に僅かでも利用価値があると云うのならば、あの奇妙な店に気安く出入りしている数少ない常連の一人だ、と云うことだけだろう。

「まあ、揃わぬ本がないと云うのは多少大袈裟かもしれませんが——いや」

そうでもないのかもしれない。

いや——注文すれば揃うのだ。

まあそうでしょう、と云った。

「矢張りあるのでしょうか。そのような場所が。泉君は其処に」

「ええ、行きました。僕が無理矢理連れて行ったのですよ。いや、些細《ささい》なご縁がございましてね」

本当であったかと文士は呟《つぶや》く。

しかし弔堂が目当てなら、それこそ為三に尋くが早かったと云うことになるだろう。

元元、取り次ぎのため弔堂に通っていたのは為三その人なのである。為三がいなければ、彼《か》の店の存在を知る由《よし》もない。

いや、為三のような丁稚風情が知っているのであるから、弔堂と云う名は斯界《しかい》では有名なのかもしれず、ならば同じ業種である東京堂でも博文舘でも、知っている者はもっと大勢居た筈である。丸善の山田とて知っていたかもしれない。

多分、何もかも話が一人歩きしてしまった所為なのである。

泉鏡太郎が弔堂の名を出してさえいれば、高遠などと云う何処の馬の骨だか判らぬような人間を迂回する必要もなかったと云うことになる。

ただ泉を責めることは出来ない。

まともに教えていないのだから。

「いや、面目《めんぼく》ないです。一度きりのこと、もうご縁はないかと短慮し、きちんとお教えしていなかった。問われた泉さんもお困りだったでしょう」

「泉君は几帳面な性質《たち》ですし、決して嘘を云うような男ではないですから、信用はしておるのですが、伝聞でもあり、仲介を重ねる毎《ごと》に話が誇張されてしまうと云うこともございますから、話半分には思っておりました」

この青年がどの程度の店を思い描いているのかは知りようもないが、並の想像なら超えていると思う。あんな店は、彼処《あそこ》より他にないだろう。

「どうなのでしょうなあ。その辺りのことを、泉さんは一体どのように仰っているのでしょうか」

「覚悟を戴いたと云っておるようです」

「覚悟ですか」

「いや、実を云うなら、私はその件に関して泉君と直接話してはいないのです。当時彼は新聞小説に掛かりきりでしたからね。あの作品が処女作になる訳ですから、ここは一つ、全霊で集中して貰わないといけないと考えまして、僅かなりとも配慮をしたと云う次第です。聞こえて来る評判も、耳に入れないように努めています。会えば話してしまいますから――」

「評判もですか」

「ええ。まあ、物書きと云うのも因果なものですから、良い評判が耳に入れば天狗《てんぐ》となり悪評が流れれば青菜に塩、そうした心持ちが作品を曲げてしまうこともあるかもしれぬ。心の強い方は平気なのかもしれませぬが、彼は繊細ですし、何せ初めての小説ですから――」

なる程そう云うものかと思う。

「博文舘で小耳に挟み、心を強く魅《ひ》かれました。そうなると、真偽の程が知りたくて堪らなくなって、もしや尾崎先生なら何かご存じかとお伺いしたと云う次第です。何でも高遠様しかご存じない店だとか」

それは間違いである。

「そんな特殊な処ではありません。多少判り難い在所《ざいしょ》に建っているのと、商売気がまるでないので、識《し》る者が少ないと云うだけのことですよ。まあ、多少妙竹林《みょうちくりん》ではありますけれども」

「真実なのですね」

眼が輝いている。

「実に不躾《ぶしつけ》なお願いごとかと存じまするが、高遠様。私を――彼《か》の書舗にお連れ戴けませんでしょうか。いえ、今すぐと云う訳ではなく、高遠様のご都合に合わせます」

「これは畏《おそ》れ多い」

お安い御用である。

「僕は、就労もせず隠棲していると云う不埒な身分でございましてね。朝日が昇ってから夕陽が落ちるまで、日がな一日、暇しかないようなものなのです。世の役に一切立たぬ虚者《うつけもの》ですよ。巖谷先生が欲されるのでしたら速やかにその命に従うが幾許《いくばく》かでも世の役に立とうと云うものでしょう。ですから、これからすぐでも構いませんが――」

「すぐですか。本当ですか」

腰が浮く。

余程行きたいのだろう。

しかし、上がってすぐ出ろと云うのも間の悪いことである。

こう云う時に茶でも出せれば間が持つのだが、生憎何もないのであった。

話すことさえ何もない。世間が狭い。狭いと云うか、ない。今、話せるとしたら読んだ本の感想くらいのものである。だが、作者を前に手前勝手な感想を述べるのも如何なものかと思うし、そうなると別段話題もなく、気拙《きまず》くなるかと思いきや青年文士は閑居を見渡し、意外なことを云った。

「いやあ、良い風情です。此処にお独りでお住まいなのですか」

「住むと云いますか――まあその、家屋敷は別にあるのですが」

「いや、何でしょう。失礼なことを申し上げたならご勘弁戴きたいのですが、憧れるとは申しませんが、羨ましいような気にはなります。まあ、ご不自由もあるのでしょうから気楽な暮らしと云うこともないのでしょうが――」

「不自由はないです。気楽でもあります」

ただ。

私には無理かもしれませんと巖谷小波は云った。

「無理――ですか」

「ええ。何でしょう、こう、こうした暮らしに憧憬《しょうけい》は大いにあるのですが、同時に畏れもあるのです。そうですね、何か、足りないような気になると、もういけないかもしれませんね」

「ああ」

それは、先程感じていたことである。

「人と人との距離と云うのは、近ければ重く伸し掛かり、遠ければ不安になるものなのでしょう。ぽつんと世間と切れて生きるのは――憧れもしますが、難しいことのように思います」

まだお若いのにと云うと、若いからでございますと青年は答えた。

「どうも、最近はそう思います。私はまだ子供なのではないかと――」

「子供ですか」

「ええ。勿論、こんな図体《ずうたい》をして子供だと云うのは奇態に思われるでしょうが、内面が育っていないのか、育つのを拒んでいるのか、それとも子供時分に帰りたいと思っているのかもしれません。そんな気になります」

「子供――ですか」

突然。

娘のあどけない顔を思い起こした。

無性に愛おしくなり、同時に何だか恐ろしくもなった。

会いたいし、抱き上げたいし、可愛がりたい。而して、この荒家に娘が居る場面を想像するのは厭だった。何だか臀《しり》の据わりが悪くなる。此処に家族を入れることは出来ない。此処は、家族のいない世界なのだ。

欠けているのはそこのところなのだろうか。

「私は――こんなことを自分の口から申し上げますと、どんな風に云っても自慢めいて聞こえてしまうのでしょうが――恵まれた家庭で育ったのです。祖父も父も、社会では立派な人で、私も医者になることを望まれた。幼い頃はそのつもりでいたようにも思いますが、いや、何も考えてはいなかったのです。ただその恵まれた環境を考えなしに受容していただけだったように思います」

幼子はみなそうでしょうと云った。

「そうでしょうね。でも私は結局医者になることを拒否してしまいました。親の期待には応えませんでした。応えられなかったのではなく、応えなかったのですよ」

「文学――ですか」

「文学の道を選ばれたのですね」

能《よ》く解りませんと青年文士は答えた。

そして、つ――と、文机《ふづくえ》の上の本に目を遣った。

他ならぬ、この青年が記した本である。

「あの――」

何か云いかけた時、奥でことりと音がした。おやと振り向くと、猫だった。

途端に巖谷小波は言葉を止めて、整った顔をやや引《ひ》き攣《つ》らせた。

「どうかなさいましたか」

「いや、猫は――」

猫は一度人間の様子を見るようにして止まり、それからのろりと籠に入った。

「猫がどうかしましたか」

「お飼いになっていらっしゃるのですか」

「いや、預かっているだけです。僕は生き物はどうも――」

青年は顔を少し傾けて、腰を浮かせた。

猫が。

嫌いなのだなと、瞬時に思った。

何故か、迚《とて》も気持ちが能く解る。

「いや、預かる時もやや躊躇《ちゅうちょ》しました。苦手という程のことでもないのですけれどもね。何と云いますか――」

「私も、猫はあまり得手《えて》ではありません」

矢張りそうなのだ。

「ではもう行きましょう」

良い踏ん切りになったとばかりに立ち上がり、弔堂に向かうことにした。

其処は近いのでしょうかと問われたので、近いと答えた。

「なあに、歩いたってものの六町ばかりですよ。遠くはないです」

戸締まりをして、茂作の家に夕食までには戻ると声を掛け、それから坂を下った。

道道、森鷗外の序文を貰うのに苦労したと云う話を聞いた。

日参して頼み込んだので、了《しま》いには鷗外本人より御母堂の覚えの方がめでたくなってしまったそうである。

そうこうしているうちに、横道に辿り着く。山萩《やまはぎ》を眺めて径《こみち》を進む。

巖谷小波は姿勢を崩さず、颯颯《さつさつ》と歩く。

育ちの良いのも気持ちが好いものだ。

やがて――。

奇妙な建物が見え始める。

当然、それが書舗だとは誰も思わない。

思う思わないと云うより先に、どう云う訳か建物だと気づきさえせぬのである。

森やら林やら、そうした自然物に溶け込んでしまうのか、比較するものがないので建造物とさえ思わないのか、大きくて奇妙な形をした建物ではあるのだけれど、何故か見逃してしまうのである。

此処ですと云うと、何処ですかと問われた。

「この、陸燈台《おかとうだい》のような」

「噫《ああ》、此処ですか」

俄《にわか》に青年文士は表情を明るくした。

子供のような瞳には、それこそ喜色のようなものが宿っている。

巖谷小波は、一度見上げて、軽やかに入り口まで駆け寄り、そして簾《すだれ》の張り紙を見て立ち止まった。

「弔──と書いてありますが」

「ええ。それが店の名前です」

「弔堂と申します」

がらりと戸が開いて、瓜実顔《うりざねがお》のしほるが顔を出した。

「いらっしゃいまし。ご本がご入り用でございますか」

そう愛想良く云ってから、小僧は文士の脇から顔を覗かせ、オヤ高遠の旦那さん何をしていらっしゃいますと云った。

「何をって、この方を案内して来たのじゃあないか。失礼な小僧だなあ。こちらは、小説家の巖谷小波先生だよ」

「おや、それはそれは、ようこそいらっしゃいました。すると、『こがね丸』の漣山人先生でいらっしゃいますね」

　手前はあれが大好きでございますよと、しほるはまるで普通の子供のような口振りで云った。

　おやありがとうと青年は何の不思議もないように礼を云ったのだが、どう欲目に見ても、しほるはあの本をすらすら読み熟《こな》せるような年齢《とし》には見えない。

　美童に誘われた青年は、書物の魔窟へと足を踏み入れ、踏み入れた瞬間に顔を輝かせて、小躍りでもするように壁面を囲む書架へと取り付いた。

　先程図体の大きな子供だと本人が云っていたけれど、その通りの有様である。

　何故か、身に纏《まと》っていた心細そうな印象はすっかりなくなってしまい、ひ弱な感じも掻き消えた。だが同時に、逞しさも感じられなくなっている。

　素直にはしゃいでいるように見えた。

「凄いですよ。これは凄い。こんな素晴らしい場所があるなんて」

　青年文士は何かを振り切ってしまったかのように、棚から棚へ移っては引き切りなしに本を見ている。

「まるでお祭りの縁日のようですよ」

なんて魅惑的なのだろうと、青年は呟いた。

これまで彼が発したどの言葉よりも素直な真情吐露であるように聞こえた。

戸を閉めると、楼内は天窓から差し込む弱い陽光と等間隔で並べられた蠟燭《ろうそく》の明かりだけになる。青年文士は瞬《また》く火燈《ほあかり》に頰を照らされて、本当に宵宮《よいみや》の露店を覗く子供のようになった。

巖谷先生——と、厳《おごそ》かな声が聞こえた。

いつ現れたものか、それとも最初からいたものか、弔堂の主人が帳場の前に立っていた。

「ああ、申し訳ない。ついはしゃいでしまいました。あの」

「私めがこの店の主人《あるじ》でございます。それにしても——高遠様が硯友社の先生とお知り合いとは、存じ上げませんでした」

「いや、その」

これは素晴らしい景観ですよと云う興奮した様子の巖谷小波の声が、どうでも良い説明を妨げる。

「いや、どうもこうした気持ちを表すのに相応《ふさわ》しい語彙《ごい》と云うのは、あまり多くないものですね。素晴らしい素晴らしいばかりでは本当に子供です。お恥ずかしい」

「いいえ、褒められて厭な気持ちは致しません。ただ、後学までにお伺いさせてくださいませ。この店の何処がお気に召しましたでしょうや」

「はい」

青年は吹き抜けの二階あたりを眺め、それから、先《ま》ず数ですと云った。

「数――ですか」

「ええ。私は、何と申しますか、集めて揃えることが好きな質《たち》なのです。妙な云い方ですけれども、沢山のものを――いや、ものではないですね。ものと云いますか」

「蒐集癖《しゅうしゅうへき》がおありなのですか」

「いや、蒐集と云うのではないですね。揃えることが好きと申しますか」

欠けているものが埋まるような快感があるのですと巖谷小波は云った。

――欠けているものが。

「子供染みておりますでしょう。ただ現実に於《お》いて、ものを集めたり並べて飾ったりすることは致しません。ただ、例えば勉学にしても、身を立てようとか何かを成し遂げようとか、そう云う一般的な向学心を以て臨んでいた訳ではない気がします。何かを識《し》ることが楽しい、知識を集めて揃えて行くことが愉しい、そうしたことであったように思います」

なる程と主は云って、椅子を勧めた。

小波は勧められるままにその椅子に腰掛けた。主は珍しくにこやかな表情を作って高遠様もお座りくださいと云った。

「そんなですから、自分は医者にはなれないと思ったのです」

「慥《たし》か巖谷家は近江《おうみ》水口藩《みなくちはん》の藩医のお家柄でいらしたのですな」

家業は医者なのですと青年は答えた。

「ただ父は元の太政官《だじょうかん》勤めで、書家でもあり、漢詩も能《よ》く致します。祖母は御所仕えの右筆《ゆうひつ》でしたから、能や和歌、謡曲などの手解《てほど》きをしてくれました。でも、私にとっては、漢詩の作法も能狂言も、そして独逸《どいつ》語も医学も、どれも同質の知識に過ぎませんでした。学ぶことは嫌いではありませんが——」

医者になる気にはなりませんでしたと恵まれた青年は云った。

「ですから学校も辞めました」

「獨逸學協會學校《どいつがくきょうかいがっこう》に在籍していらしたのでしたか」

「ええ。一体何の不足があるのだと云われました。勿論何の不足もありません。私は多分、誰よりも満ち足りていたのだと思います。家計は裕福であり、家柄も良いのですから、不平などを口にしたら罰が当たりましょう。実際、そう云う意味での不平不満は全くありませんでした。不足などある筈もない。ただ、そうした真っ当な知識や真っ当な在り方だけでは」

「足りなかったのですか」

主は問うた。

「足りない——欠落があったとは思いませんが、そう、より殖《ふ》やしたいと云う欲求が満たされなかったと云うよりないです」

「より殖やしたい——ですか」

「ええ。能や狂言、俳句に和歌、どれも嫌いではありません。好きです。でも、同じように私は、卑俗な見世物に魅かれる。独逸語は幼い頃から学ばされましたから、好きも嫌いもないのですが、同時に小屋掛けの祭文語《さいもんかた》りや浪曲にも、私は魅了されていた。好きなのですよ。並び立てるものでもないのでしょうけれども、いずれも切り捨てることは出来ません」

此処にはどちらもあるじゃないですかと巖谷小波は本当に愉しそうに云った。

「何もかもある。揃っています。其処には医学書が並んでいて、彼方《あちら》には戯作本が積まれている。漢籍もある。雑誌もある。役者絵もあるし銅版画もある。博物とは、正にこの有《あ》り様《よう》ではないですか。聖俗尊卑が同列に揃っています。しかも渾沌《こんとん》としている訳ではない。整然と並べられている。これは——」

「これは」

書物だから為《な》せる業ですと主は云った。

「どんなものでも、文字にしてしまえば同列でございますから。聖俗尊卑どころか、虚も実もない。差異も区別もないのです。ただ、此処にある博物は、皆——死んでおりますけれどもね」

「そうでしょうか」

ええ死んでおりますと主人は云う。

だからこそ、この店は弔堂と云うのである。

「読まれなければ死んでいる。この楼はただの目録に過ぎないのです。此処は書物と云う墓碑の並んだ墓場なのです」

「読めば——」

幽霊が立ち現れるのだと主は云っていたと思う。

過去の、知識の、想念の幽霊である。

墓場などではありませんよと小波は云った。

「こんなに心が弾む、魅惑的な墓場などありませんよ。いや、墓場と云うのなら墓場でも構いません。此処が墓場なら、私は墓守になりたい。そんな気分だ。ご主人、あなたは違うのですか」

「私は供養したいと思っております」

「供養——ですか」

「相応しい読者と書物を引き合わせることこそが供養と心得まする。本は生涯に一冊あればいいのです。その人の一冊と、その本の一人を巡り合わせるために、私はこの店を営《や》っております」

「一冊ですか」

「はい。そこでお伺い致します。扨《さて》、巖谷先生は――」

どのようなご本をご所望ですか――と弔堂は云った。

「私の生涯の一冊は、もう決まっておるのです」

「ほう」

「しかも、私はそれを既に所有しております。ただ、読み込んで傷んでしまった」

「ほう」

主は興味深そうに青年の顔を見た。

「すると、二冊目が欲しいと」

「ええ。初めて手にした時と同じ、綺麗なままで保存しておきたい――そんな想いに駆られまして、探しておりました」

「ほ、保存用ですか」

思わず声に出してしまった。

そう云う発想はなかったからである。

「読むため——ではなく。本を——保存しておくのですか」

「ええ。そうです。永遠に保存しておきたいのです。書物には、書いた者の想いが封じ込められています。同様に、読んだ者の時も封じ込めることが出来る。違いますか」

違いませんでしょうと主は答えた。

「して、その本の書名は」

「はい。明治八年に独逸で発行されました、ふらんつ・おっとーの著作、『Der Jugend Lieblings-Märchenschatz』と云う本です」

「ああ」

主は大きく首肯《うなず》いた。

「そうですか。あれは美しい、良い本でございますな」

「あ——あるのですか」

「ございますとも」

「ほ、本当にあるのですか。何しろ十五年以上前の本ですし、当時は洋書などあまり流通しておりませんでしたから、中中見付からずにいたのですが」

「とびきりの美本が一冊ございますよ」

主はそう云って、帳場に向かい、階段を上って行った。

巖谷小波はその姿を目で追い、固唾《かたず》を呑むようにして身を硬くした。まるでご褒美を待つ幼子のような顔になっている。

程なくして主は階段を下りて来た。

確《しっか》りとした造りの、美しい革装本を手に持っている。

「こちら——で宜しいのでしょうか」

「こ、これです。嗚呼《ああ》、何と素晴らしい」

小波は押し戴くように受け取り、開かずにただ嘗《な》め回すように眺めた。

「お、同じです。十三年前に兄から貰った時と、まったく同じ気持ちです」

「お兄様からの贈り物でございましたか」

「ええ。その頃私は、まだ十歳ばかりでございました。兄は独逸で、出版されて二歳《ふたとせ》ばかりのこの本を新刊で求め、知人に託して贈ってくれたのです」

「十歳の子供にですか」

絵本なのだろうか。それに、かなり高価そうな本である。子供への土産に相応しいものではないだろう。

「私はその頃、家庭教師に独逸語を教わっていたのです。兄は、その役に立てばと考えたのだと思います」

「あなたは――十歳で独逸語を習得されていたのですか」

　やや呆れて顔を見たのだが、青年は相好を崩したままだった。

「これはその、どう云った本なのです」

「そうですねえ」

　少年少女のためのめるひぇん集――とでも訳せば良いのでしょうかと主は云った。

「めるひぇん、とは何だいご主人」

「はあ」

　主人は困ったような顔をした。

「適当な言葉がないのですが、空想物語とでも云いましょうか。そうですねえ、動物や魔法などが――いや」

　少し考えて、そう、『こがね丸』のようなお話のことですと主は答えた。

「はあ。すると、子供向けのお話ですか」

「子供向けと云えば子供向けなのでしょうが、そうとも限らないと思いますが。如何ですか巖谷先生」

　これをお売りくださいますでしょうかと小波は云った。

　どうやら傍《かたわら》で交わされていた会話は耳に入っていないようだった。

「勿論お売り致します。それが商売でございますから」

「素晴らしい。此処は、矢張り素晴らしい場所です。魔法の国のようです」

「それ程喜んで戴けたなら幸いです。しかし――巖谷先生はその本を既にお持ちなのでございますね」

「ええ。戴いてから、呆れる程読み返しております」

「今も――ですか」

「ああ。まあそうです」

「これは当て推量ですが――」

最近になって再び読み返されたのではないですかと、主は本を愛《め》でる小波を見下ろすようにして云った。

「あ――そ、そうです」

「大好きな本を久し振りに読み返され、古びて傷んでしまっているのに心を痛め、それで状態の良いものをお探しになっていたのではありますまいか」

「そうです。仰《おお》せの通りですが――一体何故それを」

「いえ、差し出がましいことと拝察仕りますが、多少気になったものですから」

「気になったと仰いますと」

漸く青年は顔を上げて主を見た。

「ええ――失礼なことをお尋ね致しますが、先生はお幾齢《いくつ》でいらっしゃいますか」

二十三ですと青年は答えた。

「お若いですなあ。しかし、先生はもしやその若さで後ろを向いているとお考えなのではございませんでしょうか」

「後ろ」

青年は本を膝の上に置き、不安そうな様子で僅か考え、ああ、と納得したような声を発した。

「そう――かもしれません。慥《たし》かに私は後ろを向いております。後ろと云うより、過去に遡《さかのぼ》るかのように、現実から逃避しております」

どう云うことですかと問うた。

「はあ。想いが昔に向いているのです。今日より昨日、先月、去年と――どんどんと時を遡り、突き当たったのがこの本なのですよ。今のことや明日のことは余り考えたくない、そんな毎日なのです。どうも、来し方にばかり気が向いて、行く末に目を閉ざしている――そんな気も致します」

私は逃げているのでしょうねと、小波は云った。

「実は」

そして唇を噛む。

「実は私には想い人がおります」

主は何も答えず、ただ青年を見下ろしている。

「恋い焦がれ魅かれ情を注《そそ》ぐ、ただ一人の女性がいます。でも、その想いは――どうやら遂げられないのです」

「そうですか」

主は静かに云った。

「すると、先生がお書きになった『五月鯉《さつきごい》』――後に改稿改題の上『初紅葉《はつもみじ》』として上梓された作品は、その――恋心を綴《つづ》られたものでございましたか」

「ああ」

それは『我樂多文庫』に掲載されていた作品ではないか。

あの、感傷的な、少女が記したような作品の一つではないのか。

拝読しましたと云った。

お恥ずかしい限りですと青年は応えた。

「どうにも、若書きの感は否めません。浪漫《ろまん》主義者のような心情描写も出来ていなければ、新文体の工夫もない。ただ青臭い真情を書きつけただけのような作です」

「書かれたご本人にとってはそうなのかもしれませぬが、読者がそう思うかどうかは別の問題です。出版されているのですから、もう先生の手は離れております」

「ええ。でも――」

この青年の恋は、終《つい》えてしまったのだろうか。

「そこで私は、あなたが仰るように後ろを向いてしまったのです。あのような作品は書けなくなってしまいました」

「それで——『鬼車《おにぐるま》』のような作品をお書きになられたのでございましたか。あの作品は慥《たし》かその、おっとーの『Der Jugend Lieblings-Märchenschatz』の中の一篇を翻案したものでございましたね」

そうですと小波は答えた。

その作品も『我樂多文庫』で読んだような気がする。筆名が違っていたのか、記憶は曖昧だが、『五月鯉』の作者の作品とは思っていなかった。

「どうも、私は尾崎先生のようなものは書けない。何と申しましょうか——人情の機微だの、浮世の様だのと云ったものが、能《よ》く判らないのです。無意味で非寓意なものに魅かれる。そう、子供なのですよ」

目が過去にばかり向いているのですと小波は云った。

「乳母日傘《おんばひがさ》とまでは申しませんが、私の過去はどれも幸福《しあわせ》なものです。どの時代、どの年齢を切り取っても、辛い苦しいと云うことはない。母は私が生まれてすぐに亡くなってしまいましたが、父も義母も、祖母も、兄も姉も——家族は皆、私に優しくしてくれた。家族の寵《ちょう》を一身に受けて育った私に、不幸はない」

幸福でしたと青年は云う。

「でも、父や兄の反対を押し切って文学の道を選んだ、その途端に私は辛いと云うことを知ったのです。だから私は後ろを向いて、過去へ過去へと逃げているのでしょう。その辛い現実と向き合って、それを作品として昇華するだけの技量も知恵も、覚悟も、私にはないのだと思う」

いつの間にか青年文士は、苦悩の表情になっていた。

「意味のない、何も表していない、何も隠れていない、子供の読むようなものを書いている方が楽です。そんなものは」

きっと文学じゃないのでしょうと巖谷小波は云った。

「ですから——此処のような場所が私には居易い。此処には過去しかない。否」

青年はうんと頸《くび》を伸ばし、上を向いてぐるりと店内を見回した。

「過去の全てがある」

「ございます」

と、主は云った。

「ええ。素晴らしいです。生きた人間と通じあい、傷付け合ったり詰《なじ》り合ったりするのは、辛いです。愛憎と云うのは表裏一体のものです。深く関われば、必ずそうした強い情動が生まれる。それなら浅い方が好いです。関わらない方が良い」

「巖谷先生」

　主は哀しそうな顔をした。

「先生のお気持ちは、能《よ》く解ります」

「そうでしょう。ご主人ならお判りになる筈だ」

「はい。ここは弔堂。私は墓石を愛《め》で亡魂と語る弔い人にございます。日日生なきものと暮らしております。ですからそのお気持ちは迚《とて》も能く判りまする。その上で申し上げまするが、そのお考えは——心得違いと云うものでございますよ」

「違って——おりますか」

「違っております」

「何か心得違いをしていると仰せなら、それはその通りです。私の在り方は正しいものではないでしょう。私は現世《うつしよ》から目を背け、逃げているのです」

　逃げて何が悪いのですと主はきつい口調で云った。

「いや、それは」

「敵わぬ相手と対峙した時、身に危険を感じた時、獣は迷わず逃げまする。何故に逃げるかと云えば、それは生きるためにございましょう。逃避と云うのは、生き延びるためにする行為なのでございます」

「生きるため——ですか」

「逃げぬことを美徳とするは、生きとし生けるものの中で人ぐらいのもの。努力すれば成る等《など》と云うのは愚か者の戯言《たわごと》。為《し》てみるまでは判らない等と云うのは痴れ者《しれもの》の譫言《うわごと》にございます。不可能なことはどう努力しても不可能でございましょうし、可能か否かを見極めるのも早いに越したことはないのです。仮令《たとえ》見極め損ねたとしても、逃げていれば安全ではありましょう。勝ち負け等と云う下賤《げせん》な価値判断でしかものを捉えることが出来ぬ愚劣なる者が、逃げることを蔑《さげす》むのでございます。人には、向きも不向きもございます。いけないと思うたら」

逃げるが良しと存じますと、弔堂は厳しい口調で云った。

「しかし、それでは――私の何が間違っていると」

「宜しいですか。人は在るだけで満ち足りておりましょう。それは、先生も仰っていた通りです。それでも欠けている、足りぬと思うのは、己の枠を拡げてしまうからに他なりません」

「それは――判ります」

「その枠を、どちら側に拡げるかと云うだけのことではございませんか」

「どちら側――と云いますのは」

「行く末に向けるか来し方に向けるか、現実に向けるか虚構に向けるか――何処に向けても同じこと」

「同じこと——でしょうか」

「此方《こちら》に向くのが正しいと思うなら、反対に向けば後ろ向きです。正しいと思わなければ、どちらを向いても前を向いていることになりましょうよ」

「それはそうですが」

ご想像願いますと主は云った。

「皆が右に進んでいると致しましょう。そしてあなた様はただ一人、左の方に進んでいるとする。右に目的を見出すなら、自ら左に進むと云う行為は、逃げていることと同義になりましょうな」

「はい。目的からは遠ざかるのでしょうから、逃げているのでしょう」

「でも、あなた様は左に進みたいから進んでおられるのです。つまり、あなた様の目的は左にあるのですよ。ならばそれは、逃避ではない」

主人はやや強い口調で続けた。

「皆が右を向いて走っているからと云って、あなた様の目的も右の方にあるとは限らないのでございます。右を向いて左に進めば、後ろ向きに進んでいることにもなりましょう。ならば、本来の目的からの距離もどんどん離れることにもなりましょうな。隙間が大きくなる。それが——」

闕如《けつじょ》として感じられるのですと主は云った。

「あなた様のお仕事は、決して後ろ向きではございません。無意味結構。非寓意結構でございます。小説とは本来そう云うものでございましょう。意味だ思想だ、そんなものはそれこそ幽霊のようなもの。小説を読み、そこに何を見出すか、どんな幽霊を見るのかは、読者次第でございます。これは私見でございますが」

　主人はそこで言葉を切った。

「断言致します。『こがね丸』は文学史上に残るものとなりましょうよ」

「いや――それは」

　小波は泣きそうな顔をした。

　そして、あれは換骨奪胎《かんこつだったい》のようなものなのですと云った。

「南仙笑楚満人《なんせんしょうそまひと》の仇討ちものから着想を得たのです」

「なる程、黄表紙《きびょうし》ですか」

　それはどなたですかと問うと、芝《しば》に住まわれていた、江戸の戯作者ですよと主人は答えた。

「流行に乗って仇討ちものを沢山物された方です。『敵討義女英《かたきうちぎじょのはなぶさ》』という作が大当たりした。ただ作風は凡庸で、どれも同じようなものばかりですから、後世の評価はそれ程高くはありません」

「そうでしょう。ですから――そんなものなのですよ」

「いいえ」

まるで違いますと主は云った。

「江戸の後半に流行した黄表紙は、子供の読み物ではありません。子供の読むような絵本に登場する獣や化け物などが頻繁に登場するので勘違いもされ易いのですが、そうした記号を利用して書き改められた、大人の読み物です。筋書きはあくまで大人向けなのです」

「そうですが——」

「ならば、先生は大人向けの話を子供に向けて書き改めたと云うことになります」

「いや、しかし所詮《しょせん》は戯作ではありませんか。江戸の戯作は——」

「一段も二段も低いもの——と云うのが当世風でございますか。いやいや、それこそ大いなる誤謬《ごびゅう》だと私は考えます。海外の文学こそが文学の本流と云う捉え方は、まあ時流ではあるのでしょうが、偏った、幼い考えでございますよ。露西亜《ろしあ》の小説は優れているが、馬琴《ばきん》も京伝《きょうでん》も見るべき処はないなど、そんな理《ことわり》の立たぬ話はないでしょう」

「そう——でしょうか」

「互いに良い処も悪い処もある。違うとしても優劣ではなく差異です。昨今、小説は表現だと云う。まあ表現でしょう。だからこそ文体に工夫を凝らす。しかし凝らされた文体で表現されるものは、一体何なのでしょう」

「それは──」

「自己──ですか。思想ですか。主張ですか。そうかもしれませんが、そんなものは先程も申し上げたように、あってないようなもの。それを封じ込めた書物は、封じた時点で死んでいるのです。そこから涌《わ》き上がる幽霊は、読む者によって姿も形も変わってしまいましょう。変わらないのは──物語だけです」

「物語──ですか」

「ええ。物語、お話です。そう、古今東西、それはもう数え切れない程の様様な物語が伝わっておりましょうよ」

「お話と云うのは──」

つい口を挟んでしまった。

「その、昔昔と云うような、そう云うお話ですか、ご主人。あの、猿蟹《さるかに》とか、浦島太郎《うらしまたろう》とか云う」

高遠様の仰る通りですと弔堂は答えた。

「そうした世界中のお話を較《くら》べてみますとね、実は、そう大差がないことが判ります」

「大差がないとはどう云うことです。西洋も東洋も同じ、と云うことですか」

「ええ」

「そうですか。いや──そんなものでしょうか」

小波は眉を顰めた。

「支那《しな》と我が国は慥《たし》かに似ているかと思いますが、欧羅巴《よーろっぱ》と亜細亜《あじあ》では相当に違うように思いますが」

「勿論、お国柄と云うのはあります。しかし例えば、猿蟹だとて、地方に依《よ》って多少は違っておりましょう。蜂が牛糞になったり臼《うす》が石になったり、様様です。この狭い島国の中でそれだけ違うのですから、国が変われば大いに変わる。でも、変わるのは要素やら彩りやらなのであって、筋書きや骨格は然《そ》う違ってはいないのです。変わらぬお話と云うのは、謂わば物語原型と云うようなものでございましょう」

「物語原型――ですか」

「ええそうです。どの時代に、どの地域で、誰によって誰に向けて語られたかで大きく違ってしまいますが、元はそう違うものではない。噺家《はなしか》の語りも戯曲も、何もかも、元は同じなのでございます。ならばあなた様が何に着想を得ようとも、それはあまり関係のないことでございますよ」

「いや――」

巌谷小波は革装の本を胸に抱いた。

「でも、所詮子供向けです」

「だからこそです」

「だから——こそとは」

「その昔、童は文字など読めませんでした。だから絵本が作られた。いや、子供に限らず、難しい字がすらすら読めるような人は、そんなに多くはなかったのです。かなが読めたとしても漢字は読めない。看板の文字は判っても、本は読めない。社会の仕組みが変わり、教育の制度が変わり、文字が読める人は飛躍的に増えた。子供もまた、字が読めるようになって来た。巖谷先生の書かれた『こがね丸』は、この、明治の世なればこそ成立した——新しい文学の萌芽です。少なくとも私はそう思います」

「文学——なのでしょうか」

「呼び方などは何でもいいのです。私は、どうも文学と云う呼び方が余り好きではないのですが——文字で表現された全く新しい作品であることに違いはない。紛う方なき傑作です。黄表紙を下敷きにし、江戸の文芸の諸要素を要所要所に取り入れ、それでいて独逸のめるひぇんの香りを纏い、新文体の洗礼を受けつつも判り易い文語体で子供向けに書かれた作品など、過去にはただの一作もなかったでしょう」

そう云われれば慥《たし》かにそうなのだ。あんな読み味の小説はなかったと思う。

「巖谷先生のお仕事は、この明治と云う時代にあって、少年と云う概念をより明確にされたお仕事だったのだと、私は考えています」

「概念——ですか」

「ええ。その昔、そんなものはなかったのです。童子《こども》は育てば若者になる。若者と云うのは、もう大人です。その途中はありません。文字がすらすら読める童が普通に居る世など、過去のこの国にはありませんでした」

「そう——か」

そうだなあと、妙に感心した。それこそ考えてもみなかったことである。勿論、自分に置き換えれば、元服前に文字は読めるようになっていたのだけれど、それは武家の話である。町人の場合はどうだったのかと思う。幼くして奉公に出されたりもしたのだろうし、手習いもするのだろうが、誰もが皆そうだと云う訳ではない。

「しかし少年向けの雑誌はもう何年も前から出されております。慥《たし》か『少年園《しょうねんえん》』の創刊は明治二十一年です。私が書かせて戴いた『少年文學』は叢書なのですが、寧ろ後発なのです。従って、少年と云う概念は既にあったと云うことではないですか」

「先行誌には、あのような作品は掲載されておりませんよ」

主は入り口付近の棚に目を遣る。

そこにその少年雑誌とやらが収められているのだろうと、少し経ってから気付いた。

「それはまあ、先行誌は総合雑誌ですから、記事が中心なのです。小説も載っておりますが、翻案が主流だったので——」

ないではありませんか——と主人は云った。

「ここ数年の間に創刊された少年向け雑誌は、それぞれに工夫もしているし、健闘しておりましょう。しかし内容的には未《ま》だ熟しておらぬように感じます。巖谷先生のお作程、意図も手法も明確ではない——と云うことです」

「私の書いたものは」

文学の出来損ないではないのでしょうかと小波は云って、下を向いた。

「先程のお話の通り、私は右に終着点があると思いつつ、左に進んでしまった。大人の読むようなものが書けなくなったから子供向けの作品でお茶を濁したのではないでしょうか。ならば手慰みではありませんか」

「そこが——心得違いだと、申し上げております」

「そうでしょうか」

「そうです。『こがね丸』は正しく少年に向けた小説でございましょう。そして『當世少年氣質』と『暑中休暇』は、その読者である少年を主人公として用いた小説です。これは、少年と云うものが読者として成立した——つまり表現の分野として開拓されたと云うこと、経済で捉えるなら、市場が形成されたと云う証《あか》しではありませんか」

「そうであったとして、それはそもそも出来るべくして出来上がったものではないのですか」

「いいえ。違います」

弔堂は首を振る。

「この明治の世で、ゆるゆると作られつつあった概念の輪郭を、あなた様のお仕事がより明確にされた、と云うことです」

主はひと際厳しい口調でそう断言した。

「ですから『こがね丸』などは、この後ひとつの形式となるのではないかと私は思うのです。正に少年文学――いや、もう少し枠を広げて、そう、児童文学とでも呼ばれるようになるのではありますまいか」

「そ――」

そんな大層なものではありませんと、小波は小声で云った。

どうにも萎れている。

入店した時の屈託のなさは既に失われ、本を手にした時満面に浮かべていた喜色も消えている。沈痛の面持ちと云った体である。

丁度、実家を抜け出した後の自分のようだと思った。

「迷走しているだけなのです。『こがね丸』は悪くないのかもしれませんが、あのようなものを書けと云われても」

「書けない、と――」

いや駄目ですと云って、青年は再び下を向いた。

「既に批判もされています。筋書きが単純過ぎる、仇討ちという封建的な在り方を何の批評もなく取り入れている、時代に逆行している——と。あんなものは文学のうちに数えられないと謂われる。少年ばかり扱うので文壇の少年家とまで謂われております」

読者は喜んでいますよと主は云った。

「読まれております。批評家が何と謂おうとも、作者のあなた様がどのようなお気持で書かれていようとも——売れている」

読者は受け入れているのですと主は繰り返した。

「文学でないと謂われるのなら、違うと云えば良いではありませんか。呼び方などどうでも良いことです」

「ええ。それはそう——思いますが」

青年は苦悩の色を濃くする。弔堂は容赦なく続けた。

「あなた様は現実に心を閉ざし、後ろ向きに進んで、結果その、おっとーのめるひぇんに辿り着いたと仰います。しかし、その本をお売りするに当たって、私はこう申し上げたいのです。そのおっとーの本は」

弔堂は小波の手許《てもと》の本を指差した。

「終着点ではなく、出発点です——と」

「出発点——ですか」

「あなた様はそもそも、そこから出発されたのではないのですか。その若さで過去を遡られても、すぐにも行き着いてしまいましょうよ。巖谷小波の人生は、未《ま》だ引き返す程に進んでいないのです。慥《たし》かに——想い人と引き離されるのはお辛いことでしょう。しかしあなた様は、だから、そちらに進まれたという訳ではないのではありませんか」

弔堂は右手で小波の胸の辺りを示した。

「あなた様は、最初からそちらに向けて歩いていらっしゃったのではないのですか。そうでないと思うから、思い込んでしまうから、だからこそ欠落を覚えてしまうのではござりませぬかな」

小波は本を抱き締めるようにした。

「それは——」

そうかもしれませんと小波は云った。

「発表はしていないのですが、最初に書いた小説は——このようなものでした」

そうですかと、主は得心が行ったと云うような顔をした。

「そうならば、巖谷小波は最初から左を目指して左に進んでいたにも拘《かかわ》らず、趨勢《すうせい》に惑わされて、ほんの一瞬右を向いてしまっただけ——だったのではございませんでしょうか。ならば『こがね丸』は、そしておっとーのめるひぇんに回帰するのは、後ろ向きなどではなく、本来進むべき道に戻っただけ——なのではございますまいか」

「道は、外れさえしなければいいのです。間違うことはございません。道は凡《すべ》て繋がっているものなのです。行き先さえ定まっているならばどの道を行くのも同じこと。いつかは着く。行き先がなくとも、必ず何処かには着きましょう」

「その道は、間違っておりませんか」

そうか。

好きな道を——行けば良いと云うことなのか。選んだ道次第で、辛さや、かかる時間が変わると云うだけなのか。

いつかは——着くのか。

「もっと云うなら」

着かずとも良いのですと主人は云った。

「歩むことこそが人生でございます。ならば今いる場所は、常に出発点と心得ます。そして止まった処こそが終着点でございましょう」

無理をされることはないのですと、弔堂は静かに云った。

「無理——ですか」

「尾崎紅葉先生も、山田美妙《やまだびみょう》先生も、石橋思案《いしばししあん》先生も、川上眉山《かわかみびざん》先生も——それぞれが皆、別別なのです。違っていて当然です。どなたも違うではありませんか。文体も違えば主題も違いましょう。文学観も小説作法も、勿論生き方も違うのです」

「ええ。尾崎先生なども能《よ》くしてくださいますが――創作上のことは兎《と》も角《かく》も、例えばお誘い戴いて、一緒に色里に行って遊んで戴いたとしても、正直気が晴れることはございませんでした。私は、どうしても人情と云う奴が解らないのです。気に懸けてくださることに関しては嬉しくも有り難くも思うのですが、如何《どう》にも――通じない。と云うよりも、それが創作の糧とはならないのです」

「糧は、其処にはないのでしょう」

「そう――思われますか」

「あなた様の糧は」

此処にありますと、主は両手を広げた。

「過去に向くあなた様の糧は、虚実で云うなら虚にありましょう。現実《うつつ》にそれがないのであれば、それは此処に、この本の中にこそ」

「そうか」

だからこの場所は――と云って巖谷小波は立ち上がった。

「こんなにも気持ちが昂揚《こうよう》するのはその所為でしょうか、そうなのでしょうか」

「私はそう思いまするが。世に書痴書狂は数多《あまた》いらっしゃいまするが、進んで墓守がしたいなどと仰せになる方は、余りおられません」

弔堂は笑った。

「ただ巖谷先生。虚は、此処に限らず、何処《いずこ》にも無限にございますぞ。何しろ、世の中の半分は――虚にございますから」

「世の中の半分は虚ですか」

「ええ。現実と云うのは今この一瞬だけ。過去も、未来も、今此処にないものなのでございます。ならばそれは虚構でございましょう。過去なくして今はなく、今なくして未来もない。ならば虚実は半半かと存じます」

巖谷小波は何度か瞬いて、主を見上げた。

「私はこれで――こんな子供のような人間で良いのでしょうか。小説が――書き続けられるでしょうか」

「それは無論のことでございます。あなた様の役割は、まるで豊太閤《ほうたいこう》を喜ばせるため夜を徹して話を語ったお伽衆《とぎしゅう》の如く――この国の子供達のために、語り続けることではございませんでしょうか。話の種は、多分尽きませぬ。その種を育てて、子供達のために花咲かせるのが、あなた様のお仕事かと」

「お伽――ですか。お伽噺か」

「お伽噺と云うのは良い名ですなあ」

弔堂は微笑《ほほえ》んだ。

「それでは、私はその本に附録を付けることと致しましょう」

少少お待ちくださいと云って、主は今度は帳場の後ろに屈《かが》み、やがて和綴《わとじ》の本の束を小波の前まで持って来た。

「これは、享保《きょうほう》年間に刊行されたものです。版元は渋川清右衛門《しぶかわせいえもん》。書名は『御伽草子《おとぎぞうし》』と云います。二十三冊ございます」

「お伽――草紙ですか。これを――」

「差し上げましょう。いや、附録としてお付け致しましょう」

「本当ですか」

小波は手に持っていた洋書を椅子の上に置き、主から和本を受け取ると、丁寧に検分した。

「浦島太郎、酒顛童子《しゅてんどうじ》、鉢《はち》かづき――これは、本当にお伽噺ですね」

「ええ。随分と人気だったようです。『御伽草子』と云うのは、渋川清右衛門が名付けた雑誌名のようなものらしいですが、それ以前から、ずっとその手のものはそう呼ばれていたようですし、そもそもその本自体が後印本《ごいんぼん》なのです。つまり、同じものが先に刷られていたと云うことですね」

「再版――と云うことですか」

「はい。悠久の古《むかし》より、そうした物語は語り継がれて来たのです。そして、そうしたものはまだまだ、幾らでもある」

「ある――のでしょうね」

「国中に。いや」

世界中にありますと、弔堂の主人は云った。

「そうですね。そうなのですね。私は」

小波はぐるりと店内を、万巻の書を見渡した。

お集めになるのがお好きなようでございますからと主は続ける。

「これは、集めても集めても集め切れるものではございませんよ。きりがないのですから、闕如もない。そして集めたものは何もかも、あなた様の」

糧になる筈でございまするると、主は云った。

「如何《いかが》でございましょうや、巖谷先生」

「いや、何かすっと先が見えたような気が致します。実を申しますと、もう書けないような気になっていたのです。筆を折るつもりは毛頭なくて、書き続けて行く決心だけはあったのですが、このままではいけないだろうと、何故か頑《かたく》なにそう思い込んでおりました。もっと別なことをしなければ、別な工夫をしなければ、置いて行かれる駄目になると、信じ込んでいたようです。何もかも――」

思い込みだったようですと巖谷小波は爽やかに云った。

屈託は消えている。出会った時よりも頼もしく見えた。

「実を云えば京都の日出新聞《ひのでしんぶん》から連載を依頼されたのですが、書けないと思った。ただ書けぬと断るのは厭だったので、先延ばしをしたのです」

「そうすると、もしやその中継ぎに」

「そうです高遠様。自分が書けないもので泉君を周旋したのです。彼なら大丈夫だと思いました。尾崎先生も賛成してくれましたし」

「そうですか」

それなら、巖谷小波の不調も強《あな》ち悪いことばかりだった訳ではない。畠芋之助が世に出る契機とはなったのだ。

「いや、でも、もう大丈夫です。書けぬとは思いません。現実の人生はそのままですから、辛いことは辛いことのままなのでしょうが、虚構の方は満更でもないですね。いいえ、寧ろわくわくしていますよ。私はこの」

青年は顳顬《こめかみ》を突《つつ》いた。

「頭の中に、この弔堂に負けぬ虚構の博物伽藍《がらん》を建てましょう。そんな素晴らしい夢想を抱けるのなら、今後もやっていけそうな気がして参りました。それを糧に、そう、お伽噺を書きましょう」

何よりでございますと主は云って、そこで漸くしほるを呼び付け、茶を持って来るように言い付けた。

それからお包みしましょうと云って、独逸のめるひぇんと享保のお伽噺を帳場の方に持って行った。

小波は書架を眺めつつ、

「実は子供の雑誌を作り直すと云うお話が持ち上がっているのですよ」

と、主に向けて云った。

「博文館から相談されているのです。博文館は現在『日本之少年《にほんのしょうねん》』と『幼年雑誌《ようねんざっし》』『學《がく》生筆戰場《せいひっせんじょう》』の三誌、叢書の『少年文學』、『幼年玉手函《ようねんたまてばこ》』を出版しております。それぞれ趣向は違うのですが、読者は少しずつ、時に大きく重なっている。これは版元として不経済ですし、読者にも親切ではないでしょう。ですからこれらを統合し、再度振り分けて、より良い少年誌を作れないものかと云うのですよ。ついては、主筆となって欲しいと」

「それは適任ではありませんか。巖谷先生をおいてその大役が果たせるご仁《じん》は二人とおりますまい」

何卒《なにとぞ》ご健闘くださいませと云って、弔堂は綺麗に包装されたお伽噺《めるひぇん》の本を、巖谷小波に丁寧に手渡した。

その後、茶を飲んで一緒に辞した。

外は夕焼けで朱《あか》く染まっていた。

どうも有り難うございましたと青年文士は頭を下げる。

高遠様のお蔭ですなどと云う。そんなことはないですと答えると、顔を上げた巖谷小波は、

「お働きになる気はございませんか」

と、云った。


その二年後、博文館は『少年世界《しょうねんせかい》』を創刊した。

主筆は勿論巖谷小波であった。

この雑誌は評判となり、創刊から五年後には『幼年世界《ようねんせかい》』、更にその六年後に『少女世界《しょうじょせかい》』を創刊するに至る。主筆はいずれも小波であった。また、小波は併せて、『日本お伽噺《にほんとぎばなし》』『世界お伽噺《せかいとぎばなし》』と云った大著を著し、国内外の民譚《みんたん》、口碑《こうひ》などをお伽噺として再生し、広く世に問うことになる。

やがて巖谷小波は口演童話や童話劇の創作にも手を染め、全国を行脚《あんぎゃ》して、子供達に童話を語り聞かせ、観《み》せた。

そうした活動に賛同する者も多く、小波はまた、その分野に於《お》ける多くの後進を育てる役割をも果たしたのだった。

弔堂の予言通り、小波は児童文学と云う扉を開いたことになるだろう。

そして後年は、お伽の小父《おじ》さんの名で、多くの子供達に親しまれたのであった。

その、近代児童文学の開拓者にして大成者である巖谷小波の最後の仕事が、何故に諸国の説話を集大成する大部の事典、『大語園《だいごえん》』の編纂《へんさん》であったのかは——。

誰も知らない。

書楼弔堂
破暁

探書陸
未《み》完《かん》

猫と云うのは不思議なものだと思う。

尤《もっと》もけだものを飼ったことなどないのだから、他のけだものと猫がどの程度違うのかは判らない。

もしかしたらけだものと云うのはどれも、不思議なものなのかもしれない。

何か、考えてはいるのだろう。

しかし、言語を持たぬものがどのようにものを考えるのか、言語を持つ者の脳髄で考え当てることは難しい。考え当てたところで言語にしてしまえばまた違ってしまうのだろう。

竹籠の中で寝ている。

柵は開けてあるから、出入りは自由である。

と、云うよりも、別にこんな粗末な籠に這入《はい》る必要はない。紐で繋いでいる訳でもなし、そう躾《しつ》けた訳でもなし、何処《どこ》へでも行けば良いのだ。

好きで這入っているのだろう。

好き嫌いはあるのだ。

いや、違うのかもしれない。習性と云うか、ただ同じことを繰り返す性質なのやもしれぬ。そうしておれば、取り敢えず生命は安心だと、そう云うことか。

名前はあるのかと思う。世の飼い猫には、タマだのミケだのと云うぞんざいな名が付いているもので、これも何処その廓《くるわ》の娼妓《おんな》が飼っていたものなのだから、名ぐらいはあるだろう。

余所《よそ》の猫は名を呼べば来るらしいから、名は覚えるのだ。己《おのれ》のことと思うのか、それともその音の組み合わせが聞こえれば、餌を呉《く》れたり遊んで呉れたりするものと思うのか、それは判らない。どうであれ、何かの疎通はあるのだろう。

「ねこや」

名を知らぬからそう呼んでみた。

動きもしない。種の名は知らぬものとみえる。

ねこねこと、幾度か呼ぶに、漸《よう》く顔を上げる。眼が半分閉じている。ただ煩瑣《うるさ》いと感じたのだろう。

同じだなあと思う。

この侘《わ》び住《ず》まいに籠り、気が向けばのろのろ出歩いて、此処《ここ》へと戻る。戻れば食事が出て来る。喰《く》うたら寝て、寝れば目が覚めるまで眠っている。目が覚めて飯を喰うて気が向けば、また出掛けてまた戻る。

この荒家《あばらや》に戻る。

此処に戻らなければならぬ理由など、ひとつもない。

別に好きで戻っている訳ではない。

勿論《もちろん》そう為《し》たくて為ているのであるから、好きで為ているのだろうと云われれば、まあそうだと答える以外にないのだけれど、この廃屋のような百姓家が気に入っているのかと問われれば、答えは否《いな》なのである。

本宅の方が良いに決まっている。

妻も、子もいる。母や妹までいる。通いの使用人もいる。金など出さずとも、朝昼晩と飯が出て来る。おさんどんは任せておけば良い。夜具も上等だし、調度も立派だ。

何よりも先《ま》ず、宅は曲《ま》がり形《なり》にも武家屋敷なのだ。

埃《ほこり》だらけの空き家と比するに、何《いず》れの居心地が良いか——そんなことは考えるまでもないことであろう。

ならば、何故に斯様《かよう》な暮らしをしているのだろうと思う。

そうしてみると自分が不思議だ。

猫と変わらないのだから、まあ不思議なのだろう。

猫は狭い籠の中で一度うんと伸びて、それから体勢を変えて、また丸くなった。

あまり若い猫ではないのだ。見ているこちらも、それ程若くはない。

抱くは疎《おろ》か触ったことすらないから、雄なのか雌なのかも知らない。雌なら子を産んだりもしたのだろうか。

それにしても能《よ》く寝る。

これ程気の抜けたけだものも居るまい。

こんなに眠ったら顔が蕩《とろ》けてしまうのではないかと思う程である。けだものと云うよりも、ほやほやと蒸《ふ》かし立ての饅頭《まんじゅう》の如き代物である。

陽が当たるのもいけないのだ。否、いけないことはないのだろうが、丁度竹籠の処《ところ》に陽が当たっている。お天道様も猫を寝かせるための設《しつら》えに手を貸している。陽気も良くなって来たから、あの中は相当に暖かいのだろう。

居心地が良いのだ。

抜け毛だらけの襤褸《ぼろ》ではあるが、座布団も敷いてあるし、藪《やぶ》だの軒下だのよりも具合は良いに決まっている。外敵に襲われることもない。追い立てられることもない。

猫でさえ居心地の良い方を住処《すみか》として選ぶのだ。

それが普通と云うものだろう。

ならば自分も実家に戻るべきなのかなどと云う思いが過《よぎ》る。

己をけだものに準《なぞら》えて身の振り方を決めようなどと云う了見は、そもそも間違いなのだろう。

文明開化が聞いて呆れる。富国強兵だ自由民権だと囂《かまびす》しい世にあって、猫如きに世過ぎを倣《なら》おうと云うのであるから情けないこと甚《はなは》だしい。此処で寝ておれば餌が出て来るから寝ておるのだ。

それに、これとてただ寝ている訳ではあるまい。これは形を変えた捕食行動に他ならぬ。餌が出て来なくなれば、これも外で餌を獲るのに違いない。飢えて死ぬまで此処で寝ておる道理はない。野良と違って飼い猫は、人の傍《そば》で寝るのが商売なのだ。無防備に寝ておれば懐《なつ》いていると人は思う。

取り立てて媚《こび》を売らずともそれで餌を貰える仕組みになっているのである。これで餌が出て来なければ、擦り寄って喉を鳴らして甘えるなりするのかもしれぬし、それでも駄目なら出て行くだろう。

猫とて喰わねば死ぬ。

己《じぶん》も同じだ。

喰えているからこうしているのだ。

それは即ち経済《まかない》に余裕があるからでしかない。

働かずとも喰えるからこんな世捨て人を気取っていられるのである。それも、己で稼いだ金ではない。財産を築いたのは親であり祖先である。日毎《ひごと》歴史を喰い潰しているようなものなのである。

自由でも何でもない。

紐付きなのは猫ではなくてこの自分である。猫以下だ。縦《よ》んば餌が出て来なくなったら、果たして自分は外に出て餌を獲ることが出来るのか。

不安になる。

書舗《ほんや》で働かぬかと誘われた。雑誌の編集だかをすると云う話だが、何をするものか見当もつかない。興味がない訳ではないけれど、煙草《たばこ》を売るのとは訳が違おう。

中中踏ん切りがつかない。

従って――。

こうして昼から寝ているのだ。

することがないならないで、本を読むなりほっつき歩くなり、得手勝手なことをするのであるが、何か決めねばならぬとなると何も手に付かなくなる。いつまでに返事を呉れと云われている訳でもないし、そうしろと強制されている訳でもないのに、恐ろしく制約を受けているような気になる。

息苦しくさえある。

とっとと断れば胸も透くのだろうが、それも憚《はばか》られる。

興味はあるのだ。働きたいとも思うのだ。しかも誘ってくれている相手は名の通った文士で、その上その人は好意で云って呉れているのである。

落ち着かない。

これなら、働かねば殺すと威《おど》された方が気が楽である。勿論死にたくはないし、そもそも働きたいのだから文句はない。そうなればハイハイと腰を上げるに決まっているのだ。それなら不平も不満もない。

つまり、ただ単に決めることが出来ないだけなのだ。

何につけ、他人に決めて貰わなければ縦のものを横にも出来ぬのであるから、我乍《われなが》ら不甲斐《ふがい》ないと思う。

外は曇り気味の瞭然《はっきり》しない天気で、鬱陶《うっとう》しい程に蒸れてもいないし、暑いとぼやく程に気温が高くもない。

どうも空梅雨《からつゆ》なのである。

軒下の紫陽花《あじさい》もしょぼしょぼとした花をつけただけで見栄《みば》えが悪いことこの上ない。茂作《もさく》は昨年ざくざくと刈り込んだ所為《せい》だと云うが、雨が足りないのだと思う。

猫が大きな欠伸《あくび》をした。

退屈なのだろう。

いや、退屈なのは猫ではなく己だと、身体を起こしてみたものの矢張《やは》り何もする気が起きなかった。

出掛ける気もしない。

出掛ける元気があるのなら、周旋された職場に赴き、明日からでも勤めますと云えるのだろうし、屋敷に戻って妻子にその旨を告げることも出来るだろう。そうなれば、こんな荒家は即刻引き払うことになる。

そんな自分を想像する。

出来ぬことではない。否、寧《むし》ろそうあるべきで、そうしたいとも思う。無理も不都合も、何処《どこ》にもない。

何を躊躇《ためら》うのか、全く以《もっ》て解らない。

溜め息をひとつ吐《つ》くと、高遠《たかとお》様、高遠の旦那様と声が聞こえた。

子供の声である。

子供の声だと云うのに聞き覚えがある。はて面妖なと戸を開ければ、そこには弔堂《とむらいどう》の丁稚《でっち》のしほるが澄まし顔で突っ立っていた。

店以外の場所でこの童の姿を見ることはなかったから、少少驚いた。

「一体全体どうしたのだね」

「どうしたと仰《おお》せになられましても」

ませた口を利くが、まだ十かそこいらだと思う。小賢《こざか》しい感じがしないのは、何処となく浮世離れした、気品を備えた顔付きをしているからで、そうでなければ厭《いや》な小僧だと思わぬでもない。

「仰せになるも何も、何故こんな処に居るのかと尋《き》いているんじゃあないか」

「何故って、ご用があるから罷《まか》り越したのでございますよ」

「用と云うのは誰にだ」

云ってから己以外に人は居ないと気付いた。

「僕に用なのかね」

「旦那さんに用があるのじゃないのなら、何故此処に来るのですか。お名前をお呼びしたじゃないですか」

「そうだけれども」

しほるは苦笑いをした。そして、

「旦那さん、そうやって居ない振りをなさるのも大概になさいまし」

そう云った。

「居ない振りとは何だい。居留守など使った覚えはないよ」

「そうじゃあございませんよ。柳に風と謂《い》いますけれど、柳の枝だとて風が吹けば揺れましょうよ。何もかもがご自分を通り過ぎて行くとお思いになるのは、お心得違いと云うものでござんす」

「噫《ああ》」

そう云うことか。

慥《たし》かに、この間巖谷《いわや》小波《さざなみ》が此処を訪れた際も同じような心持ちになったのだ。端《はな》から自分を訪ねて来る者などいないと思い込んでいる。

「アアじゃござんせんよ。ちょっと除《よ》けてくださいまし」

しほるは身を乗り出して荒家の裡《なか》を覗いた。

そして、まァあれが猫でござんすねと云った。

「猫だよ。猫を知らんのかい」

「違いますよ。あれが件《くだん》の、貰い手を探していると云う猫ですね、と云う意味です。この間、ご自分で仰《おっしゃ》ったのじゃないですか」

どうにも珍紛漢《ちんぷんかん》なお方ですねえと、美童は更に小憎らしいことを云う。

ひとつ云い返してやりたいところだが、真実であるから何を云っても負け惜しみのようになってしまう。幼童相手に大人気《おとなげ》ないと思ったから、黙っていた。

「で、用は何なのだい。本の押し売りにでも来たのかね」

「旦那さんも随分なことを仰いますねえ。ご本はご自分で選ぶもの、押し売りなんか以ての外《ほか》でござんしょう」

「そうは云うが、お宅の主《あるじ》は無駄な本はないとも云うじゃあないか。何を読もうが無駄にならぬと云うのなら、押し売りしたって良さそうなものだ」

まるで違いましょうよと云ってしほるは頰を膨らませた。

「世に無駄なご本はございませんが、ご本を無駄にする人はいるのだと云うのが主の申し分でございますよ」

「無駄にはしないさ。まあ、読んでどう思うかは読んでみるまで判らないがね」

読み終わるまでと云って戴きたいですよとしほるは云った。

「同じじゃないか」

「違いますよ。読みさしで面白くないだの出来が悪いだの、独り善がりな判断で貶《けな》したり、読むのを止めたり斜め読みしたり読み飛ばしたりするのはいかん、本をきちんとお読みにならぬのは、大いなる過ちだ、損だ、と云うことでございますからね」

「それは解るがね。そうだとしても、薦めてくれるなら良いように思うがね。お宅の主の薦める本に、外れはないよ」

それは高遠様がちゃんとお読みになられるからですと小僧は云った。

「そうかな」

「主は他人の薦めたもんを有り難がるようじゃあいかんのだ、とも申しますよ。そもそも、手前の主は探書のお手伝いは致しますけれども、良い本だからと云って人様に押し付けるような真似は一切致しませんのです。良い悪いは人それぞれ。ご本と申しますのは、ご自分で欲し、ご自分で探して見付けるが筋。それできちんとお読みになれば、これは絶対に無駄にはならぬものと——主はそう云うことを申しますよ」

解った解った悪かったと云った。

その辺りのことだけはみっちりと仕込んであるようで、軽口も叩けない。

「そろそろ用件を云っても良さそうなものだよ。お前さんの処は書舗で、こっちは客なのだ。本を売る以外の用向きが思い付かぬのだよ」

「ご用は二つござんすよ」

いしほるは小さな顔を上げる。

「ひとつは、猫です」

「猫だと」

「貰い手をお探しだとか仰せでしたでしょう。ですから」

見付かったのかいと問うとお察しが悪いですねえと美童は呆れた。

「一疋《いっぴき》欲しいと云うのです。子猫から育てるのは難しいけれど、そうでないのなら飼っても良いと」

「そうかね。それは奇特なご仁《じん》がいたものだね。しかし、あの猫はだな、曰《いわ》く付きの猫だからね。その辺は大丈夫なのか」

猫に幽霊が付いている――と、賄《まかな》いを頼んでいる茂作の女房が思い込んでいるのである。とは云えそんなものが付いている訳もなく、ただ寝ているだけの温順《おとな》しいけものなのだが、如何《いかん》せん嬶《かかあ》が怖がっていけないのである。

　平気です、としほるは自信あり気《げ》に応えた。

「平気かい。まあ明治の御世《みよ》だ、そんな迷信を頭から信用する者も少ないかね」

「多いか少ないかは存じませんが、そこは平気でございます。何と申しましても、神社でございますから」

「神社――神社と云うと、あの鳥居があって神主のいる神社かね」

「まあ、そうでない神社もあるのかもしれませんけれども、其処《そこ》には鳥居もございますし、神職の方もいらっしゃいます」

「そんな処で猫を飼うかね」

「神殿では飼わないでしょうけれど、神職の方がお飼いになるのです。ですから、もしお化けが付いて来たとしても安心でございますよ。お祓《はら》いやご祈禱《きとう》はご専門でございますし」

「まあそうか」

　猫を見るにまだ寝ている。

　一日中寝ているのではないかと思う。

「鼠《ねずみ》は獲らないと思うけれどもね。齢《とし》は判らないが、古猫なのでいつまで生きるかも知れないよ。それでも良いのかい」

「手放されたくないのですか」

そんなことはない。

「どうして僕があんなものに固執しなくてはならないのだ。そもそも預かりものだから手放すも手放さないもない」

そう云ってもう一度見ると、猫もこちらを見ていた。

「じゃあ貰って戴こう」

茂作に異存はなかろう。既に貰い手が決まっているようなことでもない限り、何の問題もないだろう。

「はあ。それで高遠様、お願いごとはもうひとつあるのでございますよ。その、猫の貰い手の神職の方がですね、どうやらご本をお売りになりたいと、こう仰せのようでございまして」

「売るとは」

「売る――のでございます」

「何をだね」

「ですからご本で」

「それは――妙な話だなあ。本を売るのは本屋ではないかね。お前さんの処だ。売るのも刷るのも本屋だろうに、その人は、神主なのだろう」

「いや、旦那さん、本は本でございますからね」

それは判っていると云うと、もう刷っていない本はそうして仕入れるよりないのですとしほるは答えた。

「刷っていないって——ああ、増し刷りの出来ない本か。それが何だ」

「ええ。版元に在庫がなくなれば仕入れられませんし、版もなくなってしまえばもう刷れません。そうすると売れません。でも手放したいと云う方があれば、其方《そちら》から」

「そう云うことか。それは何だ、古道具のようなものかな」

　古本、と云うことか。

「へえ、そう云うことです。御一新《ごいっしん》前の本をご所望のお方も、ままいらっしゃいますのです。仮令《たとえ》版木が残っていても、一部二部刷るようなことは出来ません。昨今じゃ、刷るのも綴《と》じるのも専門の業者がいらっしゃいますからねえ」

「そうか。昔のように、版元の裏で摺師《すりし》が摺っている訳じゃあないのだな」

　そう云うお店もございますけれど、と小僧は知った口を利く。

「錦絵やなんかは変わらないのかもしれませんけれども、刷り方なんぞも様変わりいたしましたでしょう。ほれ、東京朝《とうきょうあさ》日《ひ》新聞《しんぶん》でしたか。あの、大変な機械《からくり》を」

「からくりなのか。大変とは」

　ぐるぐる回るのだそうですと云って、しほるは手を回した。そう云うところだけは子供の仕草である。

「存じません。でも、輪転とか申しまして、一度に何百枚何千枚と刷れるんだそうですよ。そんなもの、小さな版元じゃあ」

「まあそうだなあ。それ以前に、そんなに沢山、何百何千と書物が売れると云うのも考えてみれば解《げ》せない話だよ」

「何が回るね」

昔は貸していたのだ。

本を買う者など、市井《しせい》には殆《ほとん》どいなかったのではないか。町家のことは詳しく知らぬけれども、武家とても事情はそう違わなかったと思う。

「昔はご本があるのはお江戸やら大坂《おおざか》やらばかりだったのでしょう。今は、もう六十余洲、国中が読みます。それから、昔はお偉い方方やら、賢い方方やら、限られたお方だけがお読みになっておられましたが、今はもう猫も杓子《しゃくし》も読みます」

猫は読まんぞと云った。

この冗談は通じたようである。しほるはけたけたと笑って、猫も読むならまだ倍も刷らなくてはなりませんよと云った。

「猫の分は刷らなくっても、これから出ますご本は、まあ沢山刷るのだろうと思いますけれども、これまでの本はそうも参りませんからね。新しく彫り直したり活字を組んだりする程、売れるとも思えませんです」

それで古本か。

古書店、と云うことになるのだろうか。

お売り下さると云うなら買い取るのですと小僧は云った。

「今までもそうして参ったのです。弔堂《うち》は何方様《どなた》からでも、どんなご本でも、買い取りますのです」

本に貴賤はないと云うような云い分である。まあそうなのだろう。

「で——その、神社が本を売ると云う次第かね。おいおい、真逆《まさか》、その本を僕に買えと云うのじゃあないだろうね。それが猫を引き取る条件だとでも云うのかい」

小僧は一転してまた口を尖らせた。

「随分酷《ひど》いではないですか。高遠の旦那さんは、そんなに弔堂《うち》が阿漕《あこぎ》な商売《あきない》をしているとお思いでいるのでしょうかね。手前の主も悲しみましょうね。主は、高遠様をご贔屓《ひいき》筋と思うて大切にしておりますのに」

「そうなのかい」

何だか妙な具合になってしまった。

「そうですとも。手前が、あの方はちィとも買ってくれないのだから丁寧にすることはないと申し上げても、主は聞く耳を持たないのでございますよ」

「いや、耳が痛いな。僕が悪かった。もう茶茶を入れずに聞こう」

大層な量なのですとしほるは云った。

「量とは。冊数が多いと云うことかい」

「ええ。荷車を仕立てて、馬で牽《ひ》いてこなければならないのです。そこで、高遠様には積み下ろしのお手伝いをお願い出来ないものかと――主は失礼だからそんなお願いは止《よ》せと申すのでございますが、そんなことを云っても人手がないのですから背に腹は代えられません」

どうせお前さんがあの人は暇なのだから構うまいと進言したのじゃあないのかと云うと、その通りですと小僧はいけしゃあしゃあと云ってのけた。

本当に憎らしい小僧である。

「で、その神社と云うのは何処なのだい」

「ええと、暗記したのです。ああ――東京府東多摩郡中野村《とうきょうふひがしたまぐんなかのむら》――の、外れだそうです」

「それは――何処だね」

廃藩置県後、地名やら所番地が目紛《めまぐ》るしく変わるので能《よ》く判らないのだ。東京府と云うのは江戸のことであるから、それ程遠方と云うことはないのだろう。しかし新しい区分には朱引きの外も組み入れられているから、簡単には行けない処もある。

「中野村と云うのは本郷新田《ほんごうしんでん》の方の、あの中野村のことだろうか」

「手前はそれこそ能《よ》く存じませんが、あの陸蒸気《おかじょうき》が停《と》まる処でございますよ」

「ああ、甲武鉄道《こうぶてつどう》かい。それなら多分そうだろう。じゃあまあ、何とかなるが、荷車だとすると、積み下ろしもあるし一日掛かりになるのじゃないか」

明日の午前《ひるまえ》から始めるのですとしほるは云い、お引き受け戴けるようでしたらお迎えに上がりますと云った。

「猫も、その時に連れて行くなら一石二鳥と云うものです」

慥《たし》かにそうである。

諾《いい》と答えた。

しほるは莞爾《にこにこ》と喜んで、跳ねるようにして帰って行った。後ろ姿を見る限りは、ただの童なのである。

姿が見えなくなるまで見送った後、軒に目を遣《や》ると、紫陽花が視軸に触れた。昨日よりは開いている。咲くのが多少遅い気もするが、こんなものなのかもしれない。

そのまま茂作の家に行って、猫の貰い手がついたと云うと、嫗は大いに喜んで、今夜はご馳走《ちそう》を出すと云った。

賄いを頼んで一歳《いちねん》以上が経《た》つが、馳走など喰わせて貰った例《ためし》がない。果たしてどんな夕餉《ゆうげ》が出て来るものかと、それでも幾許《いくばく》か期待のようなものを持って待ってもいたのだが、嫗が持って来た飯は平素《いつも》と同じで変わった様子は微塵《みじん》もない。

能《よ》く見れば、猫の餌の方に焼いた小魚が付いているのだった。

尾頭付きと云うことらしい。要は猫への餞別なのだ。

怖がって邪険にした所為で不憫《ふびん》な思いをさせた詫びだと嫄は云うのだが、そんなことを云い乍《なが》ら相も変わらず怖がっているのである。

猫に罪はないけどねえなどと云いつつ近寄ろうとしない。

猫の方は何とも思っていないと思う。

けだものなのだし、何も思わないだろう。尾頭付きにも、それ程喜んだ様子はなかった。凡《すべ》ては嫄の気持ちの問題でしかないのである。猫にしてみれば母屋に置かれようと空き家に置かれようと、餌さえ出て来れば待遇に変わりはない訳で、嫄が近寄らなかったからと云って別段困ることはない。苛《いじ》められた訳でも何でもないのだ。

そんなものである。

餌を喰っている猫にそろそろと手を伸ばし、背中に触ってみた。

逃げるかと思えば逃げず、びくりともしない。

こういうけだものは臆病だし警戒心が強いと聞く。僅かな変化も察知する。手など出したらすぐに怯《おび》えて逃げるものだと思い込んでいたが、そうでもないのだ。

馴《な》れているのか。

慣《な》れていると云うべきか。

けだものに触ったのは多分初めてではないだろうか。

ほわほわとして正体のないものである。

どうした訳か娘のことを思い出してしまい、途端に気が萎《な》えた。

指先に毛先が触れただけだったのだけれども、そのちょっとした、僅かな刺激があまりにも果無《はかな》くて、且《か》つ普段は得られない感触でもあったので、その辺りのことが幼児への想《おも》いへと重なってしまったのだろうか。

触るのを止めた。

無闇に触るものではなかろう。触られる方も迷惑である。

猫は好きなだけ喰い散らかして、また寝てしまった。

腹が膨れればそれで良いのだ。

そのまま暫《しばら》く竹籠の前に座っていたのだが、そのうちに突然に恐ろしくなってしまった。恐ろしいと云うより空虚と云った方が良いかもしれぬ。

この荒家の中には何もない。否、空虚が詰まっている。猫にとっては自分もまた空虚の一部で、空虚にとって自分は明らかに余分なものだ。

そんな気になった。

この廃屋を借りてからこっち、一度もこんな心持ちになることはなかったから、これは矢張り猫の所為なのだ。

布団を被って、寝た。

何かしら、際《きわ》に立っているような夢を見たようであった。物干し台の端か、崖の縁なのか、乗物の最後部か、能《よ》くは判らないのだが兎《と》に角《かく》先のない処に立っていて、戻るか進むか進退窮《きわ》まっているような、そんな、落ち着かない夢だった。

多少蒸し暑かった所為もあるのかもしれない。

神経とやらが傷んでおるのだろうか。ならば幽霊も見えるか。大蘇芳年《たいそよしとし》がそんなことを云っていたのだったか。

どうだっただろう。

翌朝しほるが迎えに来た。てっきり歩いて行くものだと思っていたが、人力《じんりき》が仕立ててある。豪勢だなと云うと、高遠の旦那さんのお蔭《かげ》です等《など》と云う。

「主が恐縮しているのです。それに、猫も運べば重いだろうと云う次第です」

慥《たし》かに猫を入れた竹籠は結構重いのだった。中で暴れられたりしたら持っていられないかもしれないし、落しでもしたら籠が壊れて、猫も逃げるだろう。

そうなれば捕まえるのは無理だ。

街中で逃げられたらお終《しま》いである。

否、街中でなくとも、こんなすばしこいものを捕まえることなど鈍重な人に出来る訳もないのだ。犬は人につくが猫は場所につくと云うし、この猫は元は吉原《なか》にいたのだから、逃げても何処《どこ》に向かうか何処に紛《まぎ》れるか、知れたものではない。

俥《くるま》は有り難い。

これで手前一人ならこんな贅沢は許されないのですと丁稚は云った。

「そうかい。でも、これじゃあ足が出てしまうのじゃあないのかい。そちらも商売なのだろうし、儲けが飛んでしまったのじゃあ申し訳ないな」

「勿論、目的地まで俥で行く訳ではないのです。それでは俥屋さんもへばってしまいますよ。良き処まで参りまして、後は色色です。それから、この度は買い取りですから、お銭《あし》は出る一方です」

まあそうなのだろう。

「新宿からは陸蒸気です。中野の駅舎に主が待っております」

「そうかね」

弔堂の主人こそ店の外で見掛けたことはない。しほるは店の前を掃除したりもするが、主は建物から出ない。陽の光の下に出たことなどないのではなかろうか。

人力に乗り込んだ。

しほるは小さいので並んで乗った。

膝の上に大風呂敷で包んだ竹籠を載せた。猫が入って居るからずしりと重い。窮屈ではなかったが、圧迫されているような息苦しさがあった。

猫は温順《おとな》しかった。偶《たま》に重心を変えるのだろう、重みが移動する。凸凹道《でこぼこ》で揺れても鳴き声ひとつ立てなかった。

カラカラと景色が移り変わる。

手遊屋《てあそびや》もあっと云う間に過ぎる。速い。

駕籠《かご》なんてものはもう古いのかと、誰に云うでもなくそんなことを口にすると、車夫が耳聡《みみざと》く聞き付けて、あっしは元駕籠かきでやすよと大声で云った。

駕籠屋はみんな廃業したらしい。

客の声と云うのは意外に聞こえるものなのだ。

蒸気鉄道にも乗った。風呂敷包みの中とは云うものの、猫が陸蒸気に乗れるのだから凄いものである。

瓦斯《がす》燈《とう》だの蒸気鉄道だの、明らかに時代は変わっている。進んでいるのかどうかは判らないが、変わっていることは確かである。でも、猫は江戸の頃から猫で、多分これからもずっと猫である。これは変わらないのだろう。

人は、どうなのかと思う。

賢い方が愚かでいるより正しくて偉くて進んでいるのだろうか。強い方が弱いよりも正しくて偉くて進んでいるのだろうか。

皆がそう謂うのだからそうなのだろう。

蒸気鉄道は力強い。こんな鉄の塊が煙を吹き上げ乍《なが》ら走るのだから、生き物が敵《かな》う訳もない。この頑強さは叡知《えいち》によって齎《もたら》されたものなのだ。

例えばどんどん賢くなって、どんどん強くなって、それでどうすると云うのか。愚かな者や弱い者を平らげるのか。そう云う在り方が正しいのだろうか。もっと賢い者やもっと強い者には、劣っている者弱い者として従うが道なのだろうか。それとも己こそ正しいと刃向かうのが良いのか。己こそ正しいと信ずると云うことは、己は優れていると信ずると云うことなのか。

それは驕《おご》りではないのか。

近代化とはそう云うことなのか。

自由だとか権利だとか云うものは、そうやって勝ち取らなければ得られないものなのか。さすれば自由民権とは——。

どう云うものなのだろうなあと、煤《すす》けた頭で考えた。

世の中がどれだけ変わろうと猫は何も変わるまいものを。

高遠様はぼうとしたお方ですねえと、小僧が呆れて云った。

なァに蒸気鉄道が珍しいのだよと、流れて行く雑木林を見乍《なが》ら答えた。

このように矢継ぎ早に風景が移り変わる様と云うのは、鉄道のない時代の人間には眺められるものではないのだ。

これが文明と云うものなのだろう。

文明の車輪が発するごとごとと云う喧《やかま》しい音を、真面目につらつらと聴いているうちに、中野に到着した。

降りてみればなんのことはない、ただの田舎である。木造平屋の細長い駅舎を出ても街などない。林ばかりである。侘び住まいのある荒れ地の景観と大差はない。

拍子抜けしていると、背後から弔堂が声を掛けてきた。

普段と変わらぬ白い着流しで、凡《およ》そ荷の積み下ろしをしようと云う風体ではない。陽の下で見ても、相変わらず年齢不詳の男であった。

相馬《そうま》家の騒動の話などをし乍《なが》ら四半時ばかり歩いた。

世間は騒いでいるようだが、旧幕の頃ならこれは単なる大名家のお家騒動で済んでしまう話である。乱心を理由に座敷牢《ざしきろう》に幽閉された当主を忠臣が救い出しただの、世継ぎを担いだ縁者が病身の殿様を毒殺しただの、講談などには能《よ》くある話で、色をつければ化け物話にだってなる。鍋島《なべしま》の化け猫騒動とて似た様なものだと云った。主は、笑って化け物が出せればもっと丸く収まっているでしょうねと云った。

慥《たし》かに、大名ではなく華族、座敷牢ではなく癲狂院《てんきょういん》、お家乗っ取りと云うより財産の略取《りゃくしゅ》と云う話なのであるから、猫の這い入る隙はない。お膳立てがすっかり様変わりしてしまったのだ。お手討ちの代わりに裁判がある。

それが当世風と云うことなのだろう。それを旧弊で測ろうとする輩《やから》がいるから、妙な騒動になってしまうのかもしれない。

見通しは良いが、上《のぼ》り下《くだ》りがある土地だと思った。景色がせり上がって来たり、逆に緩やかな上り坂が行く手を見えなくしたりする。

街中や、乗物の中では全く動かなかった猫が、ごそごそと動き、ニャーニャーと二度ばかり鳴いた。

寺があって、それを囲う大きな墓地があって、墓地の間を縫うようにしてある、細い坂を登った。

こんな坂を荷車が登れるのかと問うと、登れないと弔堂は云う。

荷を背負って坂を上がり下がりするのは難儀だと思うていたところ、心配せずとも荷車は坂上に到着しているので平気だと云われた。馬車は鉄道の駅から来るのとは違う道を来たと云うことだろう。

坂の上は鬱蒼《うっそう》とした竹藪だった。

竹と笹ばかりで何もないと云うと、主はすっと行く手を指で差して、

「彼処《あそこ》がお社《やしろ》ですよ」

と、云った。

藪の隙間に貧弱な階段があって、その先を辿ると鳥居らしきものが見えた。

神社自体は見えないが、鳥居がある以上その先にあるのに違いない。歩を進めようとするとそちらではありませんと云われた。

「お住まいはこちらです」

そう云うと弔堂は社と反対側の竹藪の中に入ってしまった。しほるが後を追う。遅れまじと身を返せば、何のことはない藪の切れ目に径《こみち》があって、その先に民家が見えていた。

竹の隙間に覗く白衣の男は、まるで昼間のお化けのようだと思った。

家の前には馬が繋がれており、煙管《きせる》を銜《くわ》えた馬丁《ばてい》らしき男が煙草を吹かしている。

その横に荷車が停められていた。

戻りましたと主が声を掛けると、戸口から矢張り白装束の男が出て来た。但《ただ》し袴《はかま》を着けているから、弔堂とはかなり様子が違う。

背の高い、がっしりとした体格の人物である。目鼻立ちもはっきりしていて、神職と云うより武官のような印象を持った。

「こちらの方が、武蔵晴明社《むさしせいめいしゃ》宮司の中禅寺輔《ちゅうぜんじたすく》様です」

弔堂はそう云った。

宮司は深深と礼をし、お手数をお掛け致しますと丁寧に云った。

顔を上げざまに目敏く風呂敷包みに気付いた宮司は、それが猫でしょうかと問うた。

そうだと答えると早速お預かり致しますと手を差し出す。重いですよと云いつつ渡すと、結び目の脇から中を覗き、ああ、猫ですねと云う。それから失礼しました中へどうぞと導いた。

齢上《としうえ》かと思ったが、どうもそうでもないらしい。まだ三十そこそこと云ったところだろう。

裡《なか》は至って普通の町家だった。

座敷には津軽塗《つがるぬり》の真新しい座卓が設えてあり、座布団が四枚敷かれていた。宮司は畳の上に風呂敷包みを下ろし、風呂敷を解いて竹籠を出し、すぐに柵を開けた。

「その中に敷いてある毛だらけのものが前の飼い主の座布団のようです」

「なる程」

「その、前の飼い主のことは――」

「はい。子細は龍典《りょうてん》さんから」

「はあ」

誰のことだ。

きちんとお伝えしてありますと、弔堂は云った。

宮司が口にした名が弔堂の名なのだろう。なる程この男にも名前はあるのだなと、妙なところで感心した。

宮司は居住まいを正した。

「実は——私は、この家に住むようになってまだ一年に満たぬのですよ。所帯を持つ際に竈《かまど》を分けましてね。杉並村《すぎなみむら》の方に移って尋常《じんじょう》小学校の教師をしておりました」

「はあ、そうですか」

教員が神主などになれるものだろうか。

「五年ばかり前に父が倒れ、躰《からだ》が利かぬようになってしまいましてね。私は嗣《つ》ぐ気がなかったので随分と悩んだのですが——結局は戻ることにしたのです」

「戻る——此処《ここ》にですか」

「ええ」

宮司は顔を横に向けた。

障子は開け放たれており、手入れの行き届いた庭が見えている。

「絶やすのは——いけないかと」

長く受け継がれて参ったものですからと宮司は云った。

「こちらは由緒あるお社ですから、地元の方以外にも氏子《うじこ》さんが大勢いらっしゃるのでございますよ」

弔堂がそう云うと、由緒と云うのはどうでしょうかなと、宮司は困ったような顔をした。

「権威がある訳ではないです」

「信仰はされているではないですか」

「信仰——ですか。それはどうでしょう」

宮司は一層に眉を顰《ひそ》める。

「土地の氏子さんは兎《と》も角《かく》も、他は現世利益《げんせりやく》を求めてくる者が殆どですからね。やれ家を建てるから善き方角間取りを決めてくれ、子供に善き名前を付けてくれ、婚礼をするから善き日取りを教えてくれと——そうした相談ごとばかりです。八卦見《はっけみ》と変わりがないのです。それは真の意味での信仰ではありますまい。慥《たし》かにうちの社は代代そうしたことを行って参りましたから、感謝もされますが——」

「その、こちらは世襲で、代代神職を務められているのですか」

そうしたことには詳しくない。

そもそも神職にある者と会話を交わすこと自体が初めてである。

「先祖代代ではございますが、でも、今申し上げました通り、神職ではないです。父は宮司と云うより、今申し上げましたような八卦見——いいえ、陰陽師《おんみょうじ》でした」

「おんみょうじ——ですか」

聞き覚えはあるが何者かは解らない。余程怪訝《けげん》な顔をしたのだろう、弔堂が説明を加えようと口を開きかけたのだが、それを制するように、宮司自身が云った。

「咒師《まじないし》のようなものですよ。今申し上げたような諸諸の占いをしたり、そう、妖物を祓ったり憑物《つきもの》を落したり——そう云う迷信紛《まが》いのことばかりをするのですよ。そもそも私の処は——」

その陰陽師を祀《まつ》っておりますからと宮司は云った。

こちらは安倍晴明公《あべのせいめいこう》をお祀りしているのですと弔堂が補足した。

「高遠様はご存じありませんか。陰陽寮《おんようりょう》の長《おさ》、土御門《つちみかど》家の祖にして従四位下《じゅしいのげ》、安倍播《はり》磨守晴明《まのかみはるあきら》様です」

「はあ」

知らなかった。

「いつの——播磨守ですか」

「平安の頃です」

そこまで古いと流石《さすが》に知りようがない。

「古《いにしえ》のお方ですね」

祀られているのだから当然のことではあるだろう。平将門《たいらのまさかど》や菅原道真《すがわらのみちざね》のようなものなのである。いずれ昔のことなのだろう。そう云うと、弔堂は首を振った。

「いえいえ、まあ晴明公ご自身は大昔のお方ですが、陰陽寮の方は明治になるまで、いや、なってからもまだちゃんとあったのですから」

「その陰陽寮と云うのが判りませんね」

「律令に於ける中務省《なかつかさしょう》、飛鳥時代に置かれた公的な機関です。先程、輔様は陰陽師は呪師のようなものと仰いましたが、本来は違います。陰陽道は、今で云うところの科学で、決して非合理なものではございません。陰陽寮の陰陽師は従七位上《じゅしちいのうえ》という高い位にあります。陰陽頭《おんようのかみ》に至っては従五位下《じゅごいのげ》です」

「しかし、そんな昔に出来た機関が今の世まで残っていたと云うのは、どうしたことですか」

御一新どころか、徳川幕府が出来る遥か前のことではないか。

畏《おそ》れ多くもと弔堂はやや姿勢を正した。

「朝廷はもっと古いでしょう」

「まあ――そうですが」

「寮を司る土御門家は、公家《くげ》です。そして陰陽寮は徳川《とくせん》にも重用されたのです。何しろ陰陽寮には陰陽道を研鑽《けんさん》する陰陽博士の他、天文博士、暦《れき》博士、漏刻《ろうこく》博士が置かれていた。乾坤《けんこん》の有り様《あよう》を見定め、天体の動きを読み取り、暦を作り時間を計る専門職でございます。これらは政権が代わろうが時代が過ぎようが、暮らしに必要不可欠なものでございましょうから――」

そうでしょうかと宮司が止める。

「澁川春海《しぶかわはるみ》の大和暦《やまとれき》が採用され、天文方が設置されて以降は、寧ろ邪魔なものだったのではないですか。その当時にして」

既に陰陽道は時代遅れの技術だったのですと宮司は云った。

その宮司の言葉を聞いて、弔堂は少し淋しそうな顔をした。

今までに見たことのない表情だった。

「大政が奉還され、天文方が廃止された際にも、陰陽寮は再び編暦の任に就《つ》くことになる訳ですが――ぐれごりお太陽暦の導入が検討された折、陰陽頭の土御門晴雄《はれたけ》様がどれだけ主張されても太陰太陽暦の改暦継続は為《な》されなかったのですし」

新政府は富国強兵にばかり目が行っていたのですよと弔堂は云う。

いつの話なのか、混乱する一方である。

「他国と貿易をするにしても戦争をするにしても、暦は合わせておいた方が都合が良いですからね。それに、晴雄様は瓦解《がかい》後間もなくお亡くなりになってしまわれたのでございましょう」

そのようですねと宮司は云った。

「いずれにしても陰陽道はもう通用しないものでしょう。それに、龍典さんの仰るのは官職としての陰陽師でございましょう。私の処は違います。民間の陰陽師は、辻占《つじうら》や釜《かま》祓《ばら》いに毛の生えたようなものです」

「しかし輔様。そうした巷間《こうかん》の陰陽師とは違い、こちらの祭神は晴明公。そう云う意味ではは正統ではございませんか」

「正統と云うなら京の晴明神社が正統なのです。土御門の方にしても、晴明公のご子孫はご健在でいらっしゃる。晴雄様がお亡くなりになり陰陽寮も廃止されましたが、ご子息の晴栄《はるなが》様は叙爵を受けられ、今は土御門子爵家です。私の処は分家でもなければ、傍流ですらないのですからね。分祠勧請《ぶんしかんじょう》した訳でもない。そう——伝わっているだけです」

「社伝があるのですね」

「ええ」

ならば信じるべきではありませんかと弔堂は云った。

「ええ。しかしまあ、代代行《おこな》って来たことがいかがわしい咒であることだけは違いないことですからね。今のご時世ならお縄になってしまうようなものですよ」

先代様はご立派な方でございましたと弔堂が云う。

「いまだに感謝されている方も、お慕いしている方も多《おお》ございますよ」

人格者ではありましたからねと宮司は答えた。

「しかし父は、そう云う意味では立派な人ではあったのでしょうが、少なくとも宗教者ではなかったのです」

「そうでしょうか」

「そうですよ。うちの社《やしろ》は、歴史こそ古く、社伝を信じるならば武蔵国でも有数の古社と云うことになってしまうのですが——いや、信用に足るものかどうかは判りませんから、額面通りに受け取ればと云う話です。でも社格は低い。それでも連綿と今日まで続いているのですから、まあそうしたもの、咒の類《たぐい》の需要と云うのはずっとあった、と云うことなのでしょう」

それでもそれは瓦解前のことですよと宮司は云う。

「今はもう通用しない迷信でしょう。いいえ、迷信ならば、通用させてはいけないものです」

咒。

迷信。

井上圓了《いのうええんりょう》が否定するものだ。

「私の父洲斎《じゅうさい》は、いいえ、私の先祖はそうした迷信的旧弊の需要に応えていたに過ぎません。何某《なにがし》か志《こころざし》があった訳でも大義名分があった訳でもないのです。これまでずっとそうして来たからと云うだけで、ただ同じように繰り返していたと云うだけです。私はそれが堪《たま》らなかった」

「咒が——ですか」

「ええ」

宮司は首肯《うなず》いた。

それから、占いもお祓いもまやかしですよと云い放った。

「ですから、決して嗣ぐまいと思っていました。父もそれは承知していたのです。御一新を迎え、こうした遣り方はやがて通用しなくなると知っていたのでしょう。ですから私は父からは何も学ばず、父も何も教えてはくれませんでした。呪師としての命脈は切れているのですよ」

何しろ家を出てしまったのですからと宮司は云う。

同じ家を出るのでも己とは大違いだ――と思った。

「ところが孫が生まれてすぐ、父は倒れてしまった」

お子さんがいらっしゃるのですかと問うた。

五つになる息子がいますと、宮司は答えた。

「最初は父を引き取って面倒をみようと考えたのですが、そうも行かぬのです。龍典さんが仰るように、氏子さんは大勢いらっしゃる。行事もある。最初は人を頼んで何とかしていたのですが――」

「心変わりをされたのですか」

「いいえ、その」

謂わば発願《ほつがん》されたのですねと、弔堂が答えた。

発願――と云うのは解りませんね、と問うた。

「嗣ぐのがお厭だったのが、嗣ぐ気になられたと云うことではないのですか」

「ええ。でもこの輔様は、陰陽師のお父上の跡を嗣ぐ気になられた訳ではないようなのでございます。こちらはきちんとした神職になるべく発願し、学ばれたのです」

「勉強をされたのですか」

今も学んでおりますと、宮司は神妙な顔で云う。

「迷信は排斥されるべきものですが、信仰は大切なものです。異国《とつくに》に目を向けてみても信心を蔑ろ《ないがし》にしている文化はない。どれ程学問や技術が進んでいようとも、信仰はあるのです。耶蘇《やそ》教徒も回教徒も仏教徒も、それぞれの信ずるものを礎《いしずえ》にして文化を築いている。だが我が国は如何《どう》でしょう」

「まあ」

借り物ばかりですねと答えた。

仏事とて唐意《からごころ》として退けられるのだ。

「いや――」

借り物であっても一向に構わぬのですと宮司は云った。

「構いませんか」

「露西亜《ろしあ》でも耶蘇教の一教会派を信仰していますが、それは露西亜の信仰です。元が何であろうと構いはしないし、他の信心と相容れぬが故に軋轢《あつれき》が生まれるのも、これは仕方がない。問題なのは、それが暮らしに根付いた真の信心になっているかどうか、と云う点ではありますまいか」

それはその通りだと思いまするとと弔堂は云った。

「この国には仏教、儒教、道教、様様な外来の信心が入って来ていて、それぞれが根付いております。それはもう、すっかりこの国のものになっておりましょう。しかし例えば、そうしたことと無関係に、廃仏毀釈《はいぶつきしゃく》のような流れになると、もう恰《あたか》も仏者が悪者であったかのように振る舞い、仏の教えを蔑ろにするような徒が平気で出て参ります」

それは圓了からも聞いた。

全国の寺院が謂われなき迫害を受けたようなことを云っていた。

「それでも、そうしたことをする者がそれより前と後で大きく変わってしまったと云うことはないではないですか、龍典さん。つまり、仏教であろうが儒教であろうが、構わないのです。駄目と云われたなら看板を掛け直せばいいと云うような態度なのです。これは、看板に何を掲げていようと結局は同じなのだと云うことでしょう。つまり、どんな看板を挙げても変わらない何かを、この国の人人は信仰している」

「なる程」

「神道はこの国のものですから」

「そこに意《こころ》があると」

判りませんと宮司は云った。

「最近では和魂洋才《わこんようさい》と謂うようですが、その和魂と云うものが知りたいのです。それを知らなければ神職など務まらぬものと」

そう心得ております――と宮司は云う。

「しかし輔様。天子様を頂点に戴く御世になり、神道も大きく変貌したのではございませぬか」

「ええ。旧幕時代の文献などを弔堂さんに揃えて戴いて読み、また識者に学んでみたりも致しました。その結果、知識だけは豊富になりましたが、どうにもいけない」

「時流に沿うものではない――と」

「いいえ。考え方や作法と云うのは、多分不変のものなのだろうと思うのです。それは解るのですが、扨《さて》この明治の御世に於《おい》て、それをどう伝えどう添わせて行けば良いのかが、未《ま》だ判らないのです」

真面目な男なのだろう。

「この輔様は、そうして学識を高めるだけでなく、実際に幾つかの神社に赴き、神職の方に付いて、まあ修行のようなことをされたのでございますよ」

「はあ──」

　神主にも修行があるのか。

　それは、何であってもあるのだろうが──。

「いや、嗣ぐ以上は、何としてもきちんとしたかったのです。ですから──精進潔斎《しょうじんけっさい》して妻子と縁を切り」

「あ、お待ちください」

　つい口を挟んでしまった。

「その、妻帯していてはいけないと云う決まりでもあるのですか」

「そんなものはありません。これは、あくまで私の決めごとなのです。決意表明のようなものでしょうか」

「離縁されたのですか」

　籍は抜いておりませんが、会っておりませんと宮司は云った。

「しかし、聞けばお子様は生まれたばかりだったのではないのですか」

「ええ。そうです」

「それは──お寂しくはないですかな」

「高遠様はどうなのです」

　弔堂に問われても、何も答えられなかった。

そこのところだけは己も同じ境遇なのであった。理由の方はと云えば天と地ばかりの開きがあるのだが、状況《ありさま》の方は変わらない。ただ生まれて間もない幼子を残して家を出てしまったと云う点に関しては、一緒なのである。

寂しいのだろうか。

「僕は——まあ実家で寝起きしていないと云うだけですからね。この間も家に帰りましたし、帰れば数日居ります。こちらとは違いますよ」

「高遠様は、寂しくなられてお帰りになるのでございますか」

「さあ」

どうだろう。

修行が成ったら——と宮司は云う。

「まあ、成る成らないも己で決めることなのですが、そうしたらまた一緒に暮らそうと思うておりますが、中中どうして、一年二年で成るものではございません。まだまだと思うておりましたが、そうしているうちに父は亡くなってしまった。そんな訳で、社の方は任されておりますが——半人前でございます。宮司とは名ばかり、権禰宜《ごんねぎ》が良いところなのです」

「いや、じゃあこの家にもお独りで——」

と、座敷を見渡せば。

床の間の前に猫がいた。
いつの間にか竹籠を出ていたものと思われる。くんくんと彼方此方《あちこち》の匂いを嗅ぎ回ってい
猫は、まるで値踏みでもするかのように、くんくんと彼方此方の匂いを嗅ぎ回ってい
るようだった。
「ああ、お茶も出さずに愚にも付かぬ身の上話などを蜿蜿《えんえん》と致してしまいました。そん
な子細《わけ》で俄独居《にわかやもめ》なものですから、不調法で実《まこと》に申し訳ありません」
宮司は頭を下げ、それから猫の仕草に気付いて、ああ気に入って呉れたのですかなあ
と云った。
猫は返事でもするように耳を後ろに向けて、ニャーと鳴いた。
「そんな訳でしてね。まあ、この先この家に妻子を呼び寄せる段になったとしても、こ
のままでは住めないのですよ。古い書物やら巻物やらが山のようにある。部屋がひとつ
占領されているのです」
拝見しましょうと弔堂は云った。
「喉を潤さずとも宜《よろ》しいですか」
「馬車も待たせておりますから、取り敢えず拝見します。次の間――ですか」
「ええ。纏《まと》めておきました」
そう云うと宮司はすっと立ち上がり、襖《ふすま》を開けた。

隣室は微暗《うすぐら》く、すぐには何が置いてあるのか解らなかったのだが、やがてそれは座敷一杯に広げられた書物の山だと云うことに思い至った。

和綴本の他、紐で縛られた紙束、巻物や帙《ちつ》、行李《こうり》、木箱、そうしたものが処に依《よ》っては堆《うずたか》く積まれている。

「これはまた——」

凄い量である。

「ええ。まあ代代伝わっているものと、父の蔵書もありますが、殆どは知人から譲り受けたものなのです。私が家を出る前ですから、そう、十五年以上前ですか、父が懇意にしていたご老人が亡くなりましてね、その方のご家族から、処分するにも捨てるしかなく、もしご入り用なら一式貰って欲しいと——」

「個人の蔵書なのですか」

失礼しますと云うなり弔堂は次の間へと踏み込み、紙の山を見渡して、感心するように幾度か頷いた。値踏みをしているのだろうか。

「これは大したものですね。元の持ち主は余程の粋人か——裕福な儒者か——いやそうではないですねえ」

弔堂は顳顬《こめかみ》を人差指で掻いた。

「ええ、龍典さんは、菅丘何某《すげおかなにがし》と云う物書きをご存じですかな」

戯作者《げさくしゃ》ですねと弔堂は即答した。

「大坂の版元を中心にして読本人情本を開板し、一時は結構人気があったようなのですが、数年で突然筆を折ってしまった方だと記憶しています」

　その人ですと宮司は云った。

「菅丘――」

「李山《りざん》です。勿論筆名でしょうが、本名は疎か素性も一切知られていません。一説には大名の変名だとか、公卿《くぎょう》だとか、色色謂われておりましたが」

「そうですか。私はお会いしたことがないのですが、父は若い頃に知遇を得て懇意にさせて戴いていたとか。その方が数十年かけてお集めになったものです」

　これがねえと、弔堂は屈《かが》んで手に取り頻《しき》りに感心した。

　見ればいつの間にか猫が這入《はい》り込み、紙の山の匂いを嗅いでいる。

「おや、爪を磨《と》がれたりしたら困ってしまうなあ。しかしここで値付けは出来ませんので、取り敢えず運び出して、店の方で吟味するので宜しいですか」

　お代など要るものですかと、宮司は手を振った。

「貰い物ですから。まあ、このままにしておいたのでは正に死蔵と云うことになりますし、それならいっそ、信用のおける書舗に移譲したいのだがと、ご遺族に相談しましたところ、ご快諾戴いたので、ご連絡を差し上げたまでで。売るなど、とんでもない」

「そう云う訳には参りませんよ。私の方はこれを店に並べて売るのですからね。幾ら元僧侶だからと云って、丸儲けと云うのは戴けません。価値があると思えばこそ引き取らせて戴くのでございますし、ならば相応のお代はお払い致します。どうしても受け取りたくないと仰せなのでしたら、その——ご遺族の方にお渡しくださいませ」

「いや、そうですか」

宮司は所在なげに襖の横に立った。

弔堂は眼を細め書物を眺め回して、大きな溜め息を吐《つ》いた。数え切れない書物に囲まれていると云うのに、まだそれ程に書物が愛おしいのか。

「これを全部手放されるのですか」

弔堂はそう云った。

宮司はすぐさまはいと答えた。

「私には必要のないものです」

「そうですか」

弔堂は行李の蓋を開ける。

和綴の本を手に取る。

開く。捲《めく》る。閉じる。

「良い——本です」

「はい。汚してはおりませんし、虫喰いなどにも気を付けていたようですから、傷んではいないかと」

「そう云う意味ではございません」

弔堂は本を戻した。

「この中に――あなたの一冊はないのですね、輔様」

宮司は一度本の山に顔を向け、一拍置いてからございませんと云った。

「総《すべ》てを見た訳ではありませんし、読んでもおりませんが――私には無用のものと存じます」

「解りました」

弔堂は意を決したかのような顔をしてしほるを呼んだ。

座卓の前に置物のようにちんまり座っていた美童は、跳ねるように立ち上がると宮司の横に立った。

「高遠様と私で運び出すので、店で指示した通りに荷車に積みなさい。重いものは馬丁さんが手伝ってくれるから」

かしこまりましたと云って、小僧は玄関の方に飛んで行った。

宮司は、私も運びますと云った。

「龍典さんは此処でどれから運ぶか指示をしてください」

「判りました。ではこの茶箱から運んでください。これが一番重いようなので、お二人でお願い致します。高遠様も——宜しいですか」

やや放心気味だったので慌てて次の間に入り、茶箱を持った。

慥《たし》かにずしりと重い。

そろそろと移動する。

「申し訳ありません。聞けば元はお武家様だとか。士族の方にこのような雑用をさせてしまって——」

「いや、関係ありません。僕は」

何だろう。

慥《たし》かに、元武家と云う以外に説明のしようがない。

己は、何でもない。何者でもないのだ。

ふと目を遣ると、猫が弔堂の横に座っている。

のみならずけだものは鼻先を彼《か》の男の袖に向けている。

匂いを嗅ぐのかと思いきや、ひらひらとするそれに向けて右の前脚でひょいと掻くようにする。話に聞くじゃれると云うのはああ云うことを謂うのかと思う。

寝てばかりいたが、あんな仕草もするのだ。

何も答えぬまま玄関に到着し、一度茶箱を框《かまち》に下ろして雪駄《せった》を履いた。

「僕は何の当てもなく、無為に逃げ回っている駄目な男なんですよ。何から逃げているのかも判然としない。あなた同様、妻子と離れて独居をしているのですが——何故そうしているのかも、解らないのです」

「解らないのですか」

「はい」

解らないのだ。

しほるが来ました来ました等《など》と云う。

馬丁に向け、あれは重くて持てないので荷車の奥の方に載せてくださいましと、てきぱきと指示をする。荷車の前まで持って行き上で待ち構えていた馬丁に渡す。一人じゃ重くて持てませんよと云って渡したのだが、四角な顔の馬丁は何の俺は牛一頭だって担ぎますぜ等と、心強いことを云った。

戻ると座敷は多少様子が変わっていた。

猫もいなくなっていた。

「その、茶箱はあと四つ程ありますが、後はその、敷居の近くから順に運んで戴けると助かります」

弔堂はそう云った後で顔を向け、お二人とも申し訳ありませんと云った。

また、茶箱を二人で持った。

「実は」

宮司が云う。

「私も解らないのですよ、高遠様」

「解らないとは——何がです」

解っているではないか。

この人は、この明治の時代に、神社と云う旧時代の装置を充分に機能させるにはどうしたら良いかを模索し、日日努力しているのだろう。

それは、或る意味で井上圓了のしようとしていることと同じなのかもしれない。圓了は、宗教の先に普遍の哲理を見出し、この人は、迷信の先に純粋な信心を見出したのではないか——。

そんなことを思った。

的外れなのかもしれないが。

いずれにしても今の時代を生きているのだ。

あなたには高い志がおありなのでしょうと云った。

「奥方やお子と離れているのも、その志故のことではありませんか。ならばそれは立派な理由ではありませんか。僕には、それがないのですよ」

「ええ。志はあるのです。でも」

さあまた参りました今度も重そうなのでお願い致しまするると云う、しほるの声が聞こえた。よし来た、ずっと待ち放しだったから力が余っておるわいと、頼もしい馬丁が応えた。

茶箱を渡して宮司は汗を拭った。

「志を持った理由が解らない。どうしてこの神社を嗣ぐ気になったのかが先《ま》ず解らないのですよ。それが凡ての根本にあるのです。嗣ぐ以上はちゃんとしなければ、それなら妻子とも離れなければ、そうしたことの連なりでこうなってしまった」

「嗣ぐ理由、ですか――」

嫌いだったんですよと廊下を渡り乍《なが》ら宮司が云う。

「嫌いとは、何がお嫌いなんですか」

「神だの仏だのを敬わぬ訳ではありませんが、不可思議な力でものごとがどうにかなるなどと云うのはまやかしです。信仰とは関係ないものではないですか。何かお祈りでもしたとして、偶然そうなることはあったとしても、それはそれだけのこと。そうでなければ、いかさまです」

「いかさまですか」

「ええ。それだけは父に教わりました」

「お父上の為ていることを見て、そうしたお考えを持った、と云うことですか」

「いいえ。文字通り教わったのです。この世ならぬものはない——と。神霊妖物は此の世のものに非《あら》ず、ならば——」

ない。

「ない——ですか」

「ええ。それを知る者のみが、それを操ることが出来ると」

「妖物は兎《と》も角《かく》、神仏を操るとは——また不敬な言い様に聞こえますけれど」

私も同じことを申しましたと宮司は云った。

「私がそう云うと、操ること、即ち使役されることであると父は答えた」

意味が——呑み込めなかった。

「ないと云うことを知ることと、畏れ敬うことはまた別の話、ないと知らねば、きちんとお祀りすることも叶《かな》わぬと——父はそう申しました。しかし、ないものをどうやって祀ると云うのか。私には解らなかった。解らないだけではなく、何だか厭になったのですよ。それが正しいのだとして、ならば父の為ていることは詐術《さじゅつ》に他ならないと思ったのです」

茶箱を持つ。

弔堂はただ積んであっただけの紙束の類《たぐい》をきちんと分類し、束ねたり縛ったり、包んだりしていた。

「腰が痛いの頭が痛いの、運が悪いの縁がないのと、相談者は大勢来るのです。でも咒師に何が出来ましょう。何か霊妙なものがあると云うなら、話は別です。ないのなら気休めではありませんか。いえ、なかったとしても、あると信じているのならまだ話は解る。しかし、ないと知っていてするのならば、それは詐術でしょう」

「僕には——」

答えられない。

圓了の云うように、迷信は退けられるべきものなのだろう。

だが神仏信仰は迷信なのか。そうでないのなら。

どうだと云うのだろう。

「結局、私は、咒だの呪《のろ》いだの、そうしたものを激しく厭《いと》い、同じ感覚で信心からも離れてしまったんです。信心を持てないでいるのですから、仮令《たとえ》民間の如何《いかが》わしき社とは云え、神職は務まりますまい。だからそう父に云った。父は諒解《りょうかい》した。全く——揉《も》めませんでした」

はいはい此方《こちら》と玄関口に馬丁が待ち構えている。

余程に力が余っているのだろう。

「それがねえ」

宮司は廊下で立ち止まる。

「どうして嗣ぐ気になったのか、今以て解らないのですよ。決めた以上はきちんと為《し》なければなるまいと、真面目に取り組んではおりますが、それに関してはそうした性格なのでしょうから、まあ理解出来るのですが」

「そうですねえ」

廊下からも庭は見える。

「自分のことが解らないと云うのは、おかしなことなのでしょうか」

「自分のことだから解らないのかもしれませんなあ。尤も、僕にはあなたの境涯も解りはしないのですが」

これでは駄目なんですかねと、どうにも後ろ向きのことを云った。

茶箱を運び終わり、行李を三つばかり運んだ。後はもう重いものはない。弔堂も整理を終えたらしく、一緒に運び始めた。

「荷崩れなどしては取り返しのつかぬ事になりますからね。出来るだけきちんと積まねばなりません。ああ――」

これはきちんとしていますねと、荷車の状態を見て弔堂は云う。

「ナニ、俺に運ばせれば万にひとつも荷崩れなんざしねえですよ。凸凹《でくぼく》道を豆腐積んで行ったって平気でサア」

そう云って馬丁は大笑した。

力自慢なだけではなく、丁寧な仕事の方も自慢のようである。

三人で何度か往復した。すっかり積み終わった後、馬丁は荷の上から菰《こも》のようなものを被せて、更に荒縄で固定した。

「まあ、今日は雨は降らんと思うがね。小雨ぐれえなら、これで大丈夫さ。ただ、この荷は紙だろ。だから、夕立に来られちゃアちょいとばかり拙《まず》いが、いやサ、まだ夕立の季節じゃァねえさ。で、何だ、この小僧を乗せて行けばいいのかね」

乗せて戴きますとしほるは云った。

「相済みません。私達は鉄道と人力で戻りますので。多分——こちらの方が先に着いてしまうでしょうから、店の方でお待ちしております」

馬丁は小僧を抱き上げて、馬の背に乗せた。馬丁が怖いかと尋くと怖くはありませんが高いですとしほるは答えた。

馬丁はまた笑った。そして、つるんとした小僧だねと云った。

「まあ、荷台よりは乗り心地がいいさね。落ちる程速くは行かんから、飛んだり跳ねたりしなきゃ落ちぬだろうから安心しろ。怖かったら降ろしてやるから云いな」

しほるは幾分強張《こわば》っていたが、こくりと首肯《うなず》き、馬丁は馬を引いて、竹藪の狭い道を抜けて行った。宮司はそれを見送るようにしてから、ああ小僧さんにお茶の一杯もあげませんでしたと云った。

「まあ茶など飲むと小用が近くなりますから丁度良いのですよ。水と握り飯も持たせていますし。それに、結局あれは何もしなかったのですからね。それに引き換え、高遠様にはお世話になりました」

弔堂は頭を下げた。

どうもこの男には屋外が似合わない。

そもそも、直接陽に当てて良いものかと思ってしまう。

吹き抜けの高窓から差し込む弱弱しい日光と、何処だかの高級な蠟燭《ろうそく》の紅い光に照らされてこその弔堂ではないか。

まだ陽は高い。

慥《たし》かに大層な作業ではあったのだが一刻もかかっていないのだった。

「輔様、私は兎《と》も角《かく》、高遠様には無理を申し上げた手前、少し休んで戴かなくてはなりますまい。ご迷惑でしょうが、少少座敷をお貸し戴けませんか」

何と云っても上得意でございますからと弔堂は余計なことを云った。

ではお茶の支度を致しますので、お上がりくださいと宮司は云った。

座敷に戻り、隣室を見るに実にがらんとしている。

こうしてみると意外にこの家は広いのである。独居にはちと広過ぎる。家族があった方が良いだろう。

主がいないのを好《い》いことに、室内をぐるりと見回す。

縁側には猫が座っていて、自分の体を嘗《な》めていた。もうすっかり馴染んでいる。

いや、あの荒家よりこの家の方が気に入ったと示すような仕草のように思えた。

立ち放しで家を値踏みするような真似は下品に過ぎる。流石にこれはいかんと思って座った。座ると、座卓の上に本の束が残っている。

「おや、これは積み忘れじゃないだろうか。まあこのくらいなら積まずとも手で運べるけれども――」

違いますよ高遠様と弔堂は云って、それから下座に座った。湯呑みを盆に載せて廊下を渡って来た宮司は目敏くそれを見付けて、オヤそれはと云った。ハイ分けておきましたと、弔堂は答えた。

「何か選《よ》り分《わ》ける理由がおありですか」

「はい」

弔堂はそこで背筋を伸ばした。

途端に陽が雲の陰に隠れたのか、すうと座敷が暝《くら》くなった気がした。

そして本屋は出されたばかりの茶を一口飲んでから、

「この書物はお引き取り出来ません」

と、云った。

「それは——売り物にならぬ、と云うことでしょうか。傷んでいるとか、書籍としての価値がないとか、読めぬとか、そうしたことですかな」

「いいえ、違います」

座卓の上を再度見ると、判型の異なる和綴の本が四五冊、その下には綺麗に巻いた巻物が四巻ばかり積んであるのだった。その横には本と云うよりも帳面のようなものが十数冊、綺麗に揃えて積まれている。

「では——どう云うことでしょう。まあそればかりの数ですから、お引き取り願えないのでしたら処分でも何でも致しますけれども」

それはいけませんと弔堂は幾分強い調子で云った。

「いけないとは」

「輔様。私は弔堂の主でございます。読まれぬ本を弔い、読んでくれる者の手許《てもと》に届けて成仏させるが我が宿縁。本日は此方様《こちら》より」

多くの屍《しかばね》をお預かり致しましたと弔堂は云った。

「お預かり致しました以上はきっちりと供養させて戴きます。人に読まれぬ本は紙屑《かみくず》ですが、読めば本は宝となる。宝と為すか塵芥《ごみ》と為すかは人次第。私は、何千巻何万冊であろうとも、必ずや我が楼に収めた凡ての書物を宝に変える所存」

しかし、と云って弔堂は黙った。

「しかし——何でございますか」

「まだ生きているものは——弔えは致しませんよ、輔様」

「生きている——とは」

宮司は慌てて卓上の書物を確認した。

「こ、これは——」

お読みになりましたかと弔堂は問い、とんでもないと宮司は答えた。

「これは——」

「ええ。先《ま》ず、こちらのお社の由来書《ゆらいがき》である『武藏晴明社緣起《むさしせいめいしゃえんぎ》』、それから安倍晴明公が記したと伝わる『三國相傳陰陽輨轄簠簋内傳金烏玉兎集《さんごくそうでんおんみょうかんかつほきないでんきんうぎょくとしゅう》』五巻揃《そろい》、同じく『占事略决《せんじりやくけつ》』、更には陰陽、天文、暦、漏刻それぞれに関する秘伝書、巻物の類《たぐい》——です」

宮司の表情が曇った。

「そのようなものは神社には必要のないものです。呪の指南書ではないですか。そもそも——」

「はい」

弔堂はひと際大きな声で、宮司の言葉を遮った。

「神社の由来を除いて、凡て偽書です」

「ぎ、偽書——」

「まあ、詳しく覧《み》た訳ではございませんし、覧たところで覚えている訳ではございませんから、確実なことは何も申し上げられないのでございますが——『金烏玉兎集』に至っては、本物と謂われているものがそもそも後世の作、つまり偽書であり、数ある写本も異同が多く、どれが本物と決められるようなものではないのでございますよ。『占事略決』にしたところで、鎌倉時代の写本があるだけで、土御門家に伝えられるものが果たしてどのような内容であるのか、確認する術《すべ》はございません。ですから真実は判りません。判りませんが——」

まず凡《すべ》て偽物でございましょうねと弔堂は云った。

「偽物だから引き取れないと云うことですか。それなら、余計に価値がないではありませんか。それを処分するなと云うのは、解りませんよ」

「いいえ。本物だろうが偽物だろうが関係はありません。誰が書いたか、いつ書かれたか、そんなことはどうでも好《い》いことでございましょうよ。そうしたことを気にしなければならないのは歴史学者くらいのものでしょう。後は——本に余計な価値をくっ付けようとする、そう、茶道具屋のような人達でしょうね。弘法大師《こうぼうだいし》が書こうが山寺の小僧が書こうが——」

古かろうが新しかろうが本は本ですと弔堂は云った。

「しかし、偽物じゃあ」

「本に偽物も本物もありませんよ。書物に書かれていることは、何もかも、本物ではないのでございますよ。事実をそのまま書き写すことなど出来はしないのでございますからね。文に直し、文字に記したその瞬間に、凡百《あらゆる》現実は虚構となりましょう。そこで一度、現世は死ぬのでございます。その墓碑を読み、何かを読み取った者がいて、そして初めて、虚構は現世に立ち返ることが出来ましょう」

「しかし龍典さん。これは咒の手引書のようなものなのでしょう。私が読んだところでどうにもなりません。そもそもその、まだ生きていると云うのが」

文字にした途端に現世は死ぬのだろう。

ならば生きている本とは何だ。

生きていると云うのは理解し兼ねますと宮司は云った。

「どう云う意味ですか」

「ええ。一番上の本をご覧ください。それは――」

宮司は本を手に取り、開いた。

「これは――冒頭を読むに、どうやらうちの社の由来書のようですが、そちらの古い由来書とは違いますね」

「ええ。違います。それは」

洲斎様がお書きになっていたものですと弔堂は云った。

「父が――ですか。これは父の手になるものなのですか。ああ、そう云えば慥《たし》かに父の文字のようですが――筆写していたのでしょうか」

「書き改められていらしたのでしょう」

「改めるとは、書き直していたと云うことでしょうか。それは――いや、意味が解りません。書き直す必要などない。由来書は由来書でしょう」

「こちらの社の歴史を編纂《へんさん》されていたのでしょう。こちらの帳面には、代代の功績などが細かく記されています」

宮司は次に帳面を捲《めく》り、飛ばし読みをするようにしてまた閉じた。

「功績どころかまやかしですよ。竜神を使役して雨乞いをしただの、病気平癒のご祈禱をしただの、式神《しきがみ》を打って憑物を落しただの、そんなことを書き残してどうなると云うのですか。どれもこれも到底信じられるものではない。こんなもの、今の時代に信じる者はいませんよ。嘘ばかりです。真実である訳がない」

「ですから、文で書かれていることは普《あまね》く真実ではございません。そこから真実を汲《く》み出すのは、読む方でございます」

「そうは仰いますが――」

あなた様はそこからあなた様の真実を汲み取らなければなりませんと、弔堂は断定するように云った。

「真実と仰せになられても――」

「宜しいですか輔様。心は」

弔堂は胸を叩いた。

「ここにある。あるけれども、ない。心を取り出して示すことは出来ません。そこで心を伝えるために」

次に弔堂は頭を指差した。

「我我は言葉を紡ぐ。言葉は心ではありません。私の学んだ宗派では不立文字《ふりゅうもんじ》、以心《いしん》伝心《でんしん》と云う。言葉はまやかしでしかなく、心は心を以て伝える以外にないと云う。それはそうです。でも、私は今、言葉で説明しております。同じ言葉から、人はそれぞれ違うものを汲むのでございます。荒唐無稽《こうとうむけい》なお伽噺《とぎばなし》の中にも、世界が隠れておりましょう。或る人は、そこから汲んだもので闕如《けつじょ》をば埋めました。無味乾燥な事件を並べただけの記述にも豊饒《ほうじょう》な物語が隠れております。或る人はそこから何かを汲むことで発心《ほっしん》されたのでございます。意味など解らずとも書かれていると云うだけで、人はそこから何かを汲める。汲む力を持っております。ですから」

弔堂はゆっくりと手を上げて、宮司が視線を落している帳面を指差した。

「そう、そこに書かれておりますことごとは、凡て、普く嘘でございましょう。しかし嘘だからと云って――」

ほんとうが汲めぬとは限りませぬぞと弔堂は静かに云った。

「先程も申しましたが、心は、現世《うつしよ》にはない。しかし、ないからと云って、心がない訳ではない。心はございます。ないけれど、あるのです」

宮司ははっと顔を上げた。

「ないものをあるとしなければ、私共は立ち行きません。仮令《たとえ》あるのだと固く信じていたとしても、心は見せることも聞くことも嗅ぐことも触ることも出来ますまい。どこかにあると捜し求めても見付からない。此処にあると示したとて見えはしない。言葉と云う咒に置き換えなければ、ないものは示すことが出来ないのでございます」

「それは――」

「ないと知らねば、あることが示せないのでございますよ、輔様」

「それは」

それは父の言葉です、と――宮司は云った。

「ち、父は私にそう云った。私はその意味が解らず――それ故に惑い、そして厭うたのです。それは」

難しいことではございませんよと弔堂は云う。

「ないものをあるように見せ掛けるのが言葉でございましょうよ」

「見せ掛ける――のですか」

「そうです。ですから、凡ての言葉は呪文。凡ての文字は呪符。凡ての書物は経典であり祝詞《のりと》でございますよ。作法と云うのは、普く所作で表す言語でございましょうし、式と云うのは原理原則を言語化したものでございます。決して摩訶不思議《まかふしぎ》なものではございません」

ならば、と弔堂は肚《はら》に響く声で言った。

「まやかしの何処がいけないのでございましょう。高い志を持つことと、方便を使うと云うことは、並び立たぬものではございますまい」

宮司は険しい顔になり、ごくりと生唾を呑み込んだ。

「伝統と云うのは、守るものではなく続けることです。続けるためには変えなければならないのです。そして歴史は常に書き換えられなければならない。いいえ、正しい歴史とされるのは常に正史だけなのです。時の為政者が認めぬ限り、凡百《あらゆる》歴史は偽史に過ぎないのでございますよ。ですから、由来も書き換えられて然《しか》り。作法も作り替えられて然り。そこに記された太古《いにしえ》の作法の諸諸は、そうしなければ死んでいます。しかし、お父上はそこから何かを汲み出そうとされていた。今に通ずる作法を、新しき由来を、伝統を信仰を――」

創ろうとされていたのではありませぬかなと、弔堂は抑えた声で静かに云った。

「創る――のですか」

「創るのです。不敬な話ではございますけれども、神だって仏だって誰かが創ったものなのです。信仰するために、生きて行くために創ったのでございます。何故なら、神も仏も、言葉や図像でしか表せない。ないものだからです。ないものをあるとする——あることにする、そうした約束があって、初めて神仏はこの」

心の中に顕現されるのでございましょうよと、元僧侶は云った。

「迷信と云うのは、信じられているうちは迷信ではございません。信じられなくなって初めてそれは迷信となるのでございます。近代の学理哲理で否定されてしまったものを頑迷に信ずると云うのであれば、それは迷信と呼んでも構いませんでしょう。それは愚かなことでございます。しかし、そうでないのなら——それは迷信ではございません」

「そうですが——」

「突き詰めてしまえば神仏だって迷信と云うことになる。信心することが、先《ま》ず近代的でないと云うことになる。そうすると私達の国の天辺《てっぺん》に御坐《おわ》すお方の来歴も——」

それは——。

「信じられぬ——と云うことになってしまいましょうよ。万世一系の正統性が揺らいでしまったのでは、錦《にしき》の御旗《みはた》が効力を失ってしまいます。すると、御一新そのものの大義名分も立たなくなる。義も忠も孝も成り立たなくなってしまいましょう。宜しいですか輔様。この世の中の半分は、嘘なのです」

「嘘――ですか」

「ええ。虚実は常に半半でございます。そしてその半分――嘘の部分は言葉で出来ているのでございます。つまり」

「つまり――」

作り替えることが出来るのですと弔堂は云った。

「ただ、嘘を嘘と知らなければ、創ることは出来ません。そもそもこの三千世界はあるがままにあるだけのもの。善きものでも、悪《あ》しきものでもございません。しかし、名付け、語ることで善にも悪にもなる。祝うか呪うかそれは言葉次第。時に祝い、時に呪って、世界の均衡を保つのが――あなた様のお役目ではございませぬか」

そうか、と宮司は云った。

それからこちらに視軸を向けた。

「私がこの社を嗣ごうと決めたのは、父が私に向けて発した言葉の真意を知りたかったからなのですよ、高遠様。そして、今それが――少し、少しですが、解りかけた気が致します」

「解った――のですか」

龍典さん、と宮司は弔堂を呼んだ。

「それでは――この書物は」

「ええ。そうなのです。お父上は、由来書も含めて、この明治の世に相応《ふさわ》しい、この神社の作法を編み直そうとされていらっしゃったのでしょう。そしてそれは――未《ま》だ途中なのです。その書物は、書きかけなのでございますよ、輔様」

「死んでいないのですね」

「ええ。未だ私の手許に来るべきものではないのです。その書物の続きは、跡を嗣いだあなた様がお書きになるべきかと存じまする。あなた様の信ずるままに、今の世に相応しい形で――」

未完――なのだ。

宮司は深深と頭《こうべ》を垂れた。

「私なりで――宜しいのでしょうか」

「それが伝統となりましょう。あなた様の作法で、民に幸をお与えください」

活《い》き活《い》きとした眼で、宮司ははいと答えた。

「お蔭様で部屋も広くなりました。明日にでも妻子を呼び寄せようと思います。私は武蔵晴明社十七代宮司として、精進させて戴こうと思います」

何よりですと弔堂主人は云い、冷めた茶を飲み干した。

部屋の隅で猫が丸くなって寝ていた。竹籠に入らずに寝ているところをみると、此処を住処として認めたと云うことなのだろう。

修羅場《しゅらば》の貸座敷から百姓家に移され、幽霊付きと怖がられて荒家《あばらや》に追い遣られ、今や宮司の家の猫である。

思うに猫も、あの廃屋が仮住まいであることを承知していたのである。遠からず何処かへ移されるだろうと、そうした予感を抱いていたのだろう。けだものの考えることだから正確に察することは不可能なのであるが、まあそうしたことだろうと思う。

先のことは判らぬが、猫も此処なら安泰と思うたものか。

さあそろそろ失礼しましょうと弔堂が腰を浮かせた。

「撓《しほる》が先に着いてしまったのでは具合が悪いですからね。あの馬丁は暢緩《のんびり》行くようなことを云っていましたが、何、あの為次郎《ためじろう》と云うのは結構早駆けをするのですよ」

要らぬ無駄話を致しましたと云って弔堂は立ち上がり、お代は値付けをしてから後日お届けしますと云った。

中禅寺輔は晴れやかな顔で見送ってくれた。

竹藪を抜ける際に顧みると、宮司は未《ま》だ家の前に立っていた。

あの男は——。

多分、未完の本を完成させるのだろう。

そんなことを思った。

油土塀に挟まれた坂を下る。

何となく空を見上げて歩いていると、高遠様は猫と別れてお淋しいのですかと、唐突に尋かれた。

「淋しい訳がない。まあ、でも能《よ》く判りませんなあ。これを淋しいと謂うのなら、まあそうなのかもしれませんが」

何か、忘れ物でもしてきたような気分ではあった。

「ごく僅かの間、同じ屋根の下にいたと云うだけのものと離れて、淋しいと云うのはねえ。しかも相手はけだものですよ。それで淋しがると云うのなら、僕はもう先から淋しがっておらねばならんでしょう。僕は妻子と離れているのですよ」

何故離れているのだろう。

あの人は未完の何かを完成させるでしょうねと云った。

話の矛先を変えた訳ではなく、ずっとそんなことを考え続けていたからである。

「あの方は、まあ私の知る限り三本の指に入る生真面目な方です。勤勉で努力家で、しかも厳しい。多少厳し過ぎるきらいはありますがねえ。ですから何らかの結論は出されるでしょう」

「結論――ですか」

「ええ」

そんなもの、出せるものなのだろうか。

自分のことが解らない。何が為たいのかどうなりたいのか、それが判らない。何を為《し》ているのかも、何故生きているのかも解らない。

結論など、出せるものではない。

そんなことを、辿辿《たどたど》しく伝えた。

「この間戻った時に、家人から大いに叱られました。働きもせず、家にも帰らず、何一つ責務を果たしていないのですから、叱られて当然ですよ。家内は恨み言を云い、母は雷を落した。尤もです。尤もでしょう」

尤もですと弔堂は答える。

「云い訳の語りようもない。でも、じゃあこれからどうするのだ、どうしたいのだと問われても――そちらもまた、返す言葉がないのですよ。女三界《さんがい》に家なしなどと謂いますが、それは僕のことだ」

「どうもなさりたくないのですか、高遠様は」

「いや、そう云う訳ではありませんよ。例えば娘は可愛い。可愛がりたいです。肩車でも何でもしてやりたいし、あれこれ教えてやりたい。まあ、血を分けた子供だと云う以前に、あんなに可愛らしいものはないと思います。確《しっか》り育てなければ、育ててやりたいと、これは強く思うのです」

当然でしょうねえと弔堂は抑揚なく答えた。

「私は伴侶も、子供も居りませんからその辺りの情に関しては実に曖昧な想いしか持てないのでございますが、人として、子を慈しみたいと思うことは至極真っ当なことだと思いますけれども」

「でも、それとこれは別なのですよ。妻に対してもそうです。母にもそうです。それぞれに対する想いは、至極真っ当なんだと思うのです。しかし」

帰りたくはないのだ。

甘えているのでしょうかと問うた。

「甘えてはいらっしゃるでしょう」

にべもない。

「いけませんかねえ。僕のような、こう云う在り方は。皆、何か為ていますよ。国のために立派に奉公したり、人の役に立ちたいと発願して奮闘したり、金儲けに奔走したり、何か為ています。何も為ない人などいません。僕は、これは金銭的に余裕があるからなのかと、ふとそう思った。喰うや喰わずになれば何かするでしょう。働く。働かねば喰えません」

「はい。残念乍《なが》ら食事は虚実の実の方でございますからね、召し上がらねば、これは確実に死にましょうな」

死ぬでしょうねえと大袈裟に答えた。

「働かなければ確実に死ぬんですよ。いや金がなければ死ぬと云うべきでしょうな。その昔、武士は身分が生業《なりわい》だった。身分がなくなって、仕事もなくなってしまった訳ですよ。だからこそ皆困って、それで、まあ働きますよ。武士は喰わねど高楊枝《たかようじ》なんて云っていられませんよ。もう武士じゃないですからね。でも、僕は、喰えてしまっているんですね」

いいじゃあないですかと弔堂は楽しそうに云う。

「庶民の夢です。働かずに喰えるなんて素晴らしいことですよ」

「何を云うんですよご主人」

背徳《うしろめた》いだけである。

与えられただけの恵まれた境遇を諾諾《だくだく》と享受するには、この時代は窮屈過ぎる。眉間《みけん》に皺《しわ》を刻むなり、額に汗するなり顔を泥で汚すなり、いずれそうした鹿爪《しかつめ》らしい在り方をしていなければ、快活に笑うことは許されぬのだ。笑みは常に苦痛の代償としてあるものなのである。そうでなければ、胸やら首やらに重そうな勲章でもぶら下げているべきである。それは武勲の附録や功労の対価としてあるものなのだ。

そう云う世の中なのである。

いや、世の中がどうであれ。

それはそれである。

そう思うなら、そうすればいいだけのことである。勤労意欲がない訳ではない。学習意欲もある。決して、働きたくない学びたくないと考えている訳ではないのだ。

「巖谷先生に推挙されて、書舗で働かぬかと云われています」

「それは宜しいですね」

「まあそうなのです。興味はあるし、出来ぬこともないだろうと思うのです。小売りでも取次でもなく、出版会社と云うのですから、雑誌を刷ったりするのでしょう。そう云う仕事があると云うこと自体――まあ当たり前に考えれば誰かが作っているに違いないのですが――今までは考えたこともありませんでしたよ。でも、向いているような気もします」

でも。

「圓了先生の塾にも通いたいと思うのですよ。本を読むのは――好きですからね。知識を吸収し、見識を広げ、時に」

嘘の世界に遊ぶ。

主は、此の世は半分は嘘だと云う。

残り半分が実《まこと》なのだとして、その実の世界が苦手なのだ。

そうに違いない。そうでなくては――。

「決心が付かんのです」

「迷っていらっしゃるのですか」

「迷っているのではありませんなあ。一方では大変に前向きなのです。ただ、もう一方ではまるでそんな行く末は考えていない。あり得ないと思っている。どっちつかずなのではなく分裂しているのですよ」

職に就けば、多分家へと戻るだろう。妻子とも母とも、普通にやっていける。それは難しいことではない。そして、それを望んでいない訳でもない。

それなのに。

「矢張り、無理だと思いますよ。妻にも娘にも母にも、向ける顔がない。本当に申し訳なく思う。思うのですがねえ」

いけませんかねえと繰り返した。

鉄道に乗って、歩いて、人力に乗った。

殺風景な荒れ地に近付き、やがて手遊屋が見えて、すぐに見えなくなり、貧弱な畑の見える径に折れて、そして。

書楼弔堂に着いた。

何だか、安心した。

見上げるだに奇異な情景である。幾度も通っていると云うのに、この奇妙な建築物の外観だけは一向に見慣れない。

弔の一字を記した半紙は掲げられていなかった。

どうやら留守の時は簾《すだれ》を掛けないようであった。

まだ着いていませんねと主は云った。

荷馬車のことだろう。

「まあ、中にどうぞ。本日は本当に有り難うございました」

戸を開けると裡《なか》は真っ暗に見えた。

蠟燭が点いていないのである。

濃霧の中の朝焼けのように、上方だけが茫《ぼう》と明るい。

夢夢《くらくら》として、薄い暝《くら》さの中で蕩《とろ》けそうになる。

弔堂は一本一本蠟燭を点《とも》して行く。

「高遠様、本日は目一杯労働をされたのですから、お笑いになっても構わないのではありませんか」

そんなことを云う。

「可笑《おか》しくもないのに笑いやしないさ」

「可笑しい時は笑いますか」

「それは笑うよ」

なら良いではありませんかと、主は顔を上げて云った。

火燈《ほあかり》で頰が橙色《だいだいいろ》に染まっている。

「良いって――良い訳がない。このままで良いと云う道理はない。こんな廃者《すたりもの》のような暮らし振りが許される訳もない」

「誰が――許すのです」

「いや、それはだから」

世間だと云った。

「そんなことはないでしょう。高遠様は財力がおありだ。何もせずとも法律さえ破らなければ叱られはしません」

「いや――」

そうなのだが。

「妻や、母がさ」

「偶《たま》にお小言を云われる程度ではありませんか。それがお厭なら、ご実家にお戻りにならなければ良い」

それは――そうなのだが。

「では、そうだ。誠《まこと》だ。誰が許しても天の倫《みち》が赦《ゆる》さぬだろう」

天の道は人の道ではありませんよと主は云った。

「じゃあ――」

「先を急いではいけません高遠様。何故にそう決着をつけたがるのですか」

「決着――とは」

「勝負、正否、優劣、真偽、善悪、好悪と――皆さん白黒をつけたがるではありませんか。高遠様もそうです。今の在り方が善いか悪いか、好きでしているのかそうでないのか、そんなことどうでも良いことではございませんかなあ」

「どうでも良い――かなあ」

「そう違いはないですよ。生まれてから死ぬまでの間、生には決着や結末はない。それはずっとだらだらと続くもの」

善し悪しなど誰に判じられると云うのですと、弔堂は云った。

「人間は、先程の書きかけの書物と同じです。未完なのですよ、高遠様。未完で良いのです。本は書き終われば、或いは読み終われば完です。しかし、生きていると云うことは、ずっと未完と云うこと」

「未完か」

ならば明日のことなど判りますまいと弔堂は云った。

「猫は明日の心配などしません」

「そうだがなあ」

ではどうしろと云うのだ。

いや、そのどうしろとか云う考え方が心得違いなのだろう。

それは他人が決めることではない。

己が――。

「決められないのなら、決めなければいいのですよ」

「そうでしょうか」

「まあどうにもならなくなれば、何かはなさるでしょう。何かされたなら、その時は何とかなるでしょう」

「そんな――いい加減な。それでは矢張り」

駄目だ。

「ご主人。明日のことは慥《たし》かに解らないです。なら僕は、このまま生を終えてしまうかもしれないのですよ。そうしたら――」

未完のまま。

「高遠様」

本日に限り、私は本をお薦め致しましょうと、弔堂主人は云った。

「薦めて――くれるのですか」

「ええ。押し売りですよ。私の知り合いに先頃、この夏から帝国大学の大学院に進学することが決まった秀才がいるのです。そのお祝いに進呈しようと、わざわざ英国から取り寄せた本がありましてね」

「洋書――ですか」

「ええ。ろーれんす・すたーんと云う名の英国の僧侶が書いたもので『The Life and Opinions of Tristram Shandy, Gentleman』と云います。訳すなら――『とりすとらむ・しゃんでー伝及びその意見』でしょうか」

「はあ」

宗教の本でしょうかと云うと、違いますと云われた。

「滑稽《こっけい》で、荒唐無稽な小説です」

「小説ですか」

虚構ですよと云って主人は笑った。

「諧謔《かいぎゃく》と悪戯《いたずら》に満ちた、虚構です。全部で九冊あります」

そう云って、蠟燭を点け終わった主は帳場に向かい、洋書を抱えて戻った。

「僕は――英語は読めないですよ。それともまた、いつぞやのように読めなくても良いと仰るんじゃあないでしょうね」

主は笑って、読みたくなればその時は学ばれるでしょうと答えた。

「英語を——ですか」

「ええ。喋れるようにはなれなくとも、読むくらいなら独学でも可能でしょう。うちには字引もございます」

「しかし——独学じゃあ亀の歩みですよ。そんな大部の小説を読むなんて、迚《とて》も無理です。それこそ途中で人生が費《つい》えてしまいますよ」

「この本は読み終えることはないのでございます。読めるところまで読めば、それでいいのですよ」

「いや、小説ならばそれこそ結末が——」

　未完なのですと、弔堂は云った。

「え——」

「どうせ完《お》わっていないのですから、どこでお止《や》めになっても結構です」

「そんな、それは書きかけと云うことですか。書くのを途中で止めた——いや、書き終えられなかったとか。もしや絶筆と云うやつですか」

「違います。何故途絶したのかは存じませんが、飽きたのか、種が尽きたのか、作者にとって書く意味がなくなったのかもしれません」

　そんな無責任なことがあるものだろうか。そう云うと、いや、そうでもないのですよと弔堂は云った。

「途中で放り出したことも含めてこの本は出来上がっているような気も致します。下手な結末をつけると、却《かえ》って良さが殺《そ》がれてしまう。これは、寧ろ未完でなければならない、そんな気にさせる小説なのですよ」

解らない。素直にそう云った。

「これは、一応筋書きはありますが、関連した小話や逸話が数珠繋《じゅずつな》ぎになって一向に本筋に戻らなかったり、作中人物が読者に語り掛け始めたり、ページが真っ黒に塗られていたりすると云う、そうした小説なのです」

「な――何ですかそれは」

「巫山戯《ふざけ》ているのです。決して一筋縄では読めない、奇妙な小説です。でも、決して堅苦しいものではない。品もありませんし、駄洒落《だじゃれ》や狂歌《きょうか》めいた遊戯に満ち満ちております。遊びに遊んで、寄り道に寄り道を重ねて、結局」

完わらないのですと主人は云った。

「終わらないのですか」

「ええ。終わりません。終わる意味がなくなってしまったと云うべきでしょうか」

素晴らしいでしょうと云って、主は両手を広げた。

「未完と云うのは終わらないと云うこと。つまり永遠と云うことです」

「永遠――ですか」

「はい。高遠様、当て推量で申し上げるなら、あなたは多分、手に入れた幸せを手放したくないと云う想いが強いのではありますまいか。不幸になるのが怖い。だから幸せになりたくないのです。幸せはいつか終わる。それが厭なのではないですか。でも、それならそれで良いではありませんか」

未完でいたって、未完のまま死んだって一向に構わないのですよ――と、弔堂の主人は云った。

その本を――。

買った。

その日を最後に、弔堂には足を向けていない。空き家は夏が来る前に引き払った。

でも、家にも帰らなかった。

武蔵晴明社の宮司中禅寺輔の一人息子はそれから二十年の後に父と袂《たもと》を分かち、洗礼を受けて耶蘇教の神父になったのだと風の便りに聞いた。自ら辺境に赴き、熱意を以て布教活動を続けていると云う。父である中禅寺輔の心中は、知れない。

本当に、先のことは判らないものである。

また、弔堂が件の洋書を進呈しようとしていた人物は、思うに夏目金之助《なつめきんのすけ》、後の漱石《そうせき》だったのだろうと思う。

漱石が帝国大学の大学院に進んだのは武蔵晴明社を訪れた日から半月ばかり後、明治二十六年七月のことである。

それに加えて、本邦で初めて『トリストラム・シャンデー』の紹介文を書いたのも漱石なのであった。また、漱石の処女小説である『吾輩《わがはい》は猫《ねこ》である』は、同書の影響を強く受けているとも謂われる。

漱石がそれを弔堂から入手したのかどうかは、判らない。もしかしたら弔堂がもう一式取り寄せて贈ったのかもしれないし、漱石自身が取り寄せたのかもしれない。帝国大学の蔵書だったのかもしれないし、誰かから借りたものであったかもしれない。凡ては推測でしかなく、弔堂との関わりも、知りようのないことである。知ってもしようがないことだし、またどうでも良いことでもある。文字に書かれてしまえば、皆嘘なのだから。

そして私、高遠彬《あきら》がその後どうなったのかも——。

誰も知らない。

書楼弔堂　破暁・了

本書は、二〇一三年十一月、集英社より刊行された『書楼弔堂 破暁』を文庫の字組みに合わせ加筆訂正したものです。

初出「小説すばる」
探書壱 臨終 二〇一二年五月号
探書弐 発心 二〇一二年八月号
探書参 方便 二〇一二年十二月号
探書肆 贖罪 二〇一三年二月号
探書伍 闕如 二〇一三年五月号
探書陸 未完 二〇一三年八月号

集英社文庫　目録（日本文学）

京極夏彦　どすこい。
京極夏彦　南極。
京極夏彦　文庫版 虚言少年
京極夏彦　文庫版 書楼《しょろう》弔堂《とむらいどう》 破暁《はぎょう》
京極夏彦　文庫版 書楼《しょろう》弔堂《とむらいどう》 炎昼《えんちゅう》
清川妙　人生のお福分け
桐野夏生　リアルワールド
桐野夏生　I'm sorry, mama.
桐野夏生　I N
桐野夏生　バラカ(上)(下)
久坂部羊　嗤う名医
久坂部羊　テロリストの処方
櫛木理宇　赤と白
久住昌之　野武士、西へ　二年間の散歩
工藤直子　象のブランコ　――とうちゃんと
工藤律子　マラス　暴力に支配される少年たち

窪美澄　やめるときも、すこやかなるときも
久保寺健彦　ハロワ！
久保寺健彦　青少年のための小説入門
熊谷達也　ウエンカムイの爪
熊谷達也　漂泊の牙
熊谷達也　まほろばの疾風《かぜ》
熊谷達也　山背郷
熊谷達也　相剋の森
熊谷達也　荒《あら》蝦《え》夷《みし》
熊谷達也　モビィ・ドール
熊谷達也　氷結の森
熊谷達也　銀狼王
雲田康夫　豆腐バカ　世界に挑み続けた20年
倉本由布　ゆめ結び　むすめ髪結い夢暦
倉本由布　迷い子の櫛　むすめ髪結い夢暦
倉本由布　夢に会えたら　むすめ髪結い夢暦

栗田有起　ハミザベス
栗田有起　お縫い子テルミー
栗田有起　オテルモル
栗田有起　マルコの夢
黒岩重吾　黒岩重吾のどかんたれ人生塾
黒川祥子　誕生日を知らない女の子　虐待――その後の子どもたち
黒川祥子　心の除染　原発推進派の実験都市・福島県伊達市
黒川祥子　8050《はちまるごーまる》問題　中高年ひきこもり、七つの家族の再生物語
黒川博行　桃源
黒木あるじ　掃除屋《クリーナー》　プロレス始末伝
黒木あるじ　葬儀屋《アンダーテイカー》　プロレス刺客伝
黒木あるじ　小説 ノイズ【noise】
黒木瞳　母の言い訳
桑田真澄　挑む力　桑田真澄の生き方
桑原水菜　箱根たんでむ　駕籠かきゼンワビ疾駆帖
源氏鶏太　英語屋さん

集英社文庫　目録（日本文学）

見城徹　編集者という病い
小池真理子　恋人と逢わない夜に
小池真理子　いとしき男《アダム》たちよ
小池真理子　あなたから逃れられない
小池真理子　悪女と呼ばれた女たち
小池真理子　双面の天使
小池真理子　無伴奏
小池真理子　妻の女友達
小池真理子　ナルキッソスの鏡
小池真理子　倒錯の庭
小池真理子　危険な食卓
小池真理子　怪しい隣人
小池真理子　律子慕情
小池真理子　短篇セレクション サイコ・サスペンス篇I 会いたかった人
小池真理子　短篇セレクション 官能篇 ひぐらし荘の女主人
小池真理子　短篇セレクション ミステリー篇 泣かない女
小池真理子　短篇セレクション ノスタルジー篇 夢のかたみ
小池真理子　肉体のファンタジア
小池真理子　柩《ひつぎ》の中の猫
小池真理子　夜の寝覚め
小池真理子　瑠璃の海
小池真理子　虹の彼方
小池真理子　午後の音楽
小池真理子　熱い風
小池真理子　律子慕情
小池真理子　怪談
小池真理子　夜は満ちる
小池真理子　水無月の墓
小泉喜美子　弁護側の証人
河野啓　デス・ゾーン 栗城史多のエベレスト劇場
河野美代子　新版 さらば、悲しみの性 高校生の性を考える
河野美代子 永田由紀子　初めてのSEX あなたの愛を伝えるために
古沢良太　小説版 スキャナー 記憶のカケラをよむ男
小島環　泣き娘
小嶋陽太郎　放課後ひとり同盟
五條瑛　プラチナ・ビーズ
五條瑛　スリー・アゲーツ
小杉健治　絆
小杉健治　二重裁判
小杉健治　最終鑑定
小杉健治　検察者
小杉健治　不遜な被疑者たち
小杉健治　それぞれの断崖
小杉健治　水無川
小杉健治　黙秘 裁判員裁判
小杉健治　疑惑 裁判員裁判
小杉健治　覚悟
小杉健治　質屋藤十郎隠御用

集英社文庫　目録（日本文学）

小杉健治　冤罪
小杉健治　からくり箱　質屋藤十郎隠御用　二
小杉健治　贖罪
小杉健治　赤姫心中　質屋藤十郎隠御用　三
小杉健治　鎮魂
小杉健治　恋飛脚　質屋藤十郎隠御用　四
小杉健治　失踪
小杉健治　観音さまの茶碗　質屋藤十郎隠御用　五
小杉健治　逆転
小杉健治　質草の誓い　質屋藤十郎隠御用　六
小杉健治　最期
小杉健治　大工と掏摸　質屋藤十郎隠御用　七
小杉健治　生還
小杉健治　九代目長兵衛口入稼業
小杉健治　結願
小杉健治　御金蔵破り　九代目長兵衛口入稼業　二

小杉健治　邂逅
小杉健治　陰の将軍、烏丸検校　九代目長兵衛口入稼業　三
小杉健治　奪還
小杉健治　獄門首に誓った女　九代目長兵衛口入稼業　四
古関裕而　鐘よ鳴り響け　古関裕而自伝
古処誠二　ルール
古処誠二　七月七日
児玉清　負けるのは美しく
児玉清　人生とは勇気　児玉清からあなたへラストメッセージ
木原音瀬　捜し物屋まやま
木原音瀬　ラブセメタリー
木原音瀬　捜し物屋まやま2
小林エリカ　マダム・キュリーと朝食を
小林紀晴　写真学生
小林信彦／萩本欽一　小林信彦 萩本欽一 ふたりの笑《しょう》タイム
小林弘幸　読むだけ　スッキリ！　今日からはじめる　快便生活

小松左京　明烏《あけがらす》落語小説傑作集
小森陽一　DOG×POLICE　警視庁警備部警備第二課装備第四係
小森陽一　天神
小森陽一　音速の鷲
小森陽一　イーグルネスト
小森陽一　オズの世界
小森陽一　風招《お》きの空士　天神外伝
小森陽一　ブルズアイ
小森陽一　インナーアース
小森陽一　GIGANTIS　volume1 Birth
小山明子　パパはマイナス50点
小山勝清　それからの武蔵　㈠㈡㈢㈣㈤㈥
今東光　毒舌・仏教入門
今東光　毒舌身の上相談
今野敏　惣《そう》角《かく》流《る》浪《ろう》
今野敏　山嵐

集英社文庫　目録（日本文学）

今野敏　琉球空手、ばか一代
今野敏　スクープ
今野敏　義珍の拳
今野敏　闘神伝説Ⅰ～Ⅳ
今野敏　龍の哭《な》く街
今野敏　武士猿《ブサーザール》
今野敏　ヘッドライン
今野敏　クローズアップ
今野敏　寮生―一九七一年、函館。―
今野敏　チャンミーグヮー
今野敏　アンカー
今野敏　武士マチムラ
今野敏　オフマイク
吉上亮 サイコパス製作委員会　PSYCHO-PASS サイコパス3〈A〉
吉上亮 サイコパス製作委員会　PSYCHO-PASS サイコパス3〈B〉
吉上亮 サイコパス製作委員会　PSYCHO-PASS サイコパス3〈C〉
華南恋 サイコパス製作委員会　PSYCHO-PASS サイコパス3 FIRST INSPECTOR
西條奈加　九十九藤
齋藤薫　大人の女よ！ 清潔感を纏いなさい
斎藤栄　殺意の時刻表
斎藤茂太　イチローを育てた鈴木家の謎
斎藤茂太　骨は自分で拾えない
斎藤茂太　人の心を動かす「ことば」の極意
斎藤茂太　「ゆっくり力」ですべてがうまくいく
斎藤茂太　「捨てる力」がストレスに勝つ
斎藤茂太　「心の掃除」の上手い人 下手な人
斎藤茂太　人生がラクになる 心の「立ち直り」術
斎藤茂太　人間関係でヘコみそうな時の処方箋
斎藤茂太　人の心をギュッとつかむ 話し方81のルール
斎藤茂太　すべてを投げ出したくなったら読む本
斎藤茂太　「断わる力」を身につける！
斎藤茂太　先のばしぐせを直すにはコツがある
斎藤茂太　落ち込まない 悩まない 気持ちの切りかえ術
斎藤茂太　そんなに自分を叱りなさんな 心のモヤモヤ退治法99
齋藤孝　数学力は国語力
齋藤孝　親子で伸ばす「言葉の力」
齋藤孝　文系のための理系読書術
齋藤孝　人生は「動詞」で変わる
齋藤孝　10歳若返る会話術
斉藤光政　戦後最大の偽書事件「東日流《つがる》外三郡誌」
早乙女貢　会津士魂一 会津藩 京へ
早乙女貢　会津士魂二 京都騒乱
早乙女貢　会津士魂三 鳥羽伏見の戦い
早乙女貢　会津士魂四 慶喜脱出
早乙女貢　会津士魂五 江戸開城
早乙女貢　会津士魂六 炎の彰義隊
早乙女貢　会津士魂七 会津を救え
早乙女貢　会津士魂八 風雲北へ

集英社文庫　目録（日本文学）

早乙女貢　会津士魂九　二本松少年隊
早乙女貢　会津士魂十　越後の戦火
早乙女貢　会津士魂十一　北越戦争
早乙女貢　会津士魂十二　白虎隊の悲歌
早乙女貢　会津士魂十三　鶴ヶ城落つ
早乙女貢　続会津士魂一　艦隊蝦夷へ
早乙女貢　続会津士魂二　幻の共和国
早乙女貢　続会津士魂三　斗南への道
早乙女貢　続会津士魂四　不毛の大地
早乙女貢　続会津士魂五　開牧に賭ける
早乙女貢　続会津士魂六　反逆への序曲
早乙女貢　続会津士魂七　会津抜刀隊
早乙女貢　続会津士魂八　甦る山河
早乙女貢　わが師山本周五郎
早乙女貢　竜馬を斬った男
早乙女貢　奇兵隊の叛乱

酒井順子　トイレは小説より奇なり
酒井順子　モノ欲しい女
酒井順子　世渡り作法術
酒井順子　自意識過剰！
酒井順子　おばさん未満
酒井順子　紫式部の欲望
酒井順子　この年齢《とし》だった！
酒井順子　泡沫日記
酒井順子　中年だって生きている
酒井順子　男尊女子
酒井順子　家族終了
坂口安吾　堕落論
坂口恭平　TOKYO一坪遺産
さかはらあつし　ピーナッツ一粒ですべてを変える
坂村健　痛快！コンピュータ学
坂本敏夫　四人服のメロスたち　関東大震災と二十四時間の解放

佐川光晴　おれのおばさん
佐川光晴　おれたちの青空
佐川光晴　あたらしい家族
佐川光晴　おれたちの約束
佐川光晴　大きくなる日
佐川光晴　おれたちの故郷
さくらももこ　ももこのいきもの図鑑
さくらももこ　もものかんづめ
さくらももこ　さるのこしかけ
さくらももこ　たいのおかしら
さくらももこ　まるむし帳
さくらももこ　あのころ
さくらももこ　まる子だった
さくらももこ　ももこの話
さくらももこ　さくら日和
さくらももこ　ももこのよりぬき絵日記①〜④

集英社文庫　目録（日本文学）

さくらももこ　ひとりずもう
さくらももこ　おんぶにだっこ
さくらももこ　焼きそばうえだ
さくらももこ　ももこの世界あっちこっちめぐり
さくらももこ　のほほん絵日記
桜　井　進　夢中になる！江戸の数学
櫻井よしこ　世の中意外に科学的
桜木紫乃　ホテルローヤル
桜木紫乃　裸の華
桜沢エリカ　女を磨く大人の恋愛ゼミナール
桜庭一樹　ばらばら死体の夜
桜庭一樹　ファミリーポートレイト
桜庭一樹　じごくゆきっ
佐々涼子　エンジェルフライト　国際霊柩送還士
佐々木譲　犬どもの栄光
佐々木譲　五稜郭残党伝

佐々木譲　雪よ　荒野よ
佐々木譲　総督と呼ばれた男(上)(下)
佐々木譲　冒険者カストロ
佐々木譲　帰らざる荒野
佐々木譲　仮借なき明日
佐々木譲　夜を急ぐ者よ
佐々木譲　回廊封鎖
佐々木譲　抵抗都市
佐藤愛子　淑女失格　私の履歴書
佐藤愛子　憤怒のぬかるみ
佐藤愛子　死ぬための生き方
佐藤愛子　結構なファミリー
佐藤愛子　風の行方(上)(下)
佐藤愛子　こたつの人　自讃ユーモア短篇集一
佐藤愛子　大黒柱の孤独　自讃ユーモア短篇集二
佐藤愛子　不運は面白い　幸福は退屈だ　人間についての断章326

佐藤愛子　老残のたしなみ　日々是上機嫌
佐藤愛子　不敵雑記　たしなみなし
佐藤愛子　自讃ユーモアエッセイ集　これが佐藤愛子だ1～8
佐藤愛子　日本人の一大事
佐藤愛子　花は六十
佐藤愛子　幸福の絵
佐藤賢一　ジャガーになった男
佐藤賢一　傭兵ピエール(上)(下)
佐藤賢一　赤目のジャック
佐藤賢一　王妃の離婚
佐藤賢一　カルチェ・ラタン
佐藤賢一　オクシタニア(上)(下)
佐藤賢一　革命のライオン　小説フランス革命1
佐藤賢一　パリの蜂起　小説フランス革命2
佐藤賢一　バスティーユの陥落　小説フランス革命3
佐藤賢一　聖者の戦い　小説フランス革命4

集英社文庫

文庫版《ぶんこばん》 書楼弔堂《しょろうとむらいどう》 破暁《はぎょう》

2016年12月25日 第1刷　　定価はカバーに表示してあります。
2023年4月12日 第8刷

著 者 京極夏彦《きょうごくなつひこ》
発行者 樋口尚也
発行所 株式会社 集英社
東京都千代田区一ツ橋2-5-10 〒101-8050
電話 【編集部】03-3230-6095
【読者係】03-3230-6080
【販売部】03-3230-6393(書店専用)
印 刷 凸版印刷株式会社
製 本 加藤製本株式会社

フォーマットデザイン アリヤマデザインストア　マークデザイン 居山浩二

ISBN978-4-08-745522-9 C0193